TRIPLA ESPIONAGEM

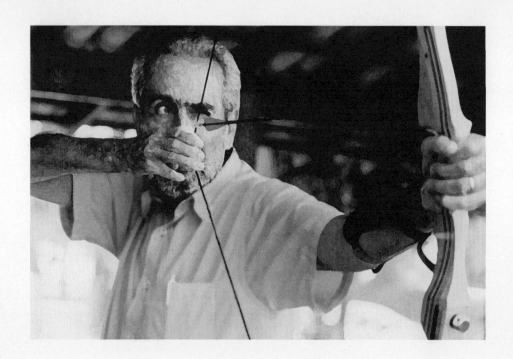

O ARQUEIRO

GERALDO JORDÃO PEREIRA (1938-2008) começou sua carreira aos 17 anos, quando foi trabalhar com seu pai, o célebre editor José Olympio, publicando obras marcantes como *O menino do dedo verde*, de Maurice Druon, e *Minha vida*, de Charles Chaplin.

Em 1976, fundou a Editora Salamandra com o propósito de formar uma nova geração de leitores e acabou criando um dos catálogos infantis mais premiados do Brasil. Em 1992, fugindo de sua linha editorial, lançou *Muitas vidas, muitos mestres*, de Brian Weiss, livro que deu origem à Editora Sextante.

Fã de histórias de suspense, Geraldo descobriu *O Código Da Vinci* antes mesmo de ele ser lançado nos Estados Unidos. A aposta em ficção, que não era o foco da Sextante, foi certeira: o título se transformou em um dos maiores fenômenos editoriais de todos os tempos.

Mas não foi só aos livros que se dedicou. Com seu desejo de ajudar o próximo, Geraldo desenvolveu diversos projetos sociais que se tornaram sua grande paixão.

Com a missão de publicar histórias empolgantes, tornar os livros cada vez mais acessíveis e despertar o amor pela leitura, a Editora Arqueiro é uma homenagem a esta figura extraordinária, capaz de enxergar mais além, mirar nas coisas verdadeiramente importantes e não perder o idealismo e a esperança diante dos desafios e contratempos da vida.

KEN FOLLETT

TRIPLA ESPIONAGEM

ARQUEIRO

Título original: *Triple*

Copyright © 1979 por Fine Blend, N.V.
Copyright da tradução © 2019 por Editora Arqueiro Ltda.

Todos os direitos reservados. Nenhuma parte deste livro
pode ser utilizada ou reproduzida sob quaisquer meios existentes
sem autorização por escrito dos editores.

tradução: A.B. Pinheiro de Lemos
preparo de originais: Sheila Til
revisão: Juliana Souza e Rafaella Lemos
diagramação: Valéria Teixeira
capa: www.blacksheep-uk.com
adaptação de capa: Ana Paula Daudt Brandão
imagens de capa: Timewatch Images/ Alamy (mapa da palestina);
SuperStock/ Alamy (pirâmide)
impressão e acabamento: Lis Gráfica e Editora Ltda.

CIP-BRASIL. CATALOGAÇÃO NA PUBLICAÇÃO
SINDICATO NACIONAL DOS EDITORES DE LIVROS, RJ

F724t	Follett, Ken
	Tripla espionagem/ Ken Follett; tradução de A. B. Pinheiro de Lemos. São Paulo: Arqueiro, 2019.
	368 p.; 16 x 23 cm.
	Tradução de: Triple
	ISBN 978-85-8041-948-1
	1. Ficção inglesa. I. Lemos, A. B. Pinheiro de. II. Título.
	CDD 823
19-55347	CDU 82-3(410)

Todos os direitos reservados, no Brasil, por
Editora Arqueiro Ltda.
Rua Artur de Azevedo, 1.767 – Conj. 177 – Pinheiros
5404-014 – São Paulo – SP
Tel.: (11) 2894-4987
E-mail: atendimento@editoraarqueiro.com.br
www.editoraarqueiro.com.br

PARA AL ZUCKERMAN

Deve-se levar em consideração que a única parte difícil na construção de uma bomba atômica de qualquer tipo é a preparação de um suprimento de material nuclear com a pureza necessária; o projeto da bomba em si é relativamente simples...

– ENCICLOPÉDIA AMERICANA

PRÓLOGO

HOUVE UMA OCASIÃO, apenas uma, em que todos se reuniram. Encontraram-se há muitos anos, quando eram jovens, antes de tudo *isso* acontecer; mas o encontro projetou sombras que se estenderam por décadas.

Para ser mais exato, foi no primeiro domingo de novembro de 1947, e cada um se encontrou com todos os outros. Mais do que isso: por alguns minutos, todos estiveram na mesma sala. Alguns esqueceram imediatamente os rostos que viram e os nomes que ouviram nas apresentações formais. Outros chegaram a esquecer o dia inteiro. E, 21 anos depois, quando isso se tornou importante, tiveram de fingir que recordavam, olhando para fotografias desbotadas e murmurando: "Ora, é isso mesmo", como se a lembrança estivesse nítida.

Esse primeiro encontro foi coincidência, mas não das mais surpreendentes. Eram jovens e bem-preparados, estavam fadados a alcançar o poder, tomar decisões, promover mudanças, cada um à sua maneira, em seus diferentes países. E pessoas assim frequentemente se encontram na juventude em lugares como a Universidade de Oxford. E, no momento em que tudo isso aconteceu, os que não estavam inicialmente envolvidos acabaram sendo tragados simplesmente porque tinham estado com os outros em Oxford.

Contudo, na ocasião não pareceu se tratar de um encontro histórico. Foi apenas outro pequeno coquetel num lugar em que havia muitos pequenos coquetéis (e pouca bebida, como os estudantes sempre ressaltavam). Um acontecimento rotineiro. Ou quase.

~

Al Cortone bateu à porta e ficou no corredor esperando que um defunto a abrisse.

A suspeita de que o amigo estivesse morto se transformara em convicção ao longo dos últimos três anos. Primeiro, Cortone soubera que Nat Dickstein fora feito prisioneiro. No fim da guerra, começaram a circular histórias sobre o que acontecia aos judeus nos campos de concentração nazistas. Depois, a terrível verdade fora finalmente revelada.

No outro lado da porta, um fantasma arrastou uma cadeira e cruzou o cômodo.

Cortone ficou nervoso. E se Dickstein estivesse inválido, deformado? E se estivesse desequilibrado? Cortone jamais soubera lidar com aleijados e loucos. Ele e Nat haviam sido amigos íntimos durante uns poucos dias, em 1943. Mas como o outro estaria agora?

A porta se abriu.

– Oi, Nat – disse Cortone.

Dickstein primeiro o encarou, depois seu rosto se abriu num sorriso e ele murmurou uma de suas expressões típicas das classes trabalhadoras de Londres:

– Deus, será possível!

Cortone retribuiu o sorriso, aliviado. Cumprimentaram-se com apertos de mãos e tapinhas nas costas, trocaram palavras típicas de soldados, só por força do hábito, depois entraram.

O lar de Dickstein era um quarto de pé-direito alto numa casa antiga na parte mais depreciada da cidade. Tinha uma cama de solteiro impecavelmente arrumada à maneira militar, um armário de madeira escura combinando com uma cômoda, além de uma mesa atulhada de livros que ficava diante da pequena janela. Cortone achou o quarto vazio. Se vivesse ali, trataria de espalhar itens pessoais para transformá-lo em um lugar que parecesse seu: fotografias da família, suvenires das cataratas do Niágara e de Miami, o troféu de futebol americano conquistado na escola secundária.

– Preciso perguntar uma coisa – falou Dickstein. – Como conseguiu me encontrar?

– Não foi fácil – respondeu Cortone enquanto tirava o paletó do uniforme e o estendia na cama estreita. – Gastei quase o dia todo ontem.

Ele olhou para a única poltrona que havia no quarto. Os braços estavam inclinados em ângulos estranhos, uma mola emergia do tecido no meio de um crisântemo desbotado, um dos pés fora substituído por um exemplar do *Teeteto*, de Platão.

– Isso aí aguenta um ser humano?

– Não acima do posto de sargento. Mas...

– Mas eles não são humanos mesmo.

Os dois riram. Era uma piada antiga. Dickstein puxou uma cadeira da mesa e se jogou nela. Olhou para o amigo de alto a baixo por um momento, depois comentou:

– Está engordando.

Cortone apalpou a barriga ligeiramente volumosa.

– Passamos muito bem em Frankfurt. Não sabe o que está perdendo por ter sido desmobilizado – disse e, inclinando-se para a frente, baixou a voz, como se fosse acrescentar algo confidencial: – Estou ganhando uma *fortuna*. Joias, porcelanas, antiguidades... tudo comprado com cigarros e sabonetes. Os alemães estão famintos. E, o que é o melhor, as garotas alemãs estão dispostas a fazer qualquer coisa em troca de uma barra de chocolate.

Recostou-se na poltrona frágil à espera de uma risada. Porém Dickstein apenas o fitou de modo inexpressivo. Desconcertado, Cortone mudou de assunto:

– Uma coisa que você não está é gordo.

A princípio, ele ficara tão contente por descobrir que Dickstein estava inteiro e sorrindo, o mesmo sorriso de antes, que não o examinara com atenção. Mas agora percebia que o amigo estava mais do que magro: parecia quase totalmente consumido. Nat Dickstein sempre fora baixo e esguio, mas agora parecia ser apenas pele e ossos. A pele de um branco cadavérico e os grandes olhos castanhos por trás de óculos de aros de plástico acentuavam o efeito. Entre o alto da meia e a bainha da calça apareciam uns poucos centímetros de canelas pálidas e finas feito gravetos. Quatro anos antes, Dickstein era moreno, vigoroso, tão forte e resistente quanto as solas de couro de suas botas do Exército britânico. Sempre que Cortone falava a respeito de seu companheiro inglês – o que acontecia com frequência –, dizia: "O soldado mais durão e impiedoso que já salvou minha vida. E não estou exagerando."

– Gordo? Não, não estou nem poderia estar – rebateu Dickstein. – Este país ainda vive à base de rações mínimas, companheiro. Mas damos um jeito de aguentar a situação.

– Já enfrentou piores.

Dickstein sorriu.

– E comi pior.

– Foi prisioneiro.

– Em La Molina.

– Como conseguiram pegá-lo?

– Foi fácil – falou Dickstein dando de ombros. – Levei um tiro na perna e desmaiei. Quando recuperei os sentidos, estava num trem alemão.

Cortone olhou para as pernas de Dickstein.

– E a perna sarou?

– Tive sorte. Havia um médico no meu vagão de prisioneiros de guerra. Ele cuidou dela.

Cortone assentiu.

– E depois o campo... – instigou.

Supôs que não deveria perguntar sobre isso, mas queria saber o que acontecera.

Dickstein desviou os olhos.

– Ficou tudo bem até descobrirem que eu era judeu. Quer uma xícara de chá? Não tenho condições de comprar uísque.

Cortone desejou ter ficado de boca fechada.

– Não, obrigado. Parei de tomar uísque de manhã. A vida já não parece tão curta como antes.

Os olhos de Dickstein voltaram a se fixar em Cortone.

– Decidiram descobrir quantas vezes uma perna podia ser quebrada no mesmo lugar e depois curada.

– Deus do céu! – A voz de Cortone saiu num sussurro.

– Essa foi a melhor parte – disse Dickstein, sem qualquer inflexão, tornando a desviar os olhos.

– Desgraçados!

Cortone não podia pensar em mais nada para dizer. Havia uma expressão estranha no rosto de Dickstein, algo que ele nunca vira. Algo muito semelhante a medo, ele compreendeu um momento depois. O que era muito estranho. Afinal, tudo acabara, não?

– Mas pelo menos ganhamos, não é mesmo?

Ele deu um soco de leve no ombro de Dickstein, que tornou a sorrir.

– Ganhamos. E agora me diga: o que está fazendo na Inglaterra? E como me descobriu?

– Estou voltando para Buffalo e consegui fazer uma parada em Londres. Fui ao Gabinete de Guerra...

Cortone hesitou. Fora ao Gabinete de Guerra para descobrir como e quando Dickstein morrera.

– Deram-me um endereço em Stepney. Quando cheguei lá, soube que só restava uma casa de pé em toda a rua. E nessa casa, sob uma camada grossa de poeira, encontrei um velho.

– Tommy Coster.

– Isso mesmo. Depois que tomei dezenove xícaras de um chá fraco e escutei a história da vida dele, ele me despachou para outra casa, depois da esquina, onde encontrei sua mãe, tomei mais chá fraco e ouvi a história da vida dela. Quando finalmente consegui seu endereço, já era tarde demais para pegar o último trem para Oxford. Esperei até de manhã e aqui estou. Só tenho umas poucas horas livres. Meu navio parte amanhã.

– Recebeu baixa?

– Dentro de três semanas, dois dias e 94 minutos.

– O que vai fazer quando chegar em casa?

– Administrar os negócios da família. Nos últimos dois anos, descobri que sou um tremendo homem de negócios.

– E qual é o negócio da sua família? Nunca me contou.

– Transporte em caminhões. E você? Que diabo veio fazer na Universidade de Oxford? O que está estudando?

– Literatura hebraica.

– Está brincando...

– Nunca lhe contei que já sabia escrever em hebraico antes mesmo de ir para a escola? Meu avô era um verdadeiro intelectual. Vivia num cômodo malcheiroso em cima de uma pastelaria na Mile End Road. Eu ia para lá todos os sábados e domingos, desde sempre. Nunca me queixei. Adorava visitá-lo. Além do mais, que outra coisa eu poderia estudar?

Cortone deu de ombros.

– Sei lá... talvez física atômica ou administração. Na verdade, para que estudar?

– Para ser feliz, culto e rico.

Cortone balançou a cabeça.

– Você continua esquisito como sempre. Há muitas mulheres por aqui?

– Bem poucas. E ando ocupado demais para me dedicar a isso.

Cortone teve a impressão de que Dickstein corava.

– Mentiroso. Está apaixonado, seu tolo. Dá para perceber. Quem é ela?

– Para ser franco... ela está além da minha alçada. Esposa de um professor – confessou Dickstein, constrangido. – Exótica, inteligente, a mulher mais linda que já vi.

– Não soa nada promissor, Nat – falou Cortone, com uma expressão de incerteza.

– Sim, eu sei. Mesmo assim... – continuou Dickstein e se levantou. – Você poderá constatar isso pessoalmente.

– Vou conhecê-la?

– Fui convidado para um coquetel na casa do professor Ashford e estava me preparando para sair quando você chegou.

Dickstein vestiu o paletó.

– Um coquetel em Oxford! – exclamou Cortone. – Espere só até o pessoal de Buffalo saber disso!

~

Era uma manhã fria e clara. O sol pálido se derramava sobre as pedras cor de creme dos velhos edifícios da cidade. Caminharam num silêncio confortável, mãos nos bolsos, ombros encurvados contra o vento inclemente de novembro que assoviava pelas ruas.

– A cidade das torres dos sonhos. Que coisa! – murmurava Cortone a todo instante.

Havia poucas pessoas pelas ruas. Depois de caminharem por pouco mais de um quilômetro, Dickstein apontou para um homem alto no outro lado da rua, com o cachecol da universidade enrolado no pescoço.

– Lá está o russo – falou e depois gritou: – Ei, Rostov!

O russo levantou a cabeça, acenou e atravessou a rua. Tinha o cabelo curto, no estilo militar, e era alto e magro demais para o terno. Cortone começava a achar que todos eram magros naquela terra.

– Rostov é da minha faculdade – contou Dickstein. – David Rostov, Alan Cortone. Al e eu estivemos juntos na Itália por algum tempo. Vai à casa de Ashford, Rostov?

O russo assentiu solenemente.

– Qualquer coisa por um drinque grátis.

– Também está interessado em literatura hebraica? – perguntou Cortone.

– Não. Estou aqui para estudar economia burguesa.

Dickstein desatou a rir. Cortone não percebeu onde estava a graça e o outro explicou:

– Rostov é de Smolensk. E é membro do Partido Comunista da União Soviética.

Cortone continuou sem entender a piada.

– Pensei que ninguém tivesse permissão para sair da Rússia – comentou ele.

Rostov se lançou a uma longa e complicada explicação que tinha algo a ver com o fato de seu pai ser diplomata no Japão quando a guerra começara.

Exibia uma expressão fervorosa, que de vez em quando cedia lugar a um sorriso irônico. Embora seu inglês fosse imperfeito, conseguiu dar a Cortone a impressão de ser superior aos demais.

Cortone parou de prestar atenção e começou a divagar sobre como era possível amar um homem como a um irmão, lutando lado a lado, e depois ele ir estudar literatura hebraica e fazê-lo compreender que não o conhecia de verdade.

– Já decidiu se vai à Palestina? – perguntou Rostov a Dickstein em dado momento.

– Palestina? – interveio Cortone. – Para quê?

Dickstein pareceu nervoso.

– Ainda não decidi.

– Você deveria ir – comentou Rostov. – A pátria dos judeus vai ajudar a destruir o que resta do Império Britânico no Oriente Médio.

– É essa a linha do partido? – indagou Dickstein, com um ligeiro sorriso.

– É, sim – respondeu Rostov, muito sério. – Você é socialista...

– De certa forma.

– E é importante que o novo Estado seja socialista.

Cortone mal pôde acreditar.

– Os árabes estão assassinando todos os judeus por lá! Nat, você acabou de escapar dos alemães!

– Ainda não decidi – repetiu Dickstein, balançando a cabeça num gesto de irritação. – Não sei o que fazer.

Era evidente que não queria conversar a respeito.

Caminhavam a passos largos. O rosto de Cortone estava congelado, mas ele suava bastante dentro do uniforme de inverno. Os outros dois começaram a debater sobre um escândalo. Um homem chamado Mosley – o nome nada significava para Cortone – conseguira entrar em Oxford num furgão e fizera um discurso no Memorial dos Mártires. Cortone percebeu um momento depois que Mosley era fascista. Rostov argumentou que o incidente provava que a social-democracia se assemelhava mais ao fascismo que o comunismo. Dickstein alegou que os estudantes que haviam promovido o escândalo queriam apenas causar comoção.

Cortone os escutava e observava. Formavam uma dupla estranha: Rostov alto, de cachecol no pescoço feito uma atadura listrada e calças curtas demais que se agitavam como bandeiras a cada passada comprida; Dickstein baixo, com olhos grandes e óculos redondos, usando suas roupas de soldado desmobilizado, mais parecendo um esqueleto inquieto. Cortone não era nenhum acadêmico, mas se considerava bom em farejar balelas em qualquer idioma. Sabia que nenhum dos dois dizia o que de fato pensava: Rostov repetia feito um papagaio uma espécie de dogma oficial, enquanto a leve indiferença de Dickstein encobria outra atitude, mais profunda. Quando Dickstein rira de Mosley, parecera uma criança rindo depois de um pesadelo. Os dois discutiam com inteligência, mas sem emoção. Era como um duelo de esgrima com espadas sem corte.

Por fim Dickstein notou que Cortone estava sendo excluído da conversa e se pôs a falar sobre o anfitrião que iria recebê-los:

– Stephen Ashford é um tanto excêntrico, mas um homem extraordinário. Passou a maior parte da vida no Oriente Médio. Dizem que ganhou uma pequena fortuna e depois a perdeu. Já fez loucuras como atravessar o deserto da Arábia em um camelo.

– Essa pode ser a maneira menos louca de atravessá-lo – comentou Cortone.

– A esposa de Ashford é libanesa – acrescentou Rostov.

Cortone olhou para Dickstein.

– Ela é...

– Ela é mais nova que o marido – apressou-se Dickstein a dizer. – Ashford a trouxe para a Inglaterra pouco antes da guerra e se tornou professor de literatura semítica aqui. Se ele lhe der vinho Marsala em vez de xerez, significa que você já ficou mais tempo do que deveria.

– E alguém sabe a diferença? – questionou Cortone.

– Esta é a casa dele.

Cortone estava meio que esperando uma casa inspirada na arquitetura mourisca, mas a residência de Ashford seguia o estilo Tudor, pintada de branco, com portas e janelas verdes. O jardim na frente era uma selva de arbustos diversos. Os três jovens subiram por um caminho de tijolinhos até a casa. A porta da frente estava aberta. Entraram num vestíbulo pequeno e quadrado. O som de risadas veio de dentro: a festa já começara. Uma porta dupla se abriu e a mulher mais linda do mundo apareceu.

Cortone ficou hipnotizado. Parou perplexo, contemplando-a enquanto ela atravessava o tapete para cumprimentá-los. E ouviu Dickstein dizer:

– Este é meu amigo Alan Cortone.

E de repente ele estava apertando a mão morena e comprida, quente e seca, delicada, não querendo largá-la nunca mais.

Ela se virou e os levou para a sala. Dickstein tocou no braço de Cortone e sorriu. Sabia o que passava pela mente do amigo.

Cortone recuperou o controle o suficiente para murmurar:

– Uau!

Pequenos copos de xerez estavam alinhados com precisão militar numa mesinha. Ela entregou um a Cortone.

– Sou Eila Ashford – apresentou-se.

Cortone captou detalhes enquanto a mulher distribuía os drinques. Não usava nenhum adorno: nada de maquiagem no rosto impressionante, o cabelo preto era liso e ela usava um vestido branco e sandálias. Ainda assim, o efeito era quase o de nudez, e ele ficou constrangido pelos pensamentos selvagens que surgiram em sua mente ao contemplá-la.

Fez um esforço para desviar os olhos e examinou a sala. Possuía a elegância inacabada de um lugar em que as pessoas tinham um estilo de vida ligeiramente acima de suas possibilidades. O suntuoso tapete persa era margeado por uma faixa de linóleo cinzento já descascando. Alguém estivera consertando o rádio; as peças se espalhavam sobre uma mesa. Havia dois retângulos mais claros no papel de parede onde antes havia quadros pendurados. E alguns copos de xerez não faziam parte do jogo.

Havia cerca de dez pessoas na sala. Um árabe que trajava um elegante terno cinza-claro ao estilo ocidental estava parado junto à lareira, olhando para a madeira trabalhada da cornija. Eila Ashford o chamou.

– Quero apresentá-los a Yasif Hassan, amigo da minha família. Ele está no Worcester College.

– Já conheço Dickstein – disse Hassan.

Ele apertou a mão de todos. Cortone achou que ele era até bonito, para um negro, além de altivo, como acontecia com os que conseguiam ganhar algum dinheiro e eram convidados às casas de brancos.

– Você é libanês? – perguntou-lhe Rostov.

– Palestino.

– Ah! – Rostov prontamente se animou. – E o que acha do plano de partilha das Nações Unidas?

– Irrelevante – respondeu o árabe, languidamente. – Os ingleses devem sair e meu país terá um governo democrático.

– Mas então os judeus ficarão em minoria – argumentou Rostov.

– Eles constituem uma minoria na Inglaterra. Isso é motivo para receberem o Surrey como pátria?

– O Surrey nunca foi deles, mas a Palestina já foi.

Hassan deu de ombros com elegância.

– Foi... quando os galeses tinham a Inglaterra; os ingleses, a Alemanha; e os normandos franceses viviam na Escandinávia – constatou e se virou para Dickstein. – Você tem um bom senso de justiça. Qual é sua opinião?

Dickstein tirou os óculos.

– A justiça não importa. Quero uma terra que possa chamar de minha.

– Mesmo que para isso tenha de roubar a minha? – perguntou Hassan.

– Pode ficar com o resto do Oriente Médio.

– Não quero.

– Essa discussão prova a necessidade da partilha – argumentou Rostov.

Eila Ashford ofereceu uma caixa de cigarros. Cortone pegou um para si e acendeu o dela. Enquanto os outros discutiam sobre a Palestina, Eila perguntou a Cortone:

– Conhece Dickstein há muito tempo?

– Desde 1943.

Ele observou os lábios morenos se fecharem em torno do cigarro. Ela fumava lindamente. Com delicadeza, Eila tirou um pedacinho de tabaco da ponta da língua.

– Estou terrivelmente curiosa a respeito dele.

– Por quê?

– Todo mundo está. Ele é apenas um garoto, mas parece muito *velho*. E não é só isso: Dickstein é obviamente de origem trabalhadora, mas nem por isso se sente intimidado por todos esses ingleses de classes superiores. No entanto, é capaz de falar sobre qualquer coisa, menos a respeito de si mesmo.

– Também estou descobrindo que não o conheço de fato – falou Cortone, assentindo.

– Meu marido diz que ele é um aluno brilhante.

– Ele salvou a minha vida.

– Santo Deus!

Eila o fitou com mais atenção, como se imaginasse se Cortone não estaria apenas sendo melodramático. E aparentemente se decidiu a favor dele.

– Gostaria de ouvir a história – pediu.

Um homem de meia-idade trajando uma calça de veludo cotelê folgada a tocou no ombro.

– Como está tudo, minha cara?

– Tudo bem. Sr. Cortone, este é meu marido, professor Ashford.

– Muito prazer.

Ashford era um homem de calvície avançada e roupas que não lhe caíam bem. Cortone esperara um Lawrence da Arábia. E pensou: *Talvez, no fim das contas, Nat tenha uma chance.*

– O Sr. Cortone ia me contar como Nat Dickstein salvou a vida dele – disse Eila.

– É mesmo?

– Não é uma história longa – afirmou Cortone.

Ele olhou para Dickstein, absorto na conversa com Hassan e Rostov. Percebeu como os três homens exibiam a própria atitude pela maneira como se postavam: Rostov, com os pés separados, sacudindo o dedo como um professor, seguro em seus dogmas; Hassan, encostado numa estante, uma das mãos no bolso, fumando, fingindo que o debate internacional sobre o futuro de sua terra era apenas de interesse acadêmico; Dickstein, com os braços firmemente cruzados, ombros inclinados, cabeça baixa em concentração, a postura denunciando que a imparcialidade de seus comentários era pura mentira. Cortone ouviu "Os ingleses prometeram a Palestina aos judeus" e a resposta: "Cuidado com os presentes de ladrões". Ele se virou de volta para os Ashfords e começou a lhes contar sua história.

– Foi na Sicília, perto de um lugar chamado Ragusa, uma cidadezinha nas montanhas. Eu comandava uma patrulha pelos arredores. Ao norte da cidade, numa pequena depressão à beira de um bosque, deparamos com um tanque alemão. O tanque parecia abandonado, mas joguei uma granada lá dentro assim mesmo, para não correr riscos. Ao passarmos, ouvi um tiro, um único tiro, então um alemão com uma metralhadora despencou de uma árvore. Ele estava escondido lá em cima, pronto para nos liquidar quando chegássemos um pouco mais perto. Foi Nat Dickstein quem o matou.

Os olhos de Eila faiscaram com algo próximo de excitação, mas o marido empalideceu. Evidentemente, o professor não tinha estômago para histórias de vida e morte. Cortone pensou: *Se isso o deixa transtornado, meu velho, espero que Dickstein jamais lhe conte nenhuma das histórias dele.*

– Os ingleses tinham contornado a cidade pelo outro lado – continuou Cortone. – Nat vira o tanque, assim como eu, e farejara uma armadilha. Avistara o homem de tocaia e, quando aparecemos, esperou para ver se havia outros. Se ele não fosse tão inteligente, eu teria morrido.

Eila e o marido ficaram em silêncio por um momento.

– Não faz tanto tempo, mas esquecemos muito depressa – comentou o professor.

Eila lembrou que precisava dar atenção aos outros convidados, mas, antes de se afastar, disse a Cortone:

– Quero conversar com você mais um pouco antes que vá embora.

Ela atravessou a sala até o lugar em que Hassan tentava abrir uma porta dupla que dava para o jardim. Ashford passou a mão nervosamente pelos cabelos ralos atrás da orelha.

– O público ouve falar de grandes batalhas, mas imagino que o soldado se recorde mais desses pequenos incidentes pessoais.

Cortone assentiu, pensando que evidentemente Ashford não tinha a menor ideia do que era a guerra e se perguntando se a juventude do professor tinha mesmo sido tão cheia de aventuras como Dickstein alegara.

– Mais tarde, apresentei-o a meus primos... minha família é da Sicília. Comemos massa e tomamos vinho, transformamos Nat em herói. Só ficamos juntos alguns dias, mas fomos como verdadeiros irmãos.

– Posso imaginar.

– Quando soube que ele tinha sido feito prisioneiro, pensei que nunca mais tornaria a vê-lo.

– Sabe o que aconteceu com ele? – perguntou Ashford. – Ele não fala muito...

Cortone deu de ombros.

– Nat sobreviveu aos campos de concentração.

– Teve sorte.

– Será mesmo?

Ashford fitou Cortone por um momento, confuso, depois desviou os olhos, contemplando a sala.

– Esta não é uma típica reunião de Oxford – falou, pouco depois. – Dickstein, Rostov e Hassan são estudantes um tanto excepcionais. Deve conhecer Toby. Ele é o estereótipo do estudante.

Ele chamou um rapaz de rosto vermelho, terno de tweed e gravata larga estampada.

– Toby, venha conhecer o Sr. Cortone, companheiro de Dickstein na guerra.

Toby apertou a mão de Cortone e lhe perguntou abruptamente:

– Pode me dar alguma informação de bastidores? Dickstein vai ganhar?

– Ganhar o quê?

– Dickstein e Rostov vão jogar uma partida de xadrez e ambos são ótimos – explicou Ashford. – Toby acha que talvez tenha alguma informação sigilosa. Provavelmente quer apostar no resultado.

– Pensei que xadrez fosse um jogo de velhos – comentou Cortone.

– Ah! – exclamou Toby, um tanto alto, esvaziando o copo em seguida.

Tanto ele como Ashford pareceram perplexos com o comentário de Cortone. Uma menina de 4 ou 5 anos surgiu do jardim carregando um gato cinzento já velho. Ashford a apresentou com o orgulho tímido de um homem que se tornara pai na meia-idade:

– Esta é Suza.

– E este é Ezequias – emendou a menina.

Suza tinha a pele e o cabelo da mãe e também seria bonita. Cortone se perguntou se ela seria de fato filha de Ashford. Não havia nada dele na menina. Ela estendeu a pata do gato e Cortone prontamente a apertou.

– Como vai, Ezequias? – disse ele.

Suza se encaminhou para Dickstein.

– Bom dia, Nat. Quer fazer um carinho no Ezequias?

– Ela é muito bonita – comentou Cortone com Ashford. – Preciso falar com Nat. Podem me dar licença?

Aproximou-se de Dickstein, que estava ajoelhado, afagando o gato. Nat e Suza pareciam ser amigos.

– Este é meu amigo Alan – contou Nat à menina.

– Já nos conhecemos.

Ela bateu os cílios. *Aprendeu com a mãe*, pensou Cortone.

– Estivemos juntos na guerra – acrescentou Dickstein.

Suza olhou para Cortone.

– Você matou gente?

Ele hesitou por um instante.

– Claro.

– E não se sente mal por isso?

– Não muito. Eram homens maus.

– Nat se sente mal. É por isso que não gosta de falar sobre essas coisas.

A menina conseguira arrancar mais coisas de Dickstein que todos os adultos juntos. O gato pulou dos braços de Suza com uma agilidade surpreendente. Ela saiu atrás do bicho. Dickstein se levantou.

– Eu não diria que a Sra. Ashford está fora da sua alçada – comentou Cortone, baixinho.

– Acha mesmo?

– Ela não pode ter mais de 25 anos. O marido é pelo menos vinte anos mais velho. E sou capaz de apostar que não está no auge dele. Casaram-se antes da guerra; ela devia ter uns 17 anos na ocasião. E não parecem muito apaixonados.

– Gostaria de poder acreditar em você, Al – falou Dickstein, mas não pareceu tão interessado quanto deveria. – Vamos dar uma olhada no jardim.

Passaram pelas portas de vidro. O sol estava mais forte; o frio cortante desaparecera do ar. Numa imensidão de verde e marrom, o jardim se estendia até o rio. Eles foram se afastando da casa.

– Não está gostando muito – comentou Dickstein.

– A guerra acabou, Nat. Vivemos agora em mundos diferentes. Tudo isso... professores, partidas de xadrez, xerez... é como se eu estivesse em Marte. Minha vida é fazer negócios, brigar com os concorrentes, ganhar algum dinheiro. Pensei em lhe oferecer um emprego na empresa, mas acho que estaria perdendo tempo.

– Alan...

– Mas que diabo, escute! Provavelmente vamos perder contato agora, pois não sou muito de escrever cartas. Mas não esquecerei que lhe devo a vida. Um dia desses, pode querer cobrar a dívida. Sabe onde me encontrar.

Dickstein abriu a boca para falar, mas nesse momento ouviram vozes:

– Não... aqui não... agora não...

Era uma mulher.

– Agora!

Um homem.

Dickstein e Cortone estavam parados atrás de uma sebe espessa que isolava um canto do jardim. Alguém começara a plantar um labirinto de cerca viva e jamais concluíra o trabalho. Havia uma abertura a alguns passos do lugar em que os dois se encontravam, depois a sebe virava em ângulo reto e corria ao longo da margem do rio. As vozes vinham claramente do outro lado das folhagens.

A mulher tornou a falar, a voz baixa, gutural:

– Não faça isso ou eu grito!

Dickstein e Cortone passaram pela abertura na sebe.

Cortone jamais esqueceria o que viu. Olhou para as duas pessoas e depois, estarrecido, para Dickstein. O amigo ficou pálido de tão perplexo, parecia doente. A boca ficou entreaberta enquanto ele olhava a cena com horror e desespero. Cortone voltou a encarar o casal.

A mulher era Eila Ashford. A saia do vestido fora levantada até a cintura, seu rosto estava corado de prazer e ela beijava Yasif Hassan.

CAPÍTULO UM

OS ALTO-FALANTES DO aeroporto do Cairo emitiram um aviso sonoro como o de uma campainha de porta e depois anunciaram a chegada do voo da Alitalia vindo de Milão: em árabe, italiano, francês e inglês. Towfik el-Masiri deixou a mesa no café e foi para o terraço de observação. Colocou os óculos escuros para olhar a pista de concreto que tremeluzia. O *Caravelle* já tinha pousado e taxiava.

Towfik estava ali por causa de um telegrama. Chegara naquela manhã, enviado por seu "tio" em Roma, em código. Qualquer empresa podia usar códigos para telegramas internacionais, desde que primeiro fornecesse a chave ao departamento de correios. Na prática, eles eram usados em grande parte para poupar dinheiro, para reduzir frases comuns a uma única palavra, e não para transmitir segredos. O telegrama do tio de Towfik, transmitido de acordo com o livro de código registrado, dava detalhes do testamento de sua falecida tia. Mas Towfik tinha outra chave para o código e a mensagem que leu foi:

OBSERVAR E SEGUIR PROFESSOR FRIEDRICH SCHULZ CHEGANDO CAIRO DE MILAO QUARTA-FEIRA 28 FEVEREIRO 1968 PASSANDO VARIOS DIAS. IDADE 51 ALTURA 1,80 METRO PESO 75 QUILOS CABELO BRANCO OLHOS AZUIS NACIONALIDADE AUSTRIACA ACOMPANHANTE ESPOSA APENAS.

Os passageiros começaram a desembarcar do avião e Towfik reconheceu o homem quase imediatamente. No voo havia apenas um homem alto, magro e de cabelos brancos. Usava terno azul-claro, camisa branca e gravata, carregava uma sacola plástica de compras de uma loja de aeroporto, além de uma câmera fotográfica. A esposa era bem mais baixa e usava um vestido curto da moda e uma peruca loura. Ao atravessarem a pista, eles olharam ao redor e farejaram o ar quente e seco do deserto, como a maioria das pessoas que desembarcava pela primeira vez no norte da África.

Os passageiros entraram no saguão de desembarque e sumiram de vista. Towfik esperou no terraço de observação até que as bagagens fossem retiradas da aeronave, depois foi se misturar à pequena multidão que aguardava logo depois da alfândega.

E teve de esperar um bocado. Era algo que não ensinavam: como esperar. Aprendia-se a manejar armas, memorizar mapas, arrombar cofres e matar pessoas com as mãos, tudo nos seis primeiros meses do curso de treinamento. Não havia aulas sobre paciência, exercícios para pés doloridos, seminários sobre o tédio.

Ele começava a ter a impressão de que havia algo estranho, de que deveria ter cuidado, quando percebeu: havia outro agente na multidão.

A mente de Towfik dera o alerta enquanto ele pensava na paciência necessária ali. Na pequena multidão, as pessoas à espera de parentes, amigos ou contatos profissionais que haviam chegado de Milão estavam impacientes. Fumavam sem parar, trocavam o peso do corpo de um pé para o outro, esticavam a cabeça, inquietas. Havia uma família de classe média com quatro crianças, dois homens trajando túnicas tradicionais listradas de algodão, um homem de negócios de terno escuro, uma jovem de pele clara, um motorista com um cartaz anunciando FORD MOTOR COMPANY e...

E um homem paciente.

Como Towfik, ele tinha a pele escura, cabelo curto e usava um terno no estilo europeu. À primeira vista, parecia estar com a família de classe média... assim como Towfik, ao observador superficial, daria a impressão de acompanhar um homem de negócios. O outro agente estava parado de forma displicente, com as mãos nas costas, olhando para a saída de bagagens. Havia uma risca mais clara na pele, ao lado do nariz, como uma cicatriz antiga. Ele a tocou uma vez, no que poderia ser um gesto de nervosismo, e tornou a pôr as mãos para trás.

O problema era só um: será que ele identificara Towfik?

Towfik se virou para o homem de negócios ao seu lado.

– Não entendo por que essas coisas precisam demorar tanto.

Ele sorriu e falou baixinho, a fim de que o homem tivesse de se inclinar, retribuindo o sorriso. Os dois pareciam conhecidos entabulando uma conversa cordial.

– As formalidades demoram mais que o voo – comentou o homem.

Towfik lançou mais um olhar rápido para o outro agente. O homem continuava na mesma posição, observando a saída. Não tentara se camuflar. Será que isso significava que não identificara Towfik? Ou indicava que desconfiara dele e chegara à conclusão de que uma tentativa de camuflagem iria denunciá-lo?

Os passageiros começaram a sair e Towfik compreendeu que não poderia fazer mais nada. Torceu para que a pessoa que o agente esperava saísse antes do professor Schulz.

Mas isso não aconteceu. Schulz e a esposa estavam entre os primeiros passageiros que apareceram.

O outro agente se adiantou e apertou-lhes as mãos.

Estava tudo claro agora.

O agente fora receber Schulz.

Towfik observou enquanto o agente chamava os carregadores e depois se afastava com o casal. Passou por outra saída e voltou para seu carro. Antes de entrar, tirou o paletó e a gravata, pôs óculos escuros e um boné branco de algodão. Assim, não poderia ser reconhecido facilmente como o homem que estivera esperando no aeroporto.

Calculou que o agente deixara o carro numa área de estacionamento proibido, perto da entrada principal, por isso seguiu para lá. Estava certo. Avistou os carregadores guardarem a bagagem dos Schulz na mala de um Mercedes cinza de cinco anos. Seguiu adiante.

Guiou seu Renault empoeirado para a estrada que ligava Heliópolis, onde ficava o aeroporto, ao Cairo. Seguiu a 60 quilômetros por hora, mantendo-se na faixa de tráfego mais lento. O Mercedes cinza passou por ele em dois ou três minutos. Towfik acelerou para mantê-lo à vista. E decorou a placa, pois sempre era útil reconhecer os carros dos adversários.

O céu começou a ficar nublado. Enquanto avançava pela estrada reta e margeada de palmeiras, Towfik pensou no que descobrira até aquele momento. O telegrama nada lhe informara a respeito de Schulz, exceto sua aparência e o fato de ser um professor austríaco. Mas o encontro no aeroporto lhe permitia deduzir diversas coisas. Houvera uma espécie de tratamento VIP clandestino. Towfik calculou que o agente fosse local; tudo indicava isso: as roupas, o carro, o jeito de esperar. Isso significava que Schulz provavelmente estava ali a convite do governo, mas ele ou as pessoas que fora encontrar queriam que a visita fosse mantida em segredo.

Não era muito. Schulz seria professor de *quê*? Podia ser banqueiro, fabricante de armas, técnico em foguetes ou comprador de algodão. Podia até estar com o Al Fatah, embora Towfik não achasse que Schulz fosse um neonazista. Mesmo assim, qualquer coisa era possível.

Certamente Tel Aviv não considerava Schulz importante, caso contrário não usaria Towfik, jovem e inexperiente, para aquela vigilância. Era até possível que tudo não passasse de outro exercício de treinamento.

Entraram no Cairo pela Shari Ramses e Towfik diminuiu a distância entre o Renault e o Mercedes até deixar apenas um carro entre eles. O Mercedes cinza virou à direita na Corniche al-Nil, depois atravessou o rio pela ponte 26 de Julho e entrou no bairro de Zamalek pela ilha de Gezira.

Havia menos tráfego naquele subúrbio rico e tedioso. Towfik ficou apreensivo com a possibilidade de ser reconhecido pelo agente ao volante do Mercedes. Porém, dois minutos depois, o carro entrou numa rua residencial perto do Clube dos Oficiais, parando diante de um prédio residencial com um jacarandá no jardim. Towfik virou à direita, sumindo antes que as portas do carro se abrissem. Estacionou, saltou, voltou a pé até a esquina. Chegou a tempo de ver o agente e os Schulz entrarem no prédio seguidos por um funcionário que trajava uma túnica tradicional e carregava a bagagem a duras penas.

Towfik olhou para um lado e outro da rua. Não havia lugar em que um homem pudesse fazer hora sem levantar suspeitas. Voltou ao carro, virou a esquina de marcha a ré e estacionou entre dois outros veículos no mesmo lado da rua em que estava o Mercedes.

Meia hora depois, o agente saiu sozinho, entrou no Mercedes e foi embora. Towfik se acomodou para esperar.

~

A rotina se prolongou por dois dias, depois tudo começou a acontecer.

Até aquele ponto, os Schulz se comportaram como turistas e pareceram se divertir. Na primeira noite, jantaram numa casa noturna e assistiram a uma exibição de dançarinas do ventre. No dia seguinte, visitaram as pirâmides e a Esfinge, almoçaram no Groppi's e jantaram no Nilo Hilton. Na manhã do terceiro dia, levantaram cedo, pegaram um táxi e seguiram para a mesquita de Ibn Tulun.

Towfik deixou o Renault perto do museu Gayer-Anderson e os seguiu. Visitaram a mesquita rapidamente, dando uma olhada superficial, e seguiram para leste pela Shari al-Salibah. Pareciam não ter pressa. Contemplavam chafarizes e prédios, examinavam as lojas pequenas e escuras, observavam as mulheres *baladi* comprarem cebola, pimenta e patas de camelo nas barracas armadas na rua.

Pararam num cruzamento e entraram numa casa de chá. Towfik atravessou a rua até a *sebeel*, um chafariz coberto cercado de portas de ferro trabalhado, e contemplou os relevos barrocos nas paredes. Subiu a rua, ainda sem perder de vista a casa de chá, e gastou algum tempo comprando quatro tomates gigantes e disformes de um barraqueiro descalço e de boné branco.

Os Schulz saíram da casa de chá e seguiram pela rua do mercado para o norte, a direção em que Towfik estava. Ali seria mais fácil segui-los, às vezes se adiantando, outras ficando para trás. A Sra. Schulz comprou sandálias e uma pulseira de ouro, pagou caro demais por um raminho de menta a um garoto seminu. Towfik se adiantou o bastante para tomar uma xícara de café turco, forte e sem açúcar, debaixo do toldo de um lugar chamado Nassif.

O casal deixou a rua do mercado e entrou num *souq* coberto especializado em selaria. O professor consultou o relógio de pulso e falou algo para a esposa, dando a Towfik o primeiro ligeiro indício de ansiedade. Passaram a andar um pouco mais depressa, até saírem em Bab Zuweyla, o portão para a cidade murada original.

Por um momento, os Schulz ficaram fora das vistas de Towfik, ocultos por um burro que puxava uma carroça carregada de grandes jarros com as bocas tampadas por jornal amassado. Depois que a carroça passou, Towfik avistou o professor despedindo-se da esposa e entrando num Mercedes cinza velho.

Towfik xingou baixinho.

A porta bateu e o carro se afastou. A Sra. Schulz acenou. Towfik conferiu a placa: era o mesmo carro que seguira de Heliópolis ao Cairo. Observou-o rumar para oeste e depois virar à esquerda, para a Shari Port Said.

Esquecendo a Sra. Schulz, se virou e saiu correndo.

Caminhavam fazia cerca de uma hora, mas haviam percorrido menos de dois quilômetros. Towfik atravessou o *souq* de selaria e a rua do mercado em disparada, esquivando-se das barracas e esbarrando em homens e mulheres vestidos de preto. Deixou cair o saco de tomates numa colisão com um varredor núbio, até que finalmente alcançou o museu e seu carro.

Sentou-se ao volante, a respiração acelerada, sentindo uma pontada de dor no lado. Ligou o motor e partiu em direção a Shari Port Said.

Não havia muito tráfego, por isso calculou que devia estar logo atrás do Mercedes quando chegou à estrada. Seguiu para sudoeste, passou pela ilha de Roda e atravessou a ponte Gizé, entrando na estrada de Gizé.

Towfik chegou à conclusão de que Schulz não tentara deliberadamente livrar-se de alguém que o seguia. Se o professor fosse um profissional nisso, o teria despistado com a maior facilidade. Ele estava apenas fazendo um passeio matinal pelo mercado antes de se encontrar com alguém num local combinado. Mas Towfik tinha certeza de que o ponto de encontro e o passeio anterior haviam sido sugeridos pelo agente.

No momento, poderiam estar rumando para qualquer lugar, mas parecia mais provável que estivessem deixando a cidade, caso contrário Schulz poderia simplesmente ter apanhado um táxi em Bab Zuweyla. E aquela era a principal estrada para oeste. Towfik acelerou o máximo possível. Não demorou muito para que só a estrada cinzenta e reta como uma flecha restasse à sua frente, enquanto nas laterais havia apenas areia amarelada e céu azul.

Towfik chegou às pirâmides sem ter alcançado o Mercedes. A estrada se bifurcava ali, seguindo para o norte até Alexandria e para o sul até Faiyum. Pelo lugar em que o Mercedes apanhara Schulz, aquele seria um caminho improvável para Alexandria, dando uma volta desnecessária. Assim, Towfik seguiu na direção de Faiyum.

Quando finalmente avistou o carro, ele estava atrás dele, aproximando-se depressa. Antes de alcançá-lo, virou à direita, saindo da estrada principal. Towfik freou bruscamente, fez a volta com o Renault e pegou o desvio. O outro veículo já estava mais de um quilômetro à sua frente, na estrada secundária. Towfik o seguiu.

Era uma situação perigosa. A estrada provavelmente se estendia pelo Deserto Ocidental, talvez até o campo petrolífero de Qattara. Parecia pouco usada e um vento forte poderia cobri-la com uma camada de areia. O agente no Mercedes perceberia que estava sendo seguido. Se fosse um bom agente, o Renault poderia até fazê-lo recordar-se do trajeto de Heliópolis ao Cairo dias antes.

Era num lugar assim que seu treinamento de nada valia: a camuflagem cuidadosa e os truques do ofício eram inúteis. Sendo avistado ou não, era necessário continuar a seguir a pessoa, porque o importante era descobrir seu destino. E se não conseguisse pelo menos isso, então um agente não prestava para nada.

Por isso Towfik lançou ao vento do deserto toda a prudência e foi atrás do Mercedes. Mas mesmo assim acabou perdendo de vista o veículo cinza.

O Mercedes era um carro mais veloz e preparado para a estrada estreita e esburacada. Já tinha sumido poucos minutos depois. Towfik continuou pela estrada, na esperança de alcançar o outro agente quando parasse ou pelo menos de passar por algo que pudesse ser seu destino.

Sessenta quilômetros adiante, em pleno deserto, começando a ficar preocupado com a possibilidade de a gasolina acabar, Towfik alcançou uma pequena aldeia num oásis, onde havia um entroncamento. Uns poucos animais esqueléticos pastavam na vegetação escassa em torno de um poço lamacento. Um jarro de favas e três latas de Fanta numa mesa improvisada diante de uma cabana indicavam o café local. Towfik saltou do carro e se dirigiu a um velho que molhava um búfalo descarnado.

– Por acaso viu um Mercedes cinza passar por aqui? – perguntou.

O camponês fitou Towfik com uma expressão impassível, como se ele estivesse falando uma língua estrangeira.

– Viu um carro cinza?

O velho afastou uma imensa mosca preta de sua testa e assentiu, uma única vez.

– Quando?

– Hoje.

Era provavelmente a resposta mais precisa que poderia esperar.

– Para que lado foi?

O velho apontou para oeste, na direção do deserto.

– Onde posso conseguir gasolina? – indagou Towfik.

O homem apontou para o leste, na direção do Cairo. Towfik lhe deu uma moeda e voltou ao carro. Ligou o motor e olhou mais uma vez para o medidor. Tinha combustível suficiente para voltar ao Cairo, nada mais. Se continuasse para oeste, ficaria sem gasolina para a viagem de volta.

Decidiu que fizera todo o possível. Desolado, manobrou o Renault e voltou ao Cairo.

~

Towfik não gostava de seu trabalho. Quando era monótono, ficava entediado; quando era emocionante, ficava apavorado. Mas tinham dito a ele que havia tarefas importantes e perigosas a serem feitas no Cairo e que ele tinha as qualidades necessárias para ser um bom espião. Além disso, não havia judeus egípcios em quantidade suficiente em Israel para que pudessem arrumar outro com todas as qualidades indispensáveis caso ele dissesse não. Por isso, é claro que Towfik concordara. Não era por idealismo que arriscava a vida por seu país. Era mais por interesse próprio. A destruição de Israel implicaria a própria destruição; lutando por Israel, estava lutando por si mesmo; arriscava a vida para salvar a própria pele. Era a estratégia lógica. Mesmo assim, ele aguardava o momento – dentro de cinco anos? Dez? Vinte? – em que estaria velho demais para o trabalho de campo e o mandariam voltar para casa e ficar atrás de uma escrivaninha. Ele poderia arrumar uma boa moça judia, casar-se e acomodar-se para desfrutar a terra pela qual lutara.

Enquanto isso, tendo perdido de vista o professor Schulz, Towfik decidiu seguir a esposa dele.

Ela continuou a visitar os pontos turísticos da cidade, escoltada agora por um jovem árabe, presumivelmente destacado pelos egípcios para tomar conta dela na ausência do marido. De noite, o árabe a levou a um restaurante egípcio para jantar, acompanhou-a de volta ao prédio residencial e se despediu dela com um beijo no rosto debaixo do jacarandá no jardim.

Na manhã seguinte, Towfik foi a uma agência dos correios e despachou um telegrama codificado para seu tio em Roma:

SCHULZ RECEBIDO AEROPORTO POR SUSPEITO AGENTE LOCAL. PASSOU DOIS DIAS VISITANDO CIDADE. APANHADO PELO AGENTE ANTES MENCIONADO E LEVADO DIRECAO QATTARA. VIGILANCIA MALOGRADA. AGORA VIGIANDO ESPOSA.

Towfik estava de volta a Zamalek às 9 horas. Às 11h30, avistou a Sra. Schulz tomando café numa varanda e conseguiu deduzir qual era seu apartamento.

Na hora do almoço, o interior do Renault estava terrivelmente quente. Towfik comeu uma maçã e tomou uma garrafa de cerveja morna.

O professor Schulz chegou no fim da tarde, no mesmo Mercedes cinza. Parecia cansado, um tanto amarfanhado, como um homem de meia-idade que viajara demais. Saltou do carro e entrou no prédio sem olhar para trás. Depois de deixá-lo, o agente passou pelo Renault e, por um instante, olhou direto para Towfik. Não havia nada que pudesse fazer para evitá-lo.

Onde Schulz estivera? Towfik calculou que levara quase um dia inteiro para chegar ao tal lugar, permanecera lá durante a primeira noite, depois um dia inteiro e mais uma noite, gastando a maior parte do último dia para voltar. Qattara era apenas uma entre várias possibilidades. A estrada do deserto se estendia até Matruh, na costa mediterrânea; havia um desvio para Karkur Tohl, ao sul, e, trocando de carro e tendo um guia pelo deserto, poderiam até ter ido a um encontro na fronteira com a Líbia.

Os Schulz tornaram a sair às 21 horas. O professor parecia revigorado.

O casal estava vestido para jantar. Andaram por uma curta distância e fizeram sinal para um táxi.

Towfik tomou uma decisão. Não os seguiu.

Saiu do carro e entrou no jardim do prédio. Avançou pelo gramado ressecado e encontrou um bom ponto de observação, atrás de uma moita, de onde podia ver o saguão através da porta aberta. O zelador núbio estava sentado num banco de madeira baixo, cutucando o nariz.

Towfik esperou.

Vinte minutos depois, o homem deixou o banco e desapareceu nos fundos do prédio.

Towfik entrou rapidamente, atravessou o saguão e subiu a escada sem fazer barulho.

Tinha três chaves mestras, mas nenhuma se ajustou à fechadura do apartamento 3. No fim, conseguiu abrir a porta com um pedaço de plástico que tirou de um esquadro escolar quebrado. Entrou no apartamento e fechou a porta.

Já estava bastante escuro lá fora. Um pouco de claridade de um poste da rua entrava pela janela sem cortina. Towfik tirou uma lanterna pequena do bolso da calça, mas não a acendeu de imediato.

O apartamento era grande e arejado, com paredes brancas e móveis coloniais ingleses. Tinha a aparência fria de um lugar em que ninguém morava. Havia uma sala de estar grande, uma sala de jantar, três quartos e uma cozinha. Depois de verificar rapidamente todos os aposentos, Towfik se pôs a revistá-los.

Os dois quartos menores estavam vazios. No maior, Towfik vasculhou todas as gavetas e armários. O guarda-roupa continha uma coleção de vestidos um tanto espalhafatosos – com lantejoulas ou estampas brilhantes e muito turquesa, laranja e rosa – de alguém que já passara pela melhor fase da vida. As etiquetas eram americanas. O telegrama dissera que a nacionalidade de Schulz era austríaca, mas isso não os impediria de morar nos Estados Unidos. Towfik nunca o ouvira falar nada.

Na mesinha de cabeceira havia um guia do Cairo em inglês, um exemplar da *Vogue* e um impresso com um artigo sobre isótopos.

O que significava que Schulz era cientista.

Towfik deu uma olhada no artigo. A maior parte estava além de sua compreensão. Calculou que Schulz fosse químico ou físico. Se estivesse ali para trabalhar em armamentos, Tel Aviv iria querer saber.

Não havia documentos pessoais. Evidentemente, Schulz levava o passaporte e a carteira no bolso. As etiquetas da companhia aérea haviam sido removidas do jogo de malas.

Numa mesa baixa, na sala de estar, dois copos cheiravam a gim. Os Schulz deviam ter tomado um drinque antes de sair.

No banheiro, Towfik encontrou as roupas que Schulz usara no deserto. Havia bastante areia nos sapatos. Nas bainhas da calça ele descobriu pequenas manchas cinzentas, empoeiradas, que poderiam ser de cimento. No bolsinho do paletó amarrotado, havia uma caixinha azul de plástico com cerca de 4 centímetros de lado e de altura. Continha um envelope do tipo usado para proteger filme fotográfico.

Towfik a pegou.

As etiquetas da companhia aérea estavam numa cesta de lixo no pequeno vestíbulo. O endereço dos Schulz era em Boston, Massachusetts, o que provavelmente significava que o professor lecionava em Harvard, no Instituto de Tecnologia de Massachusetts ou em alguma das universidades menores da região. Towfik fez um cálculo rápido: Schulz devia estar na casa dos 20 anos durante a segunda Guerra Mundial. Portanto, poderia ter sido um dos técnicos em foguetes alemães que foram para os Estados Unidos depois da guerra.

Ou não. Não era preciso ter sido nazista para trabalhar para os árabes.

Nazista ou não, Schulz era do tipo econômico: o sabonete, a pasta de dentes e a loção pós-barba eram todos de aviões e hotéis.

No chão da sala de estar, ao lado de uma cadeira de palha, havia um bloco de papel pautado, com a folha de cima em branco. Um lápis fora deixado em cima do bloco. Talvez Schulz houvesse feito notas sobre a viagem enquanto tomava o gim. Towfik revistou o apartamento à procura de folhas arrancadas do bloco.

Encontrou-as na varanda, queimadas até virarem cinzas, num cinzeiro grande.

A noite estava fria. No fim do ano, o ar ficaria mais quente, recendendo à fragrância do jacarandá no jardim lá embaixo. A distância, ouvia-se o tráfego da cidade. Towfik se lembrou do apartamento de seu pai em Jerusalém e pensou quanto tempo se passaria antes que visse de novo a cidade.

Já fizera tudo o que podia ali. Tornaria a verificar o bloco pautado, para descobrir se o lápis de Schulz fizera pressão suficiente para deixar marcas na folha seguinte. Virou-se e atravessou a varanda, até as portas francesas que davam para a sala de estar.

Estava com a mão na porta quando ouviu vozes.

Ficou paralisado.

– Sinto muito, meu bem, mas eu simplesmente não suportaria outro bife passado demais.

– Mas poderíamos ter comido alguma coisa, pelo amor de Deus.

Os Schulz estavam de volta.

Towfik refez mentalmente seu caminho pelo apartamento: quartos, banheiro, sala de estar, cozinha... Repusera no lugar tudo em que mexera, exceto a caixinha de plástico – que não poderia ter deixado de pegar. Schulz presumiria que a perdera.

Se conseguisse escapar sem ser visto, talvez nunca soubessem que ele estivera ali.

Debruçou-se sobre o parapeito da varanda. Estava escuro demais para avistar o chão. Pendurou-se para fora, segurando-se com as pontas dos dedos, e largou. Caiu sem perder o equilíbrio e tratou de se afastar o mais depressa possível.

Fora o seu primeiro arrombamento e ele ficara satisfeito. Tudo transcorrera bem, como um exercício de treinamento, até mesmo o retorno prematuro dos ocupantes do apartamento e a súbita escapada do espião por uma saída de emergência. Ele sorriu no escuro. Talvez ainda vivesse o suficiente para conhecer aquele trabalho burocrático.

Towfik entrou no carro, ligou o motor e acendeu as luzes. Dois homens saíram das sombras e se postaram nos dois lados do Renault.

Quem...?

Ele não esperou para descobrir o que estava acontecendo. Engrenou a primeira e arrancou. Os dois homens recuaram imediatamente.

Não fizeram nenhuma tentativa para detê-lo. Então por que estavam ali? Para ter certeza de que ele permaneceria no carro...?

Afundou o pé no freio e olhou para o banco de trás. E foi então que descobriu, com uma tristeza insuportável, que nunca mais tornaria a ver Jerusalém.

Um árabe alto, de terno escuro, sorria para ele por cima do cano de uma pequena pistola.

– Siga em frente – ordenou, em árabe. – Mas não muito depressa, por favor.

P: Qual é o seu nome?

R: Towfik el-Masiri.

P: Descreva a si mesmo.

R: Idade: 26 anos; 1,75 metro de altura; 80 quilos; olhos castanhos; cabelo preto; feições semitas; moreno-claro.

P: Para quem trabalha?

R: Sou estudante.

P: Que dia é hoje?

R: Sábado.

P: Qual é a sua nacionalidade?

R: Sou egípcio.

P: Quanto é 20 menos 7?

R: Treze.

As perguntas acima visam a facilitar a calibragem do detector de mentiras.

P: Você trabalha para a CIA?

R: Não. (VERDADEIRO)

P: Para os alemães?

R: Não. (VERDADEIRO)

P: Para Israel, então?

R: Não. (FALSO)

P: É realmente um estudante?

R: Sou. (FALSO)

P: Fale-me dos seus estudos.

R: Estou estudando química na Universidade do Cairo. (VERDADEIRO) Estou interessado em polímeros. (VERDADEIRO) Quero ser engenheiro petroquímico. (FALSO)

P: O que são polímeros?

R: Compostos orgânicos complexos de cadeia molecular longa. O mais comum é o polietileno. (VERDADEIRO)

P: Qual é o seu nome?

R: Já falei. Towfik el-Masiri. (FALSO)

P: Os eletrodos em sua cabeça e seu peito medem pulsação, batimentos cardíacos, respiração e transpiração. Quando mente, seu metabolismo o trai, pois você respira mais depressa, transpira mais e assim por diante. Esta máquina, presente dos nossos amigos russos, revela quando você está mentindo. Além disso, sei que Towfik el-Masiri está morto. Quem é você?

R: (SEM RESPOSTA)

P: O fio preso na ponta de seu pênis é de uma outra máquina. Está ligada a este botão. E quando eu aperto o botão...

R: (GRITO)

P: ... uma corrente elétrica passa pelo fio e lhe dá um choque. Pusemos seus pés num balde com água, a fim de aumentar a eficiência do aparelho. Qual é o seu nome?

R: Avram Ambache.

O aparelho elétrico interfere no funcionamento do detector de mentiras.

P: Pegue um cigarro.

R: Obrigado.

P: Acredite ou não, detesto este trabalho. O problema é que as pessoas que gostam dele jamais prestam para realizá-lo. É preciso ter sensibilidade. E sou uma pessoa sensível... detesto ver os outros sofrendo. Não é o que acontece com você também?

R: (SEM RESPOSTA)

P: Neste momento, você está tentando pensar em meios de resistir. Por favor, não se dê esse trabalho. Não há defesa contra as técnicas modernas de... entrevista. Qual é o seu nome?

R: Avram Ambache. (VERDADEIRO)

P: Quem é o seu controle?

R: Não sei o que quer dizer com isso. (FALSO)

P: É Bosch?

R: Não, Friedman. (REGISTRO INDETERMINADO)

P: É Bosch.

R: É, sim. (FALSO)

P: Não, não é Bosch. É Krantz.

R: Está bem, é Krantz... qualquer coisa que quiser. (VERDADEIRO)

P: Como faz contato?

R: Tenho um rádio. (FALSO)

P: Não está me dizendo a verdade.

R: (GRITO)

P: Como faz contato?

R: Uma caixa de correio para cartas devolvidas no subúrbio.

P: Agora você está pensando que, quando sente dor, o detector de mentiras não funciona direito, de forma que a tortura de certa forma o ajuda. Está apenas parcialmente certo. Esta é uma máquina muito sofisticada e passei meses aprendendo a usá-la da maneira apropriada. Depois que lhe dou um choque, leva apenas alguns instantes para reajustar a máquina ao seu metabolismo mais acelerado. E posso então voltar a determinar quando você está mentindo. Como faz contato?

R: Uma caixa... (GRITO)

P: Ali! Ele conseguiu desvencilhar os pés... Essas convulsões são muito fortes. Amarre-o de novo antes que ele se recupere. E pegue esse balde e ponha mais água.

(PAUSA)

Tudo bem. Ele já está recobrando os sentidos. Saia agora. Está me ouvindo, Towfik?

R: (INDISTINTO)

P: Qual é o seu nome?

R: (SEM RESPOSTA)

P: Uma pequena pontada para ajudá-lo...

R: (GRITO)

P: ... a pensar.

R: Avram Ambache.

P: Que dia é hoje?

R: Sábado.

P: O que lhe demos para comer de manhã?

R: Favas.

P: Quanto é 20 menos 7?

R: Treze.

P: Qual é a sua profissão?

R: Sou estudante. Não, por favor, e espião, também sou espião, não toque no botão, por favor, ah, meu Deus, ah, meu Deus...

P: Como faz contato?

R: Telegramas em código.

P: Pegue um cigarro. Aqui está... Parece que não consegue segurá-lo entre os lábios... deixe-me ajudá-lo... assim.

R: Obrigado.

P: Procure apenas permanecer calmo. Lembre-se de uma coisa: enquanto estiver dizendo a verdade, não haverá dor.

R: (PAUSA)

P: Está se sentindo melhor?

R: Estou.

P: Eu também estou. Agora fale-me a respeito do professor Schulz. Por que o seguia?

R: Recebi ordens. (VERDADEIRO)

P: De quem em Tel Aviv?

R: Não sei. (REGISTRO INDETERMINADO)

P: Mas pode imaginar.

R: Bosch. (REGISTRO INDETERMINADO)

P: Ou Krantz?

R: É possível. (VERDADEIRO)

P: Krantz é uma boa pessoa. Merece toda a confiança. Como vai a esposa dele?

R: Vai bem... (GRITO)

P: A esposa dele morreu em 1958. Por que me obriga a machucá-lo? O que Schulz fez?

R: Passou dois dias visitando os pontos turísticos da cidade, depois desapareceu no deserto num Mercedes cinza.

P: E você arrombou o apartamento dele.

R: Isso mesmo. (VERDADEIRO)

P: O que descobriu?

R: Ele é cientista. (VERDADEIRO)

P: E que mais?

R: Americano. (VERDADEIRO) Isso é tudo. (VERDADEIRO)

P: Quem foi seu instrutor no treinamento?

R: Ertl. (REGISTRO INDETERMINADO)

P: Mas esse não era o verdadeiro nome dele.

R: Não sei. (FALSO) Não! Não aperte o botão de novo, deixe-me pensar um minuto, acho que alguém disse que o nome verdadeiro dele era Manner. (VERDADEIRO)

P: Ah, sim, Manner... é uma pena. Ele é do tipo antiquado. Ainda acredita que é possível treinar agentes para resistir a um interrogatório. A culpa é dele se você está sofrendo tanto agora. E o que me diz dos seus companheiros? Quem foi treinado junto com você?

R: Nunca soube o nome verdadeiro deles. (FALSO)

P: Não soube?

R: (GRITO)

P: Os nomes verdadeiros.

R: Não de todos...

P: Diga-me os que conhece.

R: (SEM RESPOSTA)

(GRITO)

O prisioneiro desmaiou.

(PAUSA)

P: Qual é o seu nome?

R: Anh... Towfik. (GRITO)

P: O que comeu de manhã?

R: Não sei.

P: Quanto é 20 menos 7?

R: Vinte e sete.

P: O que disse a Krantz sobre o professor Schulz?

R: Visita a pontos turísticos... Deserto Ocidental... vigilância malograda...

P: Quem treinou com você?

R: (SEM RESPOSTA)

P: Quem treinou com você?

R: (GRITO)

P: Quem treinou com você?

R: Mesmo que eu ande pelo vale das sombras da morte...

P: Quem treinou com você?

R: (GRITO)

O prisioneiro morreu.

Quando Kawash pediu um encontro, Pierre Borg compareceu. Não houve discussão sobre horários e lugares: Kawash enviava uma mensagem comunicando o ponto de encontro e a hora, e Borg dava um jeito de comparecer. Kawash era o melhor agente duplo que Borg já tivera e ponto final.

À espera de Kawash, o chefe do Mossad ficou parado na plataforma sentido norte da linha Bakerloo na estação Oxford Circus do metrô, lendo um anúncio de um ciclo de conferências sobre teosofia. Não tinha a menor ideia do motivo pelo qual o árabe escolhera Londres para o encontro; não tinha a menor ideia do que ele dissera aos superiores que faria na capital inglesa; não tinha a menor ideia sequer do motivo pelo qual Kawash era um traidor. Mas aquele homem ajudara Israel a vencer duas guerras e evitar uma terceira. Borg precisava dele.

Borg correu os olhos pela plataforma procurando alguém alto de cabelo castanho e nariz grande e fino. Já supunha de qual assunto Kawash queria tratar. E esperava estar certo.

Borg estava extremamente preocupado com o caso de Schulz. Começara como uma providência de vigilância rotineira, o tipo certo de missão para o seu agente mais novo e mais inexperiente no Cairo: um físico americano importante em férias na Europa decide fazer uma visita ao Cairo. O primeiro sinal de alerta surgira quando Towfik perdeu a pista de Schulz. Nesse momento, Borg acelerou a atividade na missão. Um jornalista independente de Milão que ocasionalmente fazia investigações para o serviço secreto alemão descobriu que a passagem de avião de Schulz para o Cairo fora paga pela esposa de um diplomata egípcio em Roma. Depois, a CIA entregou ao Mossad uma série de fotografias de rotina tiradas por satélite da área em torno de Qattara e nelas apareciam indícios de construções. Borg logo se lembrou de que Schulz seguia na direção de Qattara quando Towfik o perdeu.

Alguma coisa vinha acontecendo e ele não sabia o que era. Isso o deixava preocupado.

Ele sempre estava preocupado. Se não eram os egípcios, eram os sírios; se não eram os sírios, eram os *fedayin*; se não eram os inimigos, eram os amigos e a questão de saber por quanto tempo a amizade ainda duraria. Seu trabalho o deixava permanentemente preocupado. Mas a mãe comentara em certa ocasião: "Trabalho *coisa nenhuma*. Já *nasceu* preocupado. Nisso, é igualzinho ao pai. Se fosse *jardineiro*, estaria constantemente preocupado com o trabalho do mesmo jeito."

Ela podia estar certa, mas isso não impedia que a paranoia fosse a única atitude mental racional para um chefe de espiões.

E agora Towfik parara de fazer contato, o que era ainda mais preocupante.

Talvez Kawash tivesse algumas respostas.

Um trem se aproximou ruidosamente. Borg não estava ali para tomar a condução. Começou a ler créditos num cartaz de filme. Metade dos nomes era de judeus. *Talvez eu devesse ter sido produtor de cinema*, pensou.

O trem se afastou e uma sombra se projetou sobre Borg. Ele levantou os olhos e deparou com o rosto tranquilo de Kawash.

– Obrigado por ter vindo – disse o árabe.

Era o que ele sempre dizia. Borg ignorou a frase; nunca sabia como responder a agradecimentos.

– Quais são as novidades?

– Tive de pegar um dos seus rapazes no Cairo na sexta-feira.

– *Teve?*

– O serviço secreto militar estava protegendo um VIP e percebeu que o garoto o seguia. Os militares não têm pessoal operacional na cidade, então pediram ao meu departamento que o detivesse. Foi uma solicitação oficial.

– Ah, meu Deus! – balbuciou Borg, sinceramente angustiado. – O que aconteceu com ele?

– Tive que agir de acordo com o protocolo – respondeu Kawash. Parecia muito triste. – O garoto foi interrogado e morto. O nome dele era Avram Ambache, mas operava como Towfik el-Masiri.

Borg franziu o cenho.

– Ele contou o nome verdadeiro?

– Ele está morto, Pierre.

Borg balançou a cabeça, irritado. Kawash sempre insistia nos aspectos pessoais.

– Por que ele revelou o nome?

– Estamos usando o equipamento russo... choque elétrico combinado com detector de mentiras. Não está treinando seus agentes para enfrentarem isso.

Borg soltou uma risada brusca.

– Se falássemos sobre isso, jamais conseguiríamos recrutar ninguém. O que mais ele revelou?

– Nada que não soubéssemos. Ia falar, mas tratei de matá-lo antes.

– *Você* o matou?

– Conduzi pessoalmente o interrogatório, assim pude impedir que ele dissesse algo importante. Agora fazem gravações e arquivam transcrições dessas conversas. Aprendendo com os russos.

A tristeza pareceu se aprofundar nos olhos castanhos de Kawash.

– Por que perguntou? Preferiria que eu encarregasse outra pessoa de matar os seus rapazes?

Borg o fitou por um instante, depois desviou os olhos. Mais uma vez, teve que desconsiderar o aspecto sentimental da situação.

– O que o garoto descobriu a respeito de Schulz?

– Um agente levou o professor ao Deserto Ocidental.

– Sim, mas para quê?

– Não sei.

– Mas deve saber. Afinal, está no serviço secreto egípcio!

Borg tratou de controlar a irritação. *Deixe o homem fazer as coisas no próprio ritmo*, disse a si mesmo; *qualquer que seja a informação que ele tiver, acabará revelando.*

– Não sei o que estão fazendo por lá porque organizaram um grupo especial para cuidar do assunto – contou Kawash. – Meu departamento não está informado.

– Tem alguma ideia do motivo para isso?

O árabe deu de ombros.

– Eu diria que não querem que os russos saibam. Atualmente, Moscou toma conhecimento de tudo que passa por nossas mãos.

– Isso é tudo o que Towfik conseguiu descobrir? – questionou Borg, deixando transparecer sua decepção.

– O garoto morreu por sua causa – ressaltou o outro, sua fala suave dando lugar à raiva.

– Vou agradecer-lhe no céu. Ele morreu em vão?

– Ele pegou isto no apartamento de Schulz.

Kawash tirou a mão de dentro do paletó e entregou a Borg uma caixinha azul de plástico.

– Como sabe onde ele conseguiu isto? – indagou Borg, pegando a caixinha.

– Tem as impressões de Schulz. E prendemos Towfik logo depois que ele arrombou o apartamento.

Borg abriu a caixa e examinou o envelope à prova de luz. Não estava lacrado. Ele tirou o negativo fotográfico.

– Abrimos o envelope e revelamos o filme – disse o árabe. – Não tem nada.

Com uma profunda sensação de satisfação, Borg tornou a guardar o negativo e meteu a caixinha no bolso. Agora tudo fazia sentido; agora ele compreendia; agora sabia o que tinha de fazer. Um comboio se aproximou e ele perguntou:

– Quer pegar esse trem?

Kawash franziu de leve o rosto, assentiu e se encaminhou para a beirada da plataforma, enquanto o trem parava e as portas se abriam. Ele embarcou, mas se virou para dizer:

– Não tenho a menor ideia do que seja essa caixa.

Borg pensou: *Você não gosta de mim, mas eu o acho sensacional*. Deu um sorriso sutil para o árabe enquanto as portas do trem do metrô começavam a se fechar.

– Pois eu sei o que é – revelou.

CAPÍTULO DOIS

A MOÇA AMERICANA SENTIA certa atração por Nat Dickstein. Trabalhavam lado a lado num vinhedo empoeirado, arrancando ervas daninhas e capinando à brisa amena que soprava do mar da Galileia. Dickstein tirara a camisa e trabalhava de short e sandálias, num desdém pelo sol somente demonstrado pelos que nasciam na região.

Era um homem magro, de ossos pequenos, ombros estreitos, peito raso, cotovelos e joelhos nodosos. Karen o observava ao parar para descansar, o que acontecia com frequência. Diferente de Dickstein, que parecia jamais precisar de um descanso. Os músculos vigorosos se moviam como corda trançada sob a pele morena e cheia de cicatrizes. Ela era uma mulher sensual e sentia vontade de afagar aquelas cicatrizes, perguntar como ele as conseguira.

Havia ocasiões em que Dickstein levantava os olhos e a surpreendia a contemplá-lo. Então ele sorria, sem o menor constrangimento, e continuava a trabalhar. Seu rosto era comum e anônimo. Tinha olhos escuros por trás de óculos redondos baratos, da espécie que a geração de Karen apreciava porque John Lennon os usava. O cabelo era escuro e curto. Karen gostaria que ele o deixasse crescer. Quando Dickstein dava seu sorriso torto, parecia mais jovem, embora fosse difícil determinar sua idade. Ele possuía a força e a energia de um jovem, mas Karen já vira a tatuagem de campo de concentração por baixo do relógio de pulso. Portanto, pensava ela, Dickstein não teria muito menos de 40 anos.

Ele chegara ao kibutz pouco depois de Karen, no verão de 1967. Ela chegara com seus desodorantes e suas pílulas anticoncepcionais à procura de um lugar em que pudesse viver seus ideais hippies sem ficar entorpecida 24 horas por dia. Dickstein fora trazido numa ambulância. Karen presumira que ele fora ferido na Guerra dos Seis Dias, e os outros moradores do kibutz concordaram vagamente que devia ser algo assim.

A recepção de Dickstein fora muito diferente da acolhida de Karen. Ela fora recebida com cordialidade e cautela. No ponto de vista da moça, era natural que pensassem primeiro nos seus, vendo perigo em qualquer pessoa de fora. Nat Dickstein voltara como o filho havia muito perdido. Todos se agruparam ao seu redor, deram-lhe sopa, cuidaram de seus ferimentos com lágrimas nos olhos.

Se Dickstein era o filho deles, Esther era a mãe. Era a moradora mais idosa do kibutz. "Ela parece a mãe de Golda Meir", comentara Karen um dia. "Acho que ela é o *pai*", dissera alguém. E todos riram afetuosamente. Esther usava uma bengala e andava pelo kibutz a dar conselhos não solicitados, quase todos pertinentes e sensatos. Ficara de guarda diante do quarto de Dickstein, afastando as crianças barulhentas e ameaçando dar surras que até as crianças sabiam que jamais seriam aplicadas.

Dickstein se recuperara rápido. Em poucos dias já se sentava ao sol descascando legumes para a cozinha e contando piadas vulgares para as crianças mais velhas. Duas semanas depois, trabalhava nos campos. E não demorara muito para que estivesse trabalhando mais vigorosamente que todos, à exceção dos homens mais jovens.

O passado dele era vago, mas Esther contara a Karen a história de sua chegada a Israel, em 1948, durante a Guerra da Independência.

O ano de 1948 era parte do passado recente para Esther. Jovem e moradora de Londres nas duas primeiras décadas do século, fora ativista de meia dúzia de causas radicais de extrema-esquerda, do sufragismo ao pacifismo, antes de emigrar para a Palestina. Mas as recordações dela iam mais longe, aos *pogroms* na Rússia, de que se lembrava vagamente, em imagens monstruosas e assustadoras. Sentada sob uma figueira, no auge do calor do dia, envernizando uma cadeira que fizera com as próprias mãos encarquilhadas, Esther falara sobre Dickstein como se ele fosse um colegial inteligente e travesso:

– Eram oito ou nove. Uns da universidade; outros, operários do East End. Se algum dia tiveram dinheiro, gastaram tudo antes de chegar à França. Pegaram carona num caminhão até Paris, depois embarcaram num trem de carga para Marselha. De lá, ao que tudo indica, andaram pela maior parte do caminho, até a Itália. Depois roubaram um carro imenso do Estado--Maior do Exército alemão e um Mercedes, e seguiram até a Calábria.

O rosto de Esther se abrira em sorrisos e Karen pensara: *Ela adoraria tê-los acompanhado.*

– Dickstein tinha estado na Sicília durante a guerra e parece que conhecia a máfia de lá. Eles dispunham de todas as armas que haviam restado da guerra. Dickstein queria armar Israel, mas não tinha dinheiro. Persuadiu os sicilianos a venderem uma carga de submetralhadoras para um comprador árabe, informando em seguida aos judeus onde seria efetuada a entrega. Os sicilianos sabiam o que Dickstein estava planejando e adoraram a ideia.

O negócio foi fechado, os sicilianos receberam seu dinheiro. Depois Dickstein e os amigos roubaram o barco com as armas e partiram para Israel!

Karen rira alto debaixo da figueira, e uma cabra que pastava perto a olhara de modo estranho.

– Espere um pouco, ainda não ouviu tudo – avisara Esther. – Alguns dos rapazes da universidade tinham sido remadores por um tempo e um membro do grupo havia trabalhado como estivador. Era toda a experiência de mar que possuíam, mas lá estavam eles, no comando de um cargueiro de 5 mil toneladas. Conseguiam calcular alguma coisa de navegação usando princípios básicos. E o barco tinha cartas e uma bússola. Dickstein descobriu no manual como dar partida no navio, mas disse que não havia nada sobre como pará-lo. E, assim, eles entraram em Haifa a todo vapor, berrando, acenando e jogando os chapéus para o ar como universitários no dia da formatura... e bateram no cais.

Esther fizera uma pausa, antes de arrematar:

– É claro que foram todos perdoados na mesma hora. As armas eram mais preciosas que ouro, literalmente. E foi nessa ocasião que começaram a chamar Dickstein de Pirata.

Trabalhando no vinhedo de short folgado e óculos, ele não parece muito um pirata, pensou Karen. Mesmo assim, era atraente. Ela queria seduzi-lo, mas não imaginava como. Obviamente, Dickstein simpatizava com ela, e Karen se empenhava em indicar que estava disponível. Mas ele ainda não tomara nenhuma atitude. Talvez achasse que ela era muito jovem e inocente. Ou talvez não se interessasse por mulheres.

A voz de Dickstein interrompeu seu devaneio:

– Acho que já acabamos.

Karen olhou para o sol. Já estava mesmo na hora de voltarem.

– Fez o dobro do que eu fiz.

– Estou acostumado ao trabalho. Entre idas e vindas, estou aqui há vinte anos. O corpo acaba adquirindo o hábito.

Voltaram para a aldeia enquanto o céu ia se tornando púrpura e amarelo.

– O que mais faz... quando não está aqui? – indagou Karen.

– Hum... enveneno poços e sequestro criancinhas cristãs.

Karen riu, e Dickstein acrescentou:

– O que acha da vida aqui, em comparação com a Califórnia?

– Este lugar é maravilhoso. E acho que ainda há muito trabalho por fazer para que as mulheres alcancem a igualdade na sociedade.

– Parece que esse é o grande tópico do momento.

– E você nunca tem nada para dizer a respeito.

– Acho que você tem toda a razão. Mas também acho que é melhor as pessoas conquistarem a liberdade do que a receberem sem esforço.

– É uma boa desculpa para não fazer nada.

Dickstein riu.

Ao entrarem na aldeia, passaram por um rapaz armado com um fuzil e montado num cavalo, indo patrulhar as fronteiras do povoado.

– Tome cuidado, Yisrael! – gritou Dickstein.

O bombardeio das colinas de Golan cessara e as crianças já não precisavam dormir em abrigos subterrâneos, mas o kibutz ainda mantinha patrulhas. Dickstein fora um dos que defenderam a manutenção da vigilância.

– Vou ler para Mottie – comentou Dickstein.

– Posso ir também?

– Por que não? – respondeu Dickstein e consultou o relógio. – Temos pouquíssimo tempo para nos lavar. Apareça em meu quarto dentro de cinco minutos.

Os dois se separaram e Karen seguiu para os banheiros. *Um kibutz é o melhor lugar para ser um órfão*, pensou ela, enquanto tirava as roupas. Os pais de Mottie eram falecidos. O pai morrera no ataque às colinas de Golan na última guerra; a mãe fora morta um ano antes, num tiroteio com os *fedayin*. Os dois tinham sido amigos íntimos de Dickstein. É claro que a perda dos pais era uma tragédia para o menino, mas ele ainda dormia na mesma cama, comia no mesmo refeitório e tinha quase cem outros adultos para cuidar dele e amá-lo. Não fora levado para viver com tias contrariadas ou avós idosos. Nem sequer a um orfanato, o que seria o pior de tudo. E tinha Dickstein.

Depois de tirar a poeira do corpo, Karen vestiu roupas limpas e foi para o quarto de Dickstein. Mottie já estava lá, sentado no colo de Dickstein, chupando o polegar e escutando *A ilha do tesouro* em hebraico. Dickstein era a única pessoa que Karen conhecia que falava hebraico com sotaque das classes trabalhadoras de Londres. A fala dele soava ainda mais estranha naquele momento, pois ele fazia vozes diferentes para os diversos personagens da história: uma voz estridente de menino para Jim, um rosnar profundo para Long John Silver, um quase sussurro para o louco Ben Gunn. Karen se sentou e ficou a observá-los à luz elétrica amarelada, pensando em como Dickstein parecia infantil e o menino, adulto.

Quando o capítulo acabou, os dois adultos levaram Mottie para o dormitório, deram-lhe um beijo de boa-noite e depois foram para o refeitório. *Se continuarmos a andar juntos desse jeito, todos pensarão que somos amantes*, pensou Karen.

Sentaram-se com Esther. Depois do jantar, ela contou uma história com um brilho juvenil nos olhos.

– Na época em que cheguei a Jerusalém, costumavam dizer que a pessoa que dispunha de um travesseiro de plumas podia comprar uma casa.

De bom grado, Dickstein mordeu a isca:

– Por quê?

– Um travesseiro de plumas podia ser vendido por 1 libra. Com essa libra, era possível entrar para uma sociedade de poupança e crédito, o que dava direito a tomar um empréstimo de 10 libras. Então era o momento de conseguir um pedaço de terra. O dono aceitava as 10 libras como entrada e o restante em promissórias. Assim, a pessoa se tornava proprietária. O passo seguinte era procurar um construtor e dizer: "Construa uma casa para você na minha propriedade. Tudo o que quero é um pequeno apartamento para mim e minha família."

Todos riram. Dickstein olhou para a porta. Karen acompanhou o olhar e avistou um homem estranho, corpulento, na casa dos 40 anos, o rosto rude e rechonchudo. Dickstein se levantou e foi ao encontro dele.

– Não fique sofrendo, menina – disse Esther para Karen. – Esse homem não foi feito para ser marido.

Karen olhou para Esther e de volta para a porta. Dickstein já saíra. Poucos momentos depois, ela ouviu o barulho de um carro dando partida e afastando-se.

Esther pôs a mão sobre a de Karen e a apertou.

Karen nunca mais tornou a ver Dickstein.

～

Nat Dickstein e Pierre Borg sentaram-se no banco traseiro de um Citroën preto. O guarda-costas de Borg estava ao volante, com a pistola automática no assento ao lado. Avançaram pela escuridão sem nada pela frente além da luz dos faróis. Nat Dickstein estava com medo.

Jamais vira a si mesmo da mesma forma que os outros, como um agente competente, até mesmo excepcional, que demonstrara sua capacidade de sobreviver a praticamente qualquer coisa. Mais tarde, quando tudo tivesse começado e dependesse de suas reações, da estratégia, da forma como enfrentava problemas e personalidades, não haveria tempo nem espaço em sua mente para o medo. Contudo, naquele instante, antes que Borg lhe transmitisse as informações e instruções necessárias, ainda não tinha planos para fazer, previsões para refinar, personalidades para avaliar. Sabia apenas que devia virar as costas à paz, à terra e ao sol, ao trabalho simples e árduo de fazer as coisas crescerem. E o que tinha pela frente eram riscos terríveis e um perigo incalculável, mentiras, dor e sangue, talvez até a própria morte. Ficou sentado no canto do banco, os braços e as pernas cruzados de forma tensa, observando o rosto pouco iluminado de Borg, enquanto o medo do desconhecido lhe embrulhava o estômago e provocava náuseas.

À luz débil e instável, Borg parecia um gigante de história infantil. Tinha feições rudes, lábios grossos, rosto largo, olhos esbugalhados e sombreados por sobrancelhas espessas. Em criança, haviam lhe dito que era feio, por isso ele se tornara um adulto feio. Quando estava inquieto, como naquele momento, levava as mãos ao rosto: cobria a boca, coçava o nariz e a testa, numa tentativa inconsciente de ocultar a feiura. Certa vez, num momento de descontração, Dickstein lhe perguntara por que gritava com todo mundo, ao que Borg respondera: "Porque são todos terrivelmente bonitos."

Jamais sabiam direito que língua falar quando conversavam. Borg era franco-canadense e tinha dificuldades com o hebraico. O hebraico de Dickstein era bom e o francês, apenas passável. Como regra geral, usavam o inglês.

Dickstein trabalhava sob as ordens de Borg fazia dez anos e ainda não gostava dele. Compreendia a natureza conturbada e infeliz de Borg, respeitava o seu profissionalismo e a sua devoção ao serviço secreto israelense, mas, para Dickstein, isso não era suficiente para gostar de uma pessoa. Quando Borg mentia para ele, sempre tinha razões objetivas e justificáveis. Mas nem por isso ficava menos ressentido.

Retaliava aplicando as mesmas táticas do outro. Recusava-se a dizer para onde ia ou mentia a respeito. Jamais fazia contato de acordo com o programado quando estava em ação, limitando-se a ligar ou enviar mensagens com exigências categóricas. E às vezes ocultava de Borg parte ou todo o seu plano. Isso impedia que o chefe interferisse em seus planos e também era mais seguro. Afinal, Borg poderia ser forçado a revelar a políticos o que sabia, e o que os políticos sabiam podia chegar aos ouvidos do adversário.

Dickstein conhecia o poder que seu posto lhe dava. Era responsável por muitos dos triunfos que haviam marcado a carreira de Borg. E procurava tirar o maior proveito disso.

O Citroën passou pela cidadezinha árabe de Nazaré, deserta – sob toque de recolher, presumia-se –, seguindo para Tel Aviv. Borg acendeu um charuto fino e começou a falar:

– Depois da guerra dos Seis Dias, um dos meninos brilhantes do Ministério da Defesa escreveu um estudo intitulado "A inevitável destruição de Israel". Vou explicar o argumento dele. Durante a Guerra da Independência, compramos armas da Tchecoslováquia. Quando o bloco soviético começou a se acertar com o lado dos árabes, passamos a comprar armas da França e, mais tarde, da Alemanha Ocidental. A Alemanha suspendeu todas as transações assim que os árabes descobriram. A França impôs um embargo depois da Guerra dos Seis Dias. Tanto a Inglaterra quanto os Estados Unidos têm se recusado a nos fornecer as armas de que precisamos. Estamos perdendo as nossas fontes, uma a uma.

Borg estava compenetrado.

– Vamos supor que consigamos compensar essas perdas descobrindo continuamente novos fornecedores e expandindo a nossa indústria bélica – prosseguiu ele. – Mesmo assim, Israel sairia perdendo numa corrida armamentista no Oriente Médio. Pelo que se pode prever do futuro no momento, os países produtores de petróleo serão mais ricos do que nós. Nosso orçamento de Defesa já é um fardo terrível para a economia nacional, enquanto nossos inimigos não têm nada melhor em que gastarem seus bilhões. Quando eles tiverem 10 mil tanques, ainda precisaremos de mais 6 mil; quando eles tiverem 20 mil tanques, precisaremos de 12 mil; e assim por diante. Basta dobrarem os gastos com armas a cada ano e vão conseguir desmantelar a nossa economia sem disparar um tiro sequer.

Dickstein acompanhava o raciocínio.

– Além disso, a história recente do Oriente Médio indica a incidência de guerras na média de uma por década – continuou Borg. – A lógica desse padrão está contra nós. Os árabes podem se dar ao luxo de perder uma guerra de tempos em tempos. Nós, não. A primeira derrota será nossa última guerra. Conclusão: a sobrevivência de Israel depende de rompermos o círculo vicioso em que nossos inimigos nos prenderam.

– Não é uma linha de pensamento nova – comentou Dickstein, assentindo. – É o argumento habitual para "paz a qualquer preço". Imagino que o garoto brilhante tenha sido demitido do Ministério da Defesa por causa desse estudo.

– Errou. Ele acrescentou algo ao argumento antigo: "Devemos infligir ou ter capacidade de infligir um dano permanente e implacável ao próximo exército árabe que cruzar nossas fronteiras. Devemos ter armas nucleares."

Dickstein ficou estático por um momento, depois deixou escapar o ar dos pulmões num longo assovio. Era uma daquelas ideias devastadoras, que parecem completamente óbvias a partir do momento em que são enunciadas. Ficou calado por algum tempo, digerindo as implicações. A mente fervilhava de perguntas. Era algo viável? Os americanos ajudariam? O gabinete israelense aprovaria? Os árabes não iriam retaliar com uma bomba própria?

– Garoto brilhante do Ministério da Defesa uma ova – disse Dickstein apenas. – Esse era o estudo de Moshe Dayan.

– Sem comentários.

– O gabinete o adotou?

– Houve um longo debate. Determinados estadistas mais velhos alegaram que não haviam lutado por tanto tempo para ver o Oriente Médio destruído num holocausto nuclear. Mas a oposição se baseou no argumento de que, se tivermos uma bomba, os árabes também providenciarão uma. E estaremos de volta ao ponto de partida. Tendo em vista os acontecimentos subsequentes, foi o grande erro que cometeram.

Borg meteu a mão no bolso e tirou uma pequena caixa de plástico azul. Entregou-a a Dickstein.

Dickstein acendeu a luz do interior do carro e examinou a caixa. Era fina, com cerca de 4 centímetros de lado e altura. Ele abriu a caixa e viu um envelope pequeno, de papel grosso, à prova de luz.

– O que é isso?

– Um físico chamado Friedrich Schulz visitou o Cairo em fevereiro. Ele é austríaco, mas trabalha nos Estados Unidos. Supostamente, estava de férias na Europa, mas a passagem de avião para o Cairo foi paga pelo governo egípcio. Mandei segui-lo, mas ele despistou nosso agente e desapareceu no Deserto Ocidental por 48 horas. Sabemos, pelas fotografias de satélite da CIA, que há uma grande construção sendo erguida naquela parte do deserto. Schulz trouxe isso no bolso ao voltar de lá. É um dosímetro pessoal. O envelope, que é à prova de luz, contém um pedaço de filme comum. Leva-se a caixa no bolso, presa na lapela ou no cinto. Se a pessoa for exposta a radiação, o filme aparecerá enevoado na revelação. Os dosímetros são usados, por rotina, por qualquer pessoa que visite ou trabalhe numa usina de energia nuclear.

Dickstein apagou a luz e devolveu a caixa a Borg.

– Está querendo dizer que os árabes já estão fabricando bombas atômicas – falou devagar.

– Exatamente – afirmou Borg, mais alto que o necessário.

– E o gabinete resolveu então conceder autorização a Dayan para fabricar a nossa bomba.

– A princípio, sim.

– Como assim?

– Há algumas dificuldades de ordem prática. A fabricação em si é simples... a parte automática, por assim dizer. Quem tem condições de fabricar uma bomba convencional pode fazer uma bomba nuclear também. O problema é obter o material explosivo, o plutônio. É preciso ter um reator atômico. O plutônio é um subproduto. Temos um reator, em Dimona, no deserto de Negev. Sabia disso?

– Sabia.

– É o nosso segredo menos guardado. Mas não temos o equipamento necessário para extrair o plutônio do combustível usado. Podemos construir uma usina de reprocessamento, mas o problema é que não dispomos nem de urânio *nosso* para passar pelo reator.

– Espere um instante – interferiu Dickstein e franziu o cenho. – Devemos ter urânio, já que é preciso abastecer o reator para uso normal.

– Correto. Recebemos da França e nos é fornecido com a condição de devolvermos o combustível gasto para reprocessamento, de forma que eles fiquem com o plutônio.

– E se conseguíssemos outros fornecedores?

– Todos iriam impor a mesma condição. Faz parte de todos os tratados de não proliferação nuclear.

– Mas o pessoal de Dimona pode desviar uma parte do combustível sem que ninguém perceba – propôs Dickstein.

– Não há jeito. Sabendo a quantidade de urânio fornecida, é possível calcular quanto plutônio sai do outro lado. E eles pesam tudo minuciosamente. É um material muito caro.

– Então o problema é obter urânio.

– Isso mesmo.

– E a solução?

– A solução é só uma: você vai roubá-lo.

Dickstein olhou pela janela. A lua surgira no céu, revelando algumas ovelhas no canto de uma pastagem vigiadas por um pastor árabe com um cajado: uma cena bíblica. Então aquela era a missão: roubar urânio para a terra do leite e do mel. Na última vez, fora assassinar um líder terrorista em Damasco; na vez anterior, chantagear um árabe rico em Monte Carlo para obrigá-lo a parar de financiar os *fedayin*.

Os sentimentos de Dickstein haviam sido empurrados para segundo plano enquanto Borg falava de política, Schulz e reatores nucleares. Porém lembrou-se de que tudo aquilo o envolvia. O medo voltou, trazendo uma recordação. Depois que seu pai morreu, a família ficou desesperadamente pobre. Sempre que os credores apareciam, Nat era enviado à porta para dizer que a mãe tinha saído. Aos 13 anos, achava tal situação humilhante, porque os credores sabiam que ele estava mentindo. E Nat sabia que eles sabiam. Os credores o fitavam com um misto de compaixão e desprezo que lhe atingia fundo no coração. Jamais esqueceria tal sentimento... que voltava, como um lembrete inconsciente, sempre que alguém como Borg dizia algo do gênero: "Pequeno Nathaniel, vá roubar um pouco de urânio para a sua pátria." Para a mãe, Nat sempre dissera "Tenho mesmo de fazer isso?" e, naquele momento, para Pierre Borg, falou:

– Se vamos chegar ao ponto de roubar, por que não compramos e simplesmente nos recusamos a devolver para reprocessamento?

– Porque assim todos saberiam o que estamos querendo fazer.

– E daí?

– O reprocessamento é demorado, leva meses. Durante esse tempo, duas coisas podem acontecer: os egípcios acelerarem seu programa e os americanos nos pressionarem a não construir a bomba.

– Hum... – Era de fato pior, ponderou. – Então quer que eu roube urânio sem que ninguém saiba que fomos nós.

– Mais do que isso. – A voz de Borg era áspera, gutural. – Ninguém deve sequer saber que foi roubado. Deve parecer que o urânio simplesmente se perdeu. Quero que os donos e os organismos internacionais fiquem tão constrangidos com o desaparecimento do material que tratem de abafar o caso. Depois, quando descobrirem que foi roubado, já estarão comprometidos pelo próprio silêncio.

– A coisa vai acabar vazando, mais cedo ou mais tarde.

– Não antes de termos a nossa bomba.

Chegaram à estrada litorânea entre Haifa e Tel Aviv. Enquanto o carro avançava pela noite, Dickstein podia ocasionalmente vislumbrar à direita trechos do Mediterrâneo faiscando como joias ao luar. Quando falou, ficou surpreso com o tom de resignação na voz cansada:

– De quanto urânio precisamos?

– Eles querem 12 bombas. Em minério de urânio, isso representa cerca de 100 toneladas.

– Então não caberá no meu bolso – falou Dickstein, franzindo o cenho. – Quanto custaria se comprássemos?

– Mais de 1 milhão de dólares americanos.

– E acha que os prejudicados vão abafar o caso?

– Se for feito da maneira certa.

– Como?

– Isso é problema seu, Pirata.

– Não tenho certeza se será possível.

– Tem de ser feito, de qualquer maneira. Garanti ao primeiro-ministro que daríamos um jeito. Estou apostando a minha carreira nisso, Nat.

– Não quero saber da porcaria da sua carreira.

Borg acendeu o segundo charuto, uma reação nervosa ao desdém do subordinado. Dickstein abriu a janela um dedo para deixar a fumaça sair. Sua súbita hostilidade nada teve a ver com o desajeitado apelo pessoal de Borg. Aquela manifestação era típica da incapacidade do homem de compreender como as pessoas se sentiam em relação a ele. O que deixou Dickstein nervoso foi de repente imaginar nuvens em forma de cogumelo sobre Jerusalém e o Cairo, os campos de algodão à beira do Nilo e vinhedos junto ao mar da Galileia destruídos pela precipitação radioativa, o Oriente Médio consumido pelo fogo, seus filhos deformados por gerações.

– Ainda acho que a paz é uma alternativa.

Borg deu de ombros.

– Nada posso dizer a respeito. Não me envolvo em política.

– Não diga besteira.

Borg suspirou.

– Se eles tiverem uma bomba, também precisamos ter uma, não é mesmo?

– Se o problema é esse, podemos convocar a imprensa internacional, anunciar que os egípcios estão fabricando uma bomba e deixar que o resto do mundo os detenha. Creio que o nosso pessoal quer a bomba de qualquer maneira. E por isso ficou contente com o pretexto.

– E talvez eles estejam certos. Não podemos continuar a lutar uma guerra a cada poucos anos... pois inevitavelmente acabaríamos perdendo.

– Podemos promover a paz.

Borg soltou uma risada.

– Você é ingênuo demais.

– Se cedermos em algumas coisas... como os Territórios Ocupados, a Lei do Retorno, direitos iguais para os árabes em Israel...

– Os árabes têm direitos iguais.

Dickstein sorriu de modo frio.

– Você é ingênuo demais.

– Pense um pouco!

Borg fez um esforço para se controlar. Dickstein podia compreender a raiva dele: era uma reação comum a muitos israelenses. Achavam que ficariam numa situação difícil se essas ideias liberais predominassem e que cada concessão levaria a mais uma, até que a terra fosse devolvida de bandeja aos árabes... uma perspectiva que abalava as próprias raízes de sua identidade.

– Pense um pouco! – repetiu Borg. – Talvez devêssemos vender nosso direito de nascimento por um prato de sopa. Mas temos de viver num medo real e os habitantes deste país jamais aceitarão a tal "paz a qualquer preço". E, no fundo, você sabe que os árabes também não estão com pressa de estabelecer a paz. Assim, neste mundo real, ainda teremos de enfrentá-los na guerra. E, se temos que combatê-los, é melhor vencermos. E, se quisermos garantir nossa vitória, é melhor você roubar algum urânio para nós.

– A coisa que mais detesto em você é o fato de geralmente estar certo – murmurou Dickstein.

Borg abaixou sua janela e jogou fora a guimba de charuto, que deixou uma trilha de fagulhas na estrada como fogos de artifício. As luzes de Tel Aviv surgiram à frente. Já estavam quase chegando.

– Quer saber de uma coisa, Nat? Com a maioria do meu pessoal, não me sinto obrigado a discutir política cada vez que delego uma missão. Eles simplesmente aceitam as ordens, como os agentes devem fazer.

– Não acredito. Esta é uma nação de idealistas.

– É possível.

– Conheci um homem chamado Wolfgang. Ele costumava dizer "só cumpro ordens". E depois quebrava minha perna.

– Já tinha me contado essa história – falou Borg.

Quando uma empresa contrata um contador para cuidar dos livros, a primeira coisa que ele faz é anunciar que tem tanto trabalho a ser feito que precisa de um contador assistente para executar o serviço. Algo parecido acontece com os espiões. Um país organiza um serviço secreto de informações para descobrir quantos tanques o vizinho tem e onde estão guardados. E, antes que se possa dizer MI5, o serviço secreto anuncia que está tão ocupado espionando os elementos subversivos em ação interna que é necessário um serviço à parte para cuidar das informações de caráter militar.

Foi o que aconteceu no Egito em 1955. O inexperiente serviço de inteligência do país estava dividido em dois setores: o serviço secreto militar, encarregado de contar os tanques israelenses, e o departamento de investigações gerais, que ficava com todo o prestígio.

O homem no comando dos dois setores era chamado de diretor-geral de inteligência, só para aumentar a confusão. Em teoria, pelo menos, estava subordinado ao Ministério do Interior. Mas outra coisa que sempre acontece com os departamentos de espionagem é que o chefe de Estado sempre tenta assumir o controle direto deles. Há dois motivos para isso: o primeiro é que os espiões estão sempre imaginando planos lunáticos de assassinato, chantagem e invasão – que podem ser terrivelmente embaraçosos se postos em prática algum dia. Por isso, presidentes e primeiros-ministros gostam de ficar de olho em tais departamentos. O outro motivo é que os serviços de informações representam uma fonte de poder, sobretudo em países instáveis. E o chefe de Estado quer esse poder para si.

Assim, o diretor-geral de inteligência no Cairo ficava sempre diretamente subordinado ao presidente ou ao ministro de Estado na presidência.

Kawash, o árabe alto que interrogou e matou Towfik e mais tarde entregou o dosímetro a Pierre Borg, trabalhava no departamento de investigações gerais, a parte civil e glamorosa do serviço de inteligência. Era um homem perspicaz e digno, de grande integridade. Mas era também profundamente religioso, beirando o misticismo. Sua fé era do tipo sólida e poderosa, capaz de sustentar as convicções mais improváveis – para não dizer bizarras – em relação ao mundo objetivo. Era adepto de uma ramificação do cristianismo que sustentava que a volta dos judeus à Terra Prometida era determinada pela Bíblia e um presságio do fim do mundo. Ir contra esse retorno era, portanto, um pecado; trabalhar a favor era uma missão sagrada. Era por isso que Kawash se tornara um agente duplo.

O trabalho era tudo o que ele tinha. A fé o levara a uma vida secreta em que fora aos poucos se isolando dos amigos, dos vizinhos e, com raras exceções, da família. Não tinha ambições, exceto a de ir para o paraíso. Vivia de forma austera e seu único prazer neste mundo era marcar pontos no jogo da espionagem. Era bastante parecido com Pierre Borg, embora houvesse uma diferença essencial: Kawash sentia-se feliz.

No momento, porém, ele estava perturbado. Vinha perdendo pontos no caso que começara com o professor Schulz, o que o deixava deprimido. O problema era que o projeto de Qattara não ficara sob o controle do departamento de investigações gerais, mas do outro braço do serviço de inteligência, o serviço secreto militar. Mas Kawash jejuara, meditara e, nas longas vigílias noturnas, fizera um plano para penetrar no projeto secreto.

Tinha um primo em segundo grau, Assam, que trabalhava no gabinete do diretor-geral de inteligência, que coordenava as ações dos setores militar e civil. Assam tinha um cargo mais alto que Kawash, só que Kawash era mais esperto.

Os dois primos se sentaram no salão dos fundos de um café pequeno e sujo, perto de uma imagem do sherif Pasha, sob o calor do dia, tomando refresco de limão morno e soprando fumaça de tabaco nas moscas. Eram parecidos em seus ternos claros e leves e nos bigodes espessos. Kawash queria usar Assam para descobrir o que fosse possível a respeito de Qattara. Imaginara um meio plausível de levantar o assunto e achava que Assam morderia a isca. Mas sabia que precisava avançar com extremo cuidado se quisesse contar com o apoio do primo. E Kawash parecia imperturbável como sempre, apesar da ansiedade que sentia.

Começou sendo aparentemente objetivo:

– Sabe o que está acontecendo em Qattara, primo?

Uma expressão um tanto furtiva se insinuou no belo rosto de Assam.

– Se não sabe, não posso lhe dizer nada.

Kawash balançou a cabeça como se Assam não o tivesse compreendido.

– Não quero que me revele segredos. Além do mais, posso imaginar o que está acontecendo. – O que era mentira. – O que me preocupa é o fato de Maraji estar no comando.

– Por quê?

– Por sua causa. Estou pensando em sua carreira.

– Não estou preocupado...

– Pois deveria. Deve saber que Maraji quer o seu lugar.

O proprietário do café trouxe um prato de azeitonas e dois pães. Kawash ficou calado até que ele se afastou. Ficou observando Assam enquanto a mentira a respeito de Maraji fazia a insegurança natural do primo dominá-lo.

– Imagino que Maraji se reporte diretamente ao ministro – acrescentou Kawash.

– Mas eu vejo todos os documentos – ressaltou Assam, na defensiva.

– Não sabe o que ele diz em particular ao ministro. Maraji está numa situação muito boa.

Assam franziu o cenho.

– Como descobriu a existência do projeto?

Kawash se recostou na parede fria de concreto.

– Um dos homens de Maraji estava servindo de guarda-costas no Cairo e percebeu que alguém o seguia. Era um agente israelense chamado Towfik. Maraji não tem homens de campo aqui na cidade, por isso a missão veio parar nas minhas mãos. E capturei Towfik.

Assam bufou com desdém.

– Já foi péssimo que o homem de Maraji deixasse alguém segui-lo. E pior ainda que tenha pedido ajuda ao departamento errado. Isso é terrível.

– Talvez possamos dar um jeito no problema, primo.

Assam coçou o nariz com a mão cheia de anéis.

– Continue.

– Fale ao diretor sobre Towfik. Diga que Maraji, apesar de todo o talento, comete erros ao escolher os homens dele, porque ainda é jovem e inexperiente em comparação com alguém como você. Insista que deve ser encarregado do comando do pessoal atuando no projeto de Qattara. E depois ponha no cargo um homem que seja leal a você.

Assam assentiu devagar.

– Estou entendendo.

Kawash já sentia o sabor do sucesso. Inclinou-se para a frente.

– O diretor ficará grato a você por ter descoberto essa falha num projeto altamente secreto. E você poderá ficar a par de tudo o que Maraji fizer.

– É um plano muito bom. Falarei com o diretor hoje mesmo. E lhe agradeço a sugestão, primo.

Kawash tinha mais uma coisa a dizer, a mais importante. Queria dizê-la no melhor momento possível. Decidiu que era melhor esperar mais alguns minutos. Levantou-se e disse:

– Você sempre me ajudou também, não é?

Os dois saíram de braços dados pelo calor da cidade.

– Vou encontrar logo o homem indicado para o trabalho – disse Assam.

– Ah, sim... – falou Kawash como se só então se lembrasse de um detalhe sem maior importância. – Tenho um homem que seria ideal. É inteligente, hábil e extremamente discreto... e filho do irmão da minha falecida esposa.

Os olhos de Assam se estreitaram.

– O que significa que ele também transmitiria as informações a você.

Kawash assumiu uma expressão magoada.

– Se isso é pedir demais... – falou e abriu os braços num gesto de resignação.

– Não, primo, não é pedir demais. Sempre ajudamos um ao outro.

Chegaram à esquina em que deveriam se separar. Kawash fez um esforço para impedir que o sentimento de triunfo transparecesse em seu rosto.

– Vou mandar o homem procurá-lo. Vai ver que ele é de toda confiança.

– Está certo, primo.

~

Pierre Borg conhecia Nat Dickstein havia vinte anos. Em 1948, Borg tinha certeza de que o garoto não servia para ser agente, apesar do golpe bem-sucedido com o barco carregado de armas. Era magro, pálido, desajeitado, nada tinha de simpático. Mas a decisão não coubera a Borg, e haviam feito uma experiência com Dickstein. Borg logo reconhecera que o garoto podia não parecer grande coisa, mas era muito esperto. E possuía também um charme que Borg jamais compreendera. Algumas das mulheres do Mossad eram loucas por Dickstein. Borg e os outros não conseguiam entender essa atração. E Dickstein não demonstrava interesse por ninguém. Sua ficha dizia: "Vida sexual: nenhuma."

Ao longo dos anos, Dickstein foi se tornando mais e mais eficiente, passando a merecer uma confiança cada vez maior. Borg passara a confiar nele mais que em qualquer outro agente. Na verdade, se Dickstein fosse mais ambicioso, poderia ter ocupado o cargo de Borg.

De qualquer forma, Borg não podia imaginar como Dickstein conseguiria cumprir a missão. O resultado do debate sobre armas nucleares fora uma daquelas concessões estúpidas que infernizam a vida dos servidores civis. Ficou acertado que o urânio só seria roubado se fosse possível fazê-lo de tal forma que ninguém soubesse, pelo menos por vários anos, que Israel era o responsável. Borg combatera tal decisão, defendendo uma ação súbita e rápida e ao diabo com as consequências. Uma posição mais comedida prevalecera no gabinete. Mas agora competia a Borg e seus homens converterem a decisão em ação.

Havia outros homens no Mossad que podiam executar um plano dessa proporção. Um deles era Mike, o chefe das Operações Especiais. Outro era o próprio Borg. Mas não havia mais ninguém a quem Borg pudesse dizer, como fizera com Dickstein: "O problema é este; trate de resolvê-lo."

Os dois homens passaram um dia na casa do Mossad na cidadezinha de Ramat Gan, perto de Tel Aviv. Funcionários do serviço secreto faziam café, serviam as refeições e patrulhavam o jardim, com revólveres escondidos sob os paletós.

Pela manhã, Dickstein conversou com um jovem professor de física do Instituto Weizmann, em Rehovot. O cientista tinha cabelo comprido e usava gravata florida. Explicou a química do urânio, a natureza da radioatividade e o funcionamento de uma pilha atômica com objetividade extrema e paciência sem fim. Depois do almoço, Dickstein conversou com um administrador de Dimona sobre minas de urânio, usinas de enriquecimento, fabricação, estocagem e transporte de combustível. Falou também sobre medidas de segurança e regulamentos internacionais, sobre a Agência Internacional de Energia Atômica, a Comissão de Energia Atômica dos Estados Unidos, a Autoridade de Energia Atômica do Reino Unido e a Euratom.

De noite, Borg e Dickstein jantaram juntos. Como sempre, Borg estava de dieta, das mais brandas. Não comeu o pão com espeto de cordeiro e a salada, mas tomou quase toda a garrafa de vinho tinto israelense. Sua desculpa, a fim de não revelar sua ansiedade a Dickstein, foi a de que acalmava os nervos.

Depois do jantar, ele entregou três chaves a Dickstein.

– Há identidades de reserva para você em cofres em Londres, Bruxelas e Zurique. Passaportes, carteiras de motorista, dinheiro e uma arma em cada cofre. Se tiver que trocar de identidade, deixe os documentos anteriores no cofre.

Dickstein assentiu.

– Devo me comunicar diretamente com você ou com Mike?

Você nunca se reporta a ninguém, seu filho da mãe, Borg pensou, mas disse:

– A mim, por favor. Sempre que possível, entre em contato direto comigo e use o código. Se não conseguir me encontrar, entre em contato com qualquer embaixada nossa e use o sinal combinado para convocar uma reunião. Tentarei encontrá-lo onde quer que esteja. Como último recurso, envie cartas codificadas por malas diplomáticas.

Dickstein tornou a assentir, impassível. Tudo aquilo era rotina. Borg o fitou com atenção, tentando ler seus pensamentos. Como será que Dickstein se sentia? Achava que alcançaria seu objetivo? Teria já alguma ideia? Planejava encenar uma tentativa e depois comunicaria que era impossível? Estaria convencido de que a bomba era a coisa certa para Israel?

Borg poderia perguntar, mas sabia que não obteria respostas.

– Provavelmente há um prazo – falou Dickstein.

– Há, sim, mas não sabemos qual é – respondeu Borg e começou a espetar pedaços de cebola do que restara da salada. – Devemos ter a bomba antes dos egípcios. Isso significa que sua carga de urânio deve ser fornecida ao nosso reator antes que o dos egípcios entre no deles. Depois disso, tudo é uma questão de química: não há nada que qualquer lado possa fazer para apressar as partículas subatômicas. O primeiro que começar será o primeiro a terminar.

– Vamos precisar de um agente em Qattara – ressaltou Dickstein.

– Estou cuidando disso.

Dickstein assentiu.

– Devemos ter um homem muito bom no Cairo.

Não era sobre isso que Borg queria conversar.

– O que está tentando fazer, Nat? Arrancar informações de mim?

– Estou apenas pensando em voz alta.

Houve silêncio por um momento. Borg mastigou mais algumas cebolas antes de falar:

– Já lhe disse o que quero, mas vou deixar a seu critério todas as decisões sobre como cumprir a tarefa.

– Sei disso – falou Dickstein e se levantou. – Acho que vou me deitar.

– Tem alguma ideia do seu ponto de partida?

– Tenho, sim – respondeu Dickstein. – Boa noite.

CAPÍTULO TRÊS

NAT DICKSTEIN JAMAIS se acostumara a ser um agente secreto. O que o incomodava era ser um impostor. Estava sempre mentindo, escondendo-se, fingindo ser alguém que não era, à espreita de pessoas e exibindo documentos falsos a autoridades nos aeroportos. Jamais parava de se preocupar com a possibilidade de ser descoberto. Mesmo acordado, tinha um pesadelo em que era cercado por policiais que gritavam "Você é um espião! Você é um espião!" e o levavam para a cadeia, onde lhe quebravam a perna.

Estava inquieto agora. Encontrava-se no prédio Jean-Monnet, no planalto do Kirchberg, em Luxemburgo, separado do centro da cidade pelo estreito vale de um rio. Estava sentado à entrada do escritório do Departamento de Salvaguardas da Euratom, memorizando os rostos dos empregados que chegavam para o trabalho. Esperava para ter um encontro com um assessor de imprensa chamado Pfaffer, mas deliberadamente chegara cedo. E procurava algum ponto fraco. A desvantagem daquele esquema era a de que todos os funcionários também poderiam ver seu rosto. Mas não dispunha de tempo para precauções sutis.

Pfaffer por fim apareceu, um jovem desmazelado, com uma expressão de desaprovação e uma pasta marrom velha e surrada. Dickstein o acompanhou até uma sala igualmente desmazelada e aceitou um café. Conversaram em francês. Dickstein tinha a credencial da filial parisiense de uma publicação obscura chamada *Science International*. Disse a Pfaffer que sua ambição era conseguir um emprego na *Scientific American*.

– Sobre o que exatamente está escrevendo no momento? – perguntou Pfaffer.

– O artigo é intitulado "Materiais Perdidos e Não Computados" – explicou Dickstein. – Nos Estados Unidos, há uma perda contínua de combustível radioativo. Aqui na Europa, pelo que fui informado, há um sistema internacional para controle desse material.

– Exatamente. Os países-membros delegam o controle das substâncias radioativas à Euratom. Para começar, temos uma relação completa de todas as instituições civis onde existem estoques, de minas e usinas de preparo e fabricação, passando por depósitos e reatores, até as usinas de reprocessamento.

– Você falou instituições civis...

– Isso mesmo. As instituições militares estão fora da nossa alçada.

– Continue, por favor.

Dickstein ficou aliviado por ter feito Pfaffer começar a falar antes que ele percebesse quão limitado era o conhecimento do entrevistador sobre tais assuntos.

– Vamos tomar como exemplo uma usina que prepara elementos combustíveis a partir do minério de urânio comum. A matéria-prima que chega à usina é pesada e analisada por inspetores da Euratom. Os registros são inseridos no computador da Euratom e comparados com as informações dos inspetores nas instalações remetentes. Nesse caso, é bem possível que se trate de uma mina de urânio. Se houver alguma discrepância entre a quantidade que deixou a instalação remetente e a quantidade que chegou à usina, o computador prontamente indicará. Providências similares são tomadas com o material que deixa a usina, verificando-se a quantidade e a qualidade. Tais dados são também conferidos para se ter certeza de que batem com as informações fornecidas pelos inspetores nas instalações em que o combustível será usado, provavelmente uma usina nuclear. Além disso, toda perda na usina é pesada e analisada.

Pfaffer fez uma pausa, antes de acrescentar:

– Esse processo de inspeção e verificação prossegue até o fim, incluindo a disposição final do refugo radioativo. Para completar, fazemos inventário duas vezes por ano nas usinas.

– Entendi.

Dickstein parecia impressionado, entretanto sentia um desânimo desesperador. Não havia a menor dúvida de que Pfaffer estava exagerando sobre a eficiência do sistema. Contudo, mesmo que fizessem apenas a metade daquelas verificações, como alguém conseguiria desviar 100 toneladas de minério de urânio sem que o computador indicasse? Para fazer Pfaffer continuar a falar, ele disse:

– Ou seja, a qualquer momento, seu computador sabe a localização de cada fragmento de urânio na Europa.

– Pelo menos em cada país-membro... França, Alemanha, Itália, Bélgica, Holanda e Luxemburgo. E não apenas do urânio, mas de qualquer material radioativo.

– E os detalhes de transporte?

– São sempre aprovados por nós.

Dickstein fechou seu caderninho de anotações.

– Parece um sistema extremamente eficiente. Posso vê-lo em operação?

– É uma decisão que não nos compete. Teria de entrar em contato com a autoridade de energia atômica do país-membro e pedir autorização para visitar uma instalação. Eles promovem visitas guiadas a algumas instalações.

– Poderia me passar uma relação dos números de telefone das autoridades a quem devo procurar?

– Claro.

Pfaffer se levantou e abriu um arquivo.

Dickstein resolvera um problema e encontrara outro. Queria descobrir onde poderia encontrar uma listagem da localização das reservas de material radioativo e agora tinha a resposta: no computador da Euratom. Mas todo o urânio registrado no computador estava sujeito a um rigoroso sistema de controle. Assim, seria extremamente difícil roubar qualquer quantidade. Sentado na pequena sala desarrumada, observando o afetado Pfaffer a vasculhar seu arquivo, Dickstein pensou: *se soubesse quais são as minhas intenções, seu burocrata insensível, tenho certeza de que teria um ataque.* Ele reprimiu um sorriso e ficou um pouco mais animado.

Pfaffer lhe deu uma folha de papel impressa. Dickstein a dobrou e colocou no bolso.

– Obrigado pela ajuda.

– Onde está hospedado?

– No Alfa, em frente à estação ferroviária.

Pfaffer o acompanhou até a porta.

– Espero que goste de Luxemburgo.

– Tenho certeza de que gostarei – disse Dickstein, apertando-lhe a mão.

~

O truque de memorização era antigo. Dickstein o desenvolvera quando ainda era garoto, sentado com o avô no cômodo malcheiroso sobre a pastelaria, na Mile End Road, esforçando-se para reconhecer os estranhos caracteres do alfabeto hebraico. A ideia era isolar uma característica singular da forma a ser lembrada e ignorar tudo o mais. Dickstein fizera isso com os rostos dos funcionários da Euratom.

Ele ficou esperando do lado de fora do prédio Jean-Monnet, no fim da tarde, observando as pessoas deixarem o trabalho. Algumas atraíam seu interesse mais do que outras. Secretárias, contínuos e copeiros de nada lhe adiantavam. Nem sequer os altos funcionários. Queria o pessoal do escalão intermediário: programadores de computador, chefes de seção e de pequenos departamentos, assessores. Dera nomes às pessoas mais promissoras, nomes que lhe recordavam a característica memorizada: Diamante, Colarinho Duro, Tony Curtis, Sem Nariz, Cabeça de Neve, Zapata, Gordo.

Diamante era uma mulher gorda beirando os 40 anos e sem aliança de casamento. O nome provinha do brilho da armação dos óculos. Dickstein a seguiu até o estacionamento, onde ela se espremeu ao volante de um Fiat 500 branco. O Peugeot alugado de Dickstein estava ali perto.

A mulher atravessou a ponte Adolphe, guiando muito mal, mas devagar. Seguiu por cerca de 15 quilômetros para sudeste, até uma pequena aldeia chamada Mondorf-les-Bains. Parou o carro no pátio calçado de uma casa ao estilo de Luxemburgo, com a porta cheia de tachas. Abriu-a com a chave e entrou.

A aldeia era ponto turístico, com fontes termais. Dickstein pendurou uma máquina fotográfica no pescoço e se pôs a vaguear, passando diversas vezes pela casa de Diamante. Numa dessas ocasiões, avistou pela janela a mulher servindo uma refeição a uma idosa.

O pequeno Fiat continuava estacionado diante da casa até depois de meia-noite, quando Dickstein foi embora.

Diamante não era uma boa escolha. Era uma solteirona que morava com a mãe idosa, nem rica nem pobre – a casa provavelmente era da mãe – e, ao que tudo indicava, sem vícios. Se Dickstein fosse outro tipo de homem, poderia seduzi-la. Afora isso, no entanto, não havia como alcançá-la.

Ele voltou ao hotel, decepcionado e frustrado. Não havia razão para isso, pois seu palpite fora o melhor possível com base nas informações de que dispunha. Mesmo assim, sentia que passara um dia inteiro contornando o problema e estava ansioso para atacá-lo de frente. Era a única maneira de parar de se preocupar vagamente e passar a se preocupar com algo específico.

Passou mais três dias sem obter resultados concretos. Não chegou a lugar algum com Zapata, Gordo e Tony Curtis.

Mas Colarinho Duro era perfeito.

Tinha aproximadamente a idade de Dickstein, um homem esguio, elegante, de terno azul-escuro, gravata azul lisa, camisa branca e colarinho engomado. O cabelo preto, um pouco mais comprido do que se poderia esperar num homem da sua idade, começava a ficar grisalho nas têmporas. Os sapatos eram feitos sob medida.

Ele deixou o escritório a pé, atravessou o rio Alzette, subiu a ladeira para a parte antiga da cidade. Desceu por uma rua estreita de paralelepípedos e entrou numa casa velha. Dois minutos depois, uma luz se acendeu numa janela do sótão.

Dickstein ficou esperando por cerca de duas horas.

Ao sair, Colarinho Duro usava uma calça clara bem justa, um lenço laranja no pescoço. O cabelo estava penteado para a frente, fazendo-o parecer ainda mais jovem. Andava confiante.

Dickstein o seguiu até a Rue Dicks, onde ele passou por um portal às escuras e desapareceu. Dickstein parou na calçada. A porta estava aberta, mas não havia qualquer indicação do que poderia encontrar lá dentro. Uma escada descia para um porão. Depois de um momento, Dickstein ouviu uma música ao longe.

Dois jovens, ambos com calças amarelas, passaram por ele e entraram. Ao entrar, um deles sorriu para Dickstein e disse:

– É aqui mesmo.

Dickstein os seguiu escada abaixo. Era uma boate aparentemente comum, com mesas e cadeiras, uns poucos reservados, uma pequena pista de dança e um trio de jazz num canto. Dickstein pagou o ingresso e se sentou num reservado de onde podia observar Colarinho Duro. Pediu uma cerveja.

Já tinha imaginado por que o lugar tinha um clima tão discreto. E agora, olhando ao redor, sua teoria era confirmada. Tratava-se de um clube de homossexuais. Era o primeiro em que entrava e ficou ligeiramente surpreso ao constatar que nada tinha de excepcional. Uns poucos homens usavam maquiagem, não muito exagerada, dois homens se exibiam de forma teatral no bar, uma jovem muito bonita estava de mãos dadas com uma mulher mais velha de calça masculina. Mas a maioria dos fregueses usava roupas comuns. Pelos padrões um tanto espalhafatosos da Europa, ninguém ali chamaria atenção.

Colarinho Duro estava sentado ao lado de um homem louro de casaco marrom. Dickstein não tinha preconceito contra homossexuais. Não se ofendia quando as pessoas imaginavam, erroneamente, que ele podia ser um só porque chegara à casa dos 40 anos e continuava solteiro. Para ele, Colarinho Duro era apenas um homem que trabalhava na Euratom e tinha um segredo.

Dickstein ficou escutando a música e tomando a cerveja. Um garçom se aproximou e perguntou:

– Está sozinho, meu caro?

Dickstein balançou a cabeça.

– Estou esperando meu amigo.

Um homem ao violão substituiu o trio de jazz e começou a cantar músicas típicas vulgares em alemão. Dickstein não entendeu a maioria das piadas, mas a plateia riu estrondosamente várias vezes. Depois, diversos casais foram dançar.

Dickstein viu Colarinho Duro pôr a mão no joelho do companheiro. Levantou-se e foi até o reservado deles.

– Olá – disse ele, jovial. – Não o vi outro dia no escritório da Euratom?

Colarinho Duro ficou pálido.

– Não sei...

Dickstein estendeu a mão.

– Ed Rodgers – apresentou-se, com o nome que usara para Pfaffer. – Sou jornalista.

– Muito prazer... – murmurou Colarinho Duro.

Ele estava abalado, mas ainda teve a presença de espírito de não revelar seu nome.

– Tenho de ir agora – falou Dickstein. – Foi um prazer conhecê-lo.

– Adeus.

Dickstein se virou e saiu do clube. Já fizera tudo o que era necessário, por ora. Colarinho Duro sabia que seu segredo vazara e ficara assustado.

Dickstein voltou para o hotel sentindo-se repulsivo e envergonhado.

~

Ele foi seguido ao deixar a Rue Dicks.

E quem o seguia não era um profissional, porque não fizera a menor tentativa de ocultar sua presença. Permaneceu uns vinte passos atrás dele, os sapatos de couro fazendo um barulho contínuo na calçada. Dickstein fingiu nada ter percebido. Ao atravessar a rua, aproveitou para olhar discretamente quem o seguia: era um rapaz grandalhão, de cabelo comprido, com um casaco de couro surrado.

Momentos depois, outro rapaz emergiu das sombras e parou diante de Dickstein, bloqueando a passagem. Dickstein parou e esperou. *Que diabo estão querendo?* Não podia imaginar quem o seguia nem por que usariam amadores tão desajeitados, garotos que perambulavam pelas ruas.

A lâmina de uma faca faiscou à luz do lampião. O rapaz que estava atrás se aproximou, enquanto o da frente dizia:

– Muito bem, florzinha, trate de nos entregar a sua carteira.

Dickstein ficou aliviado. Eram apenas ladrões presumindo que qualquer pessoa que saísse do clube de homossexuais seria uma presa fácil.

– Não batam em mim – pediu ele. – Vou entregar todo o dinheiro.

Ele tirou a carteira do bolso.

– Passe a carteira – insistiu o rapaz que estava na frente.

Dickstein não queria brigar com os rapazes. Poderia arrumar mais dinheiro, mas perder todos os documentos e cartões de crédito seria um grande inconveniente. Tirou as notas da carteira e as ofereceu.

– Preciso dos meus documentos. Levem apenas o dinheiro e não direi nada à polícia.

O rapaz que estava na frente pegou o dinheiro.

– Pegue os cartões de crédito – ordenou o de trás.

O que estava na frente era o mais fraco. Dickstein o fitou nos olhos.

– Por que não se contenta com o que já conseguiu, filho?

Ele se adiantou, passando pelo rapaz mais jovem pela beira da calçada. Sapatos de couro tamborilaram no chão enquanto o outro rapaz corria na direção de Dickstein. Só restava uma forma de encerrar o incidente.

Dickstein se virou depressa, agarrou o pé do rapaz em pleno chute, puxou e torceu, quebrando o tornozelo. O garoto gritou de dor e caiu no chão.

O que empunhava a faca o atacou nesse momento. Dickstein deu um pulo, chutou a canela do rapaz, saltou de novo, tornou a chutar. O ladrão arremeteu com a faca. Dickstein se esquivou e o chutou pela terceira vez, exatamente no mesmo lugar. Houve um barulho de osso estalando e o jovem caiu também.

Dickstein ficou parado por um momento, contemplando os dois assaltantes feridos. Sentia-se como um pai que chega ao limite pela provocação dos filhos e lhes dá uma surra. *Por que tinham de fazer isso comigo?* Eram apenas crianças, deviam ter seus 17 anos. Eram também maliciosos, gostavam de atacar homossexuais. Mas fora exatamente isso que Dickstein fizera naquela noite.

Afastou-se. Era uma noite para ser esquecida. Decidiu deixar a cidade na manhã seguinte.

~

Quando trabalhava, Dickstein ficava no quarto do hotel o máximo de tempo possível, a fim de evitar que o vissem. Poderia exagerar na bebida, se não fosse insensatez beber durante uma operação, já que o álcool lhe embotava os sentidos, reduzia a capacidade de vigilância. Havia também ocasiões em que não sentia a menor necessidade de beber. Passava a maior parte do tempo olhando pela janela ou sentado diante da televisão. Não andava pelas ruas, não frequentava os bares do hotel, não comia nos restaurantes do hotel, preferindo usar sempre o serviço de quarto. Mas havia limites para as precauções que um homem podia adotar. Não havia a menor possibilidade de conseguir ficar invisível. No saguão do hotel Alfa, em Luxemburgo, Dickstein encontrou alguém que o conhecia.

Nat estava parado na recepção, deixando o hotel. Verificara a conta e apresentara um cartão de crédito em nome de Ed Rodgers. Esperava para assinar o comprovante do American Express quando uma voz às suas costas disse, em inglês:

– Ei, mas é Nat Dickstein!

Era o momento que ele temia. Como todo agente que usava uma identidade falsa, Dickstein vivia sob o temor constante de encontrar por acaso alguém que o conhecesse do passado distante e que pudesse desmascará-lo. Era o pesadelo do policial que gritava "Você é um espião!", era o credor dizendo "Mas sua mãe *está* em casa. Acabo de vê-la, pela janela, escondida debaixo da mesa da cozinha".

Como qualquer agente, ele fora treinado para aquele momento. A regra era simples: *Quem quer que seja, você não o conhece.* Era algo que sempre praticavam. Diziam "Hoje você é Chaim Meyerson, estudante de engenharia" e assim por diante, criando-se toda uma nova identidade. Era preciso andar pelos lugares e agir como Chaim Meyerson. Depois, no fim da tarde, promoviam um encontro aparentemente acidental com um primo, um antigo professor ou um rabino que conhecia a família inteira. Na primeira vez, o agente sempre sorria, cumprimentava, passava algum tempo conversando sobre os velhos tempos. Depois, o instrutor lhe dizia que estava morto. Mais cedo ou mais tarde, o agente aprendia a fitar nos olhos os velhos amigos e dizer: "Mas quem é você?"

O treinamento de Dickstein prevaleceu naquele momento. Ele olhou primeiro para o recepcionista que fechava a conta de certo Ed Rodgers.

O homem não deixou transparecer qualquer reação. Não entendera, não ouvira ou não se importava.

A mão de alguém bateu no ombro de Dickstein. Ele ensaiou um sorriso de desculpas e se virou, dizendo em francês:

– Lamento, mas está enganado...

A saia do vestido fora levantada até a cintura, seu rosto estava corado de prazer e ela beijava Yasif Hassan.

– Mas *é* você mesmo! – exclamou Yasif Hassan.

Por causa do terrível impacto da recordação daquela manhã em Oxford, vinte anos antes, Dickstein perdeu o controle por um instante, esqueceu todo o treinamento e cometeu o maior erro de sua carreira. Ficou olhando para o árabe, completamente aturdido, e balbuciou:

– Hassan...

Hassan sorriu e estendeu a mão.

– Há quanto tempo... já devem ter se passado... mais de vinte anos!

Dickstein apertou a mão estendida mecanicamente, sabendo que cometera um erro e fazendo um esforço para se recuperar.

– Deve ser isso mesmo – balbuciou ele. – O que está fazendo aqui?

– Moro aqui. E você?

– Estou de partida.

Dickstein chegara à conclusão de que a única coisa a fazer era sair dali o mais depressa possível, antes que o mal se tornasse ainda maior. O recepcionista lhe entregou o comprovante do cartão de crédito e ele assinou rapidamente "Ed Rodgers". Olhou para o relógio.

– Tenho de pegar o avião.

– Meu carro está lá fora. Vou levá-lo ao aeroporto. *Precisamos* conversar.

– Já pedi um táxi...

– Cancele o táxi... – disse Hassan ao recepcionista. – E dê isso ao motorista pelo incômodo.

Ele largou algumas moedas no balcão.

– Estou com pressa – falou Nat.

– Pois então vamos logo!

Hassan pegou a valise de Dickstein e se encaminhou para a porta. Sentindo-se impotente, tolo e incompetente, Dickstein o seguiu.

Embarcaram num carro esporte inglês de dois lugares todo amassado. Dickstein examinou Hassan enquanto o árabe guiava o carro para fora da área de estacionamento proibido, entrando no fluxo de tráfego. Hassan mudara e não era apenas pela idade. Os fios brancos no bigode, a cintura mais volumosa, a voz mais grossa... eram coisas que se podiam esperar. Contudo algo mais estava diferente. Hassan sempre parecera a Dickstein o arquétipo do aristocrata. Era vagaroso, indiferente e meio entediado, enquanto os outros eram jovens e empolgados. Agora, parecia que sua altivez desaparecera. Era como o carro, desgastado pelo uso, com uma aparência um tanto apressada. Dickstein sempre se perguntara quanto dos trejeitos superiores do árabe eram cuidadosamente cultivados.

Resignando-se às consequências de seu erro, Dickstein tentou descobrir a extensão do dano.

– Mora aqui agora? – perguntou a Hassan.

– A sede europeia do meu banco fica em Luxemburgo.

Então talvez ele ainda seja rico, pensou Dickstein.

– E qual é o banco?

– O Cedar Bank, do Líbano.

– E por que a sede europeia em Luxemburgo?

– É um centro financeiro da maior importância. O Banco Europeu de Investimento está sediado aqui. E a Bolsa de Valores é internacional. E você, o que faz aqui?

– Moro em Israel. Meu kibutz fabrica vinho... e estou sondando as possibilidades de distribuição na Europa.

– É a mesma coisa que levar carvão para Newcastle, o maior centro produtor da Europa.

– É o que estou começando a descobrir.

– Talvez eu possa ajudá-lo, se por acaso voltar a Luxemburgo. Tenho muitos contatos por aqui. Posso promover alguns encontros importantes para você.

– Obrigado. E pode estar certo de que vou lhe cobrar essa oferta.

Se o pior acontecesse, pensou Dickstein, sempre poderia comparecer aos encontros e vender algum vinho.

– Então a sua casa é agora na Palestina e a minha, na Europa – comentou Hassan.

Dickstein teve a impressão de que o sorriso do outro era forçado.

– E como vai o banco? – indagou Dickstein, se perguntando se a expressão "meu banco" significava "o banco que eu possuo", "o banco que eu dirijo" ou "o banco em que trabalho".

– Está indo muito bem.

Eles pareciam não ter mais nada a dizer um para o outro. Dickstein tinha vontade de perguntar o que acontecera à família de Hassan na Palestina, como terminara o caso dele com Eila Ashford e por que tinha um carro esporte. Mas receava que as respostas pudessem ser penosas para Hassan ou para ele próprio.

– Está casado? – perguntou Hassan.

– Não. E você?

– Também não.

– Muito estranho.

Hassan sorriu.

– Nós não somos do tipo de assumir responsabilidades.

– Mas eu tenho as minhas responsabilidades – ressaltou Dickstein, pensando no órfão Mottie, para quem ainda não acabara de ler *A ilha do tesouro*.

– Ou seja, não perde uma oportunidade, hein? – disse Hassan, piscando um olho de forma maliciosa.

– Pelo que eu me lembro, você é que era o galante – murmurou Dickstein, constrangido.

– Mas isso era antigamente.

Dickstein se esforçou para não pensar em Eila. Chegaram ao aeroporto e Hassan parou o carro.

– Obrigado pela carona – disse Dickstein.

Hassan se virou no assento e fitou Dickstein.

– É impressionante, mas você parece mais moço do que em 1947.

Dickstein apertou a mão do outro.

– Lamento estar com tanta pressa.

Ele saiu do carro enquanto Hassan dizia:

– Não se esqueça de me procurar na próxima vez que vier a Luxemburgo.

– Até a vista.

Dickstein fechou a porta e entrou no aeroporto.

E só então, finalmente, permitiu-se recordar.

~

As quatro pessoas no jardim frio ficaram imóveis por um instante que pareceu interminável. Depois, as mãos de Hassan deslizaram pelo corpo de Eila. Imediatamente, Dickstein e Cortone se afastaram, passando de volta pela abertura na sebe e sumindo de vista. Os amantes não chegaram a vê-los.

Encaminharam-se para a casa.

– O negócio estava mesmo quente... – disse Cortone quando chegaram a um ponto em que não podiam mais ser ouvidos.

– Não vamos falar sobre isso, por favor – pediu Dickstein.

Ele sentia-se como um homem que, olhando para trás, acabara trombando num poste. Sentia dor e raiva e não havia ninguém para culpar além de si mesmo.

Por sorte, a festa chegara ao fim. Foram embora sem falar com o marido enganado, o professor Ashford, que estava num canto, absorto numa conversa com um estudante de pós-graduação.

Cortone e Nat foram almoçar num restaurante. Dickstein comeu pouco, mas tomou cerveja.

– Não sei por que ficou tão abalado e deprimido, Nat – comentou Cortone. – Isso apenas significa que ela está disponível, não é mesmo?

– É... – murmurou Dickstein, mas sem concordar de fato.

A conta deu mais de 10 xelins. Cortone pagou. Dickstein o acompanhou até a estação ferroviária. Apertaram-se as mãos de forma solene e Cortone embarcou.

Dickstein caminhou pelo parque por horas, mal sentindo o frio enquanto tentava definir seus sentimentos. Mas não conseguiu. Sabia que não estava com inveja de Hassan nem desiludido com Eila. Também não estava desesperançoso, pois jamais tivera esperanças de nada. Mas se sentia arrasado e não havia palavras para explicar por quê. Desejava ter alguém para conversar a respeito.

Pouco depois disso, ele foi para a Palestina, embora não apenas por causa de Eila.

Nos 21 anos subsequentes, ele jamais tivera uma mulher. Mas isso também não fora inteiramente por causa de Eila.

~

Yasif Hassan se afastou do aeroporto de Luxemburgo dominado por uma raiva intensa. Podia se lembrar, tão nitidamente como do dia anterior, do jovem Dickstein: um judeu pálido de terno ordinário, magro como uma garotinha, a postura ligeiramente encurvada como se esperasse ser chicoteado, seus olhos contemplando com anseio adolescente o corpo maduro de Eila Ashford, seus argumentos obstinados na defesa do fato de que seu povo ficaria com a Palestina, quer os árabes consentissem ou não. Hassan o achava ridículo, uma criança. Agora, Dickstein vivia em Israel, cultivava uvas para fazer vinho. Ele encontrara um lar, enquanto Hassan perdera o seu.

Hassan já não era mais rico. Nunca chegara a ser milionário, mesmo pelos padrões levantinos. Mas sempre tivera boa comida, roupas elegantes e a melhor educação possível. Conscientemente, adotara os hábitos da aristocracia árabe. O avô fora um médico bem-sucedido que levara o filho mais velho para a medicina e iniciara o caçula no mundo dos negócios. O mais moço, pai de Hassan, comprava e vendia tecidos na Palestina, no Líbano e na Transjordânia. O negócio prosperara sob o domínio britânico, e a imigração sionista servira para ampliar o mercado. Por volta de 1947, a família possuía lojas em todo o Levante e era a dona de sua aldeia natal, perto de Nazaré.

A guerra de 1948 os arruinara.

Quando o Estado de Israel fora proclamado e os exércitos árabes atacaram, a família de Hassan cometera o erro fatal de fazer as malas e fugir para a Síria. Nunca mais voltaram. O armazém em Jerusalém desapareceu num incêndio. As lojas foram destruídas ou tomadas por judeus. As terras da família passaram a ser "administradas" pelo governo israelense. Hassan ficou sabendo que a aldeia era agora um kibutz.

Desde então, o pai de Hassan vivia num campo de refugiados da ONU. A última coisa positiva que ele fizera fora escrever uma carta de apresentação de Yasif para seus banqueiros libaneses. Yasif tinha diploma universitário e falava um inglês excelente. O banco lhe dera um emprego.

Ele pedira uma indenização ao governo israelense, nos termos da Lei de Aquisição de Terras, de 1953. O pedido fora rejeitado.

Hassan só visitara a família no campo de refugiados uma vez, porém pelo resto da vida ficara marcado pelo que vira nele. Todos moravam numa cabana de tábuas e partilhavam os banheiros comunitários. Não recebiam nenhum tratamento especial. Era apenas uma entre as milhares de famílias sem lar, sem propósito e sem esperança. Ao ver o pai – que fora um negociante inteligente e decidido que dirigia um empreendimento grande com mão firme – reduzido a um homem que entrava numa fila para receber comida e desperdiçava a vida jogando gamão, Yasif sentiu vontade de lançar bombas em ônibus escolares.

As mulheres buscavam água e limpavam a casa, como sempre tinham feito. Mas os homens perambulavam a esmo, em roupas de segunda mão, sem nada esperar, os corpos se tornando flácidos à medida que as mentes se embotavam. Os adolescentes se pavoneavam, discutiam e brigavam com facas, pois nada tinham pela frente além da perspectiva de sua vida minguando e murchando sob o calor escaldante do deserto.

O campo de refugiados cheirava a esgoto e desespero. Hassan jamais tornara a visitá-lo, embora escrevesse com frequência para a mãe. Escapara daquela armadilha. E se estava abandonando o pai... ora, o pai o ajudara a conseguir aquilo, portanto devia ser a vontade dele.

Hassan alcançara um sucesso relativo como bancário. Possuía inteligência e integridade, porém não fora criado para trabalhar com cálculos meticulosos, despachar memorandos e manter arquivos em triplicata. Além do mais, seu coração estava longe dali.

Nunca deixara de se ressentir do que lhe fora arrancado. Levava o ódio pela vida como um fardo secreto. O que quer que a mente lógica pudesse lhe dizer, a alma murmurava que abandonara o pai em um momento de necessidade. A culpa alimentava ainda mais o ódio contra Israel. Todo ano esperava que os exércitos árabes destruíssem os invasores sionistas. E, a cada ano em que isso não acontecia, Hassan ficava mais angustiado e furioso.

Em 1957, ele começara a trabalhar para o serviço secreto egípcio.

Não era um agente muito importante. Contudo, à medida que o banco expandia suas operações europeias, Hassan passou a ouvir informações ocasionais, tanto no escritório como fora dele. De vez em quando, o Cairo solicitava informações específicas sobre a situação financeira de um fabricante de armas, um filantropo judeu ou um milionário árabe. Quando Hassan não encontrava os detalhes nos arquivos do banco, frequentemente os obtinha através de amigos e contatos profissionais. Tinha também a instrução geral para vigiar homens de negócios israelenses na Europa, pois poderiam ser agentes. Por isso abordara Nat Dickstein.

Hassan achava que a história de Dickstein poderia ser verídica. Em seu terno surrado, com os mesmos óculos redondos e a mesma aparência insignificante, ele parecia na verdade um vendedor mal remunerado que não tinha a menor possibilidade de promover o produto que oferecia. Contudo, havia que pensar no estranho incidente na Rue Dicks na noite anterior: dois rapazes, conhecidos da polícia como reles ladrões, encontrados na sarjeta brutalmente agredidos. Hassan conseguira todos os detalhes de um contato na polícia. Era evidente que haviam escolhido a vítima errada. Os ferimentos eram profissionais. O homem que os infligira só podia ser um soldado, um policial, um guarda-costas... ou um agente. Depois de um incidente assim, qualquer israelense que deixasse a cidade às pressas na manhã seguinte merecia ser verificado.

Hassan voltou para o hotel Alfa e falou com o recepcionista:

– Estive aqui há uma hora, quando um dos seus hóspedes estava de partida. Lembra-se?

– Creio que sim, senhor.

Hassan lhe entregou 200 francos luxemburgueses.

– Poderia me informar o nome que ele usou para fazer a reserva? – pediu Hassan.

– Claro, senhor. – O recepcionista consultou um arquivo. – Edward Rodgers, da revista *Science International*.

– Não era Nathaniel Dickstein?

O recepcionista fez que não com a cabeça pacientemente.

– Poderia verificar se houve algum Nathaniel Dickstein, de Israel, registrado aqui no hotel?

– Pois não, senhor.

O recepcionista levou alguns minutos para verificar um maço de papéis. A empolgação de Hassan foi aumentando. Se Dickstein se registrara usando um nome falso, então não era vendedor. Nesse caso, o que mais podia ser além de um agente israelense? O recepcionista por fim largou os papéis.

– Não tivemos nenhum hóspede com esse nome, senhor.

– Obrigado.

Hassan foi embora. Estava exultante ao voltar para o escritório. Usara toda a sua astúcia e descobrira algo importante. Assim que chegou à sua mesa, escreveu uma mensagem:

SUSPEITO AGENTE ISRAELENSE VISTO AQUI. NAT DICKSTEIN REGISTRADO HOTEL COMO ED RODGERS. 1,70 ALTURA, MAGRO, CABELO PRETO, OLHOS CASTANHOS, CERCA DE 40 ANOS.

Codificou a mensagem, acrescentou uma palavra de código ao início e enviou o texto por telex para a sede do banco no Egito. Jamais chegaria lá. A palavra extra instruía a agência dos correios no Cairo a desviar o telex para o departamento de investigações gerais.

O envio da mensagem foi o anticlímax, como era natural. Não haveria nenhuma reação, não haveria agradecimentos do outro lado. Hassan não tinha outra coisa a fazer a não ser continuar seu trabalho no banco, esforçando-se para não se deixar dominar pelos devaneios.

Então, inesperadamente, o Cairo o procurou por telefone.

Isso jamais acontecera antes. Às vezes lhe enviavam telegramas, mensagens de telex, até mesmo cartas. Tudo codificado, é claro. Umas poucas vezes, encontrara-se com membros de embaixadas árabes, que haviam transmitido instruções em pessoa. Mas nunca telefonavam. A informação dele devia ter causado uma repercussão maior do que previra.

A pessoa que telefonou queria mais informações a respeito de Dickstein:

– Quero que confirme a identidade do cliente que citou em sua mensagem. Ele usava óculos redondos?

– Usava.

– Falava inglês com um sotaque de operário londrino? Poderia reconhecer tal sotaque?

– A resposta para as duas perguntas é sim.

– Ele tinha um número tatuado no antebraço?

– Não pude ver hoje, mas sei que tem. Estudei com ele na Universidade de Oxford, há muitos anos. Tenho certeza absoluta de que é ele mesmo.

– Quer dizer que o *conhece*? – Havia um tom de espanto na voz do Cairo. – Essa informação está em sua ficha?

– Não. Nunca pensei...

– Pois deveria estar – disse o homem do Cairo, furioso. – Há quanto tempo está conosco?

– Desde 1957.

– Isso explica tudo. Entrou nos velhos tempos. Pois agora preste muita atenção. Esse homem é um... cliente muito importante. Queremos que fique com ele 24 horas por dia. Entendido?

– Impossível – respondeu Hassan, desesperado. – Ele saiu da cidade.

– E para onde foi?

– Deixei-o no aeroporto. Não sei para onde ele foi.

– Pois trate de descobrir. Telefone para as companhias aéreas, descubra em que voo embarcou e torne a me ligar dentro de quinze minutos.

– Farei o melhor possível...

– Não estou interessado no melhor possível. Quero saber o destino do cliente e quero saber antes de ele chegar lá. Trate de me telefonar daqui a quinze minutos. Agora que fizemos contato com ele, *não podemos perdê-lo de novo.*

– Vou cuidar disso imediatamente – garantiu Hassan.

Mas a linha já estava muda muito antes que ele terminasse a frase. Hassan pôs o fone no gancho. Era verdade que não recebera agradecimentos do Cairo, mas aquilo era muito melhor. De repente ele era importante, seu trabalho era urgente, dependiam dele. Tinha a oportunidade de fazer alguma coisa pela causa árabe, uma chance de revidar, finalmente.

Ele tornou a pegar o fone e começou a ligar para as companhias aéreas.

CAPÍTULO QUATRO

NAT DICKSTEIN DECIDIU conhecer uma usina nuclear na França simplesmente porque a única língua europeia que falava relativamente bem era francês, além do inglês. Só que a Inglaterra não era supervisionada pela Euratom. Visitou a usina de ônibus, com um grupo de estudantes e turistas. Os campos que desfilavam pela janela do ônibus eram de um verde gasto, mais parecidos com a Galileia do que com Essex, que fora a própria definição de "campo" para Dickstein quando garoto. Viajara pelo mundo inteiro desde então, a ponto de considerar corriqueiro que tivesse que se deslocar de avião. Mas ainda se recordava com clareza da época em que seus horizontes eram a Park Lane, a oeste, e a Southend-on-Sea, a leste. Também lembrava como esses horizontes haviam encolhido de repente, quando começara a tentar enxergar a si mesmo como um homem feito, depois de seu bar mitzvah e da morte do pai. Outros rapazes de sua idade se imaginavam arrumando empregos nas docas ou em alguma gráfica, casando com moças locais, encontrando casas a 500 metros da residência dos pais e acomodando-se. As ambições deles eram criar um galgo campeão de corridas, ver o West Ham ganhar a Copa da Inglaterra e comprar um carro. O jovem Nat pensava em ir para a Califórnia, a Rodésia ou Hong Kong, tornar-se neurocirurgião, arqueólogo ou ficar milionário.

Isso acontecia em parte porque era mais inteligente do que a maioria dos seus contemporâneos e porque os outros encaravam as línguas estrangeiras apenas como mais uma matéria escolar, e não como uma forma de comunicação. Contudo a diferença principal era o fato de ele ser judeu. Harry Chieseman, o parceiro de xadrez da infância de Dickstein, era inteligente, determinado e sagaz, mas se via como um londrino da classe proletária e estava convencido de que sempre seria assim. Dickstein sabia – embora não se recordasse de que alguém lhe houvesse dito isso às claras – que os judeus, onde quer que nascessem, eram capazes de ingressar em boas universidades, abrir novas indústrias, como a cinematográfica, tornar-se banqueiros, advogados ou empresários bem-sucedidos. E, quando não conseguiam realizar seus sonhos no país onde haviam nascido, seguiam para outro lugar, a fim de tentarem novamente. Era curioso, pensou Dickstein, ao recordar sua infância, como um povo que fora perseguido por séculos estivesse tão convencido da própria capacidade de realizar tudo o que quisesse. Por exemplo: quando precisavam de bombas nucleares, eles tratavam de entrar em ação para consegui-las.

A tradição era um consolo, mas não ajudava a descobrir como alcançar seus objetivos.

A usina nuclear apareceu a distância. À medida que o ônibus se aproximava, Dickstein compreendeu que o reator era maior do que imaginara. Ocupava um prédio de dez andares. De alguma forma, ele pensara que o reator coubesse numa sala pequena.

A segurança externa era mais de nível industrial que militar. As instalações eram delimitadas por uma cerca alta e não eletrificada. Dickstein olhou pelo portão enquanto o guia cuidava das formalidades. Os guardas dispunham apenas de dois monitores de circuito fechado. *Posso colocar cinquenta homens dentro dessas instalações em plena luz do dia sem que eles percebam nada*, pensou Dickstein. Era um mau sinal, concluiu ele. Significava que os guardas tinham outros motivos para não se preocuparem.

Deixou o ônibus com o resto do grupo e cruzou o estacionamento até o prédio de recepção. As instalações haviam sido projetadas com a preocupação da imagem pública da energia nuclear. Havia gramados bem-cuidados, canteiros de flores, diversas árvores recém-plantadas. Tudo era limpo e natural, pintado de branco, sem fumaça. Olhando para trás, na direção do portão, Dickstein avistou um Opel cinza parando na entrada. Um dos passageiros saltou e se dirigiu aos guardas, que pareceram lhe dar orientações. Dentro do carro, algo reluziu ao sol por um instante.

Dickstein seguiu o grupo de visitantes para o interior do prédio. No saguão, dentro de uma caixa de vidro, havia um troféu de rúgbi conquistado pela equipe da usina. Uma fotografia aérea das instalações decorava a parede. Dickstein parou diante dela, gravando mentalmente os detalhes e calculando como poderia fazer uma incursão à usina, ao mesmo tempo que se preocupava, no fundo da mente, com o Opel cinza.

Quatro funcionárias trajando uniformes elegantes guiaram o grupo na excursão pela usina. Dickstein não estava interessado nas gigantescas turbinas, na sala de controle da era espacial com seus inúmeros painéis de mostradores e botões nem no sistema de abastecimento de água projetado para salvar os peixes e devolvê-los ao rio. Imaginava se os homens no Opel estariam ali para segui-lo e por quê.

Mostrou-se bastante interessado pela seção de recebimento do material e perguntou à funcionária da usina:

– Como o combustível chega à usina?

– De caminhão – respondeu ela, maliciosa.

Alguns visitantes deram sorrisos nervosos ao pensar em urânio cruzando os campos em caminhões. Assim que as risadas já esperadas se dissiparam, a mulher acrescentou:

– Não é perigoso. O material não é radioativo até ser alimentado por pilha atômica. Assim que sai do caminhão, é levado direto para o elevador e segue para o depósito de combustível no sétimo andar. A partir de lá, o resto do processo é automático.

– E ninguém confere a quantidade e a qualidade da carga? – indagou Dickstein.

– Isso é feito na usina de fabricação do combustível. A remessa é lacrada lá. Aqui só verificamos se os lacres estão intactos.

– Obrigado.

Dickstein assentiu satisfeito. O sistema não era tão rígido como afirmara o Sr. Pfaffer, da Euratom. Um ou dois planos possíveis começaram a se delinear em sua mente.

Viram a máquina de abastecimento do reator em funcionamento. Operada por controle remoto, levava o elemento combustível do depósito para o reator, abria a tampa de concreto de um canal de abastecimento, removia o elemento consumido, inseria o novo, fechava a tampa e largava o elemento usado num tubo cheio de água que levava aos tanques de resfriamento.

– O reator possui três mil canais de abastecimento, cada um com oito barras de combustível – falou a funcionária num francês parisiense perfeito e estranhamente sedutor. – As barras duram de quatro a sete anos. Há uma máquina que recarrega cinco canais em cada operação.

Foram ver os tanques de resfriamento. Sob 6 metros de água e ainda radioativos, os elementos combustíveis usados eram postos em recipientes de chumbo de 50 toneladas, duzentos elementos em cada um, para transporte de caminhão e trem até a usina de reprocessamento.

Enquanto as funcionárias da usina serviam café e bolo na recepção, Dickstein ficou analisando o que descobrira. Ocorrera-lhe que podia roubar combustível já usado, pois o que buscava, em última análise, era o plutônio. Porém compreendia agora por que ninguém fizera tal sugestão. Seria fácil sequestrar o caminhão – ele poderia fazê-lo até sozinho –, mas como poderia tirar um recipiente de chumbo de 50 toneladas do país e levar para Israel sem que ninguém percebesse?

Roubar urânio do interior da usina também não era uma ideia promissora. Sim, a segurança era um tanto relaxada – o que ficava provado pelo próprio fato de lhe permitirem conhecer o local, até mesmo providenciando um guia para mostrar-lhe tudo –, mas o combustível ficava encerrado num sistema automático, de controle remoto. A única maneira pela qual poderia sair de lá era após o processo nuclear, que terminava nos tanques de resfriamento. E havia também o problema de passar furtivamente um imenso recipiente de material radioativo por algum porto da Europa.

Dickstein calculava que devia haver um meio de entrar no depósito de combustível. Dali ele colocaria o material num elevador, depois em um caminhão e iria embora. Mas isso envolveria render uma parte ou todo o pessoal da usina sob a mira de armas. E ele recebera instruções para fazer tudo sem que ninguém descobrisse.

Uma funcionária se ofereceu para encher novamente sua xícara e Dickstein aceitou. Os franceses entendiam de bom café. Um jovem engenheiro começou a falar sobre segurança nuclear. Usava calça amarrotada e suéter folgado. Dickstein já observara que todos os cientistas e técnicos possuíam uma característica em comum: as roupas eram velhas, desproporcionais e confortáveis; a barba que muitos exibiam costumava ser indício de indiferença quanto à aparência, não de vaidade. Calculava que o motivo disso era o trabalho deles exigir inteligência, não preocupações estéticas. Mas talvez essa fosse uma visão romântica da ciência.

Dickstein não prestou a menor atenção à preleção. O físico do instituto Weizmann fora bastante direto: "Não existe o que chamam de *nível seguro* de radiação. Não se trata do risco que alguém correria em um lago, por exemplo: se tem 1 metro de profundidade, você dá pé; se tem 2 metros, você se afoga se não souber nadar. Na verdade, os níveis de radiação se assemelham muito mais aos limites de velocidade numa estrada: a 50 quilômetros por hora, você está mais seguro do que a 130, mas não tão seguro quanto a 30. E a única maneira de se estar completamente a salvo é não entrando no carro."

Dickstein voltou a se concentrar no problema de roubar o urânio. Era a exigência de *sigilo* que frustrava todos os planos que imaginava. Talvez o projeto estivesse fadado ao fracasso. *Afinal, o impossível é impossível*, pensou ele. Não, ainda era muito cedo para dizer isso. Tratou de voltar ao que já estabelecera como certeza.

Teria de apreender uma carga em trânsito. Isso se tornara ainda mais óbvio com o que acabara de descobrir. Os elementos combustíveis não eram checados ao chegarem à usina nuclear, sendo alimentados direto no sistema. Poderia sequestrar um caminhão, retirar o urânio dos elementos combustíveis, tornar a fechá-los, lacrar a carga de novo e subornar ou intimidar o motorista do caminhão para que entregasse os recipientes vazios. Os elementos seriam gradativamente postos no reator, cinco de cada vez, ao longo de um período de meses. A produção do reator cairia. Haveria uma investigação. Fariam testes. Talvez não se chegasse a nenhuma conclusão antes da hora da troca dos elementos antigos por novos, com carga, o que faria a produção subir novamente. Talvez ninguém compreendesse o que acontecera até que os elementos falsos fossem reprocessados e o plutônio recuperado fosse em quantidade menor que o normal. A essa altura, de quatro a sete anos depois do roubo, o rastro levando a Tel Aviv já teria desaparecido.

Mas poderiam descobrir antes disso. E ainda restava o problema de retirar o material do país.

De qualquer forma, já tinha o esboço de um plano possível e por isso ficou um pouco mais animado.

A palestra terminou. Houve algumas perguntas sem a menor importância e depois o grupo voltou para o ônibus. Dickstein se sentou ao fundo.

– Esse era o meu lugar – disse-lhe uma mulher de meia-idade.

Ele a fitou de forma impassível, até que ela se afastou.

Nat Dickstein ficou olhando pela janela traseira a todo instante. Cerca de 2 quilômetros depois de partirem da usina, o Opel cinza surgiu de um desvio e começou a seguir o ônibus. A animação de Dickstein acabou.

~

Fora descoberto. Acontecera ali ou em Luxemburgo. Provavelmente em Luxemburgo. E a pessoa que o descobrira podia ser Yasif Hassan – não havia razão para que ele não fosse um agente – ou havia. Deviam estar seguindo-o por uma curiosidade de natureza geral, já que não havia possibilidade – ou haveria? – de saberem qual era a sua missão. Tudo o que tinha a fazer era despistá-los.

Dickstein passou um dia inteiro vagueando pela cidade próxima da usina nuclear, viajando de ônibus e de táxi, guiando um carro alugado, andando a pé. No fim do dia, já identificara os três veículos – o Opel cinza, uma caminhonete bastante suja e um Ford alemão –, e cinco dos homens empenhados em segui-lo. Os agentes pareciam vagamente árabes, mas, naquela parte da França, muitos dos criminosos eram do norte da África. Alguém poderia ter recrutado ajuda local. O tamanho da equipe indicava o motivo por que ele não percebera antes que o seguiam. Haviam trocado de veículo e de pessoal com frequência. A viagem até a usina nuclear, uma longa jornada por uma estrada rural sem muito tráfego, fizera a equipe por fim se expor.

No dia seguinte, Dickstein deixou a cidade e seguiu pela autoestrada no carro alugado. O Ford foi atrás dele por alguns quilômetros e depois foi substituído pelo Opel. Havia dois homens em cada carro. Devia haver mais dois na caminhonete e outro em seu hotel.

O Opel ainda o seguia quando Dickstein avistou uma passarela de pedestres sobre a via num ponto em que não havia saídas da autoestrada em nenhuma direção por 7 ou 8 quilômetros. Dickstein passou para o acostamento e parou o carro. Saltou e levantou o capô. Fingiu olhar o motor por alguns minutos. O Opel cinza desapareceu à frente e o Ford passou um minuto depois. O Ford ficaria esperando na próxima saída e o Opel voltaria pela pista oposta da estrada, a fim de verificar o que ele fazia. Era o que os manuais determinavam para tal situação.

Dickstein esperava que os homens agissem de acordo com o treinamento, caso contrário seu plano não daria certo.

Ele pegou um triângulo de emergência na mala do carro e o armou atrás do carro.

O Opel passou pela outra pista da estrada.

Eles seguiam o manual.

Dickstein começou a andar.

Ao sair da estrada, pegou o primeiro ônibus que passou e viajou até chegar a uma pequena cidade. No caminho, avistou os três veículos da vigilância, em diferentes ocasiões. Permitiu-se experimentar uma pequena sensação prematura de triunfo. Os homens estavam caindo em sua armadilha.

Pegou um táxi na cidade e saltou perto do lugar em que deixara o carro alugado, mas no outro lado da estrada. O Opel passou, depois o Ford parou no acostamento cerca de 200 metros atrás de Nat.

Dickstein começou a correr.

Estava em bom estado físico, depois dos meses de trabalho ao ar livre no kibutz. Correu até a passarela de pedestres, atravessou-a e continuou a correr pelo acostamento no outro lado da estrada. Ofegante e suando, chegou a seu carro em menos de três minutos.

Um dos homens do Ford saltara e começara a segui-lo. O homem compreendeu então que fora enganado. O Ford arrancou. O homem correu de volta e embarcou enquanto o carro aumentava a velocidade e entrava na faixa de tráfego lento.

Dickstein entrou no carro. Os veículos que o seguiam estavam agora no lado errado da estrada e teriam de chegar até o próximo retorno para poderem retomar seu rastro. A 100 quilômetros por hora, levariam mais ou menos dez minutos até o ponto de onde Nat partira. O que significava que ele tinha uma dianteira de pelo menos cinco minutos. Não iriam alcançá-lo.

Dickstein partiu em direção a Paris, cantarolando uma cantiga que aprendera havia muitos anos, da torcida do West Ham:

– É canja, é canja, é canja...

~

Houve pânico geral em Moscou quando se tomou conhecimento da bomba atômica árabe.

O Ministério do Exterior entrou em pânico porque não soubera de nada antes. A KGB entrou em pânico por não ter sido ela a descobrir. O gabinete do secretário-geral do Partido entrou em pânico porque a última coisa que queria era outra briga entre o Ministério do Exterior e a KGB culpando um ao outro, pois a anterior tornara a vida no Kremlin um verdadeiro inferno durante 11 meses.

Por sorte, a maneira como os egípcios decidiram fazer essa revelação permitiu que todos mantivessem as aparências. Os egípcios deixaram claro que não se sentiam diplomaticamente obrigados a comunicar seu projeto secreto aos aliados e que a ajuda técnica solicitada não era essencial. Foi como se dissessem de repente: "Aliás, gostaríamos de avisá-los que estamos construindo um reator nuclear a fim de obtermos algum plutônio para fabricar bombas atômicas e eliminar Israel da face da Terra. E queremos saber uma coisa: vocês vão nos ajudar ou não?"

A mensagem, enfeitada e decorada com todos os amenizadores diplomáticos, foi apresentada no fim de uma reunião de rotina entre o embaixador egípcio em Moscou e o vice-diretor do Departamento do Oriente Médio do Ministério do Exterior.

O vice-diretor pensou com cuidado no que fazer com a informação. Sua primeira obrigação, naturalmente, era encaminhá-la ao chefe, que então a transmitiria ao secretário do Partido. Dessa forma, porém, todo o crédito pela notícia seria de seu superior, que também não perderia a oportunidade de marcar pontos contra a KGB. Haveria alguma possibilidade de o vice-diretor do departamento tirar proveito pessoal da situação?

Ele sabia que o melhor caminho para ter acesso ao Kremlin era fazer com que a KGB lhe devesse alguma coisa. E aquela seria uma oportunidade de prestar um grande favor à KGB. Se os avisasse do comunicado do embaixador egípcio, eles teriam algum tempo para fazer de conta que já sabiam da bomba atômica árabe e estavam prestes a revelar a notícia.

Vestiu o paletó, pensando em sair e ligar de uma cabine pública para seu conhecido na KGB, já que seu número poderia estar grampeado. Mas logo compreendeu que isso era tolice. Afinal, ia ligar para a KGB, que é quem costumava ficar na escuta das ligações. Assim, tornou a tirar o paletó e usou o telefone do escritório.

O burocrata da KGB com quem falou era igualmente hábil em explorar o sistema em proveito próprio. Tratou de armar um circo no novo prédio da KGB, nos arredores de Moscou. Primeiro, ligou para a secretária de seu chefe e pediu uma reunião de urgência dentro de 15 minutos. Evitou falar pessoalmente com o chefe. Deu mais meia dúzia de telefonemas ruidosos, despachou secretárias e mensageiros por todo o prédio para levar memorandos e buscar pastas de arquivo. Mas seu golpe de mestre foi a pauta. A pauta para a próxima reunião do Comitê Político do Oriente Médio fora datilografada no dia anterior e estava naquele momento numa copiadora. Recolheu-a e acrescentou um novo item no alto da lista: "Acontecimentos Recentes sobre Armamentos Egípcios – Relatório Especial", seguido por seu nome entre parênteses. Determinou em seguida que a nova pauta fosse copiada, ainda com a data do dia anterior, para ser distribuída entre todos os departamentos interessados naquela tarde.

Depois de se certificar de que metade de Moscou associaria o seu nome, e o de mais ninguém, à notícia, ele foi finalmente procurar o chefe.

No mesmo dia, uma informação de menor ou nenhuma repercussão chegou a Moscou. Como parte da troca rotineira de informações entre o serviço secreto egípcio e a KGB, o Cairo comunicou que um agente israelense chamado Nat Dickstein fora visto em Luxemburgo e estava agora sob vigilância. Por causa das circunstâncias, a informação recebeu menos atenção do que merecia. Houve apenas um homem em toda a KGB que acalentou a ligeira desconfiança de que as duas coisas podiam estar relacionadas.

Seu nome era David Rostov.

~

O pai de David Rostov fora um diplomata de importância secundária que não tivera muito sucesso na carreira principalmente por não possuir as ligações necessárias – sobretudo no serviço secreto. Sabendo disso, David Rostov, com a lógica implacável que iria caracterizar suas decisões por toda a vida, ingressara no que era então chamado de NKVD e mais tarde se tornaria a KGB.

Já era um agente quando foi para Oxford. Naqueles tempos idealistas, quando a Rússia acabara de vencer a guerra e a extensão do Grande Expurgo de Stalin ainda não era plenamente conhecida, as grandes universidades inglesas constituíam um centro de recrutamento promissor para o serviço secreto soviético. Rostov recrutara alguns espiões da maior utilidade, um dos quais continuava a enviar segredos de Londres em 1968. Nat Dickstein tinha sido um dos seus fracassos.

Rostov lembrava que o jovem Dickstein tinha tendências socialistas e que sua personalidade se ajustava à espionagem. Era retraído, concentrado e desconfiado. Era também inteligente. Rostov se recordava de ter discutido sobre o Oriente Médio com ele, o professor Ashford e Yasif Hassan na casa branca de detalhes verdes à beira do rio. E a partida de xadrez Rostov--Dickstein fora disputadíssima.

Contudo Dickstein não possuía o brilho do idealismo nos olhos. Não tinha o entusiasmo necessário. A maioria dos veteranos da guerra era assim. Rostov jogava a isca: "Se quer *realmente* participar da luta pelo socialismo mundial, tem que trabalhar para a União Soviética." E os veteranos prontamente reagiam com um "Não diga besteira!".

Depois de Oxford, Rostov trabalhara nas embaixadas russas em diversas capitais europeias: Roma, Amsterdã, Paris. Jamais saíra da KGB para ingressar no corpo diplomático. Ao longo dos anos, compreendera que não possuía a visão política ampla necessária para se tornar o estadista que o pai desejara que fosse. O senso de justiça da juventude desaparecera. Em termos vagos, ainda pensava que o socialismo provavelmente fosse o sistema político do futuro. Mas seu credo não mais o queimava por dentro como uma paixão. Acreditava no comunismo como a maioria das pessoas acredita em Deus: não ficaria muito surpreso nem decepcionado se descobrisse que se enganara e, enquanto isso, a crença não fazia muita diferença na maneira como Rostov vivia.

Na maturidade, tinha menos ambições, porém se dedicava a elas com mais vigor. Havia se tornado um técnico excepcional, um mestre nos talentos tortuosos e cruéis do jogo do serviço secreto. E, o que era muito importante tanto na União Soviética quanto no Ocidente: aprendera a manipular a burocracia a fim de tirar proveito dela e ser louvado por seus triunfos.

A Primeira Diretoria Principal da KGB era uma espécie de matriz, responsável pela coleta e a análise de informações. A maioria dos agentes de campo estava vinculada à Segunda Diretoria, o maior departamento da KGB, envolvido em subversão, sabotagem, traição, espionagem econômica e qualquer trabalho de polícia interna que fosse considerado de natureza política. A Terceira Diretoria era encarregada de contraespionagem e de operações especiais, e empregava alguns dos agentes mais destemidos, inteligentes e impiedosos do mundo.

Rostov trabalhava na Terceira Diretoria e era um dos seus astros.

Tinha o posto de coronel. Ganhara uma medalha por libertar de uma prisão britânica um agente condenado. Ao longo dos anos, conquistara também uma esposa, dois filhos e uma amante. A amante era Olga, vinte anos mais moça, uma deusa viking loura de Murmansk e a mulher mais excitante que ele já conhecera. Rostov sabia que ela não estaria com ele se não fossem os privilégios da KGB de que desfrutava; mesmo assim, tinha a impressão de que ela o amava. Eram parecidos, e um conhecia o lado ambicioso do outro, o que tornava a paixão dos dois mais intensa. Em seu casamento já não havia paixão, porém restavam outras coisas: afeição, companheirismo, estabilidade e o fato de que Mariya ainda era a única pessoa no mundo que o fazia rir incontrolavelmente, convulsivamente, até não aguentar mais. E havia também os filhos: Yuri Davidovitch, que estudava na Universidade Estadual de Moscou e gostava de escutar discos contrabandeados dos Beatles, e Vladimir Davidovitch, o jovem gênio, já cotado como um futuro campeão mundial de xadrez. Vladimir se candidatara a uma vaga na prestigiosa Escola de Física e Matemática Nº 2. Rostov tinha certeza de que ele seria aceito. Merecia isso, por esforço próprio. Além disso, um coronel da KGB sempre tinha alguma influência.

Rostov subira bem alto na meritocracia soviética, mas achava que ainda podia galgar alguns degraus. A esposa não precisava mais entrar em filas nos mercados, pois fazia compras nas lojas Beryozka com a nata da sociedade. Moravam num apartamento grande em Moscou e possuíam uma pequena *dacha* no mar Báltico. Contudo Rostov queria mais: uma limusine Volga com motorista, uma segunda *dacha* num balneário do mar Negro onde pudesse manter Olga, convites para as sessões particulares dos decadentes filmes ocidentais e tratamento na clínica do Kremlin quando a velhice começasse a atrapalhá-lo.

Sua carreira chegara a um impasse. Ele completara 50 anos. Passava a metade do tempo atrás de uma escrivaninha em Moscou, a outra metade em campo com a sua pequena equipe de agentes. Era mais velho que qualquer outro agente que ainda operasse no exterior. Dali por diante, só poderia optar entre dois caminhos. Se reduzisse o ritmo e permitisse que suas vitórias passadas fossem esquecidas, encerraria a carreira orientando agentes em potencial em uma escola da KGB na Sibéria. Se continuasse a conquistar triunfos espetaculares no jogo do serviço secreto, seria promovido a um cargo totalmente administrativo e designado para um ou dois comitês. Seria o início de uma carreira difícil mas segura na organização do serviço de inteligência da União Soviética. E então teria a limusine Volga e a *dacha* no mar Negro.

Assim, em algum momento dentro de dois ou três anos, teria que efetuar outro golpe de mestre. E quando chegou a notícia a respeito de Nat Dickstein, ele pensou por um momento se aquela não seria a sua grande oportunidade.

Observara a carreira de Dickstein com o fascínio nostálgico de um professor de matemática cujo aluno mais brilhante decidira ingressar numa escola de arte. Ainda em Oxford, ouvira a história sobre o sequestro do barco carregado de armas. Em decorrência disso, abrira ele mesmo um arquivo para Nat Dickstein na KGB. Ao longo dos anos, diversos acréscimos foram feitos às anotações iniciais, por ele próprio e por outros, com base em observações, rumores, conjecturas e espionagem ao melhor estilo tradicional. A ficha mostrava que Nat se tornara um dos mais eficientes agentes do Mossad. Se Rostov conseguisse trazer sua cabeça numa bandeja, estaria com o futuro garantido.

Entretanto David Rostov agia com cuidado. Quando tinha chance de escolher seus alvos, sempre optava pelos mais fáceis. Não era um homem de se arriscar em nome da glória, mas justamente o inverso. Um dos seus talentos mais importantes era a capacidade de passar despercebido quando distribuíam missões perigosas. E um páreo entre ele e Dickstein seria incomodamente equilibrado.

Leria com interesse quaisquer informações adicionais do Cairo sobre o que Nat Dickstein fazia em Luxemburgo, mas tomaria o cuidado de não se envolver.

Não chegara aonde estava expondo-se sem necessidade.

~

Os soviéticos discutiriam a bomba árabe no Comitê Político do Oriente Médio. Mas poderia ser em qualquer um dos onze ou doze comitês do Kremlin, pois as mesmas facções estavam representadas em todos eles e, inevitavelmente, as mesmas coisas seriam ditas. O resultado seria igual também, pois a questão era tão importante que se sobrepunha aos diferentes posicionamentos.

O comitê possuía dezenove membros, mas dois estavam no exterior, um adoecera e outro fora atropelado por um caminhão no dia da reunião. Não fazia a menor diferença. Somente três pessoas contavam: o representante do Ministério do Exterior, o da KGB e o homem que representava o secretário do Partido. Entre os supérfluos estavam o chefe de David Rostov, que se encaixava em todos os comitês que pudesse por uma questão de princípios, e o próprio Rostov, na qualidade de assessor. (Era por indícios assim que Rostov sabia que estava sendo cogitado para a próxima promoção.)

A KGB era contra a bomba árabe porque o poder da KGB era clandestino e a bomba deslocaria as decisões para uma esfera aberta, além do alcance das atividades da agência. Por esse mesmo motivo, o Ministério do Exterior era a favor: a bomba lhes daria mais trabalho e mais influência. A Secretaria do Partido era contra: se os árabes alcançassem uma vitória decisiva no Oriente Médio, como a União Soviética poderia manter a sua presença ativa por lá?

A reunião foi iniciada com a leitura do relatório especial da KGB "Acontecimentos Recentes sobre os Armamentos Egípcios". Rostov percebeu que o único fato importante do relatório fora enxertado de informações adicionais obtidas através de um telefonema para o Cairo, muitas conjeturas e um punhado de frases sonoras, formando uma lenga-lenga que exigira cerca de vinte minutos para ser lida. O próprio Rostov já usara aquele tipo de artimanha mais de uma vez.

Um subalterno do Ministério do Exterior expôs a seguir, demoradamente, a sua interpretação da política soviética no Oriente Médio. Quaisquer que fossem os motivos dos colonizadores sionistas, disse ele, era evidente que Israel só sobrevivera por causa do apoio que recebia do capitalismo ocidental; e o objetivo do capitalismo era criar um posto avançado no Oriente Médio, para que pudesse ficar de olho em seus interesses petrolíferos. Quaisquer dúvidas sobre essa análise foram afastadas pelo ataque anglo-franco-israelense ao Egito em 1956. A política soviética era apoiar os árabes em sua hostilidade natural contra esse vestígio de colonialismo. Embora *iniciar* o desenvolvimento de armamento nuclear árabe pudesse ser imprudente para a União Soviética em termos de política global, *apoiá-lo* seria uma extensão lógica da política soviética caso ele começasse sem a sua participação. O homem falou interminavelmente.

Todos ficaram tão entediados com aquela infindável declaração do óbvio que, a partir daí, a discussão se tornou bastante informal, a tal ponto que o chefe de Rostov chegou a dizer:

– Mas que merda! Não podemos entregar uma bomba atômica àqueles lunáticos filhos da puta!

– Concordo plenamente – disse o homem da Secretaria do Partido, que era também o presidente do comitê. – Se eles tiverem a bomba, certamente irão usá-la. Isso obrigará os Estados Unidos a atacarem os árabes, com ou sem bombas... e na minha opinião seria com. Se isso acontecesse, a União Soviética só teria duas opções: abandonar seus aliados ou iniciar a Terceira Guerra Mundial.

– Outra Cuba – murmurou alguém.

– A solução para esse problema pode ser um tratado com os americanos em que os dois lados concordem que, sejam quais forem as circunstâncias, não usarão armas nucleares no Oriente Médio – opinou o homem do Ministério do Exterior.

Se ele pudesse iniciar um projeto desses, seu trabalho estaria garantido por 25 anos.

– Se os árabes lançassem a bomba, isso seria considerado uma violação nossa do tratado? – indagou o representante da KGB.

Uma mulher de avental branco entrou na sala empurrando um carrinho com chá. O comitê fez uma pausa. Durante o intervalo, o representante da Secretaria do Partido, de pé junto ao carrinho, com uma xícara de chá na mão e a boca cheia de bolo, contou uma piada:

– Um capitão da KGB tinha um filho muito burro, que tinha a maior dificuldade em compreender os conceitos de partido, pátria, sindicatos e povo. O capitão disse ao garoto para pensar no pai como o partido, na mãe como a pátria, na avó como os sindicatos e nele próprio como o povo. Mesmo assim, o garoto continuou sem entender. Num acesso de raiva, o capitão trancou o filho no armário do quarto do casal. O garoto ainda estava lá à noite, quando o pai começou a fazer amor com a mãe. Ele viu tudo pelo buraco da fechadura. "Agora estou entendendo!", o garoto falou. "O partido fode a pátria, enquanto os sindicatos dormem e o povo tem de suportar tudo e sofrer!"

Todos desataram a rir. A mulher que servia o chá balançou a cabeça num gesto de repulsa. Rostov já tinha ouvido a piada.

Quando o comitê voltou à sessão, o homem da Secretaria do Partido formulou a pergunta crucial:

– Se recusarmos o auxílio técnico que os egípcios estão pedindo, eles ainda serão capazes de construir a bomba?

– Não dispomos de informações suficientes para dar uma resposta definitiva, senhor – respondeu o homem da KGB que apresentara o relatório. – Pedi dados a um dos nossos cientistas e a conclusão a que se pode chegar é de que a fabricação de uma bomba nuclear simples não é mais difícil, tecnicamente, que a construção de uma bomba convencional.

– Acho que podemos presumir que eles serão capazes de construir a bomba sem a nossa ajuda, embora um pouco mais devagar – interveio o homem do Ministério do Exterior.

– Posso tirar as minhas próprias conclusões – disse com rispidez o presidente do comitê.

– Claro, claro... – balbuciou o homem do Ministério do Exterior, contendo-se.

– O maior problema dos egípcios seria a obtenção de um suprimento de plutônio – ressaltou o homem da KGB. – Se eles já dispõem de acesso a matéria-prima, não sabemos.

David Rostov acompanhava a discussão com o maior interesse. A seu ver, só havia uma decisão possível para o comitê. E o presidente do comitê logo confirmou isso, ao dizer:

– Vou dar a minha interpretação da situação. Se ajudarmos os egípcios a construírem sua bomba, manteremos e reforçaremos nossa política atual no Oriente Médio, ampliaremos nossa influência sobre o Cairo e ficaremos em condições de exercer algum controle sobre a bomba. Se recusarmos a ajuda, vamos nos afastar dos árabes e possivelmente criar uma situação em que eles terão a bomba de qualquer maneira, mas sem que tenhamos nenhum controle.

– Em outras palavras, se eles terão a bomba de qualquer maneira, então é melhor que haja um dedo russo no gatilho – resumiu o representante do Ministério do Exterior.

O presidente do comitê lhe lançou um olhar irritado antes de continuar:

– Podemos recomendar o seguinte à Secretaria: os egípcios devem receber assistência técnica em seu projeto nuclear, mas tal ajuda será estruturada de forma que o pessoal soviético acabe adquirindo o controle das armas.

Rostov se permitiu o esboço de um sorriso de satisfação. Era a conclusão que esperava.

– Então que seja – determinou o homem do Ministério do Exterior.

– Apoiado – pronunciou-se o da KGB.

– Todos a favor?

Estavam todos a favor.

O comitê passou a discutir o item seguinte da pauta.

Foi só depois da reunião que um pensamento ocorreu subitamente a Rostov: se os egípcios *não* tivessem os meios para construir a bomba sem ajuda – por falta de urânio, por exemplo –, então haviam feito um excelente trabalho blefando e levando os russos a oferecerem a assistência de que precisavam.

~

Rostov gostava da família, desde que em pequenas doses. A vantagem de seu trabalho era que, quando se cansava de casa – e a vida com filhos *era* de fato cansativa –, já estava de partida para outra viagem ao exterior. E quando voltava sentia muitas saudades, o que lhe permitia aturar tudo por mais alguns meses. Gostava de Yuri, o filho mais velho, apesar de ouvir música vulgar e citar poetas controversos. Mas a sua paixão era Vladimir, o mais moço. Quando bebê, Vladimir fora tão bonito que as pessoas pensavam que se tratava de uma menina. Desde cedo, Rostov ensinara ao garoto a usar a lógica, conversara com ele usando frases complexas, discutira a geografia de países distantes, a mecânica de motores e o funcionamento de rádios, flores, torneiras e partidos políticos. Vladimir sempre fora o primeiro em todas as turmas em que estudara, embora Rostov achasse que agora o filho encontraria colegas do mesmo nível na Escola de Física e Matemática.

Rostov sabia que tentava incutir no filho algumas das ambições que ele próprio deixara de realizar. Felizmente, isso estava de acordo com as próprias inclinações de Vladimir. O garoto sabia que era inteligente, gostava disso e queria se tornar uma pessoa de renome. A única coisa que o frustrava era o trabalho que tinha que fazer para a liga da Juventude Comunista, que via como perda de tempo. Rostov muitas vezes dissera: "Talvez seja perda de tempo, mas você jamais chegará a algum lugar a menos que também progrida no partido. Se quiser mudar o sistema, terá que fazê-lo de dentro dele, e do topo."

Vladimir aceitara essa posição e sempre comparecia às reuniões da liga da Juventude Comunista. Herdara a lógica inflexível do pai.

Ao dirigir para casa na hora do rush, David Rostov esperava passar uma noite insossa e agradável. A família jantaria e depois assistiria a um seriado de televisão sobre heroicos espiões russos que sempre venciam a CIA. Então ele tomaria um copo de vodca antes de deitar.

Rostov deixou o carro na rua. O prédio em que morava era ocupado por altos burocratas, e metade deles possuía pequenos carros russos como o de Rostov. Os apartamentos eram amplos para os padrões moscovitas: Yuri e Vladimir tinham o próprio quarto e ninguém precisava dormir na sala, porém não havia garagem.

Assim que ele entrou em casa, ouviu a voz de Mariya elevada e irritada, o barulho de alguma coisa se quebrando e depois um grito, então Yuri xingou a mãe. Rostov abriu bruscamente a porta da cozinha e ficou parado ali, com a pasta ainda na mão, o rosto tão ameaçador quanto uma trovoada.

Mariya e Yuri se confrontavam por cima da mesa da cozinha. Ela estava dominada por um raro acesso de raiva, à beira das lágrimas histéricas, enquanto o rapaz explodia com o típico ressentimento adolescente. Entre os dois jazia, quebrado, o violão de Yuri. *Mariya o quebrou*, pensou Rostov. E, um instante depois: *Mas não é esse o motivo da briga.*

Os dois apelaram imediatamente para ele:

– Ela quebrou meu violão! – disse Yuri.

– Ele traz a desgraça para a família com essa música decadente – rebateu Mariya.

E foi nesse momento que Yuri tornou a xingar a mãe.

Rostov largou a pasta, deu um passo adiante e desferiu uma bofetada no rosto do rapaz.

Yuri cambaleou para trás com a força do golpe, o rosto vermelho de dor e humilhação. O filho era tão alto quanto o pai, só que mais forte. Rostov não batia nele assim desde que se transformara num homem. Yuri revidou de punho cerrado. Se o golpe o acertasse, certamente deixaria Rostov sem sentidos. Mas, com os instintos de muitos anos de treinamento, ele desviou depressa para o lado e, o mais delicadamente possível, jogou o filho no chão.

– Saia desta casa – disse ele, baixinho. – E só volte quando estiver pronto para pedir desculpas à sua mãe.

– Nunca! – gritou Yuri, levantando-se e batendo a porta na saída.

Rostov tirou o paletó e o chapéu e se sentou à mesa da cozinha. Pegou cuidadosamente o violão quebrado e o colocou no chão. Mariya buscou o chá e o serviu. A mão de Rostov tremia quando segurou a xícara.

– O que aconteceu? – perguntou ele por fim.

– Vladimir não passou na prova.

– Vladimir? E o que isso tem a ver com o violão de Yuri? E qual foi a prova?

– Para a Escola de Física e Matemática. Ele não foi aceito.

Rostov a encarou em silêncio, aturdido.

– Fiquei transtornada – acrescentou Mariya. – Yuri riu. Sempre teve ciúme do irmão mais novo. E depois começou a tocar uma música ocidental. E pensei que o problema talvez não fosse o fato de Vladimir não ser inteligente o bastante, mas sim a família não ter influência suficiente. Pensei que talvez não fôssemos considerados dignos de confiança por causa de Yuri, das opiniões e da música dele. Sei que isso é tolice. Mas, no calor da discussão, acabei quebrando o violão.

Rostov não ouviu tudo. Vladimir rejeitado? Impossível. O garoto era mais inteligente que os professores, inteligente demais para as escolas comuns, que não tinham condições de instruí-lo. A escola para as crianças excepcionalmente dotadas era a de Física e Matemática. Além do mais, o garoto dissera que o teste não fora difícil, achava que acertara todas as questões. E Vladimir *sempre* sabia como se saíra em provas.

– Onde está Vladimir? – perguntou Rostov à esposa.

– No quarto.

Rostov seguiu pelo corredor e bateu à porta do quarto. Não houve resposta. Ele entrou. Vladimir estava sentado na cama, olhando para a parede, o rosto vermelho e riscado de lágrimas.

– Quantos pontos fez no teste? – perguntou Rostov.

Vladimir olhou para o pai, o rosto uma máscara de incompreensão infantil.

– Acertei todas as questões. – Ele entregou um maço de papéis ao pai. – Lembro todas as perguntas. E sei as minhas respostas. Já conferi duas vezes. Não há possibilidade de erro. E deixei a sala de exames cinco minutos antes de terminar o tempo.

Rostov se virou para sair.

– Não acredita em mim?

– Claro que acredito, Vladimir.

Rostov foi para a sala, onde ficava o telefone. Ligou para a escola. O diretor ainda estava lá.

– Vladimir acertou todas as questões da prova – disparou Rostov.

– Lamento muito, camarada coronel – falou o diretor de forma apaziguadora. – Muitos jovens de talento se candidatam a vagas aqui...

– E todos acertam todas as questões?

– Infelizmente, não posso divulgar...

– Sabe quem eu sou – disse Rostov, brusco. – E sabe que eu posso descobrir.

– Camarada coronel, aprecio a sua pessoa e quero seu filho em minha escola. Por favor, não crie problemas para si mesmo ao provocar uma tempestade por causa disso. Se seu filho se candidatar de novo dentro de um ano, terá uma chance excelente de conquistar uma vaga.

As pessoas não advertiam oficiais da KGB a não criarem problemas para si mesmos. Rostov começou a compreender.

– Mas ele *acertou* todas as questões.

– Diversos candidatos acertaram todas as questões na prova escrita...

– Obrigado.

Rostov desligou.

A sala estava às escuras, mas ele não acendeu a luz. Ficou sentado na poltrona, pensando. O diretor poderia apenas ter dito que todos os candidatos haviam acertado todas as questões. Só que as mentiras não ocorrem facilmente às pessoas no impulso do momento. As evasivas eram mais fáceis. Contudo, contestar os resultados criaria problemas para Rostov.

Ou seja, houvera manobras nos bastidores. Jovens menos talentosos haviam conquistado vagas porque seus pais tinham mais influência. Rostov se recusou a perder a cabeça. *Não fique furioso com o sistema*, disse a si mesmo. *Em vez disso, trate de usá-lo.*

Ele também podia exercer alguma influência.

Pegou o telefone e ligou para seu chefe, Feliks Vorontsov, em casa. Feliks parecia um tanto esquisito, mas Rostov ignorou o fato.

– Feliks, meu filho foi rejeitado pela Escola de Física e Matemática.

– Lamento saber disso. Mas o fato é que nem todos conseguem ingressar na escola.

Não era a resposta esperada. Rostov passou a prestar atenção ao tom de voz de Vorontsov.

– O que o leva a dizer isso?

– Meu filho foi aceito.

Rostov ficou em silêncio por um momento. Nem mesmo sabia que o filho de Feliks se candidatara. O garoto era inteligente, mas não tanto quanto Vladimir. Rostov fez um esforço para se controlar.

– Pois quero ser o primeiro a lhe dar os parabéns.

– Obrigado – murmurou Feliks, constrangido. – Para que me telefonou?

– Ahn... não era nada importante. E não quero interromper a sua comemoração. Posso esperar até amanhã.

– Está certo. Até amanhã.

Rostov desligou e pôs o telefone no chão. Se o filho de algum burocrata ou político fosse aceito na escola através do jogo de influências, ele poderia dar um jeito. Afinal, sempre havia algo obscuro na ficha de qualquer pessoa. Só não podia ir contra um superior seu da KGB.

Não havia a menor possibilidade de alterar a distribuição das vagas na escola naquele ano. Portanto, Vladimir teria que esperar até o ano seguinte. Mas o problema poderia se repetir. De alguma forma, antes do novo processo seletivo, David Rostov precisava alcançar uma posição em que os Vorontsovs da vida não pudessem passá-lo para trás. No ano seguinte, cuidaria do problema de maneira diferente. Para começar, pediria a ficha do diretor da escola na KGB. Obteria uma relação completa dos candidatos e focaria em qualquer um que pudesse se tornar uma ameaça. Providenciaria a escuta dos telefones e a abertura da correspondência para descobrir quem estava sofrendo pressão.

Primeiro, porém, tinha que se colocar numa posição de poder. E agora compreendia que sua complacência em relação à carreira fora um erro. Se alguém conseguira fazer aquilo com ele, então sua estrela devia estar perdendo o brilho.

O golpe que programava para os próximos dois ou três anos teria que ser antecipado.

Rostov continuou sentado na sala às escuras, planejando suas primeiras providências.

Depois de algum tempo, Mariya entrou e se sentou ao lado dele, sem dizer nada. Buscou comida numa bandeja e perguntou se o marido queria assistir à televisão. Rostov balançou a cabeça e afastou a comida para o lado. Após esperar alguns minutos, Mariya foi para a cama.

Yuri chegou por volta da meia-noite, um pouco embriagado. Entrou na sala e acendeu a luz. Ficou surpreso ao deparar com o pai sentado ali. E deu um passo para trás, assustado.

Rostov se levantou e olhou para o filho mais velho recordando a angústia e confusão da própria adolescência, a raiva mal-orientada, a visão limitada e intransigente do que era certo e errado, as humilhações rápidas e a lenta aquisição de conhecimento.

– Yuri, quero pedir desculpas por ter batido em você.

Yuri desatou a chorar.

Rostov passou o braço pelos ombros largos do filho e o levou para o quarto.

– Estamos ambos enganados, você e eu. Sua mãe também. Eu viajo de novo em breve e vou tentar lhe trazer um violão novo quando voltar...

Rostov sentiu vontade de beijar o filho, mas haviam se tornado como os ocidentais, que temiam esses gestos. Gentilmente, empurrou o filho para dentro do quarto e depois fechou a porta.

Ao voltar para a sala, compreendeu que seus planos haviam assumido contornos mais definidos nos últimos minutos. Tornou a se sentar na poltrona, dessa vez com lápis e papel, e começou a elaborar um memorando.

PARA: Presidente do Comitê para a Segurança do Estado
DE: Chefe Interino da Seção Europeia
CÓPIA: Chefe da Seção Europeia
DATA: 24 de maio de 1968

Camarada Andropov:

Meu chefe de departamento, Feliks Vorontsov, está ausente hoje e considero que as questões que exponho a seguir são urgentes demais para aguardar seu retorno.

Um agente em Luxemburgo comunicou-me a presença,

por lá, do agente israelense Nathaniel ("Nat") David Jonathan Dickstein, sob o nome de Edward ("Ed") Rodgers, vulgo Pirata.

Dickstein nasceu no distrito de Stepney, no East End de Londres, em 1925, filho de um pequeno comerciante. O pai morreu em 1938 e a mãe, em 1951. Dickstein ingressou no Exército britânico em 1943, lutou na Itália, foi promovido a sargento e caiu prisioneiro em La Molina. Depois da guerra, entrou para a Universidade de Oxford a fim de estudar línguas semíticas. Deixou Oxford em 1948, sem se formar, emigrando para a Palestina, onde começou quase imediatamente a trabalhar para o Mossad.

A princípio, esteve envolvido no roubo e na compra secreta de armas para o Estado sionista. Nos anos 1950, organizou uma operação contra um grupo palestino de combatentes da liberdade baseados na Faixa de Gaza e apoiados pelos egípcios. Foi pessoalmente responsável pela bomba que matou o comandante Aly. No fim dos anos 1950 e início dos anos 1960, foi um membro de destaque da equipe de assassinos que caçava nazistas fugitivos. Comandou o esforço terrorista contra os projetistas de foguetes alemães que trabalharam para o Egito em 1963 e 1964.

Em seu arquivo, sob o registro "Fraquezas", consta apenas "nenhuma conhecida". Ao que parece, ele não tem família, nem na Palestina nem em qualquer outro lugar. Não se interessa por álcool, drogas ou jogo. Não tem nenhuma ligação romântica conhecida. Em sua ficha, há a especulação de que seja sexualmente inepto em consequência de experiências médicas a que foi submetido por cientistas nazistas.

Nos anos de 1947 e 1948, quando ambos estudávamos na Universidade de Oxford, mantive contato pessoal com Dickstein. Joguei xadrez com ele. Partiu de mim a iniciativa de abrir um arquivo no nome dele. Tenho acompanhado sua carreira desde então com especial interesse. E tudo indica que ele agora opere no território que tem sido a minha especialidade há vinte anos. Duvido que haja alguém, entre os 110 mil funcionários do seu comitê, que esteja tão qualificado quanto eu para se opor a esse formidável agente sionista.

Assim sendo, recomendo que me designe para descobrir qual é a missão de Dickstein e, se necessário, detê-lo.

Assinado:

David Rostov

PARA: Chefe Interino da Seção Europeia
DE: Presidente do Comitê para a Segurança do Estado
CÓPIA: Chefe da Seção Europeia
DATA: 24 de maio de 1968

Camarada Rostov:

Sua recomendação está aprovada.

Assinado:

Yuri Andropov

PARA: Presidente do Comitê para a Segurança do Estado
DE: Chefe da Seção Europeia
CÓPIA: Subchefe da Seção Europeia
DATA: 26 de maio de 1968

Camarada Andropov:

Estou me reportando à troca de memorandos que ocorreu entre a sua presidência e o meu suplente, David Rostov, durante a minha recente curta ausência, a serviço do Estado, em Novosibirsk.

É claro que concordo plenamente com a preocupação do camarada Rostov e, portanto, com a sua aprovação, embora ache que não há motivo para a participação dele.

Sendo um agente de campo, é claro que Rostov não pode ver as coisas com a mesma perspectiva ampla de seus superiores. Há um aspecto da situação que ele deixou de encaminhar à sua consideração.

A atual investigação sobre Dickstein foi iniciada por nossos aliados egípcios e, no momento, permanece exclusivamente como um empreendimento deles. Por questões políticas, eu não recomendaria que os ignorássemos, como Rostov parece pensar que podemos fazer. Na melhor das hipóteses, deveríamos oferecer nossa cooperação.

É desnecessário dizer que essa última opção, envolvendo o relacionamento internacional entre serviços secretos, deveria ser tratada em nível de chefe de seção e não em nível de subchefe.

Assinado:

Feliks Vorontsov

PARA: Chefe da Seção Europeia
DE: Gabinete do Presidente do Comitê para a Segurança do Estado
CÓPIA: Subchefe da Seção Europeia
DATA: 28 de maio de 1968

Camarada Vorontsov:

O camarada Andropov me pediu que respondesse ao seu memorando de 26 de maio.

Ele concorda que as implicações políticas do plano de Rostov devem ser levadas em consideração, porém não está disposto a deixar a iniciativa nas mãos dos egípcios enquanto nós meramente "cooperamos". Já falei com os nossos aliados no Cairo e eles concordaram que Rostov deve comandar o grupo que investiga Dickstein, com a condição de que tenha um agente seu na equipe.

Assinado:

Maksim Bykov, assistente pessoal do presidente
(adendo escrito a lápis)

Feliks: Não volte a me incomodar com esse problema até que obtenha algum resultado. Fique de olho em Rostov. Ele quer o seu lugar e vai conseguir, a menos que você entre nos eixos.

Yuri

PARA: Subchefe da Seção Europeia
DE: Gabinete do Presidente do Comitê para a Segurança do Estado
CÓPIA: Chefe da Seção Europeia
DATA: 29 de maio de 1968

Camarada Rostov:
O Cairo já indicou o agente que servirá em sua equipe na investigação Dickstein. Trata-se do agente que primeiro reconheceu Dickstein em Luxemburgo. O nome dele é Yasif Hassan.

Assinado:
Maksim Bykov, assistente pessoal do presidente

~

Quando dava palestras na escola de treinamento de agentes, Pierre Borg dizia: "Mantenham contato. Mantenham contato sempre. Não apenas quando precisarem de alguma coisa, mas todos os dias, se possível. Precisamos saber o que cada um está fazendo... e podemos ter informações vitais para transmitir."

Depois, os novos agentes em treinamento iam para o bar e ouviam dizer que o lema de Nat Dickstein era simples: "Jamais entre em contato por menos de 100 mil dólares."

Borg estava furioso com Dickstein. A raiva o dominava, ainda mais quando era deixado às escuras. Para sua felicidade, isso raramente interferia em seu julgamento. E estava furioso também com Kawash. Podia compreender por que quisera encontrá-lo em Roma. Afinal, os egípcios tinham uma grande equipe ali, de forma que era mais fácil Kawash encontrar um pretexto para uma visita. Mas não havia motivo para que tivessem de se encontrar na porcaria de uma casa de banhos.

Borg ficava furioso de se sentar em seu escritório em Tel Aviv, pensando e se preocupando com Dickstein, Kawash e os outros, até que começou a imaginar que não entravam em contato porque não gostavam dele. Aí ficou ainda mais furioso, quebrou o lápis e demitiu a secretária.

Uma casa de banhos em Roma, pelo amor de Deus! O lugar devia estar cheio de maricas. Além do mais, Borg não gostava do próprio corpo. Dormia de pijama, jamais nadava, nunca experimentava roupas em lojas, só ficava nu para tomar uma chuveirada rápida pela manhã. Ali, de pé na sauna a vapor – expondo a pele flácida e uma camada de cabelos grisalhos nos ombros, com a maior toalha que conseguira encontrar enrolada na cintura e consciente de que era todo branco, exceto pelo rosto e as mãos –, Borg esperava.

Finalmente avistou Kawash. O corpo do árabe era esguio e moreno, com poucos pelos. Os olhos se encontraram através da sala. Como amantes secretos, os dois foram se postar lado a lado, sem se olharem, seguindo para uma sala particular com uma cama.

Borg ficou aliviado por sair das vistas do público. Estava impaciente por ouvir as notícias de Kawash. O árabe ligou a máquina que fazia a cama vibrar: o zumbido abafaria um microfone, se por acaso houvesse algum ali. Os dois homens ficaram de pé bem juntos, falando em voz baixa. Envergonhado, Borg girou o corpo, o que o obrigava a virar a cabeça para conversar por sobre o ombro.

– Já tenho um homem em Qattara – informou Kawash.

– *Formidable* – disse Borg, pronunciando a palavra em francês, com o maior alívio. – Seu departamento nem mesmo está envolvido no projeto.

– Tenho um primo no serviço secreto militar.

– Bom trabalho. Quem é o homem em Qattara?

– Saman Hussein, um dos seus.

– Ótimo, ótimo, *ótimo*! O que ele descobriu?

– O trabalho de construção foi concluído. Já acabaram a estrutura para alojar o reator, mais um edifício de administração, alojamentos para os funcionários e uma pista de pouso. Estão mais adiantados do que se podia imaginar.

– E como está o reator propriamente dito? É isso que conta.

– Estão trabalhando no reator agora. É difícil determinar quanto tempo vai demorar. Há um trabalho de precisão que é imprevisível.

– E será que vão conseguir? – indagou Borg. – Afinal, todos esses sistemas de controle complexos...

– Pelo que descobri, os controles não precisam ser sofisticados. Para reduzir a velocidade da reação nuclear, basta acrescentar bastões de metal na pilha atômica. Seja como for, há outra novidade. Saman descobriu que as instalações estão fervilhando de russos.

– Mas que merda!

– Por isso, imagino que agora eles terão todos os equipamentos eletrônicos de que precisarem.

Borg se sentou na cadeira esquecendo por completo a casa de banhos, a cama que vibrava e o próprio corpo, branco e flácido.

– Isso é uma péssima notícia... – murmurou.

– Há outra pior. Dickstein foi avistado.

Borg olhou atordoado para Kawash.

– Avistado? – balbuciou ele, como se não soubesse o que isso significava. – Avistado?

– Isso mesmo.

Borg foi da fúria ao desespero.

– Como aconteceu? – perguntou após um instante.

– Foi reconhecido por um agente nosso em Luxemburgo.

– E o que ele estava fazendo lá?

– *Você* é que deve saber.

– Não faço ideia.

– Aparentemente, o encontro foi acidental. O agente se chama Yasif Hassan. É arraia-miúda. Trabalha para um banco libanês e fica de olho em turistas israelenses. É claro que nosso pessoal logo reconheceu o nome Dickstein...

– Ele estava usando o nome verdadeiro?

Borg estava incrédulo. A situação piorava a cada instante.

– Creio que não. O tal Hassan já o conhecia.

Borg balançou a cabeça devagar.

– Não se pode dizer que somos o Povo Escolhido, com a sorte que temos.

– Passamos a vigiar Dickstein e informamos Moscou – continuou Kawash. – É claro que ele logo despistou a equipe de vigilância. Mas Moscou está fazendo um grande esforço para tornar a encontrá-lo.

Borg pôs a mão no queixo e ficou olhando, sem ver, para o desenho erótico da parede ladrilhada. Era como se houvesse uma conspiração internacional para frustrar a política israelense em geral e os seus planos em particular. Teve vontade de desistir de tudo e voltar pro Quebec, quis bater na cabeça de Dickstein com uma barra de ferro, desejou acabar com aquela expressão imperturbável no rosto bonito de Kawash.

Fez um gesto de quem arremessava algo para longe.

– Que ótimo! – disse ele. – Os egípcios estão bastante adiantados em seu reator. Os russos os estão ajudando. Dickstein foi reconhecido. E a KGB pôs uma equipe atrás dele. Será que compreende que podemos perder essa corrida? Se isso acontecer, eles terão uma bomba nuclear e nós, não. E acha que irão usá-la?

Borg agora segurava Kawash pelos ombros e o sacudia.

– Você também é egípcio. Vá, diga! Eles vão explodir a bomba em Israel? Pode apostar que sim!

– Pare de gritar – pediu Kawash, calmamente. Ele afastou as mãos de Borg de seus ombros. – Há um longo caminho pela frente antes que qualquer lado saia vencedor.

– Tem razão.

Borg se virou.

– Precisa entrar em contato com Dickstein e avisá-lo, Pierre. Onde ele está agora?

– Não tenho a menor ideia.

CAPÍTULO CINCO

A ÚNICA PESSOA COMPLETAMENTE inocente cuja vida foi arruinada pelos espiões durante o caso do roubo do urânio foi o funcionário da Euratom que Nat Dickstein apelidou de Colarinho Duro.

Depois de despistar a equipe de vigilância na França, Dickstein voltou a Luxemburgo de carro, prevendo que ficariam à sua espera 24 horas por dia no aeroporto local. E como tinham a placa do seu carro alugado, ele o entregou em Paris e alugou outro, de uma empresa diferente.

Em sua primeira noite de volta a Luxemburgo, Dickstein foi à boate discreta da Rue Dicks e se sentou sozinho para tomar cerveja à espera de Colarinho Duro. Mas foi o amigo louro dele quem chegou primeiro. Era um homem mais jovem, talvez com 25 ou 30 anos, de ombros largos, em evidente boa forma física por baixo do casaco marrom. Ele se dirigiu até o reservado que os dois haviam ocupado na última vez que Dickstein os vira. O homem era gracioso como um bailarino. Nat o imaginou sendo o goleiro no futebol.

O reservado estava vazio. Se os dois se encontravam ali todas as noites, provavelmente ficava guardado para eles. O louro pediu um drinque e olhou para o relógio. Não percebeu que Dickstein o observava. Colarinho Duro entrou alguns minutos depois. Usava suéter vermelho com gola V e camisa branca de botões. Como na vez anterior, foi direto para a mesa que o amigo ocupava. Trocaram um aperto de mãos, ao mesmo tempo que a mão esquerda de um cobria a direita do outro no cumprimento. Pareciam felizes. Dickstein se preparou para destruir o mundo deles.

Chamou um garçom.

– Por favor, leve uma garrafa de champanhe para aquele homem de suéter vermelho. E me traga outra cerveja.

O garçom serviu a cerveja primeiro e depois levou o champanhe, num balde de gelo, para a mesa de Colarinho Duro. Dickstein viu o garçom apontá-lo ao casal, mostrando a pessoa que enviara o champanhe. Quando os dois olharam em sua direção, Nat levantou o copo de cerveja num brinde e sorriu. Colarinho Duro o reconheceu e pareceu preocupado.

Dickstein deixou a mesa e foi até o banheiro. Lavou o rosto, fazendo hora. Depois de dois ou três minutos, o amigo de Colarinho Duro apareceu. Ficou penteando o cabelo enquanto esperava que um terceiro homem saísse. Só depois de um tempo se virou para Nat.

– Meu amigo quer que o deixe em paz – falou.

Dickstein exibiu um sorriso impertinente.

– Deixe que ele me diga isso pessoalmente.

– Você não é jornalista? E se seu editor souber que frequenta lugares como este?

– Sou freelance.

O homem chegou mais perto. Era pelo menos 10 centímetros mais alto que Dickstein e pesava uns 15 quilos a mais.

– Vai nos deixar em paz!

– Não.

– Por que está fazendo isso? O que quer, afinal?

– Não estou interessado em você, garoto bonito. É melhor ir para casa enquanto converso com seu amigo.

– Vá para o diabo!

E agarrou a lapela do paletó de Dickstein com uma das mãos. Recuou o outro braço, armando o punho. Mas não chegou a desferir o soco.

Dickstein enfiou os dedos nos olhos do louro, que, por reflexo, jogou a cabeça para trás e a sacudiu. Nat então deu um passo para a frente e o acertou na barriga com força. O homem perdeu o fôlego e dobrou o corpo, virando-se. Dickstein o acertou de novo, com extrema precisão, no nariz. Houve um estalo e o sangue esguichou. O homem desabou no chão de ladrilhos.

Era suficiente.

Dickstein saiu do banheiro rapidamente, ajeitando a gravata e alisando o cabelo. Uma apresentação de cabaré começara e o violonista alemão cantava uma música sobre um policial homossexual. Dickstein pagou a conta e foi embora. Na passagem, olhou para Colarinho Duro, que seguia para o banheiro parecendo preocupado.

Era uma noite amena de verão lá fora, mas Dickstein tremia. Andou um pouco, depois entrou num bar e pediu um conhaque. Era um bar barulhento, enfumaçado, com um aparelho de televisão em cima do balcão. Dickstein levou seu drinque para uma mesa de canto e se sentou de frente para a parede.

A briga no banheiro não seria denunciada à polícia. Pareceria uma briga por causa de um amante, e nem Colarinho Duro nem a direção da boate gostariam que a polícia tomasse conhecimento. Colarinho Duro levaria o amigo ao médico e diria que ele batera de cara numa porta.

Dickstein tomou o conhaque e parou de tremer. Não havia a menor possibilidade de ser um espião sem fazer coisas assim, pensou. E não havia a menor possibilidade de Israel ser uma nação, neste mundo, sem ter espiões. E, sem uma nação, Nat Dickstein não poderia se sentir seguro.

Não parecia possível viver de forma honrada. Mesmo que ele renunciasse à profissão, outros se tornariam espiões e fariam o mal por sua conta. O que era quase tão ruim. Era preciso ser mau para viver. Dickstein lembrou que um médico nazista de campo de concentração chamado Wolfgang dissera a mesma coisa.

Havia muito que Dickstein chegara à conclusão de que as opções na vida não eram o certo e o errado, mas sim vencer ou perder. De toda forma, havia ocasiões em que tal filosofia não lhe servia de consolo.

Ele deixou o bar e saiu para a rua, encaminhando-se para a casa de Colarinho Duro. Tinha de aproveitar a vantagem enquanto o homem estava fragilizado. Chegou à rua estreita de paralelepípedos alguns minutos depois e ficou de guarda no outro lado da casa antiga. Não havia nenhuma luz na janela do sótão.

A noite esfriou enquanto Nat esperava. Ele começou a andar de um lado para outro. O clima europeu era desolador. Naquela época do ano, Israel estaria glorioso, com dias ensolarados longos e noites quentes, um trabalho físico árduo durante o dia, seguido de companheirismo e risos à noite. Dickstein desejou poder voltar para casa.

Colarinho Duro e seu amigo por fim apareceram. A cabeça do amigo estava envolta por ataduras e era óbvio que tinha dificuldade em ver, pois caminhava com a mão no braço de Colarinho Duro, como um cego. Pararam diante da casa e Colarinho Duro buscou a chave nos bolsos. Dickstein atravessou a rua e se aproximou. Os dois amigos estavam de costas para Nat e os sapatos dele não faziam barulho.

Colarinho Duro abriu a porta, virou-se para ajudar o amigo e avistou Dickstein. Estremeceu com o choque.

– Santo Deus!

– O que foi? O que aconteceu? – perguntou o amigo louro.

– É ele – falou Colarinho Duro.

– Preciso conversar com você – avisou Nat.

– Chame a polícia – disse o louro.

Colarinho Duro pegou o braço do amigo e começou a levá-lo pela porta. Dickstein estendeu a mão e os deteve.

– Terá de me deixar entrar. Caso contrário, farei um escândalo aqui na rua.

– Ele vai nos fazer sofrer até conseguir o que quer – murmurou Colarinho Duro.

– Mas o que ele quer?

– Vou dizer daqui a pouco – declarou Dickstein.

Entrou na casa à frente dos dois e olhou escada acima. Depois de um momento de hesitação, os dois subiram também.

Chegaram ao topo da escada. Colarinho Duro abriu a porta do sótão e os três entraram. Dickstein olhou ao redor. O espaço era maior do que ele imaginara e elegantemente decorado com móveis antigos, papel de parede listrado, muitos quadros e plantas. Colarinho Duro acomodou o amigo numa poltrona. Tirou um cigarro de uma caixa, acendeu-o com um isqueiro de mesa e o entregou ao louro. Os dois ficaram sentados juntos, em silêncio, esperando que Dickstein falasse.

– Sou jornalista – começou Dickstein.

– Jornalistas entrevistam as pessoas, em vez de espancá-las – interrompeu-o Colarinho Duro.

– Não o espanquei. Apenas o acertei duas vezes.

– Por quê?

– Ele não contou que me atacou?

– Não acredito em você – declarou Colarinho Duro.

– Quanto tempo quer perder discutindo?

– Nenhum.

– Ótimo. Quero uma história sobre a Euratom. Uma boa história. Preciso disso para a minha carreira. E uma possibilidade para minha matéria seria os homossexuais em cargos de confiança na organização.

– Você não passa de um filho da puta nojento – disse o amigo de Colarinho Duro.

– Totalmente. Mas posso esquecer essa história se arrumar outra melhor.

Colarinho Duro passou a mão pelas têmporas grisalhas. Dickstein percebeu que ele usava esmalte nas unhas.

– Acho que já estou entendendo – murmurou Colarinho Duro.

– Entendendo o quê? – perguntou o louro.

– Ele quer informações.

– Exatamente – confirmou Dickstein.

Colarinho Duro pareceu aliviado.

Aquele era o momento de ser um pouco amistoso, apresentar-se como um ser humano, deixá-los pensar que, no fim das contas, as coisas não eram tão ruins como haviam imaginado. Dickstein se levantou. Havia uísque numa garrafa de cristal em cima de uma mesinha alta e muito polida. Despejou pequenas doses em três copos enquanto dava prosseguimento à conversa.

– Você é vulnerável; por isso o escolhi. Sei que vai me odiar por isso. Mas não vou fingir que também o odeio. Sou um filho da mãe e o estou usando. E isso é tudo. Além do fato de eu estar tomando o seu uísque.

Nat entregou a bebida aos dois e voltou a sentar-se. Houve uma pausa e depois Colarinho Duro perguntou:

– O que você quer saber?

Dickstein tomou um gole mínimo de uísque. Detestou o gosto.

– A Euratom mantém registro de todos os movimentos de material atômico que entra, sai e fica nos países-membros?

– Mantém.

– Para ser mais preciso: antes de qualquer um poder deslocar um grama de urânio de A para B, é preciso pedir permissão.

– Exatamente.

– Há registros completos de todas as permissões concedidas.

– Os registros ficam num computador.

– Sei disso. Se for solicitado, o computador pode fornecer uma relação de todas as remessas futuras de urânio já autorizadas.

– É o que acontece regularmente. Uma lista circula no escritório uma vez por mês.

– Esplêndido! Tudo o que quero é essa lista.

Houve um longo silêncio. Colarinho Duro tomou um pouco mais de uísque. Dickstein não tocou no seu. As duas cervejas e o conhaque daquela noite eram mais do que normalmente beberia em duas semanas.

– *Para que* precisa da lista? – indagou o amigo louro.

– Vou verificar todas as remessas num determinado mês. Espero poder provar que os movimentos reais têm pouca ou nenhuma relação com as informações fornecidas à Euratom.

– Não acredito em você – afirmou Colarinho Duro.

O homem não é nenhum idiota, pensou Dickstein. Ele deu de ombros.

– Para que pensa que preciso dela?

– Não sei. E você não é jornalista. Não disse uma só verdade até agora.

109

– Não faz a menor diferença, não é mesmo? Acredite no que bem entender. Não tem alternativa a não ser me entregar a lista.

– Claro que tenho. Vou pedir demissão.

– Se fizer isso – tornou Dickstein, falando bem devagar –, vou espancar o seu amigo até transformá-lo numa massa sangrenta.

– Iremos à polícia! – gritou o amigo.

– Eu poderia simplesmente ir embora – disse Dickstein. – Talvez por um ano. Mas voltaria. E o encontraria. Posso deixá-lo quase morto. Seu rosto ficaria irreconhecível.

Colarinho Duro olhava aturdido para Dickstein.

– *Quem* é você?

– Não importa realmente quem eu sou, não é mesmo? Sabe que posso cumprir a ameaça.

– Sei, sim... – balbuciou Colarinho Duro, enterrando o rosto entre as mãos.

Dickstein deixou o silêncio tomar conta do ambiente. Colarinho Duro estava impotente, encurralado. Compreendeu que havia apenas uma coisa que podia fazer. Dickstein lhe deu todo o tempo de que precisava. Vários minutos se passaram.

– A lista será volumosa – falou Dickstein suavemente, por fim.

Colarinho Duro assentiu, sem levantar a cabeça.

– Sua pasta é verificada quando deixa o escritório?

Ele fez que não com a cabeça.

– As listas costumam ficar trancadas à chave?

– Não. – Colarinho Duro recuperou o controle, com um esforço visível. E acrescentou, em tom de cansaço: – Essa informação não é considerada secreta. É apenas confidencial, não pode ser divulgada para o público.

– Ótimo. Vai precisar pensar amanhã nos detalhes, que cópia vai pegar, o que dirá à sua secretária e assim por diante. Depois de amanhã, trará os papéis para casa. Vai encontrar um bilhete meu à sua espera. Ele explicará como me entregar a lista. – Dickstein sorriu. – Depois disso, provavelmente nunca mais tornará a me ver.

– É o que espero – murmurou Colarinho Duro.

Dickstein se levantou.

– É melhor não ser incomodado com telefonemas por um tempo.

Ele encontrou o telefone e arrancou o fio da parede. Foi até a porta e a abriu.

O louro olhou para o fio arrancado da parede. Seus olhos pareciam estar se recuperando.

– Está com medo de que ele mude de ideia? – perguntou o louro.

– Você é que deveria estar com medo de que isso aconteça – respondeu Nat e saiu, fechando a porta silenciosamente.

～

A vida não é um concurso de popularidade, sobretudo na KGB. David Rostov era agora bastante impopular com seu chefe e com todos os funcionários da seção que eram leais ao superior. Feliks Vorontsov fervilhava de raiva pela maneira como fora desconsiderado; dali por diante, faria tudo o que pudesse para destruir Rostov.

Rostov previra isso. Não se arrependera de sua decisão de quebrar as regras para assumir o caso de Dickstein. Ao contrário, estava contente. Já pensava até no elegante terno azul-marinho de corte inglês que compraria assim que recebesse seu passe para a Seção 100, no terceiro andar da loja de departamentos GUM de Moscou.

Só lamentava ter deixado uma brecha para Vorontsov explorar. Deveria ter pensado nos egípcios e sua reação. Era esse o problema com os árabes. Eles eram tão desajeitados e inúteis que havia a tendência a ignorar sua força no mundo do serviço secreto. Por sorte, Yuri Andropov, o diretor da KGB e confidente do secretário-geral Leonid Brejnev, percebera o que Feliks Vorontsov tentara fazer, que era recuperar o controle do projeto Dickstein. E não permitira.

Assim, a única consequência do erro de Rostov era que seria obrigado a trabalhar com os desprezíveis árabes.

O que era lamentável. Rostov dispunha de sua pequena equipe, integrada por Nik Bunin e Pyotr Tyrin. Juntos, trabalhavam muito bem. E o Cairo era tão furado quanto uma peneira: metade das informações que passavam por lá acabava em Tel Aviv.

O fato de o árabe em questão ser Yasif Hassan podia ou não ser uma ajuda.

Rostov se recordava nitidamente de Hassan: um garoto rico, indolente e altivo, inteligente o bastante, mas sem muita determinação, conhecimentos primários em política e com roupas de mais. Fora o pai rico que o levara a Oxford, não sua inteligência. Rostov se ressentia mais disso agora do que na ocasião. De qualquer forma, o fato de conhecê-lo tornaria mais fácil controlá-lo. Para começar, Rostov planejava deixar bem claro que Hassan era supérfluo e que só estava na equipe por motivos políticos. Precisaria ser bastante hábil no que diria ao outro e no que manteria em segredo: se falasse de menos, o Cairo pressionaria Moscou; se falasse demais, Tel Aviv poderia frustrar todos os seus movimentos.

Era uma situação extremamente difícil, e David Rostov só podia culpar a si mesmo.

Estava inquieto com toda a situação quando aterrissou em Luxemburgo. Chegara de Atenas, tendo mudado de identidade duas vezes e de avião três desde que partira de Moscou. Adotara essa pequena precaução porque, se chegasse da Rússia, o serviço secreto local poderia registrar a sua entrada e vigiá-lo por algum tempo, o que seria um transtorno.

Não havia ninguém a esperá-lo no aeroporto, como tinha de ser. Ele pegou um táxi e seguiu para o hotel.

Dissera ao Cairo que usaria o nome David Roberts. Quando se registrou no hotel com esse nome, o recepcionista lhe entregou uma mensagem. Rostov abriu o envelope enquanto subia no elevador com o carregador. A mensagem dizia simplesmente: "Quarto 179."

No quarto, dispensou o carregador entregando-lhe uma gorjeta, depois pegou o telefone e discou 179.

– Alô? – disseram.

– Estou no 142. Dê-me dez minutos e depois venha até aqui para uma reunião.

– Ótimo. Quem está...

– Cale-se! – interrompeu-o bruscamente Rostov. – Nada de nomes. Daqui a dez minutos.

– Está certo. Desculpe, mas eu...

Rostov desligou. Que espécie de idiotas o Cairo contratava agora? Obviamente o tipo que usava o nome verdadeiro num sistema telefônico de hotel. A coisa seria ainda pior do que receara.

Houve uma época em que ele tinha que ser excessivamente profissional: apagar a luz e se sentar de frente para a porta, empunhando uma arma até a chegada do outro homem, pois poderia ser uma armadilha. Agora, porém, Rostov achava obsessivo esse tipo de comportamento, que só era seguido em filmes. As precauções pessoais elaboradas não eram do seu estilo. Ou pelo menos não eram mais. Não levava sequer um revólver, pois sua bagagem poderia ser revistada por inspetores alfandegários nos aeroportos. Mas havia precauções e precauções, armas e armas. Rostov tinha alguns pequenos aparelhos da KGB escondidos, inclusive uma escova de dentes elétrica que emitia um zumbido que causava interferência em escutas, uma câmera Polaroid em miniatura e um garrote de cadarço de sapato.

Rostov tirou rapidamente as coisas que estavam em sua pequena valise. Não havia muito: um aparelho de barbear, a escova de dentes, duas camisas americanas que não precisavam ser passadas, uma cueca. Depois de arrumar tudo, serviu-se de um drinque do bar do quarto. Beber uísque escocês era uma das vantagens de quem trabalhava no exterior. Depois de dez minutos exatos, houve uma batida à porta. Rostov a abriu e Yasif Hassan entrou.

Hassan sorriu cordialmente.

– Como vai?

– Muito bem. E você? – disse Rostov, apertando-lhe a mão.

– Já se foram vinte anos... Como passou todo esse tempo?

– Muito ocupado.

– É espantoso voltarmos a nos encontrar depois de todo esse tempo e logo por causa de Dickstein!

– Tem razão. Mas sente-se. Vamos falar sobre ele.

Rostov foi sentar-se e Hassan o acompanhou.

– Conte-me tudo o que sabe. Reconheceu Dickstein aqui e depois o seu pessoal o avistou no aeroporto de Nice. O que aconteceu em seguida?

– Ele foi visitar uma usina nuclear com um grupo de turistas e conseguiu despistar os homens que o seguiam. Assim, não sabemos mais onde ele está.

Rostov deixou escapar um grunhido de contrariedade.

– Teremos de fazer melhor do que isso.

Hassan sorriu – *um sorriso de vendedor*, pensou Rostov – e disse:

– Se ele não fosse o tipo de agente que é, capaz de despistar quem o está seguindo, não estaríamos tão preocupados, não é mesmo?

Rostov ignorou o comentário.

– Ele estava dirigindo?

– Sim. Tinha alugado um Peugeot.

– O que sabe sobre os movimentos dele antes disso, quando ainda estava em Luxemburgo?

Hassan falou rapidamente, adotando o mesmo estilo profissional de Rostov:

– Ele ficou uma semana no hotel Alfa, sob o nome de Ed Rodgers. Deu como endereço o escritório de Paris de uma revista chamada *Science*

International. Existe realmente uma revista com esse nome. E tem um endereço em Paris, mas serve apenas para entrega de correspondência. Têm um freelance chamado Ed Rodgers, mas não recebem notícias dele há mais de um ano.

Rostov assentiu.

– Como já deve saber, esse é um típico disfarce do Mossad. Bem-feito e amarrado. Mais alguma coisa?

– Há, sim. Na noite anterior à partida de Dickstein, houve um incidente na Rue Dicks. Dois homens levaram uma surra. A cena tinha toda a aparência de um trabalho profissional... ossos fraturados em pontos fundamentais, por exemplo. A polícia não está investigando. Os homens eram ladrões conhecidos e calcula-se que estivessem à espreita de uma vítima nas proximidades de uma boate de público homossexual.

– Para assaltar os gays que saíssem?

– É o que se imagina. Seja como for, não há nada que ligue Dickstein ao incidente, exceto ele ser capaz de fazer tal coisa e estar aqui na ocasião.

– Já é o suficiente para uma suposição bem forte. Acha que Dickstein é homossexual?

– É possível. Mas o Cairo diz que não consta qualquer referência a esse respeito na sua ficha. Portanto, ele deve ter sido muito discreto durante todos esses anos.

– E seria também discreto o bastante para não frequentar boates gays durante uma missão. Não acha que seu argumento se contradiz?

Um vestígio de raiva se insinuou no rosto de Hassan.

– E qual é a sua opinião? – indagou ele, na defensiva.

– Meu palpite é que ele tenha um informante homossexual.

Rostov se levantou e começou a andar pelo quarto. Avaliou que tivera um bom começo com Hassan, mas não havia por que exagerar. De nada adiantaria deixar o homem irritado. Estava na hora de atenuar um pouco a pressão.

– Vamos especular por um momento. Por que ele viria visitar uma usina nuclear?

– Os israelenses não mantêm boas relações com a França desde a Guerra dos Seis Dias – disse Hassan. – De Gaulle suspendeu o fornecimento de armas. O Mossad não poderia estar planejando alguma retaliação... como explodir a usina?

Rostov fez que não com a cabeça.

– Nem mesmo os israelenses são tão irresponsáveis assim. Além do mais, o que Dickstein teria vindo fazer em Luxemburgo?

– Quem pode saber?

Rostov tornou a se sentar.

– O que existe aqui em Luxemburgo? Por que este lugar pode ser importante? Por que seu banco está aqui, por exemplo?

– É um importante centro financeiro. Meu banco está aqui porque Luxemburgo é a sede do Banco Europeu de Investimento. Mas aqui estão sediados também diversos organismos da Comunidade Econômica Europeia... inclusive o Centro Europeu fica aqui, no Kirchberg.

– Que organismos?

– O Secretariado do Parlamento Europeu, o Conselho e o Tribunal de Justiça da União Europeia. Ah, sim... a Euratom também está aqui.

Rostov ficou olhando atentamente para Hassan.

– Euratom?

– É a Comunidade Europeia da Energia Atômica, mas todo mundo...

– Sei o que é – interrompeu-o Rostov. – Será que não percebe a ligação? Dickstein vem a Luxemburgo, onde está sediada a Euratom, depois vai visitar um reator nuclear.

Hassan deu de ombros.

– Uma hipótese interessante. O que está bebendo?

– Uísque. Pode se servir. Pelo que me lembro, os franceses ajudaram os israelenses a construírem seu reator nuclear. E agora provavelmente suspenderam a ajuda. Dickstein pode estar atrás de segredos científicos.

Hassan serviu-se de uma dose de uísque e tornou a se sentar.

– Como nós dois vamos operar? Minhas ordens são de ajudá-lo em tudo, cooperar sem restrições.

– Minha equipe chegará hoje à noite. – Rostov pensou: *Cooperar uma ova! Você vai é cumprir as minhas ordens.* – Sempre uso os mesmos homens, Nik Bunin e Pyotr Tyrin. Trabalhamos muito bem juntos. Eles sabem como eu gosto que as coisas sejam feitas. Quero que fique com eles, faça o que disserem. Vai aprender muito, eles são excelentes agentes.

– E o meu pessoal...

– Não vamos precisar deles por algum tempo – disse Rostov, de forma incisiva. – Uma equipe pequena é melhor. Nossa primeira tarefa é localizar Dickstein se e quando ele voltar a Luxemburgo.

– Tenho um homem no aeroporto 24 horas por dia.

– Ele deve ter previsto isso e não virá de avião. Devemos vigiar outros pontos, como o prédio da Euratom.

– Fica no edifício Jean-Monnet.

– Podemos também cobrir o hotel Alfa, subornando o recepcionista. Mas tenho certeza de que ele não voltará lá. E há ainda a boate da Rue Dicks. Disse que ele alugou um carro, não é mesmo?

– Na França.

– A essa altura já deve tê-lo abandonado. Sabe que vocês têm a placa. Quero que ligue para a locadora e descubra onde o carro foi entregue. Isso talvez nos revele a direção que ele está seguindo.

– Está certo.

– Moscou distribuiu a fotografia dele, de modo que nosso pessoal já o procura em todas as capitais do mundo.

Rostov terminou o uísque.

– Vamos pegá-lo. De um jeito ou de outro.

– É o que realmente acha? – falou Hassan.

– Já joguei xadrez com ele. Sei como a sua mente funciona. Os movimentos de abertura dele são rotineiros, previsíveis. Depois, de modo repentino, ele faz algo inesperado e, em geral, bastante arriscado. Só precisamos ficar esperando que ele estique o pescoço... e então cortar-lhe a cabeça.

– Pelo que me recordo, você perdeu aquela partida de xadrez.

Hassan exibiu um sorriso cruel.

– Tem razão... mas agora é a vida real.

~

Há duas categorias de pessoas que se especializam em seguir os outros: os artistas da calçada e os buldogues. Os artistas da calçada consideram que seguir as pessoas é uma habilidade de alto nível, comparável a representar, entender de biofísica celular ou fazer poesia. São perfeccionistas, capazes de ficar quase invisíveis. Possuem trajes discretos variados, treinam expressões impassíveis diante do espelho, conhecem dezenas de truques com entradas de lojas e filas de ônibus, guardas e crianças, óculos, sacolas de compras e sebes. Desprezam os buldogues, que pensam que seguir alguém é uma missão simples, resumindo-se apenas a não perdê-lo de vista, cumprindo a tarefa da mesma forma que um cachorrinho acompanharia o dono.

Nik Bunin era um buldogue. Jovem turbulento, era o tipo de homem que ou se torna policial ou criminoso, dependendo da sorte. E a sorte o guiara para a KGB. O irmão dele, na Geórgia, era traficante, levava haxixe de Tbilisi para a Universidade de Moscou (onde era consumido, entre outros, pelo filho de Rostov, Yuri). Nik era motorista oficialmente e, extraoficialmente, guarda-costas. Ainda mais extraoficialmente, era um experiente causador de problemas em tempo integral.

E foi Nik quem localizou o Pirata.

Nik tinha cerca de 1,80 metro de altura e era bastante forte. Usava jaqueta de couro, tinha olhos verde-claros e cabelo louro curto. Sentia-se constrangido pelo fato de, aos 25 anos, ainda não precisar fazer a barba todos os dias.

Na boate da Rue Dicks, acharam-no incrivelmente atraente.

Nik chegou às 19h30, pouco depois que a boate abriu. Ficou sentado no mesmo canto a noite inteira, bebendo vodca com gelo, com um prazer lúgubre, apenas observando. Um homem o convidou para dançar e ele lhe mandou à merda num péssimo francês. Quando apareceu na segunda noite, todos se perguntaram se não seria um amante abandonado à espera de um confronto com o ex. Tinha um jeito que os homossexuais chamam de bruto, com aqueles ombros largos, a jaqueta de couro e a expressão sombria.

Nik nada sabia dessas reações que provocava. Apenas recebera instruções para ir a determinada boate e procurar o homem da foto que lhe mostraram. Assim, memorizara o rosto e depois fora à boate. Para ele, não fazia muita diferença se o lugar fosse um bordel ou uma catedral. Gostava de ter a oportunidade de espancar pessoas. Afora isso, tudo o que desejava era o pagamento regular e dois dias de folga por semana, a fim de dedicar-se a suas paixões: vodca e livros de colorir.

Quando Nat Dickstein entrou na boate, Nik sequer se empolgou. Quando ele se saía bem, Rostov presumia que isso acontecera porque cumprira à risca as ordens recebidas. E geralmente acertava. Nik observou o homem se sentar sozinho, pedir uma cerveja, ser servido e tomá-la. Teve a impressão de que ele também esperava alguém.

Nik foi ao telefone no vestíbulo e ligou para o hotel. Rostov atendeu.

– Aqui é Nik. O alvo acaba de chegar.

– Ótimo! – exclamou Rostov. – O que ele está fazendo?

– Esperando.

– Bom. Sozinho?

– Isso mesmo.

– Continue a vigiá-lo e me telefone se ele fizer alguma coisa.

– Está certo.

– Vou mandar Pyotr para aí. Ele ficará esperando do lado de fora. Se o alvo deixar a boate, você deverá segui-lo, revezando-se com Pyotr. O árabe o acompanhará num carro. É um... espere um instante... um fusca verde.

– Certo.

– Agora volte a vigiar o alvo.

Nik desligou e retornou para sua mesa, sem olhar para Dickstein enquanto atravessava a boate.

Alguns minutos depois, um homem bem-vestido e de boa aparência, em torno dos 40 anos, entrou na boate e olhou ao redor. Foi até o bar, passando pela mesa de Dickstein. Nik viu Dickstein pegar um pedaço de papel em cima da mesa e metê-lo no bolso. Foi tudo extremamente discreto. Só alguém que estivesse observando Dickstein com cuidado perceberia que algo acontecera.

Nik foi de novo ao telefone.

– Um maricas entrou e lhe entregou alguma coisa – informou ele a Rostov. – Parecia um tíquete.

– Seria um tíquete de teatro?

– Não sei.

– Eles se falaram?

– Não. O cara só largou o papel em cima da mesa ao passar. Eles nem se olharam.

– Está certo. Continue a vigiar. A essa altura, Pyotr já deve estar do lado de fora.

– Espere um pouco! – disse Nik abruptamente. – O alvo acaba de aparecer no vestíbulo... está indo para o balcão... entregou o tíquete... era isso, um tíquete do guarda-volumes.

– Continue na linha e conte-me tudo o que está acontecendo.

A voz de Rostov estava implacavelmente calma:

– O cara do balcão está lhe entregando uma pasta. Ele deu uma gorjeta...

– É uma entrega. Ótimo.

– O alvo está saindo da boate.

– Siga-o.

– Devo pegar a pasta?

– Não. Não quero nos expor até descobrirmos o que ele está fazendo. Apenas descubra aonde ele vai. E agora vá!

Nik desligou. Entregou algumas notas ao atendente, dizendo:

– Estou com pressa. Esse dinheiro dá para pagar minha conta.

Então subiu correndo a escada, atrás de Nat Dickstein.

Era uma noite clara de verão e havia muitas pessoas na rua a caminho de cinemas e restaurantes ou simplesmente passeando. Nik olhou para a esquerda e a direita e avistou o alvo, na calçada do outro lado, a cerca de 50 metros. Atravessou a rua e pôs-se a segui-lo.

Dickstein caminhava depressa, olhando para a frente, com a pasta debaixo do braço. Nik foi atrás dele por dois quarteirões. Se Dickstein olhasse para trás nesse trecho, veria a alguma distância um homem que também estava na boate e começaria a se perguntar se não estaria sendo seguido. Depois, Pyotr se aproximou de Nik, tocou-lhe de leve no braço e seguiu em frente. Nik ficou para trás, numa posição em que podia avistar Pyotr, mas não Dickstein. Se Nat olhasse para trás naquele momento, não veria Nik e não reconheceria Pyotr. Era muito difícil para o alvo perceber esse tipo de vigilância. Quanto maior fosse a distância pela qual se precisasse seguir o alvo, é claro que maior seria a necessidade de homens para manter os revezamentos regulares.

Depois de outro quilômetro, o fusca verde encostou no meio-fio, ao lado de Nik. Yasif Hassan se inclinou no assento da frente e abriu a porta.

– Novas ordens – disse ele. – Entre.

Nik entrou no carro e Hassan seguiu de volta à boate na Rue Dicks.

– Saiu-se muito bem – disse Hassan.

Nik ignorou o elogio.

– Queremos que volte à boate, vigie o homem que fez a entrega e o siga até a casa dele – acrescentou Hassan.

– O coronel Rostov pediu isso?

– Exatamente.

– Está certo.

Hassan parou o carro perto da boate. Nik saltou e entrou. Parou na entrada do salão, olhando por toda parte, atentamente.

O homem que fizera a entrega desaparecera.

~

A lista do computador tinha mais de cem páginas. Dickstein sentiu um aperto no coração ao folhear o texto valioso que se empenhara tanto em obter. Nada fazia sentido.

Ele voltou à primeira página e a examinou de novo. Mostrava um amontoado confuso de letras e números. Poderia estar em código? Não, não era possível. Aquela lista era usada diariamente por funcionários comuns da Euratom e por isso devia ser facilmente compreensível.

Dickstein se concentrou. Reconheceu algo: "U234". Sabia que se tratava de um isótopo de urânio. Outro grupo de letras e números era "180KG" – ou seja, 180 quilos. "17F68" deveria ser uma data, 17 de fevereiro daquele ano. Gradativamente, as linhas do texto de computador, composto por letras e números, começaram a revelar seu significado. Dickstein reconheceu os nomes de diversos lugares de países europeus, palavras como TREM e CAMINHÃO, com distâncias ao lado, nomes terminados com SA ou INC para indicar empresas. Por fim, a lista ficou clara. A primeira linha indicava a quantidade e o tipo de material; a segunda, o nome e o endereço do remetente, e assim por diante.

Dickstein se animou. À medida que lia e compreendia os dados, vinha-lhe a sensação de realização. Havia cerca de sessenta remessas relacionadas. Parecia haver três tipos principais: as grandes quantidades de urânio bruto em forma de minério provenientes de minas na África do Sul, no Canadá e na França que seguiam para diversas refinarias europeias; elementos combustíveis – como óxidos, metal de urânio ou ligas enriquecidas deslocados das usinas para reatores –; e combustível gasto de reatores a caminho de reprocessamento e disposição final. Umas poucas remessas não seguiam esses padrões; eram sobretudo elementos de plutônio e transurânio, extraídos do combustível gasto e enviados para laboratórios de universidades e institutos de pesquisa.

A cabeça de Dickstein doía e os olhos estavam injetados quando ele finalmente descobriu o que procurava. A última página indicava uma remessa classificada como NÃO NUCLEAR.

O físico de gravata florida de Rehovot lhe informara sobre os usos não nucleares do urânio e seus compostos em fotografia, corantes de vidro e cerâmica e catalisadores industriais. É claro que o material sempre tinha algum potencial nuclear, não importava quão banal e inocente fosse seu uso. Por isso os regulamentos da Euratom ainda se aplicavam. Contudo, Dickstein ficou convencido de que as medidas de segurança não seriam tão rigorosas na indústria química comum.

O registro da última página se referia a 200 toneladas de óxido de urânio bruto. Estavam na Bélgica, numa usina metalúrgica no campo, perto da fronteira holandesa, num local licenciado para depósito de material nuclear. A usina era de propriedade da Société Générale de la Chimie, um conglomerado metalúrgico com sede em Bruxelas. A SGC vendera o minério a uma empresa alemã chamada F. A. Pedler, de Wiesbaden. A Pedler planejava usá-lo para "fabricar compostos de urânio, especialmente carboneto de urânio, em quantidades comerciais". Dickstein recordava que o carboneto era um catalisador para a produção de amônia sintética.

Contudo, parecia que a Pedler não manipularia o urânio diretamente. Ou pelo menos não de início. O interesse de Dickstein aumentou ao verificar que a Pedler não solicitara o licenciamento das próprias instalações em Wiesbaden. Em vez disso, pedira permissão para remeter o urânio para Gênova, por mar. Na cidade italiana, o urânio seria submetido a um "processamento não nuclear" por uma companhia chamada Angeluzzi e Bianco.

Por mar! As implicações disso se delinearam na mente de Dickstein. Alguém tomaria todas as providências para passar a carga por um porto europeu.

Ele continuou a ler. O transporte seria de trem, do depósito da SGC até o cais de Antuérpia. Ali, o urânio seria embarcado no navio *Coparelli*, a fim de ser transportado para Gênova. O curto percurso entre o porto italiano e as instalações da Angeluzzi e Bianco seria efetuado de caminhão.

Para a viagem, o urânio em forma bruta, que parecia uma areia amarelada, seria acondicionado em 560 barris de 200 litros, com as tampas lacradas. Seriam necessários 11 vagões do trem, o navio não levaria outras cargas naquela viagem e os italianos usariam seis caminhões para a última etapa da entrega.

Era o percurso por mar que atraía Dickstein: canal da Mancha, baía de Biscaia, descendo a costa atlântica da Espanha, passando pelo estreito de Gibraltar e seguindo no Mediterrâneo por mil milhas.

Muita coisa poderia dar errado ao longo de todo esse percurso.

As viagens por terra eram simples, controladas: um trem partia ao meio-dia e chegava ao seu destino às 8h30 da manhã seguinte; um caminhão viajava por estradas em que sempre havia outros veículos, inclusive da polícia; aviões mantinham contato permanente com alguém no solo. Mas o mar era imprevisível, com as próprias leis. Uma viagem por mar levaria de dez a vinte dias; podia haver tempestades e colisões, problemas com as máquinas, escalas não programadas em portos, súbitas mudanças de direção. Sequestrando-se um avião, o mundo inteiro assistia a tudo uma hora depois pela televisão; sequestrando-se um navio, era possível que ninguém soubesse de nada por dias, semanas, talvez para sempre.

O mar era a escolha inevitável do Pirata.

Dickstein continuou a analisar as possibilidades com crescente entusiasmo e a impressão de que a solução para o seu problema estava ao alcance da mão. Sequestrar o *Coparelli*... e depois o quê? Transferir a carga para os porões do navio pirata. O *Coparelli* provavelmente possuía guindastes. Mas transferir uma carga em pleno mar poderia ser arriscado. Dickstein tornou a olhar para a lista, a fim de verificar a data prevista para o transporte: novembro. Aquilo não era nada bom. Poderia haver tempestades. Até mesmo o Mediterrâneo podia ser palco de súbitas intempéries em novembro. O que fazer então? Capturar o *Coparelli* e levá-lo para Haifa? Seria difícil atracar em segredo um navio roubado, mesmo num país em que as medidas de segurança eram amplas, como Israel.

Dickstein consultou o relógio de pulso. Já passava da meia-noite. Começou a despir-se para deitar. Precisava de mais informações a respeito do *Coparelli*: tonelagem, número de tripulantes, paradeiro atual, quem era o proprietário e, se possível, a planta. Iria para a Inglaterra no dia seguinte. Podia-se descobrir qualquer coisa sobre navios no Lloyd's de Londres.

Havia algo mais que ele precisava descobrir: quem o seguia pela Europa? Havia uma equipe grande em ação na França. Naquela noite, quando deixara a boate da Rue Dicks, um homem com cara de bandido estava atrás dele. Desconfiara que fora seguido, mas o homem desaparecera pouco depois. Seria coincidência ou outra equipe entrara em ação? Tudo dependia de saber se Hassan tinha alguma participação. Também poderia fazer indagações a esse respeito na Inglaterra.

Ficou pensando em como deveria viajar. Se alguém pegara a sua pista naquela noite, teria de tomar algumas precauções no dia seguinte. Mesmo que o cara de bandido não fosse ninguém, Dickstein precisava evitar que o localizassem no aeroporto de Luxemburgo.

Pegou o telefone, ligou para a recepção e pediu:

– Acorde-me às 6h30, por favor.

– Perfeitamente, senhor.

Dickstein desligou e se deitou. Finalmente tinha um alvo definido: o *Coparelli*. Ainda não fizera um planejamento específico, mas sabia, em linhas gerais, o que fazer. Quaisquer que fossem as outras complicações que pudessem surgir, a combinação de uma remessa não nuclear e uma viagem pelo mar era simplesmente irresistível.

Ele apagou a luz e fechou os olhos, pensando: *Foi um excelente dia.*

David Rostov sempre fora um filho da mãe condescendente e não melhorara com a idade, pensou Yasif Hassan. "O que você talvez não compreenda...", dizia ele, com um sorriso complacente. Ou então declarava: "Não precisamos mais do seu pessoal... pois uma pequena equipe é muito melhor." Ou determinava: "Você pode seguir no carro, mas fique longe do campo de visão dele." E agora decidira: "Fique cuidando do telefone enquanto dou um pulo na embaixada."

Hassan estava preparado para trabalhar sob as ordens de Rostov como membro da equipe, mas parecia que sua posição era ainda mais inferior. E, para dizer o mínimo, achava um insulto ser considerado inferior a um homem como Nik Bunin.

O problema era que Rostov tinha alguma justificativa. Não era o fato de os russos serem mais inteligentes que os árabes, mas a inegável verdade de que a KGB era uma organização maior, mais rica, mais poderosa e mais profissional que o serviço secreto egípcio.

Hassan não via alternativa a não ser suportar a atitude de Rostov, justificada ou não. O Cairo estava adorando ter a KGB caçando um dos maiores inimigos do mundo árabe. Se Hassan se queixasse, ele é que seria tirado do caso, não Rostov.

Rostov podia pelo menos se lembrar, pensou Hassan, *que os árabes é que haviam localizado Dickstein*; sequer haveria investigação se não fosse pela descoberta feita por Hassan.

Ao mesmo tempo, queria conquistar o respeito de Rostov, fazer com que o russo o tomasse como confidente, discutisse os acontecimentos, pedisse a sua opinião. Teria de provar a Rostov que era um agente competente e profissional, facilmente do mesmo nível de Nik Bunin e Pyotr Tyrin.

O telefone tocou. Hassan prontamente atendeu:

– Alô?

– O outro está?

Era a voz de Tyrin.

– Ele saiu. O que está acontecendo?

Tyrin hesitou.

– Quando ele volta?

– Não sei – mentiu Hassan. – Pode me passar o relatório.

– Está certo. O cliente desembarcou do trem em Zurique.

– Zurique? Continue.

– Tomou um táxi até um banco, entrou e desceu para a sala dos cofres particulares. Saiu carregando uma pasta.

– E depois?

– Foi a um revendedor de carros nos arredores da cidade e comprou um Jaguar de segunda mão, pagando com o dinheiro que tinha na pasta.

– Continue.

Hassan achava que já sabia o que acontecera em seguida.

– Ele saiu de Zurique no carro, pegou a autoestrada E17 e aumentou a velocidade até chegar a 220 quilômetros por hora.

– E você o perdeu – concluiu Hassan, com doses iguais de satisfação e ansiedade.

– Tínhamos um táxi e um Mercedes da embaixada.

Hassan visualizava o mapa rodoviário da Europa.

– Ele pode ter seguido para qualquer lugar da França, Espanha, Alemanha, Escandinávia... A menos que tenha voltado, aí poderia seguir para Itália, Áustria... ou seja, desapareceu. Muito bem, volte para a base.

E desligou antes que Tyrin pudesse contestar sua autoridade.

No fim das contas, a grande KGB não é invencível, pensou Hassan. Por mais que sentisse satisfação pelo fracasso coletivo dos russos, no entanto, seu prazer era ofuscado pelo temor de que tivessem perdido Dickstein de vez.

Ele ainda pensava no que deveriam fazer em seguida quando Rostov voltou.

– Alguma novidade? – perguntou o russo.

– Seus homens perderam Dickstein – informou Hassan, reprimindo um sorriso.

O rosto de Rostov assumiu uma expressão sombria.

– Como?

Hassan contou tudo. No fim, Rostov perguntou:

– E o que eles estão fazendo agora?

– Sugeri que voltassem para cá. Creio que já devem estar a caminho.

Rostov soltou um grunhido.

– Estive pensando no que devemos fazer em seguida – acrescentou Hassan.

– Temos que rastrear Dickstein de novo.

Rostov estava mexendo em algo na valise e suas respostas saíam distraídas.

– Além disso... – falou Hassan.

Rostov se virou para o outro.

– Diga logo o que está pensando.

– Acho que devemos pegar o homem que fez a entrega e descobrir o que ele deu a Dickstein.

Rostov ficou imóvel, pensando na proposta por um momento, antes de murmurar:

– Isso mesmo...

Hassan regozijou.

– Teremos de descobri-lo...

– Isso não deve ser impossível – disse Rostov. – Se ficarmos vigiando a boate, o hotel Alfa, o aeroporto e o prédio Jean-Monnet por alguns dias...

Hassan observou Rostov, estudando o corpo alto e magro, o rosto impassível e indecifrável, a testa larga, o cabelo curto que começava a ficar grisalho. *Estou certo e ele vai admitir*, pensou Hassan.

– Você está certo – falou Rostov por fim. – Eu deveria ter pensado nisso antes.

Hassan sentiu um orgulho intenso e pensou: *No fim das contas, talvez ele não seja um filho da mãe.*

CAPÍTULO SEIS

OXFORD NÃO MUDARA tanto quanto seus habitantes. Sim, a cidade estava diferente: crescera, os carros e as lojas se tornaram mais numerosos e mais vistosos, as ruas ficaram mais apinhadas de gente. Mas a característica predominante do lugar ainda era o conjunto de prédios de pedra clara da universidade, com o vislumbre ocasional, através de uma arcada, da relva surpreendentemente verde de um pátio quadrangular. Dickstein notou também a claridade pálida da Inglaterra, em contraste com a luminosidade intensa de Israel. Era lógico que sempre fora assim, mas ele jamais reparara enquanto vivera na Inglaterra.

Os estudantes, no entanto, pareciam totalmente diferentes. No Oriente Médio e por toda a Europa, Dickstein vira homens com os cabelos longos o suficiente para cobrir as orelhas, cachecóis vermelhos, laranja ou rosa no pescoço, calças de boca larga e sapatos de saltos altos. Não tinha expectativa de que as pessoas se vestissem como em 1948, com paletós de tweed e calças de veludo cotelê, camisas lisas e gravatas com estampas em estilo paisley. Porém não esperava o que encontrou. Muitos jovens andavam descalços pelas ruas ou usavam sandálias abertas, sem meias. Homens e mulheres estavam metidos em calças que lhe pareceram apertadas de um jeito vulgar. Depois de observar diversas mulheres com os seios livres balançando dentro de blusas coloridas e folgadas, chegou à conclusão de que os sutiãs tinham saído de moda. Havia muitos trajes de brim azul, não apenas calças, mas também blusas, casacos, saias. E os cabelos! Foi o que mais o chocou. Os homens deixavam os cabelos não apenas cobrirem as orelhas, mas muitas vezes chegarem até o meio das costas. Ele viu dois de rabo de cavalo. Havia outros, tanto homens como mulheres, que armavam os cabelos para o alto em imensas massas de cachos, de tal forma que pareciam espiar através de um buraco numa sebe. E isso não devia ser extravagante o suficiente para alguns, pois ainda acrescentavam barbas, bigodes mexicanos ou imensas costeletas ao visual. Podiam ter vindo de Marte.

Dickstein perambulou pelo centro da cidade cheio de assombro, depois seguiu para os arredores. Fazia vinte anos que não seguia aquele percurso, mas se recordava bem do caminho. Lembrou-se de pequenas coisas dos tempos da universidade: a descoberta do talento impressionante de Louis

Armstrong ao trompete; a maneira como se sentia secretamente envergonhado de seu sotaque das classes sociais menos favorecidas de Londres; imaginar por que todos gostavam tanto de se embriagar, menos ele; pegar mais livros emprestados do que conseguiria ler, de tal forma que a pilha na mesa de seu quarto crescia sem parar.

Especulou se os anos o haviam mudado. Não muito, concluiu. Naquele tempo, era um homem assustado, procurando por uma fortaleza. Agora tinha Israel como fortaleza, só que em vez de se refugiar nela, tinha que sair e lutar para defendê-la. Naquela ocasião, como no momento atual, era um socialista sem muito empenho que sabia que a sociedade era injusta e não tinha ideia do que fazer para melhorá-la. O correr dos anos lhe dera mais habilidades, mas não sabedoria. Na verdade, tinha a impressão de que possuía mais informação e compreendia menos as coisas.

Entretanto, concluiu que era um pouco mais feliz agora. Sabia quem era e o que tinha que fazer. Chegara à própria conclusão do que significava a vida e descobrira que podia enfrentá-la. Embora suas atitudes fossem praticamente as mesmas que em 1948, tornara-se mais seguro. Contudo, o jovem Dickstein acalentara a esperança de outros tipos de felicidade, que jamais havia alcançado. Na verdade, a possibilidade de concretizá-las diminuíra com o passar dos anos. E Oxford o fazia pensar em tudo isso e com certo incômodo. Especialmente aquela casa.

Dickstein ficou parado diante dela, contemplando-a. Não mudara em nada. Ainda estava pintada de verde e branco, e o jardim da frente continuava uma verdadeira selva. Ele abriu o portão, subiu pelo caminho até a porta e bateu.

Não era a maneira mais eficiente de obter a informação. Ashford poderia ter mudado, morrido ou mesmo viajado de férias. Dickstein deveria ter telefonado para a universidade a fim de verificar. Porém, se queria que sua pergunta parecesse acidental e fosse discreta, era necessário se arriscar a perder algum tempo. Além do mais, ele até que apreciava a possibilidade de rever a velha casa depois de tantos anos.

– Pois não? – falou a mulher.

Dickstein sentiu um calafrio de choque. Entreabriu a boca. Cambaleou ligeiramente, pôs a mão na parede para se firmar. O rosto se contraiu numa expressão de espanto.

Era ela e continuava a ter 25 anos.

Em voz dominada pela incredulidade, Dickstein balbuciou:

– Eila?...

Ela ficou olhando aturdida para o estranho homenzinho à porta. Parecia um professor de Oxford, com os óculos redondos, o velho terno cinza e o cabelo curto eriçado. Não havia nada de errado com ele quando abrira a porta. Mas, assim que a fitara, ele ficara lívido.

Esse tipo de incidente já acontecera antes com ela, quando passava pela High Street. Um cavalheiro idoso e simpático a fitara, tirara o chapéu, fizera-a parar e dissera: "Sei que não fomos apresentados, mas..." Obviamente, era o mesmo fenômeno. Por isso, ela se apressou em dizer:

– Não sou Eila. Sou Suza.

– Suza!

– Todos dizem que sou igualzinha à minha mãe quando tinha a minha idade. Tenho certeza de que conheceu-a naquele tempo. Não quer entrar?

O homem continuou imóvel. Parecia estar se recuperando da surpresa, embora continuasse pálido.

– Sou Nat Dickstein – apresentou-se, com um sorriso incipiente.

– Muito prazer – disse Suza. – Não quer...

Só então ela compreendeu o que o homem dissera. Foi a sua vez de ficar surpresa:

– Sr. Dickstein!

A voz de Suza se alteou, ficou estridente. A mulher o enlaçou pelo pescoço e lhe deu um beijo.

– Pelo visto se lembra – disse Dickstein, assim que Suza o largou.

Ele parecia satisfeito e constrangido ao mesmo tempo.

– Claro que me lembro! Costumava brincar com Ezequias. Era o único que conseguia entender o que ele dizia.

Dickstein sorriu de novo.

– Ezequias, o gato... eu já tinha esquecido.

– Ora, entre logo!

Dickstein passou por ela e entrou na casa. Suza fechou a porta. Pegando-o pelo braço, levou-o pelo vestíbulo.

– Que maravilha! Vamos para a cozinha. Eu estava tentando fazer um bolo.

Indicou-lhe um banco. Dickstein se sentou e olhou sem pressa ao redor, reconhecendo a velha mesa da cozinha, o fogão, a vista da janela.

– Vamos tomar um café – sugeriu Suza. – Ou prefere chá?

– Café, por favor.

– Imagino que queira ver papai. Ele está dando aula esta manhã, mas virá almoçar em casa.

Ela despejou grãos de café num moedor manual.

– E sua mãe?

– Morreu há 14 anos. De câncer.

Suza o fitou esperando o automático "sinto muito". As palavras não vieram, mas o pensamento transpareceu no rosto dele. E ela gostou mais dele por isso. Tratou de moer o café.

O barulho preencheu o silêncio.

– O professor Ashford ainda dá aulas... – falou Nat, quando ela terminou. – Eu estava tentando calcular a idade dele.

– Papai está com 65 anos.

Pode parecer muita coisa, mas papai não é um velho, pensou Suza, com afeto. *A mente dele continua afiada*. Ela se perguntou o que Dickstein faria para ganhar a vida.

– Emigrou para a Palestina, não foi?

– Israel. Vivo num kibutz. Cultivo uvas e fabrico vinho.

Israel. Naquela casa, sempre se dizia Palestina. Como o pai reagiria àquele velho amigo que agora representava tudo a que ele se opunha? Suza sabia a resposta: não faria a menor diferença, pois a posição política do pai era teórica, não prática. Ela procurou imaginar o que Dickstein estaria fazendo na Inglaterra.

– Está de férias?

– Vim a negócios. Achamos que o nosso vinho já é bom o bastante para ser exportado para a Europa.

– Isso é ótimo. Está vendendo?

– Sondando as possibilidades. Fale-me a seu respeito. Aposto que não é professora universitária.

O comentário a deixou um pouco irritada. Sentiu-se corar ligeiramente. Não queria que aquele homem pensasse que não era inteligente o bastante para ser professora.

– O que o leva a dizer isso? – perguntou, fria.

– É tão... fervorosa. – Dickstein desviou os olhos, como se estivesse arrependido da escolha de palavras. – E é muito jovem.

Suza o julgara mal. Ele não estava sendo condescendente.

– Tenho o ouvido de papai para idiomas, mas não herdei a mente acadêmica. Por isso, sou aeromoça.

Ela se perguntou se era verdade que não possuía a mente acadêmica, se de fato não seria inteligente o bastante para ser professora universitária. Despejou água fervente no coador e o cheiro de café se espalhou pela cozinha. Não sabia o que dizer para dar continuidade à conversa. Olhou para Dickstein e descobriu que ele a avaliava abertamente, imerso em pensamentos. Os olhos dele eram grandes, de um castanho escuro. Ela ficou encabulada... o que era raro acontecer. E foi o que ele disse.

– Encabulada? – disse ele. – É porque eu a contemplei como se fosse um quadro ou algo assim. Estou tentando me acostumar ao fato de que não é Eila, mas a garotinha que carregava o velho gato cinza.

– Ezequias morreu. E deve ter sido logo depois que você foi embora.

– Muita coisa mudou.

– Era muito amigo de meus pais?

– Era um dos alunos de seu pai. Admirava sua mãe a distância. Eila... – Dickstein então desviou os olhos, como se assim pudesse fingir que não era ele mesmo quem falava. – Ela não era apenas bonita, era *extraordinária*.

Suza o fitou com atenção e pensou: *Você a amava*. O pensamento ocorreu espontaneamente. Foi intuitivo. E logo desconfiou que pudesse estar enganada. Mas isso explicaria a reação dele à porta, quando a vira.

– Mamãe foi hippie antes dos hippies. Sabia disso?

– Não estou entendendo.

– Ela queria ser livre. Rebelou-se contra as restrições impostas às mulheres árabes, embora fosse de uma família próspera e liberal. Casou com papai para sair do Oriente Médio. É claro que descobriu que a sociedade ocidental possui os próprios meios de reprimir as mulheres... e por isso tratou de violar a maioria das regras.

Enquanto falava, Suza se lembrou da época em que ela mesma começara a descobrir a paixão e se tornar mulher, quando compreendera que a mãe era promíscua. Tinha certeza de que ficara chocada, mas de alguma forma não conseguia recordar esse sentimento.

– E isso faz dela uma hippie?

– Os hippies acreditam no amor livre.

– Entendo...

Pela reação de Nat *naquele* momento, Suza compreendeu que a mãe não o amara. Sem nenhum motivo, isso a entristeceu.

– Fale-me sobre seus pais – pediu ela.

Conversavam como se fossem da mesma idade.

– Só se servir o café.

Suza riu.

– Ia esquecendo.

– Meu pai era sapateiro – começou Dickstein. – Era muito hábil em consertar botas, mas jamais foi um ótimo negociante. De qualquer forma, os anos 1930 foram muito bons para os sapateiros no East End de Londres. As pessoas não tinham condições de comprar botas novas e por isso mandavam remendar as velhas, ano após ano. Nunca fomos ricos, mas tínhamos um pouco mais de dinheiro do que a maioria das pessoas ao nosso redor. E é claro que havia alguma pressão da família sobre meu pai para expandir o negócio, abrir outra loja, empregar outros homens.

Suza lhe entregou o café.

– Leite, açúcar?

– Açúcar, sim; leite, não. Obrigado.

– Continue.

Era um mundo diferente, do qual Suza nada sabia. Nunca lhe ocorrera que um sapateiro podia se dar bem numa época de depressão.

– Os negociantes de couro achavam que meu pai era um homem difícil. Jamais conseguiam lhe vender nada além do que houvesse de melhor. Quando tinham um couro de segunda classe, diziam: "Não vamos nos dar ao trabalho de mandar isso para Dickstein, pois ele devolveria imediatamente." Ou pelo menos foi o que me contaram.

Nat tornou a exibir o seu pequeno sorriso.

– Ele ainda está vivo? – perguntou Suza.

– Morreu antes da guerra.

– O que aconteceu?

– A década de 1930 foi marcada pelo fascismo em Londres. Havia comícios em praças todas as noites. Os oradores diziam que os judeus do mundo sugavam o sangue das classes trabalhadoras. Os oradores, os líderes, eram todos homens respeitáveis de classe média. Mas as multidões eram constituídas por desordeiros desempregados. Depois dos comícios, eles marchavam pelas ruas quebrando janelas e provocando os que passavam, muitas vezes espancando-os. Nossa casa era um alvo perfeito. Éramos judeus. Meu pai era um negociante, ainda que pequeno, o que fazia dele um dos tais sanguessugas. E, como diziam, estávamos de fato em situação um pouco melhor do que a dos outros.

Dickstein parou de falar, olhando para o nada. Suza esperou que ele continuasse. Enquanto contava a história, ele parecia se encolher, cruzando as pernas de forma tensa, envolvendo o corpo com os braços, arqueando as costas. Sentado ali, no banco da cozinha, no terno cinza de burocrata que não se ajustava direito a seu corpo, com cotovelos, joelhos e ombros apontando para todos os ângulos, Dickstein mais parecia um saco de gravetos.

– Morávamos no andar de cima da loja. Eu costumava ficar acordado todas as noites, esperando que eles passassem. Isso me deixava aterrorizado, ainda mais porque sabia que meu pai também tinha medo. Havia ocasiões em que eles não faziam nada, apenas passavam. Geralmente gritavam alguma frase feita. E, com muita frequência, quebravam as janelas. Por duas vezes entraram na loja e quebraram tudo. Pensei que iam subir. Meti a cabeça debaixo do travesseiro, chorando, amaldiçoei a Deus por me fazer judeu.

– A polícia não fazia nada?

– Fazia o que podia. Quando os guardas estavam por perto, impediam. Só que a polícia tinha muito o que fazer naquele tempo. Os comunistas eram os únicos que queriam nos ajudar a revidar, mas papai não queria a ajuda deles. É claro que todos os partidos políticos estavam contra os fascistas, mas eram os vermelhos que empunhavam cabos de enxada e barras de ferro, erguiam barricadas. Tentei ingressar no Partido Comunista, mas não me deixaram, alegando que eu era jovem demais.

– E seu pai?

– Ele acabou se entregando. Quando a loja foi depredada pela segunda vez, ele já não tinha dinheiro para consertar tudo. E parecia que não possuía mais a energia necessária para recomeçar em outro lugar. Passou a viver da ajuda do governo, até morrer, em 1938.

– E você?

– Cresci depressa. Entrei para o Exército assim que pareci velho o bastante. Fui feito prisioneiro bem cedo. Vim para Oxford depois da guerra, posteriormente larguei os estudos e fui para Israel.

– Tem família lá?

– O kibutz todo é da minha família... mas jamais me casei.

– Por causa de minha mãe?

– Talvez. Ou pelo menos em parte. Você é muito direta.

Suza tornou a sentir que corava. Era uma pergunta muito íntima para fazer a alguém praticamente desconhecido. Contudo, a pergunta saíra de forma natural.

– Desculpe – pediu ela.

– Não precisa pedir desculpa. Raramente falo assim. Para dizer a verdade, toda esta viagem é... não sei direito... dominada pelo passado.

Fez-se silêncio. *Gosto bastante deste homem*, pensou Suza. *Gosto de sua conversa e de seus silêncios, dos olhos grandes, do terno velho e de suas recordações. Espero que fique aqui por algum tempo.*

Ela pegou as xícaras de café e abriu a máquina de lavar louça. Uma colher escorregou do pires, bateu no chão e resvalou para debaixo do velho freezer.

– Mas que diabo! – exclamou Suza.

Dickstein ficou de joelhos e olhou por baixo do freezer.

– Agora vai ficar aí embaixo para sempre – comentou Suza. – Esse negócio é pesado demais.

Dickstein levantou um lado do freezer com a mão direita e meteu a mão esquerda por baixo. Depois baixou o freezer, levantou-se e entregou a colher a Suza.

Ela o fitou aturdida.

– Mas o que você é... o Capitão América? Esse negócio é pesado *de verdade*!

– Trabalho no campo. E como conhece o Capitão América? Ele era um grande sucesso na minha infância.

– E voltou a ser agora. A arte dessas histórias em quadrinhos é fantástica.

– Nem me fale! Tínhamos que ler escondidos, porque eram consideradas lixo. E agora viraram arte. As coisas mudam.

Suza sorriu.

– Trabalha mesmo no campo?

Ele parecia mais um burocrata do que um agricultor.

– Claro.

– Um vendedor de vinho que revira a terra no vinhedo. Isso é fora do comum.

– Não em Israel. Somos um pouco... obcecados, acho que é a descrição certa... pelo solo.

Suza olhou para o relógio e ficou surpresa ao constatar como já estava tarde.

– Papai deve chegar a qualquer momento. Vai ficar para almoçar conosco, não vai? E infelizmente terá que se contentar com um sanduíche.

– Tenho certeza de que vou adorar.

Suza cortou as fatias de pão e começou a preparar a salada. Nat se ofereceu para lavar a alface e Suza lhe entregou um avental. Depois de algum tempo, surpreendeu Dickstein a observá-la de novo, sorrindo.

– O que está pensando?

– Estava me lembrando de algo que iria deixá-la sem graça.

– Pois conte assim mesmo.

– Apareci aqui uma tarde, por volta de 18 horas. Sua mãe tinha saído. Eu tinha vindo pedir um livro emprestado a seu pai. Você estava no banho. Seu pai recebeu um telefonema da França. Enquanto ele falava, você começou a chorar. Subi, tirei-a do banho, enxuguei-a, vesti a camisola. Devia ter 4 ou 5 anos na ocasião.

Suza riu. Teve uma súbita visão de Dickstein num banheiro cheio de vapor, abaixando-se para pegá-la nos braços sem o menor esforço de uma banheira repleta de bolhas de sabão. Na cena, ela não era uma criança, mas sim uma mulher, os seios úmidos, espuma entre as coxas. As mãos dele eram fortes e firmes ao apertá-la contra o peito. E foi nesse momento que a porta da cozinha se abriu e o pai entrou. O devaneio se desfez, deixando para trás uma sensação de paixão secreta e um vestígio de culpa.

~

Nat Dickstein considerou que o tempo fora gentil com o professor Ashford. Estava calvo, exceto por uma orla de cabelos brancos, como um monge. Engordara um pouco e os movimentos eram mais lentos. Mas ainda tinha nos olhos o brilho da curiosidade intelectual.

– Um convidado-surpresa, papai – anunciou Suza.

Ashford o fitou e disse, sem a menor hesitação:

– O jovem Dickstein! Mas que prazer, meu caro amigo!

Dickstein lhe estendeu a mão. O aperto foi firme.

– Como vai, professor?

– Muito bem, meu rapaz, ainda mais quando minha filha está aqui para cuidar de mim. Lembra-se de Suza?

– Passamos a manhã inteira entregues a recordações – comentou Dickstein.

– Estou vendo que ela já lhe pôs até um avental. Foi bem rápido, até para Suza. Já disse a ela que nunca conseguirá um marido desse jeito. Tire esse avental, meu caro rapaz, e vamos tomar um drinque.

Com um sorriso de pesar para Suza, Dickstein acatou a sugestão e seguiu Ashford para a sala de estar.

– Xerez? – ofereceu o professor.

– Bem pouco. Obrigado.

Dickstein se recordou subitamente de que estava ali com um objetivo. Tinha que arrancar informações de Ashford sem que o velho professor percebesse. Passara cerca de duas horas de folga, mas agora precisava voltar a se concentrar no trabalho. *Mas com tato, com muito tato*, pensou ele.

Ashford lhe entregou um copo pequeno de xerez.

– E agora me conte o que fez durante todos esses anos.

Dickstein tomou um gole do xerez. Era muito seco, como gostavam em Oxford. Contou ao professor a mesma história que já apresentara a Hassan e a Suza, sobre a procura de mercados de exportação para o vinho israelense. Ashford fez perguntas de quem estava a par das coisas. Os jovens estavam deixando os kibutzim e indo para as cidades? O tempo e a prosperidade haviam desgastado as ideias comunitárias dos habitantes dos kibutzim? Os judeus europeus estavam se misturando e se casando com os judeus africanos e levantinos? As respostas de Dickstein foram "sim", "não" e "não muito".

Por educação, Ashford evitou falar sobre suas opiniões contrárias à moralidade política de Israel. Mesmo assim, em suas perguntas imparciais sobre os problemas israelenses, podia-se perceber um vestígio de ansiedade por más notícias.

Suza os chamou da cozinha para almoçar antes que Dickstein tivesse tempo de fazer as próprias perguntas. Os sanduíches servidos eram grandes e deliciosos. Suza abrira uma garrafa de vinho tinto para acompanhá-los. Dickstein podia compreender por que Ashford engordara.

– Há cerca de duas semanas, encontrei um contemporâneo meu da universidade... em Luxemburgo, por mais estranho que possa parecer – comentou Dickstein um pouco mais tarde, tomando o café.

– Yasif Hassan? – perguntou Ashford.

– Como soube?

– Mantivemos contato e sei que ele mora em Luxemburgo.

– E o tem visto com frequência? – perguntou Dickstein, enquanto pensava: *com tato, com muito tato*.

– Várias vezes, ao longo dos anos. – Ashford fez uma pausa. – É preciso reconhecer, Dickstein, que as guerras que deram tudo a você também tiraram tudo dele. A família de Hassan perdeu todo o dinheiro e foi para um campo de refugiados. Ele sente a maior amargura contra Israel, o que é compreensível.

Dickstein assentiu. Agora tinha quase certeza de que Hassan estava no jogo.

– Fiquei bem pouco tempo com ele... estava de partida, com pressa de pegar um avião. Afora isso, como ele está?

Ashford franziu o cenho.

– Acho-o um tanto... *distraído* – disse ele. – Tem que partir para missões súbitas, cancela encontros na última hora, recebe telefonemas estranhos de vez em quando, tem ausências misteriosas. Talvez seja o comportamento de um aristocrata privado de todos os seus bens.

– É possível.

Na verdade, pensou Dickstein, *é o comportamento típico de um agente.* Agora ele tinha certeza absoluta de que fora Hassan quem o expusera.

– Tem visto mais alguém da minha época?

– Apenas o velho Toby. Ele está agora na liderança dos conservadores no Parlamento.

– Perfeito! – exclamou Dickstein, com regozijo. – Ele sempre falou como um porta-voz da oposição... pomposo e defensivo ao mesmo tempo. Fico contente que tenha encontrado o seu lugar.

– Mais café, Nat? – ofereceu Suza.

– Não, obrigado. – Ele se levantou. – Vou ajudá-la a arrumar tudo e depois voltarei para Londres. E devo dizer que tive o maior prazer por encontrá-la em casa.

– Pode deixar que papai arrumará tudo – falou Suza com um sorriso. – Temos um acordo.

– Infelizmente é verdade – confessou Ashford. – Suza não é criada de ninguém, muito menos minha.

O comentário surpreendeu Dickstein, porque era obviamente inverídico. Talvez Suza não lhe servisse como uma escrava devotada, mas parecia cuidar dele como faria uma esposa.

– Vou acompanhá-lo até a cidade – disse Suza a Dickstein. – Espere um instante enquanto pego meu casaco.

Ashford apertou a mão de Dickstein.

– Foi um prazer tornar a vê-lo, meu rapaz. Um prazer muito grande.

Suza voltou vestindo um casaco verde. Ashford os levou até a porta e acenou, sorrindo.

Enquanto seguiam pela rua, Dickstein se pôs a falar, só para ter um pretexto para continuar a contemplá-la. O casaco combinava com a calça preta de veludo e com a blusa creme folgada, que parecia de seda. Como a mãe, Suza sabia se vestir para realçar os lustrosos cabelos pretos e a pele morena perfeita. Mesmo sentindo-se um tanto antiquado, Dickstein lhe deu o braço – só para que houvesse um contato físico entre os dois. Não havia dúvida de que a moça possuía o mesmo magnetismo da mãe. Havia algo nela que despertava nos homens o desejo de possuí-la, não tanto por luxúria, mas por cobiça. Era mais uma necessidade de *ter* um objeto bonito, a fim de que ninguém mais pudesse mais arrebatá-lo. Dickstein já tinha idade suficiente para compreender como tais desejos eram falsos e para saber que Eila Ashford jamais o faria feliz. Mas a filha parecia ter algo de que a mãe carecia: calor humano.

Dickstein lamentou o fato de que nunca mais tornaria a ver Suza. Se tivesse tempo, poderia...

Mas não era possível.

– Você costuma ir a Londres? – perguntou Nat ao chegarem à estação.

– Claro. Inclusive irei amanhã.

– Para quê?

– Para jantar com você.

~

Quando a mãe morreu, seu pai fora maravilhoso.

Suza tinha 11 anos, idade suficiente para compreender a morte, mas ainda jovem demais para enfrentá-la. O pai se mostrara calmo e confortador. Soubera quando se afastar para deixá-la chorar sozinha, quando fazê-la se vestir e sair para almoçar. Sem qualquer constrangimento, conversara com a filha sobre menstruação, levara-a para comprar sutiãs. Dera-lhe um novo papel na vida: Suza se tornara a mulher da casa, quem orientava a faxineira, cuidava das roupas mandadas à lavanderia, servia xerez nas manhãs de domingo. Aos 14 anos, Suza já comandava as finanças da casa. Cuidava do pai melhor que Eila. Jogava fora as camisas puídas e as substituía por outras novas, iguais, sem que o pai nem sequer percebesse. Aprendera que era possível continuar viva, segura e amada, mesmo sem ter mãe.

O pai lhe dera um papel, assim como fizera com a mãe. E, como a mãe, se rebelara contra esse papel, embora continuasse a representá-lo.

Ele queria que Suza permanecesse em Oxford, primeiro como universitária, depois num curso de pós-graduação e, finalmente, como professora. Assim, estaria sempre presente para cuidar dele. Com a desconfortável sensação de estar apenas inventando uma desculpa, Suza dissera que não era inteligente o bastante para tanto e arrumara um emprego que a obrigava a se ausentar e, às vezes, passar semanas seguidas sem ver o pai. Em pleno ar e a milhares de quilômetros de Oxford, servia drinques e refeições para homens de meia-idade, imaginando se algo de fato mudara.

Na volta para casa, depois de deixar Dickstein na estação ferroviária, ela pensou na prisão em que se encontrava e se algum dia conseguiria escapar.

Acabara de sair de um relacionamento que, como o resto de sua vida, seguira um padrão familiar. Julian estava com quase 40 anos, era professor de filosofia, especializado nos gregos pré-socráticos, brilhante, dedicado e desamparado. Usava drogas para tudo: maconha para fazer amor, anfetaminas para trabalhar, Nitrazepam para dormir. Era divorciado e sem filhos. A princípio, Suza o achara interessante, encantador e sensual. Na cama, Julian gostava que ela ficasse por cima. Levava-a a teatros marginais de Londres e a bizarras festas de estudantes. Mas tudo se desgastava. Suza compreendia agora que Julian não tinha grande interesse por sexo, só saía com ela para causar boa impressão, gostava de sua companhia só porque ela se impressionava com sua inteligência e sua cultura. Um dia, se pegara passando as roupas de Julian enquanto ele preparava uma aula. E nesse dia tudo acabara.

Às vezes, ia para a cama com homens de sua idade ou mais jovens, em geral porque se sentia consumida de desejo pelo corpo deles. Quase sempre ficava decepcionada e todos acabavam por entediá-la.

Já começava a se arrepender do impulso que a levara a marcar um encontro com Nat Dickstein. Era desalentadoramente um tipo definido: uma geração mais velha, que precisava de cuidados e atenção. E o que era pior: fora apaixonado pela mãe dela. À primeira vista, era uma representação da figura paterna, como os outros.

Contudo Nat era diferente sob alguns aspectos, disse a si mesma. Era um agricultor, não um acadêmico. Provavelmente seria o homem menos culto com o qual já saíra. Ele fora para a Palestina, em vez de ficar sentado nos cafés de Oxford a falar sobre suas intenções. Podia levantar um freezer com a mão direita. No pouco tempo que haviam passado juntos, ele a surpreendera mais de uma vez, não se adequara ao que ela esperava.

Talvez Nat Dickstein rompesse o padrão, pensou Suza.

E talvez eu esteja enganando a mim mesma de novo.

Nat Dickstein ligou para a embaixada israelense de uma cabine telefônica na estação de Paddington. Pediu para falar com o departamento de Crédito Comercial. Não existia tal setor. Era um código para o centro de mensagens do Mossad. Foi atendido por um jovem com sotaque hebraico – o que deixou Dickstein satisfeito, pois era ótimo saber que havia pessoas para quem o hebraico era a língua nativa, não uma língua morta. Ele sabia que a mensagem seria gravada e por isso comunicou logo o que queria:

– Avise a Bill. Venda em risco pela presença de equipe da oposição. Henry.

Ele desligou sem esperar resposta.

Seguiu a pé para o hotel pensando em Suza Ashford. Iria encontrá-la em Paddington no início da noite seguinte. Ela passaria a noite no apartamento de uma amiga. Dickstein não sabia por onde começar. Nunca levara uma mulher para jantar apenas por prazer. Na adolescência, era pobre; depois da guerra, era nervoso e desajeitado demais; ao ficar mais velho, já não tinha adquirido o hábito. É claro que houvera jantares com colegas e com moradoras do kibutz depois de expedições de compras a Nazaré. Mas jantar com uma mulher, apenas os dois, por nada mais que o prazer da companhia mútua...

O que se devia fazer? O normal seria buscá-la de carro vestido a rigor e lhe dar de presente uma caixa grande de bombons, com uma fita imensa. Mas Dickstein ia se encontrar com Suza na estação ferroviária e não tinha carro nem traje a rigor. Aonde levá-la? Não conhecia nenhum restaurante elegante em Israel, muito menos na Inglaterra.

Caminhando sozinho pelo Hyde Park, não pôde deixar de sorrir. Aquela era uma situação cômica para um homem de 43 anos. Suza sabia que ele não era sofisticado e obviamente não se importava, pois se convidara para jantar. Devia também conhecer os restaurantes e saber o que pedir. Não se tratava de uma questão de vida ou morte. E o que quer que acontecesse, ele com certeza iria gostar.

Havia agora uma lacuna em seu trabalho. Sabendo que fora descoberto, nada podia fazer até conversar com Pierre Borg, que decidiria se ele deveria abandonar a missão ou mantê-la. Naquela noite, Dickstein foi assistir a um filme francês, *Um homem, uma mulher*. Era uma história de amor simples, muito bem-contada, com uma insistente música latino-americana na trilha sonora. Deixou o cinema na metade do filme, pois a história lhe dava vontade de chorar. Mas a música ficou em sua cabeça a noite inteira.

Pela manhã, foi a uma cabine telefônica numa esquina perto do hotel e tornou a ligar para a embaixada. Assim que foi passado para o centro de mensagens, disse simplesmente:

– Aqui é Henry. Alguma resposta?

– Vá a 93 mil. Conferência amanhã.

– Resposta: agenda da conferência no balcão de informações do aeroporto.

Pierre Borg chegaria de avião às 9h30 do dia seguinte.

~

Os quatro homens ficaram sentados no carro, com a paciência de espiões, silenciosos e vigilantes, enquanto o dia escurecia.

Pyotr Tyrin estava ao volante, um homem corpulento de meia-idade usando capa impermeável. Tamborilava com as unhas sobre o painel, o ruído como o de pombos num telhado. Yasif Hassan estava a seu lado, com David Rostov e Nik Bunin nos bancos de trás.

Nik encontrara o homem que fizera a entrega no terceiro dia, o dia que passara observando o prédio Jean-Monnet, no Kirchberg. Comunicara uma identificação positiva:

– De terno não parece um maricas, mas tenho certeza de que é ele. Acho que trabalha aqui.

– Eu deveria ter imaginado – dissera Rostov. – Se Dickstein está atrás de informações secretas, seus informantes não seriam encontrados no aeroporto ou no hotel Alfa. Deveria ter mandado Nik para a Euratom logo de cara.

Ele estava se dirigindo a Pyotr Tyrin, mas Hassan ouvira e comentara:

– Você não pode pensar em tudo.

– Claro que posso.

Instruíra Hassan a providenciar um carro escuro grande. O Buick americano em que aguardavam agora chamava um pouco a atenção, mas era preto e espaçoso. Nik seguira o homem da Euratom até a casa dele. E agora os quatro espiões esperavam na rua de paralelepípedos, perto da construção antiga.

Rostov detestava aquelas atividades de capa e espada. Era algo antiquado demais. Pertencia aos anos 1920 e 1930, a lugares como Viena, Istambul e Beirute, não à Europa ocidental de 1968. Era simplesmente *perigoso* pegar um civil da rua, metê-lo num carro e espancá-lo até que desse uma informação. Havia o risco de que algum transeunte os visse e não tivesse medo de ir à polícia contar tudo. Rostov gostava que as coisas fossem objetivas, definidas e previsíveis. Preferia usar o cérebro em vez dos punhos. Mas aquele homem da entrega adquiria uma importância maior a cada dia que Dickstein continuava desaparecido. Rostov precisava saber o que ele entregara a Nat Dickstein. E tinha de saber hoje, de qualquer maneira.

– Queria que ele saísse logo, de uma vez – disse Pyotr Tyrin.

– Não temos pressa – falou Rostov.

Não era verdade, mas ele não queria que a equipe ficasse nervosa e impaciente, o que aumentaria a possibilidade de cometerem erros. Para aliviar a tensão, continuou a falar:

– Dickstein fez isso, é claro. Fez o que já fizemos e o que estamos fazendo. Observou o prédio Jean-Monnet, seguiu o homem até a casa, esperou na rua. O homem saiu para a boate de homossexuais. Foi assim que Dickstein descobriu o ponto fraco do homem e o usou para forçá-lo a ser um informante.

– Ele não apareceu na boate nas duas últimas noites – informou Nik.

– É que descobriu que tudo tem seu preço, especialmente o amor – comentou Rostov.

– Amor? – repetiu Nik, com um tom desdenhoso.

Rostov não respondeu.

A escuridão foi aumentando e as luzes da rua se acenderam. O ar que entrava pela janela aberta do carro estava impregnado de umidade. Rostov percebeu um turbilhão de neblina em torno dos postes. O vapor vinha do rio, mas seria demais esperar por um nevoeiro em junho.

– O que foi isso? – indagou Tyrin de repente.

Um homem louro, de casaco marrom trespassado, se aproximava a passos largos pela calçada.

– Fiquem quietos agora – ordenou Rostov.

O homem parou diante da casa que observavam. Tocou uma campainha. Hassan pôs a mão na maçaneta.

– Ainda não! – sibilou Rostov.

Uma cortina de filó foi rapidamente afastada para o lado na janela do sótão. O louro ficou esperando, batendo com o pé na calçada.

– Será o namorado? – murmurou Hassan.

– Cale-se, pelo amor de Deus! – sussurrou Rostov.

Depois de um minuto, a porta da rua se abriu e o louro entrou. Rostov pôde vislumbrar rapidamente quem abrira a porta: era o mesmo homem que fizera a entrega a Dickstein. A porta se fechou e eles perderam a oportunidade.

– Rápido demais! – murmurou Rostov. – Merda!

Tyrin recomeçou a tamborilar com os dedos sobre o painel, enquanto Nik se coçava. Hassan deixou escapar um suspiro exasperado, como se já soubesse desde o início que era tolice esperar. Rostov decidiu que estava na hora de fazê-lo baixar a crista.

Nada aconteceu durante uma hora.

– Eles vão passar a noite no apartamento – deduziu Tyrin.

– Se tiveram um encontro com Dickstein, provavelmente estão com medo de sair à noite – comentou Rostov.

– Vamos entrar? – indagou Nik.

– Há um problema – respondeu Rostov. – Da janela, eles podem ver quem está na porta. Acho que não vão abrir para estranhos.

– O namorado pode passar a noite ali – completou Tyrin.

– É possível.

– Então vamos ter que arrombar – concluiu Nik.

Rostov o ignorou. Nik sempre queria cuidar dos problemas com força bruta, mas jamais iniciaria qualquer coisa, a menos que lhe ordenassem. Rostov ponderou que agora, provavelmente, teriam que sequestrar duas pessoas, o que era ainda mais complicado e perigoso.

– Temos alguma arma de fogo? – perguntou ele.

Tyrin abriu o porta-luvas e tirou uma pistola.

– Ótimo – disse Rostov. – O mais importante agora é não dispará-la.

– Não está carregada – informou Tyrin.

Ele colocou a arma no bolso da capa.

– Se o amante passar a noite, vamos pegá-los pela manhã? – perguntou Hassan.

– Claro que não – respondeu Rostov. – Não podemos fazer uma coisa assim à luz do dia.

– E o que faremos, então?

– Ainda não decidi.

Rostov ficou pensando nisso até a meia-noite, e depois o problema se resolveu por si mesmo.

Rostov observava a casa pelos olhos semicerrados. Percebeu o primeiro movimento da porta no instante em que começou a se abrir.

– Agora – alertou.

Nik foi o primeiro a sair do carro, seguido por Tyrin. Hassan levou um momento para compreender o que acontecia e depois foi atrás.

Os dois homens estavam se despedindo, o mais moço na calçada, o mais velho no lado de dentro da porta, de robe. O mais velho, o homem da entrega, estendeu a mão e deu um aperto de despedida no braço do namorado. Ambos olharam alarmados quando Nik e Tyrin surgiram do carro e seguiram na direção deles.

– Não se mexam, não façam barulho – ordenou Tyrin baixinho, em francês, mostrando a arma.

Rostov notou que o instinto tático de Nik o levara a se postar ao lado e ligeiramente atrás do homem mais moço.

– Ah, meu Deus, não! – balbuciou o mais velho. – Chega, por favor!

– Entrem no carro – ordenou Tyrin.

– Por que não nos deixam em paz, seus desgraçados? – disparou o mais jovem.

Observando e escutando do banco traseiro do carro, Rostov pensou: *Este é o momento em que eles decidem se vão obedecer sem resistência ou vão criar problemas.* Ele olhou rapidamente para um lado e outro da rua escura. Estava deserta.

Sentindo que o homem mais moço optaria pela desobediência, Nik o agarrou pelos braços, logo abaixo dos ombros, apertando com força e imobilizando-os.

– Não o machuque; eu vou com vocês – garantiu o homem mais velho, saindo da casa.

– Vai coisa nenhuma! – gritou o amigo.

Rostov pensou: *Porcaria!*

O homem mais moço se debateu, depois tentou pisar no pé de Nik, que recuou um passo e depois acertou o rim do rapaz com o punho direito.

– Pierre! Não! – disse o homem mais velho, alto demais.

Depressa, Tyrin tapou a boca do homem com a mão. Ele se debateu, conseguiu desvencilhar a cabeça e gritou:

– Socorro!

Tyrin conseguiu tapar a boca dele de novo. Pierre caíra sobre um joelho e gemia.

Rostov se inclinou pelo banco traseiro e chamou através da janela aberta:

– *Vamos embora!*

Tyrin ergueu o homem mais velho e o carregou pela calçada até o carro. Pierre se recuperou de repente do soco de Nik e saiu correndo. Hassan estendeu a perna depressa e ele tropeçou e se esborrachou na rua de paralelepípedos.

Rostov viu uma luz se acender numa janela do segundo andar da casa vizinha. Se o tumulto continuasse, todos acabariam presos.

Tyrin empurrou o homem da entrega para o banco traseiro do carro. Rostov o segurou e disse a Tyrin:

– Já o peguei. Ligue o carro. Depressa!

Nik pegara o mais moço e o levava para o carro. Tyrin se sentou ao volante e Hassan abriu a outra porta.

– Hassan, seu idiota, feche a porta da casa! – rosnou Rostov.

Nik empurrou o homem mais moço para o lado do amigo e entrou atrás, no banco traseiro. Os dois cativos ficaram entre ele e Rostov. Hassan fechou a porta da casa e foi se sentar no banco da frente, ao lado de Tyrin, que deu a partida no carro.

– Deus Todo-Poderoso, mas que tremenda confusão! – ralhou Rostov em inglês.

Pierre ainda gemia.

– Não fizemos mal nenhum a vocês – falou o prisioneiro mais velho.

– Tem certeza? – disse Rostov. – Há três noites, na boate da Rue Dicks, entregou uma pasta a um inglês.

– Ed Rodgers?

– Esse não é o nome dele.

– Vocês são da polícia?

– Não exatamente. – Rostov deixaria o homem acreditar no que desejasse. – Não estou interessado em obter provas e levá-lo a julgamento. Estou interessado apenas no que havia na pasta.

Houve um momento de silêncio.

– Quer que eu saia da cidade e procure algum lugar sossegado? – perguntou Tyrin ao chefe.

– Espere um instante – pediu Rostov.

– Vou contar tudo – declarou o funcionário da Euratom.

– Apenas fique rodando pela cidade – disse Rostov a Tyrin, depois olhou para o prisioneiro. – Comece a falar.

– Era uma lista tirada do computador da Euratom.

– E o que havia nela?

– Detalhes sobre as remessas autorizadas de materiais fissionáveis.

– Fissionáveis? Está falando de material nuclear?

– Óxido de urânio, minério de urânio, refugo nuclear, plutônio...

Rostov se recostou no assento e olhou pela janela, para as luzes da cidade que passavam. Sentia o sangue correr mais depressa, de empolgação. A operação de Dickstein começava a se tornar clara. Remessas autorizadas de materiais fissionáveis... os israelenses precisavam de combustível nuclear. Dickstein só podia estar procurando uma de duas coisas naquela lista: um proprietário de urânio que pudesse ser persuadido a vender no mercado negro ou uma remessa de urânio que pudesse ser roubada.

Quanto ao que fariam com o material depois que o conseguissem...

O homem da Euratom interrompeu seus pensamentos:

– Vai nos deixar voltar para casa agora?

– Preciso de uma cópia da lista – disse Rostov.

– Não posso pegar outra! O desaparecimento da primeira já foi bastante suspeito!

– Infelizmente, terá que pegá-la de qualquer maneira. Mas, se preferir, poderá levá-la de volta ao escritório depois que a fotografarmos.

– Ah, meu Deus! – gemeu o homem.

– Não tem alternativa.

– Está certo.

– Volte para a casa – ordenou Rostov a Tyrin e, virando-se para o homem da Euratom, acrescentou: – Leve a lista para casa amanhã à noite. Alguém irá até lá para fotografá-la.

O carro avançava pelas ruas da cidade. Rostov avaliou que, no fim das contas, o sequestro não fora um desastre.

– Pare de olhar para mim – pediu Nik Bunin a Pierre.

Chegaram à rua de paralelepípedos. Tyrin parou o carro.

– O mais velho pode sair – falou Rostov. – Mas o amigo ficará conosco.

O homem da Euratom gritou como se tivesse sido ferido.

– Por quê?

– Para que você não se sinta tentado a mudar de ideia e confessar tudo a seus superiores amanhã. O jovem Pierre será nosso refém. E agora trate de ir.

Nik abriu a porta e deixou o homem sair. Ele ficou parado na calçada por um momento. Nik voltou ao carro e Tyrin deu a partida.

– Não haverá problemas? – indagou Hassan. – Ele fará o que queremos?

– Ele trabalhará para nós até devolvermos o amigo – disse Rostov.

– E depois?

Rostov não disse nada. Estava pensando se não seria mais prudente matar os dois.

Suza teve um pesadelo.

É noite na casa verde e branca à beira do rio. Ela está sozinha. Deita-se na banheira e fica por um longo tempo na água quente e perfumada. Depois, vai para o quarto principal da casa, senta-se diante do espelho de três faces, passa pó de arroz de uma caixa de ônix que pertenceu à mãe.

Abre o armário, esperando encontrar as roupas da mãe consumidas pelas traças, caindo dos cabides em trapos, transparentes com a idade. Mas não é o que acontece. As roupas estão limpas, novas e perfeitas, exceto por um ligeiro odor de naftalina. Ela escolhe uma camisola branca como uma mortalha e a veste depressa, então se deita na cama.

Fica imóvel por um longo tempo, à espera de que Nat Dickstein venha para a sua Eila. O fim de tarde se transforma em noite. O rio sussurra. A porta se abre. O homem para ao pé da cama. Tira as roupas. Deita-se em cima dela. E o pânico de Suza começa, como a pequena faísca de um grande incêndio, ao compreender que não é Nat Dickstein, mas seu pai, e que ela, é claro, há muito já morreu.

À medida que a camisola se desfaz em pó, a carne murcha, os cabelos caem, a pele do rosto seca, encolhe, deixando os dentes à mostra, assim como o crânio. Enquanto o homem continua a penetrá-la, ela se transforma num esqueleto e grita e grita e grita.

Acaba acordando. Fica deitada, suando, tremendo, apavorada, imaginando por que ninguém vem correndo para perguntar qual é o problema. Então compreende, com alívio, que até mesmo os gritos eram parte do sonho. Consolada, ela se indaga vagamente sobre o significado daquilo enquanto torna a cair no sono.

Pela manhã, está jovial como sempre, exceto por uma pequena e imprecisa sombra, como um fiapo de nuvem escura no céu de seu ânimo, sem recordar o sonho, apenas consciente de que algo a perturbou, mas sem se preocupar mais. Afinal, enquanto sonha, a pessoa não se preocupa.

CAPÍTULO SETE

— NAT DICKSTEIN VAI roubar urânio – declarou Yasif Hassan.
David Rostov assentiu em concordância. Seus pensamentos estavam longe. Tentava imaginar um meio de se livrar de Hassan.

Caminhavam pelo vale ao pé do penhasco que abrigava a velha cidade de Luxemburgo. Ali, à margem do rio Petrusse, havia gramados, árvores ornamentais e trilhas.

– Eles possuem um reator nuclear num lugar chamado Dimona, no deserto de Negev – prosseguiu Hassan. – Os franceses ajudaram a construí-lo e presumivelmente forneciam o combustível. Desde a Guerra dos Seis Dias, no entanto, De Gaulle suspendeu o fornecimento de armas. É possível que tenha cancelado também o envio de urânio.

Tudo isso é mais do que óbvio, pensou Rostov. O melhor, agora, era dissipar as suspeitas de Hassan, concordando veementemente:

– Seria típico do Mossad entrar em ação para roubar o urânio de que eles precisam. É bem de acordo com o que eles pensam. É essa mentalidade de acuados deles que os faz ignorar a diplomacia internacional.

Rostov era capaz de adivinhar o que acontecia um pouco além de Hassan... e era por isso que se sentia ao mesmo tempo tão exultante e ansioso em se livrar da presença do árabe por algum tempo. Rostov estava a par do projeto nuclear egípcio em Qattara, que Hassan quase certamente ignorava. Por que contariam segredos assim a um agente de Luxemburgo?

Contudo, como tudo acabava vazando no Cairo, era provável que os israelenses também soubessem da bomba egípcia. E que providência tomariam? A de construir a própria bomba. E para isso precisavam – usando a expressão do homem da Euratom – de "material fissionável". Rostov estava convencido de que Dickstein tentaria roubar urânio para uma bomba atômica israelense. Mas Hassan não seria capaz de chegar a essa conclusão, pelo menos por enquanto. E Rostov não queria ajudá-lo, pois não queria que Tel Aviv descobrisse quanto ele estava próximo de pegá-los.

E estaria ainda mais perto quando a lista de remessas chegasse, naquela noite, pois era a partir daquele documento, provavelmente, que Dickstein escolheria seu alvo. Rostov também não queria que Hassan tivesse essa informação.

O sangue de David Rostov corria mais depressa pelas veias. Sentia-se como numa partida de xadrez, no momento em que três ou quatro movimentos do oponente começavam a formar um padrão e ele podia perceber de onde viria o ataque e como transformá-lo em derrota do adversário. Não esquecera os motivos pelos quais entrara na batalha com Dickstein – o conflito interno na KGB entre ele próprio e Feliks Vorontsov, com Yuri Andropov como árbitro e uma vaga na Escola de Física e Matemática como prêmio. Mas esse cenário inicial recuara para o fundo de sua mente. O que o acionava agora, o que o mantinha tenso, alerta e implacavelmente aguçado era a emoção da caça e o cheiro da presa.

O árabe se interpunha em seu caminho. O ansioso, amador, melindroso e confuso Hassan, que tudo comunicava ao Cairo, era naquele momento um inimigo mais perigoso que o próprio Dickstein. Porque não era estúpido, apesar de todos os defeitos. *Na verdade*, pensou Rostov, *ele é astuto, uma característica tipicamente levantina e sem dúvida herdada do pai capitalista.* Perceberia que Rostov queria afastá-lo do caminho. Portanto, tinha que arrumar uma tarefa autêntica para ocupá-lo.

Passaram por baixo da ponte Adolphe, e Rostov parou para contemplá-la, admirando a vista através da arcada. Fazia-o se recordar de Oxford. E foi nesse momento, subitamente, que compreendeu o que devia fazer com Hassan.

– Dickstein sabe que está sendo seguido e deve ter relacionado isso ao encontro que tiveram aqui em Luxemburgo – disse Rostov.

– É o que você acha?

– Tente se colocar no lugar dele. Dickstein parte numa missão, esbarra com um árabe que conhece o seu nome verdadeiro e logo depois passa a ser seguido.

– É claro que ele vai especular, mas não poderá ter *certeza*.

– Tem razão.

Olhando para o rosto de Hassan, Rostov compreendeu que o árabe adorava ouvi-lo dizer *tem razão*. *Ele não gosta de mim, mas quer a minha aprovação... e a quer desesperadamente. É um homem orgulhoso. Posso tirar proveito disso.*

– Dickstein precisa verificar – continuou Rostov. – Você está fichado em Tel Aviv?

Hassan deu de ombros, com um vestígio de sua velha indiferença aristocrática.

– Quem sabe?

148

– Quantas vezes esteve cara a cara com outros agentes... americanos, ingleses ou israelenses?

– Nunca. Sou muito cuidadoso.

Rostov quase soltou uma gargalhada. A verdade era que Hassan era insignificante demais como agente para atrair a atenção dos principais serviços secretos e jamais fizera nada importante para se encontrar com outros espiões.

– Se não está fichado – acrescentou Rostov –, então Dickstein precisa falar com seus amigos. Vocês têm conhecidos em comum?

– Não. Não o via desde os tempos da universidade. De qualquer forma, ele não descobriria nada por intermédio dos meus amigos. Eles não sabem da minha vida secreta. Não saio por aí contando às pessoas...

– Não, não – disse Rostov, contendo sua impaciência. – Mas tudo o que Dickstein precisa fazer é formular perguntas sobre o seu comportamento geral, a fim de verificar se está de acordo com o padrão do trabalho clandestino. Por exemplo: você recebe telefonemas misteriosos, ausenta-se de forma súbita, tem amigos que não apresenta... Ainda há alguém de Oxford com quem mantenha contato?

– Nenhum dos estudantes.

O tom de Hassan se tornara defensivo e Rostov compreendeu que estava prestes a conseguir o que queria.

– Mas mantive contato com alguns dos professores, de uma maneira um tanto irregular, sobretudo com o professor Ashford – contou. – Houve umas poucas ocasiões em que ele me encaminhou a pessoas que estão dispostas a dar dinheiro para a nossa causa.

– Dickstein conhecia Ashford, se bem me lembro.

– Claro que conhecia. Ashford era o titular da cadeira de línguas semíticas, que tanto Dickstein como eu cursávamos.

– É isso! Tudo o que Dickstein precisa fazer é procurar Ashford e mencionar seu nome de passagem. Ashford lhe dirá o que você está fazendo e como se comporta. E Dickstein terá então certeza de que você é um agente.

– Seria uma conclusão um tanto imprecisa – comentou Hassan, desconfiado.

– Absolutamente – disse Rostov de forma jovial, embora Hassan estivesse certo. – É uma técnica padronizada. Eu próprio já a usei. E sempre dá certo.

– E se ele entrou em contato com Ashford...

– Temos uma possibilidade de encontrar seu rastro de novo. Por isso, quero que você vá para Oxford.

– Mas... – falou Hassan, que não percebera para onde a conversa o levava e agora estava acuado. – Dickstein pode simplesmente ter telefonado...

– É possível. Mas esse tipo de investigação é mais fácil de efetuar pessoalmente. E você poderá dizer que está de passagem pela cidade e resolveu fazer uma visita para recordar os velhos tempos... Não se pode ser fortuito através de um telefonema internacional. Pelos mesmos motivos, você deve ir até lá, em vez de apenas telefonar.

– Acho que tem razão – disse Hassan, relutante. – Eu planejava preparar um relatório para o Cairo assim que recebêssemos a lista do computador...

Era o que Rostov tentava evitar.

– Boa ideia. Mas o relatório ficará muito melhor se puder também comunicar que encontrou o rastro de Dickstein.

Hassan ficou olhando através da arcada, contemplando a distância como se tentasse divisar Oxford.

– Vamos voltar – disse ele de súbito. – Já andei demais.

Era o momento de ser sociável. Rostov passou o braço pelos ombros de Hassan.

– Vocês, europeus, estão amolecidos.

– Não venha me dizer que a KGB leva uma vida muito dura em Moscou.

– Quer ouvir uma piada russa? – perguntou Rostov, enquanto subiam pela encosta do vale, voltando para a rua. – Brejnev estava dizendo à sua velha mãe como subira na vida. Mostrou o seu apartamento, imenso, com móveis ocidentais, máquina de lavar louça, freezer, criados, tudo, enfim. Ela não disse uma só palavra. Levou-a para sua *dacha* no mar Negro, imensa, com piscina, praia particular, mais criados. Ainda assim, a mãe não se impressionou. Brejnev a levou para a sua cabana de caça em sua limusine, mostrou os deslumbrantes campos de caça, as armas, os cães. E finalmente falou: "Mãe, mãe, por que não fala nada? Não está orgulhosa do seu filho?" Ao que ela respondeu: "Tudo isso é maravilhoso, Leonid. Mas o que você fará se os comunistas voltarem?"

Rostov desatou a rir da própria piada, mas Hassan se limitou a sorrir.

– Não achou engraçado? – indagou Rostov.

– Não muito. É o sentimento de culpa que o leva a rir dessa piada. Não me sinto culpado e por isso não acho tão engraçada.

Rostov deu de ombros. *Obrigado, Yasif Hassan: a resposta do islã a Sigmund Freud.* Chegaram à rua e ficaram parados ali por algum tempo, observando os carros que passavam, enquanto Hassan recuperava o fôlego.

– Há uma coisa que eu sempre quis lhe perguntar – falou Rostov. – Comeu mesmo a mulher de Ashford?

– Só umas quatro ou cinco vezes por semana – respondeu Hassan, rindo sonoramente.

– Quem está se sentindo culpado agora? – arrematou Rostov.

~

Dickstein chegou cedo à estação e o trem estava atrasado. Assim, ele foi obrigado a esperar durante uma hora inteira. Foi a única ocasião em toda a sua vida em que leu a *Newsweek* de cabo a rabo. Suza passou pela roleta sorrindo de forma jovial e quase correndo. Como no dia anterior, ela o abraçou e beijou, só que dessa vez o beijo foi mais demorado. Dickstein esperara vagamente vê-la num vestido comprido e casaco de pele, como a esposa de um banqueiro numa noite no Clube 61, em Tel Aviv. Mas é claro que Suza pertencia a outro país e a outra geração. Estava de botas de cano alto, que desapareciam sob a bainha da saia logo abaixo dos joelhos, e blusa de seda sob um colete bordado, como o traje de um toureiro. Não usava nenhuma maquiagem. As mãos estavam vazias: não carregava casaco, bolsa ou valise.

Ficaram parados por um momento, sorrindo um para o outro. Dickstein não sabia direito o que fazer. Deu-lhe o braço, como no dia anterior, o que pareceu deixá-la satisfeita. Encaminharam-se para o ponto de táxi.

Ao entrarem no carro, Dickstein perguntou:

– Para onde quer ir?

– Não fez nenhuma reserva?

Então eu devia *mesmo ter reservado uma mesa*, pensou ele.

– Não conheço os restaurantes de Londres.

– Vamos para a Kings Road – disse Suza ao motorista.

Enquanto o táxi partia, olhou para Dickstein e acrescentou:

– Olá, Nathaniel.

Ninguém jamais o chamava de Nathaniel. E ele gostou.

O restaurante de Chelsea que Suza escolheu era pequeno e mal-iluminado e estava na moda. Ao seguirem para uma mesa, Dickstein teve a impressão de reconhecer uns poucos rostos. Sentiu o estômago contrair-se, enquanto se empenhava em localizá-los. Depois compreendeu que eram cantores pop que vira em revistas e tornou a relaxar. Ficou contente por constatar que seus reflexos funcionavam daquele jeito, apesar da maneira

151

atípica como passaria aquela noite. Ficou também satisfeito ao observar que havia clientes de todas as idades no restaurante, pois receara por um momento que seria o homem mais velho ali. Sentaram-se.

– Sempre traz os seus jovens para cá? – perguntou Dickstein.

Suza reagiu com um sorriso frio.

– É a primeira coisa estúpida que diz.

– Aceito a reprimenda.

Dickstein quis dar um chute em si mesmo.

– O que quer comer? – perguntou Suza.

E o momento ruim passou.

– Em casa, sempre como os alimentos comunitários, simples, integrais. Quando estou viajando, fico em hotéis, onde só encontro as porcarias requintadas da alta cozinha. Portanto, o que eu gostaria de comer agora são as coisas que não se encontram em nenhum desses dois lugares: pernil de carneiro assado, torta de rim e carne, um bom cozido de Lancashire.

Suza sorriu.

– O que aprecio em você é que não tem a menor ideia do que está na moda ou não. E, além do mais, não dá a menor importância.

Dickstein tocou na lapela.

– Não gostou do meu terno?

– Adorei. Já devia estar fora de moda quando o comprou.

Dickstein se decidiu pelo rosbife que veio no carrinho e Suza escolheu fígado sauté, que comeu com a maior satisfação. Ele pediu uma garrafa de Borgonha, pois um vinho mais delicado não ficaria bem com o fígado. O conhecimento de vinhos era a única habilidade refinada que possuía. Ele a deixou tomar a maior parte da garrafa. Não tinha muito apetite.

Suza lhe contou sobre a vez em que experimentara LSD:

– Foi inesquecível. Senti meu corpo inteiro, por dentro e por fora. Ouvi meu coração. Tocar minha pele causava uma sensação maravilhosa. E as cores de tudo... Mas a questão é: a droga me mostrou coisas impressionantes ou simplesmente me deixou impressionada? É uma nova maneira de ver o mundo ou apenas sintetiza as sensações que a pessoa experimentaria se de fato visse o mundo de uma nova maneira?

– Não sentiu necessidade de tomar mais depois?

Suza fez que não com a cabeça.

– Não me agrada perder o controle de mim mesma a tal ponto. Mas estou contente de saber como é.

– É o que mais detesto na embriaguez: a perda do autocontrole. Mas tenho certeza de que não é a mesma coisa. Nas poucas vezes em que fiquei embriagado, não senti que havia descoberto o segredo do Universo.

Ela fez um gesto com a mão, como a dar o assunto por encerrado. Os dedos eram compridos e esguios, como os da mãe dela. Dickstein recordou Eila a fazer o mesmo gesto gracioso.

– Não acredito que as drogas seriam a solução para os problemas do mundo – falou Suza.

– Em que acredita, Suza?

Ela hesitou por um instante, fitando-o com atenção e sorrindo de leve.

– Acredito que tudo de que se precisa é amor.

O tom era um pouco defensivo, como se esperasse o desdém de Dickstein.

– Essa filosofia tem mais condições de atrair uma londrina exuberante do que um israelense em permanente combate.

– Acho que não adianta tentar convertê-lo.

– Eu seria um homem de sorte se tentasse.

Suza o encarou.

– Nunca se sabe a sorte que pode ter.

Dickstein baixou os olhos para o cardápio.

– Vamos pedir morangos – falou.

– Diga-me quem você ama, Nathaniel – disparou Suza.

– Uma velha, uma criança e um fantasma – respondeu ele de pronto, pois estivera se fazendo a mesma pergunta. – A velha se chama Esther e ainda se lembra dos pogroms na Rússia czarista. A criança é um menino chamado Mottie. Ele gosta de *A ilha do tesouro*. O pai morreu na Guerra dos Seis Dias.

– E o fantasma?

– Vai querer morangos também?

– Quero sim, por favor.

– Com creme?

– Não, obrigada. Não me falará a respeito do fantasma, não é mesmo?

– Assim que souber, eu lhe direi.

Era junho e os morangos estavam perfeitos.

– E agora me diga quem você ama – pediu Nat.

– Bom... – Suza pensou por um minuto. – Bem... – Ela pousou a colher. – Mas que merda, Nathaniel! Acho que amo você!

O primeiro pensamento dela foi: *Que* diabo *deu em mim? Por que falei isso?* E depois ela pensou: *Não importa, porque é verdade.*

E finalmente: *Mas* por que *o amo?*

Não sabia o motivo, mas sabia desde quando. Houvera duas ocasiões em que pudera olhar dentro dele e enxergar o verdadeiro Nathaniel Dickstein: quando ele falara sobre os fascistas em Londres nos anos 1930 e quando mencionara o garoto cujo pai morrera na Guerra dos Seis Dias. Nas duas ocasiões, deixara a máscara cair. Ela esperara avistar um homem pequeno e assustado, encolhido num canto. Mas ele parecera forte, confiante e determinado. Nesses momentos, Suza conseguira sentir a força dele, como se fosse um odor poderoso. E isso a deixava um pouco zonza.

O homem era estranho, intrigante, forte. Queria chegar perto dele, compreender sua mente, conhecer seus pensamentos secretos. Queria tocar o corpo magro, sentir as mãos fortes a segurá-la, contemplar aqueles olhos castanhos tristes quando ele gritasse de paixão. Queria o amor daquele homem.

Nunca antes se sentira assim.

~

Nat Dickstein sabia que estava tudo errado.

Suza desenvolvera uma afeição por ele quando tinha 5 anos, relacionando-se com um adulto que sabia como tratar crianças e gatos. Agora, ele explorava essa afeição infantil.

Amara Eila, que morrera. Havia algo degenerado em seu relacionamento com a filha igualzinha a ela.

Ele não era apenas judeu, mas israelense; não era apenas israelense, mas um agente do Mossad. Entre todas as pessoas do mundo, não podia amar uma mulher que era metade árabe.

Sempre que uma mulher bonita se apaixona por um espião, ele é obrigado a perguntar a si mesmo para que serviço secreto inimigo ela pode estar trabalhando.

Ao longo dos anos, cada vez que uma mulher se afeiçoara a Dickstein, ele encontrara motivos assim para se manter a distância. Mais cedo ou mais tarde, a mulher compreendia e se afastava, decepcionada. O fato de Suza ter superado o inconsciente dele, sendo rápida demais para suas defesas, era mais um motivo para ficar desconfiado.

Estava tudo errado.

Mas Dickstein não se importava.

~

Pegaram um táxi para o apartamento em que ela planejava passar a noite. Suza o convidou a entrar; os amigos que eram donos do apartamento estavam viajando em férias. Foram juntos para a cama. E foi o momento em que os problemas deles começaram.

A princípio, Suza pensou que ele fosse se mostrar ansioso e apaixonado, quando, no pequeno vestíbulo, ele a segurou pelos braços e a beijou bruscamente. E quando ele gemeu, no momento em que ela pegou as mãos dele e as colocou em seus seios. Na mente cética de Suza, um pensamento surgiu: *Já passei por isso antes. Ele vai ficar tão extasiado com minha beleza que vai praticamente me violentar. E, cinco minutos depois de ir para a cama, estará roncando.* Porém, logo em seguida, ela se desvencilhou do beijo, fitou Nat nos grandes olhos suaves e castanhos e pensou: *O que quer que aconteça, não será comum.*

Levou-o para o quarto pequeno nos fundos do apartamento, o que dava para o pátio. Hospedara-se ali tantas vezes que já o considerava seu. Tinha até algumas roupas no armário e na cômoda. Sentou-se na beirada da cama de solteiro e tirou os sapatos. Dickstein ficou parado na porta, observando-a. Ela o encarou e sorriu.

– Tire a roupa – murmurou ela.

Ele apagou a luz.

Suza ficou intrigada. Foi percorrida por um estranho tremor, como na primeira experiência com maconha. O que aquele homem era na verdade? Vinha das classes operárias de Londres, mas também era israelense. Era um colegial de meia-idade. Um homem magro, mas forte como um touro. Um pouco desajeitado e nervoso na aparência, mas confiante e estranhamente poderoso por dentro. Como um homem *assim* seria na cama?

Meteu-se debaixo do lençol comovida pelo fato de ele querer fazer amor no escuro. Dickstein se deitou a seu lado e a beijou, dessa vez com delicadeza. Ela correu as mãos pelo corpo magro e vigoroso, entreabriu a boca para receber seus beijos. Depois de uma hesitação momentânea, ele reagiu. E Suza calculou que ele jamais beijara assim antes. Ou não beijava havia muito tempo.

Ele a tocou então com ternura, com as pontas dos dedos, explorando. Soltou uma exclamação de espanto ao encontrar o mamilo teso. As carícias não possuíam a habilidade e a segurança dos relacionamentos anteriores de Suza. Ele era como... ora, era como um homem ainda virgem. Esse pensamento a fez sorrir na escuridão.

– Seus seios são maravilhosos...

– O seu peito também – murmurou Suza, tocando-o.

A magia começou a funcionar e ela mergulhou num mar de sensações: a aspereza da pele dele, os pelos nas pernas, o débil cheiro masculino que irradiava. Depois, de repente, sentiu uma mudança nele. Não havia motivo aparente para isso e, por um momento, Suza se perguntou se não estaria imaginando coisas, pois ele continuava a acariciá-la. Mas ela sabia que agora era mecânico, que ele estava pensando em outras coisas, que ela o perdera.

Ela já ia falar algo quando Dickstein retirou as mãos e disse:

– Não está dando certo. Não consigo.

Suza sentiu pânico e tratou de reprimi-lo. Estava assustada, não por si mesma – *Já conheceu uma boa dose de sujeitos duros, menina, para não falar dos que eram mais para molengas* –, mas por ele, por sua reação, por talvez sentir-se derrotado ou envergonhado ou...

Ela o enlaçou-o, apertando-o com força e enquanto murmurava:

– O que quer que faça, não vá embora, por favor.

– Não irei.

Suza queria acender a luz para poder ver seu rosto. Mas pareceu a coisa errada a fazer naquele momento. Ela comprimiu o rosto contra o peito de Dickstein.

– Tem uma esposa em algum lugar?

– Não.

Ela estendeu a língua e sentiu o sabor de sua pele.

– Achei que você pudesse estar se sentindo culpado por alguma coisa. Não seria o fato de eu ser metade árabe?

– Creio que não.

– Ou o fato de eu ser a filha de Eila Ashford? Você a amava, não é mesmo?

– Como descobriu?

– Pela maneira como falou a respeito dela.

– Acho que também não me sinto culpado em relação a isso. Mas posso estar enganado, doutora.

– Hummm...

Ele começava a sair da carapaça. Suza beijou-lhe o peito.

– Pode me dizer uma coisa? – perguntou ela.

– Espero que sim.

– Quando fez sexo pela última vez?

– Em 1944.

– Está brincando! – exclamou Suza, atônita.

– É a primeira coisa estúpida que diz.

– Eu... eu... tem razão. Desculpe. – Ela hesitou. – Mas por quê?

Dickstein suspirou.

– Eu não posso... não sou capaz de falar a respeito.

– Mas *deveria*!

Ela estendeu a mão para a mesinha de cabeceira e acendeu a luz. Dickstein fechou os olhos para se proteger da claridade. Suza soergueu o corpo, apoiada num cotovelo.

– Escute, não há regras. Somos adultos, estamos nus na cama. E estamos no ano de 1968. Não há nada errado. Portanto, pode falar o que quiser.

– Não há o que falar.

Ele continuava de olhos fechados.

– E não há segredos. Se está assustado, enojado ou com algum problema, pode falar abertamente. E deve falar. Eu nunca disse "eu te amo" para alguém antes desta noite, Nat. Converse comigo, por favor.

Houve um longo silêncio. Dickstein permaneceu imóvel, impassível, de olhos fechados. Até que começou a falar:

– Não sabia onde era... ainda não sei. Fui levado para lá num vagão de gado. Naquele tempo, eu não sabia distinguir um lugar de outro pela paisagem. Era um campo de concentração especial, um centro de pesquisas médicas. Os prisioneiros eram selecionados de outros campos. Éramos todos jovens, saudáveis e judeus.

Suza prestava atenção a cada palavra.

– As condições eram melhores do que no primeiro campo de concentração em que estive. Tínhamos comida, cobertores, cigarros. Não havia brigas nem pessoas roubando coisas das outras. A princípio, pensei que tivera sorte. Fui submetido a uma porção de exames: de sangue, de urina. "Sopre neste tubo", "aperte esta bola", "leia as letras naquele cartaz", ficavam me dizendo. Era como estar num hospital. E depois as experiências começaram. Até hoje, não sei se havia alguma curiosidade científica concreta por trás de tudo. Se alguém fizesse aquelas coisas com animais, eu poderia até compreender, seriam interessantes, poderiam revelar algo. Por outro lado, ao fazerem tudo aquilo com seres humanos, os médicos só podiam estar loucos. Mas não sei.

Dickstein parou de falar e engoliu em seco. Era cada vez mais difícil para ele manter a calma.

– Precisa me contar o que aconteceu... – sussurrou Suza. – Tudo.

Ele estava pálido, a voz muito baixa. E continuava de olhos fechados.

– Levaram-me para o laboratório. Os guardas que me escoltaram ficavam me cutucando e piscavam o olho, dizendo que eu era *glücklich...* um sortudo. Era uma sala grande, de teto baixo e luzes fortes. Havia seis ou sete deles lá dentro, com uma câmera para filmar. No meio da sala ficava uma cama baixa, com um colchão, mas sem lençóis. E havia uma mulher no colchão. Mandaram que eu fizesse sexo com ela. A mulher estava nua e tremia. Era prisioneira também. Ela me sussurrou: "Você salva a minha vida e eu salvo a sua." E depois nós fizemos sexo. Mas isso foi só o começo.

Suza estendeu a mão entre as coxas dele e encontrou o pênis ereto. Agora compreendia. Afagou-o, devagar a princípio, e esperou que ele continuasse... pois agora sabia que Dickstein lhe contaria toda a história.

– Depois disso, fizeram variações da experiência. A cada dia, durante meses, havia alguma coisa. Drogas, às vezes. Uma velha. Um homem, certa ocasião. Relações em diferentes posições, de pé, sentados, tudo. Sexo oral, sexo anal, masturbação, sexo em grupo. Quando a pessoa não consentia, era açoitada ou fuzilada. Foi por isso que a história nunca veio à tona depois da guerra, entende? Porque todos os sobreviventes se sentiam culpados.

Suza o afagou com mais vigor. Tinha certeza, sem saber por quê, que era a coisa certa a fazer.

– Continue. Conte tudo.

A respiração de Dickstein ficara acelerada. Os olhos se abriram e ele olhou para o teto branco, contemplando outro lugar e outro tempo.

– Ao final... o mais vergonhoso de tudo... ela era freira. Primeiro pensei que estivessem mentindo, que só haviam colocado um hábito nela. Mas depois ela começou a rezar em francês. Não tinha pernas... haviam amputado as duas, só para observar o efeito em mim... foi horrível e eu... e eu...

Dickstein teve um sobressalto. Suza se inclinou rapidamente, fechou a boca em torno do pênis, enquanto ele balbuciava:

– Oh, não, não, não...

E depois tudo acabou e ele chorou.

Vezes sem conta, Suza beijou as lágrimas dele e disse que estava tudo bem. Aos poucos Dickstein se acalmou, até que por fim pareceu adormecer por uns poucos minutos. Ela ficou observando o rosto dele enquanto a tensão se desvanecia e ele ficava sereno. Quando ele abriu os olhos, perguntou:

– Por que fez isso?

Na hora, Suza não compreendera exatamente por quê. Mas agora achava que sabia.

– Eu poderia ter falado, Nat. Ter dito que não há nada de que se envergonhar. Todo mundo tem fantasias macabras: mulheres que sonham em ser açoitadas, homens que sonham em açoitá-las. Aqui em Londres há livros pornográficos à venda sobre sexo com pessoas amputadas, inclusive com fotografias em cores. Eu poderia dizer que muitos homens teriam bestialidade suficiente para se apresentarem como voluntários naquele laboratório nazista. Poderia ter argumentado para você de mil formas diferentes, mas isso não faria diferença. Tinha que mostrar. Além do mais...

Ela fez uma pausa, sorrindo de modo triste.

– Além do mais, também tenho o meu lado tenebroso.

Dickstein tocou o rosto dela, depois se inclinou e beijou-lhe os lábios.

– Onde arrumou toda essa sabedoria, menina?

– Não é sabedoria, é amor.

E depois ele a abraçou forte, beijou, chamou-a de querida. E eles fizeram amor com toda a simplicidade, mal falando, sem confissões nem fantasias escusas ou desejos bizarros, dando e recebendo prazer com a familiaridade de um casal antigo que se conhece muito bem. E no fim adormeceram inundados de paz e alegria.

~

David Rostov ficou amargamente decepcionado com a lista da Euratom. Depois que ele e Pyotr Tyrin passaram horas decifrando-a, ficou evidente que a listagem era muito extensa. Não teriam a menor possibilidade de cobrir todos os possíveis alvos. A única maneira pela qual poderiam descobrir o carregamento escolhido seria tornar a encontrar a pista de Dickstein.

Sendo assim, a missão de Yasif Hassan a Oxford assumia uma importância ainda maior.

Ficaram esperando que o árabe telefonasse. Às 22 horas, Nik Bunin, que gostava de dormir tal como outras pessoas apreciam tomar banho de sol, foi para a cama. Tyrin aguentou até a meia-noite, depois também foi se deitar. O telefone de Rostov finalmente tocou, à uma hora da madrugada. Ele pulou no susto, agarrou o telefone e esperou por um instante antes de falar, a fim de recuperar o controle:

– Alô?

A voz de Hassan chegou de 500 quilômetros de distância, pelos cabos telefônicos internacionais:

– Consegui. O homem esteve aqui. Há dois dias.

Rostov cerrou o punho, reprimindo a empolgação.

– Mas que sorte!

– E agora?

Rostov pensou por um momento.

– Agora ele sabe que sabemos.

– Isso mesmo. Devo voltar para a base?

– Acho que não. O professor por acaso disse quanto tempo o homem planejava ficar na Inglaterra?

– Não. Fiz a pergunta diretamente. O professor não sabia. O homem não lhe falou a respeito.

– Jamais falaria. – Rostov franziu o cenho enquanto pensava rápido. – A primeira coisa que ele precisa fazer agora é comunicar que foi descoberto. Isso significa que precisa fazer contato com seu escritório em Londres.

– Talvez já tenha feito.

– É possível. Mas ele pode querer um encontro pessoal. O homem sempre é precavido, e precaução toma tempo. Está bem, deixe isso comigo. Estarei em Londres ainda hoje. Onde você se encontra no momento?

– Ainda estou em Oxford. Vim direto para cá, assim que desembarquei do avião. Não posso voltar a Londres até amanhã de manhã.

– Está certo. Hospede-se no Hilton e entrarei em contato com você lá na hora do almoço.

– Certo. *À bientôt.*

– Espere um instante.

– Pode falar.

– Não faça nada por iniciativa própria. Espere a minha chegada. Trabalhou muito bem, não vá estragar tudo agora.

Hassan desligou.

Rostov continuou sentado, imóvel, por um momento, imaginando se Hassan planejava fazer alguma besteira ou simplesmente se ressentira por lhe dizerem que se comportasse. Era a última opção, concluiu. De qualquer forma, Hassan não poderia causar muitos estragos no decorrer das horas seguintes.

Rostov se concentrou em Dickstein. O homem não lhes daria uma segunda chance de encontrarem sua pista. Tinha de agir depressa, agir de imediato. Ele vestiu o paletó, deixou o hotel e pegou um táxi para a embaixada russa.

Teve que esperar algum tempo e identificar-se para quatro pessoas diferentes, antes que o deixassem entrar em plena madrugada. O telefonista de plantão ficou em posição de sentido quando Rostov entrou na sala de comunicações.

– Sente-se – ordenou Rostov. – Há trabalho a ser feito. Ponha-me em contato primeiro com o escritório de Londres.

O telefonista pegou o telefone especial, que não permitia escuta, e começou a contatar a embaixada russa em Londres. Rostov tirou o paletó e enrolou as mangas da camisa.

– O camarada coronel David Rostov deseja falar com o oficial de segurança mais graduado que estiver aí – anunciou o telefonista.

Ele fez um gesto para que Rostov pegasse a extensão.

– Coronel Petrov falando.

Era a voz de um soldado de meia-idade.

– Preciso de ajuda, Petrov – disse Rostov, sem qualquer preâmbulo. – Um agente israelense chamado Nat Dickstein supostamente está na Inglaterra neste momento.

– Recebemos a fotografia dele pela mala diplomática... mas não fomos avisados de que poderia estar aqui.

– Ele pode entrar em contato com a embaixada dele. Quero que ponha todos os agentes israelenses conhecidos em Londres sob vigilância a partir do amanhecer de hoje.

– Espere um pouco, Rostov – falou Petrov, com uma rápida risada. – Isso exige uma equipe enorme.

– Não diga besteira. Você dispõe de centenas de homens, os israelenses contam apenas com dez ou vinte.

– Desculpe, Rostov, mas não posso montar uma operação dessa proporção só porque você está me pedindo.

161

Rostov teve vontade de apertar a garganta do homem até sufocá-lo.

– Isso é urgente!

– Providencie a documentação necessária e estarei inteiramente à disposição.

– Mas até lá ele pode ter sumido!

– A culpa não é minha, camarada.

Rostov bateu com o telefone, furioso, e exclamou:

– Malditos russos! Nunca fazem nada sem uma autorização em seis vias! Ligue para Moscou, diga-lhes para localizarem Feliks Vorontsov e me colocarem em contato, onde quer que ele esteja.

O telefonista entrou em ação prontamente. Rostov ficou tamborilando com os dedos sobre a mesa, impaciente. Petrov devia ser um velho soldado, próximo da aposentadoria, sem qualquer outra ambição além de receber sua pensão. Havia muitos homens assim na KGB.

Alguns minutos depois, a voz sonolenta do chefe de Rostov, Feliks Vorontsov, entrou na linha:

– Quem está falando?

– David Rostov. Estou em Luxemburgo. Preciso de algum apoio. Acredito que o Pirata esteja prestes a entrar em contato com a embaixada israelense em Londres e quero que todos os agentes israelenses conhecidos de lá sejam vigiados.

– Entre em contato com Londres.

– Já entrei. Eles querem autorização.

– Pois então, solicite-a.

– Pelo amor de Deus, Feliks, é o que estou fazendo agora!

– Não há nada que eu possa fazer a esta hora da madrugada. Ligue-me depois que amanhecer.

– Mas o que está havendo? Claro que pode... – subitamente, Rostov compreendeu o que acontecia. E se controlou com um tremendo esforço. – Está certo, Feliks. Pela manhã.

– Até lá.

– Feliks...

– O que é?

– Não vou esquecer.

O telefone ficou mudo.

– E agora? – perguntou o telefonista.

Rostov franziu o cenho.

– Mantenha a linha para Moscou aberta e dê-me um minuto para pensar.

Ele deveria ter imaginado que não conseguiria ajuda. O velho idiota queria que ele fracassasse naquela missão. Era o meio de provar que ele, Feliks, deveria ter assumido o comando desde o início. Era até possível que Feliks estivesse de conluio com Petrov, em Londres, e lhe tivesse dito extraoficialmente para não cooperar.

Só havia uma coisa que Rostov podia fazer agora. Era um curso de ação perigoso e poderia afastá-lo do caso... poderia até ser o fator pelo qual Feliks esperava. Mas ele não podia se queixar de as apostas serem altas: fora o primeiro a aumentá-las.

Pensou por mais um minuto ou dois sobre como deveria agir e depois disse:

– Peça a Moscou para me ligar com o apartamento de Yuri Andropov, no número 26 da Kutuzov Prospekt.

O telefonista franziu o cenho. Devia ser a primeira e última vez que recebia a instrução de ligar direto para o chefe da KGB. Mas não disse nada. Rostov ficou esperando, remexendo-se nervosamente.

– Aposto que trabalhar para a CIA é muito diferente – murmurou Rostov.

O telefonista lhe fez um sinal e ele atendeu o telefone.

– Pois não? – disseram do outro lado da linha.

– Seu nome e posto! – ordenou Rostov, alto e ríspido.

– Major Pyotr Eduardovitch Scherbitsky.

– Aqui é o coronel Rostov. Quero falar com Andropov. É uma emergência. Se ele não estiver no telefone dentro de 120 segundos, você vai passar o resto de sua vida construindo represas em Bratsk. Fui bem claro?

– Pois não, coronel. Fique na linha, por favor.

Um momento depois, Rostov ouviu a voz grossa e confiante de Yuri Andropov, um dos homens mais poderosos do mundo:

– Você certamente conseguiu deixar o jovem Eduardovitch em pânico, David.

– Não tive alternativa, senhor.

– Está certo. Fale logo o que quer. E é bom que seja algo importante.

– O Mossad está atrás de urânio.

– Essa não!

– Acho que o Pirata está na Inglaterra. Ele pode fazer contato com sua embaixada. Quero uma vigilância sobre todos os israelenses por lá, mas um velho idiota chamado Petrov, baseado em Londres, está me cozinhando.

– Falarei com ele agora, antes de voltar para a cama.

– Obrigado, senhor.

– Mais uma coisa, David...

– Pois não?

– Valeu a pena me acordar... mas foi por pouco.

Houve um estalido na linha quando Andropov desligou. Rostov riu enquanto a tensão se desvanecia. E pensou: *Que todos eles – Dickstein, Hassan, Feliks – façam o pior que podem; mesmo assim conseguirei vencê-los.*

– Sucesso? – indagou o telefonista, com um sorriso.

– Tive, sim. Nosso sistema pode ser ineficiente, atravancado e corrupto, mas no fim sempre conseguimos o que queremos.

CAPÍTULO OITO

FOI UM SUPLÍCIO para Dickstein deixar Suza pela manhã e voltar ao trabalho.

Ele ainda estava... atordoado... às 11 horas da manhã, sentado junto à janela de um restaurante na Fulham Road à espera de Pierre Borg. Deixara um recado no balcão de informações do aeroporto Heathrow, dizendo a Borg para ir ao café do outro lado da rua onde ele estava agora. Pensou que ficaria abalado daquela forma por um longo tempo, talvez para sempre.

Acordara às 6 horas da manhã e tivera um momento de pânico, sem saber direito onde estava. Depois vira a mão comprida e morena de Suza no travesseiro, ao lado de sua cabeça. Ela estava toda enroscada, como um animalzinho dormindo. Ele recordara prontamente a noite, mal podendo acreditar em sua sorte. Não devia acordá-la, mas fora incapaz de manter as mãos longe de seu corpo. Suza abrira os olhos ao contato. Haviam se amado com alegria, sorrindo um para o outro, rindo às vezes, fitando-se nos olhos no momento do clímax. E depois foram para a cozinha seminus, fizeram um café fraco demais e queimaram as torradas.

Dickstein sentira vontade de ficar ali para sempre.

Suza pegara a camiseta dele com um grito de horror.

– Mas o que é isso?

– Minha camiseta.

– Camiseta? Pois eu o proíbo de usar camisetas! São antiquadas, anti-higiênicas e vão se interpor no caminho quando eu quiser sentir seus mamilos.

A expressão dela fora tão libidinosa que Dickstein desatara a rir.

– Está certo. Não vou mais usá-las.

– Ótimo.

Ela abrira a janela e jogara a camiseta na rua. Dickstein tornara a rir e dissera:

– Mas você também não deve usar calça comprida.

– Por que não?

Fora a vez de Dickstein assumir uma expressão libidinosa.

– Mas todas as minhas calças têm fecho na frente.

– Não adianta. Não há espaço de manobra – dissera ele.

E assim continuaram.

Os dois se comportaram como se tivessem acabado de inventar o sexo. O único momento ligeiramente infeliz ocorrera quando Suza olhara para as cicatrizes de Nat e perguntara como as conseguira.

– Tivemos três guerras desde que fui para Israel.

Era a verdade, mas não toda a verdade.

– O que o levou a ir para Israel?

– Segurança.

– Mas lá é o *oposto* de seguro.

– É uma espécie diferente de segurança.

Dickstein falara no tom de quem dava o assunto por encerrado, de quem não queria explicar. E depois mudara de ideia, pois queria que Suza o conhecesse por completo.

– Tinha de haver um lugar em que ninguém pudesse dizer: "Você é diferente; não é um ser humano, mas sim um judeu." Tinha de haver um lugar onde ninguém pudesse quebrar minhas janelas ou fazer experiências em meu corpo só porque sou judeu. Entende?

Suza o fitara com aquela expressão franca. Ele tivera de fazer um esforço para contar-lhe toda a verdade, sem evasivas, sem tentar fazê-la parecer melhor do que era.

– Não importava para mim que escolhêssemos a Palestina, Uganda ou Manhattan. Aonde quer que fosse, eu poderia dizer: "Este lugar é *meu*." E teria lutado com unhas e dentes para mantê-lo. É por isso que tento não discutir os erros e acertos morais da instituição de Israel. Justiça é algo que não entra na história. Depois da guerra... a simples sugestão de que o conceito de justiça pode ter algum papel na política internacional virou uma piada macabra para mim. Não estou dizendo que isso é uma atitude admirável, só esclarecendo como encaro o problema. Em qualquer outro lugar que os judeus possam viver, em Nova York, Paris ou Toronto, não importa quão bom seja, quanto estejam ambientados, eles nunca sabem quanto tempo vai durar, quando virá a próxima crise que poderá ser convenientemente atribuída a eles. Em Israel, tenho certeza de que, aconteça o que acontecer, jamais serei vítima *disso*. E com esse problema afastado, podemos seguir em frente e cuidar da realidade cotidiana: plantar e colher, comprar e vender, lutar e morrer. Acho que foi por isso que fui para Israel... talvez não tenha percebido o problema de forma tão clara na ocasião... para dizer a verdade, acho que nunca verbalizara a situação dessa maneira... mas é assim que sempre me senti.

– Meu pai está convencido de que Israel é agora uma sociedade racista – dissera Suza depois de um instante.

– É o que dizem os mais jovens lá em Israel. E têm motivos para isso. Se....

Dickstein fizera uma pausa e Suza continuara a fitá-lo, esperando.

– Se você e eu tivéssemos um filho, ele não seria considerado judeu. Seria um cidadão de segunda categoria. Mas não creio que esse tipo de coisa vá durar para sempre. No momento, os fanáticos religiosos têm poder. O que é inevitável, pois o sionismo é um movimento religioso. À medida que a nação amadurecer, tudo isso vai acabar. As leis raciais já estão sendo contestadas. Nós a combatemos e não tenho a menor dúvida de que acabaremos vencendo.

Suza se aproximara e pusera a cabeça em seu ombro. Ficaram abraçados em silêncio. Dickstein compreendera que ela não se importava com a política israelense; fora a menção de um filho que a comovera.

Sentado agora junto à janela do restaurante, lembrando, Dickstein tinha certeza de que queria Suza na vida para sempre. Imaginou o que faria se ela se recusasse a ir para seu país. Ele renunciaria a quê? Israel ou Suza? Não sabia.

Nat observou a rua. O tempo era típico de junho: chuva incessante e muito frio. Os ônibus vermelhos familiares e os táxis pretos passavam de um lado para outro, cortando a chuva, espirrando a água das poças. Um país seu, uma mulher sua; talvez ele pudesse ter as duas coisas.

Seria muita sorte.

Um táxi diminuiu a velocidade diante do café do outro lado da rua e Dickstein ficou tenso, inclinando-se para a janela, espiando mais atentamente através da chuva. Percebeu o vulto volumoso de Pierre Borg saltando do carro dentro de uma capa escura curta e chapéu. Não reconheceu o segundo homem, que saltou e pagou o motorista. Os dois entraram no café. Dickstein olhou para um lado e outro da rua.

Um Jaguar Mark II cinza parara em fila dupla a 50 metros do café. Arrancara e agora voltava por uma rua secundária, indo parar na esquina, à vista do café. O homem que estava ao lado do motorista saltou e seguiu na direção da loja.

Dickstein deixou a mesa e foi para a cabine telefônica na entrada do café. Ainda podia vê-lo no outro lado. Discou o número de lá.

– Alô?

– Quero falar com Bill, por favor.

– Bill? Não o conheço.

– Poderia chamar, por favor?

– Claro. Ei, tem alguém aqui chamado Bill? – Uma pausa. – Ele já vem atender.

Depois de um momento, Dickstein ouviu a voz de Borg:

– Pois não?

– Quem está com você?

– O chefe do posto de Londres. Acha que podemos confiar nele?

Nat ignorou o sarcasmo.

– Um de vocês arrumou um sombra. Dois homens num Jaguar cinza.

– Já os vimos.

– Pois trate de se livrar deles.

– Está certo. Você que conhece esta cidade, pode dizer qual a melhor maneira?

– Mande o chefe do posto de volta à embaixada num táxi. Isso deve ser o bastante para afastar o Jaguar. Espere dez minutos e depois tome um táxi para... – Dickstein hesitou, tentando recordar uma rua sossegada, não muito longe: – Para a Redcliffe Street. Irei encontrá-lo lá.

– Certo.

Dickstein olhou para o outro lado da rua e acrescentou, antes de desligar:

– O homem está entrando no café.

Voltou para a mesa junto à janela e ficou observando. O chefe do posto londrino saiu do café, abriu um guarda-chuva e parou no meio-fio, à procura de um táxi. O sombra reconhecera Borg no aeroporto ou estava seguindo o chefe do posto por algum outro motivo. Não fazia a menor diferença. Um táxi parou. Quando partiu, o Jaguar cinza saiu da esquina e foi atrás. Dickstein deixou o restaurante e fez sinal para um táxi. *Taxistas se dão bem com espiões.*

Disse ao motorista que fosse para a Redcliffe Street e esperasse. Depois de 11 minutos, outro táxi entrou na rua e Borg saltou.

– Pisque os faróis – disse Dickstein ao motorista. – É o homem que estou esperando.

Borg avistou os faróis e acenou. Enquanto pagava, um terceiro táxi entrou na rua e parou. Borg o avistou.

O sombra no terceiro táxi ficou esperando para ver o que acontecia. Borg o percebeu e começou a andar para longe de seu carro. Dickstein disse ao motorista que não tornasse a acender os faróis.

Borg passou por eles. O sombra saltou do táxi, pagou o motorista e saiu atrás de Borg. Assim que o táxi do sombra se afastou, Borg se virou, voltou para o táxi de Dickstein e entrou.

– Vamos embora – disse Dickstein ao motorista.

Afastaram-se deixando o sombra na calçada, à procura de outro táxi. Era uma rua sossegada, de pouco movimento. Ele levaria uns cinco ou dez minutos para conseguir outro carro.

– Muito hábil – comentou Borg.

– Fácil – disse Dickstein.

– Que diabo foi isso? – perguntou o motorista.

– Não precisa se preocupar – garantiu Dickstein. – Somos agentes secretos.

O motorista riu.

– Para onde vamos agora? Para o MI5?

– Para o Museu da Ciência.

Dickstein se recostou no assento e sorriu para Borg.

– E então, meu bom Bill, como vão as coisas?

Borg franziu o cenho.

– O que houve para você estar tão efusivo?

Não tornaram a falar no táxi. Dickstein compreendeu que não se preparara convenientemente para o encontro. Deveria ter definido antes o que queria de Borg e como iria consegui-lo.

Ele pensou: *O que eu quero?* A resposta surgiu do fundo de sua mente e o atingiu como uma bofetada. Quero dar a bomba a Israel... e depois ir para casa.

Dickstein desviou os olhos de Borg. A chuva escorria pela janela do táxi como lágrimas. De repente foi um alívio ter o motorista ali e não poderem conversar. Na calçada, três hippies sem casaco, completamente encharcados, estavam com as mãos e os rostos virados para cima, desfrutando a chuva. *Se eu pudesse fazer isso, se eu pudesse concluir essa missão, então poderia descansar.*

Esse pensamento o deixou inexplicavelmente feliz. Ele olhou para Borg e sorriu. Borg virou o rosto para a janela.

Chegaram ao museu e entraram. Pararam diante de um dinossauro reconstituído.

– Estou pensando em tirá-lo da missão – informou Borg.

Dickstein assentiu, reprimindo o alarme e pensando depressa.

Hassan devia ter se comunicado com o Cairo e o homem de Borg no Cairo certamente transmitira a informação a Tel Aviv.

– Percebi que fui descoberto – disse ele a Borg.

– Há semanas sei disso. Se tivesse mantido contato, estaria a par dessas coisas.

– Se eu mantivesse contato, seria descoberto mais vezes.

Borg soltou um grunhido e seguiu em frente. Tirou um charuto do bolso.

– É proibido fumar aqui – avisou Dickstein.

Borg guardou o charuto.

– Ser descoberto não significa nada. Já me aconteceu meia dúzia de vezes. O que importa é quanto eles sabem.

– Você foi descoberto pelo tal Hassan, que o conhece de muitos anos atrás. Ele agora está trabalhando com os russos.

– Mas o que eles *sabem*?

– Que você esteve na França e em Luxemburgo.

– Não é muita coisa.

– Tem razão. Também sei que esteve em Luxemburgo e na França, mas *eu* não tenho a menor ideia do que andou fazendo.

– Então me deixará na missão – disse Dickstein, olhando fixo para Borg.

– Isso depende. *O que* você andou fazendo?

Dickstein continuou a olhar fixamente para Borg. O homem se tornara irrequieto, sem saber o que fazer com as mãos, agora que não podia fumar. As luzes fortes iluminavam a sua pele ruim. O rosto conturbado era como um estacionamento de cascalho. Dickstein precisava calcular quanto diria a ele. Tinha que ser o suficiente para dar a impressão de que muito já fora realizado, mas não demais, para evitar que Borg pensasse que outro homem poderia executar o plano de Dickstein.

– Já escolhi uma remessa de urânio para roubarmos. Será transportada da Antuérpia para Gênova, de navio, em novembro. Vou sequestrar o navio.

– Merda!

Borg parecia ao mesmo tempo satisfeito e temeroso com a audácia do plano.

– Como vai manter o segredo?

– Estou cuidando disso. – Dickstein decidiu contar um pouco mais a Borg, a fim de prendê-lo de vez: – Preciso visitar o Lloyd's, aqui em Londres. Espero que o navio pertença a uma série de embarcações idênticas. Estou informado de que a maioria dos navios é construída assim. Se eu conseguir comprar um navio idêntico, posso trocar os dois em algum ponto do Mediterrâneo.

Borg passou a mão duas vezes pelos cabelos curtos, depois coçou a orelha.

– Não estou entendendo...

– Ainda não defini os detalhes, mas tenho certeza de que é o único meio de fazer a coisa clandestinamente.

– Pois então trate de definir os detalhes.

– Mas está pensando em me tirar da missão.

– Isso mesmo...

Borg inclinou a cabeça de um lado para outro, num gesto de indecisão.

– Se eu puser um homem para substituí-lo, ele também pode ser reconhecido.

– E, se puser um desconhecido, ele não será experiente.

– Além do mais, não tenho certeza se há outra pessoa, experiente ou não, que possa executar essa missão. E há mais uma coisa que você não sabe.

Os dois pararam diante de um modelo de reator nuclear.

– O que houve? – perguntou Dickstein.

– Recebemos informações de Qattara. Os russos estão ajudando os egípcios. Temos pressa, Dickstein. Não posso permitir atrasos. E uma mudança de planos inevitavelmente acarreta atrasos.

– Para novembro ainda dá?

Borg pensou por um momento.

– Ficará bem apertado, mas sim. – Ele pareceu chegar a uma conclusão: – Está certo, vou deixá-lo na missão. Mas terá que executar uma ação evasiva.

Dickstein sorriu e deu um tapinha nas costas de Borg.

– Você é um bom sujeito, Pierre. E não precisa se preocupar. Vou deixá-los andando em círculos, às tontas.

Borg franziu o cenho.

– Mas o que há com você hoje? Não consegue parar de sorrir.

– É a sua presença que me deixa assim. Seu rosto é como um tônico. Sua disposição esfuziante é contagiosa. Quando você sorri, Pierre, o mundo inteiro também sorri.

– Ficou completamente doido... – disse Borg.

~

Pierre Borg era vulgar, insensível, malicioso e maçante, mas não era idiota. As pessoas diziam que ele podia até ser um filho da mãe, mas era um filho da mãe inteligente. Ao deixar o encontro com Nat Dickstein, ele tinha certeza absoluta de que algo importante mudara na vida do outro.

E pensava a esse respeito enquanto voltava a pé para a embaixada israelense, no número 2 da Palace Green, em Kensington. Nos vinte anos que haviam transcorrido desde que se conheceram, Dickstein quase não mudara. Eram raras as ocasiões em que sua força ficava evidente. Ele sempre fora quieto e retraído, continuava a parecer um bancário desempregado. E, a não ser em raros momentos de humor cáustico, era uma pessoa austera.

Até aquele dia.

A princípio, Dickstein se mostrara como de hábito: objetivo e brusco, até demais. Mas, no fim do encontro, ele parecia o jovial operário londrino de um filme de Hollywood.

Borg tinha que saber por quê.

Tolerava muitas coisas de seus agentes. Contanto que fossem eficientes, podiam ser neuróticos, agressivos, sádicos ou insubordinados... mas era fundamental que ele soubesse de tudo. Podia dar o devido desconto para os defeitos de cada um, mas não admitia fatores desconhecidos. Ficaria inseguro de sua capacidade de controlar Dickstein até descobrir qual era a causa da mudança. E isso era tudo. Não tinha qualquer objeção, a princípio, a que um de seus agentes agisse de forma jovial.

Aproximou-se da embaixada. Decidiu que mandaria vigiar Dickstein. Exigiria dois carros e três equipes de homens, trabalhando em turnos de oito horas. O chefe do posto de Londres se queixaria, mas ele que fosse para o diabo.

A necessidade de saber por que a disposição de Dickstein mudara era apenas uma das razões pela qual Borg decidira não tirá-lo da missão. A outra era mais importante. Dickstein já tinha um início de plano esboçado e outro homem poderia não ser capaz de concluí-lo. Ele possuía uma mente excepcional para tais coisas. Só a partir do momento em que definisse o plano por completo é que outra pessoa poderia assumir o comando. Borg iria afastá-lo da missão na primeira oportunidade. Dickstein ficaria furioso, pensaria que fora traído.

Mas que ele também fosse para o diabo!

~

O major Pyotr Alekseivitch Tyrin não gostava de Rostov. Não gostava de nenhum de seus superiores. Na opinião dele, era preciso ser um rato para ser promovido acima do posto de major na KGB. Mesmo assim, sentia pelo chefe inteligente e útil uma afeição movida a pavor. Tyrin possuía muitos talentos, sobretudo em eletrônica. Mas não era capaz de manipular as pessoas. Alcançara o posto de major apenas porque estava na equipe excepcionalmente bem-sucedida de Rostov.

Abba Allon. Saída da High Street. 52 ou 59? Onde você está, 52?

Cinquenta e dois. Estamos perto. Vamos pegá-lo. Qual a descrição dele?

Capa de chuva plástica, chapéu verde, bigode.

Como amigo, Rostov não era grande coisa. Mas era muito pior como inimigo. O tal coronel Petrov, de Londres, descobrira isso. Tentara ignorar Rostov e fora surpreendido com um telefonema em plena madrugada do próprio chefe da KGB, Yuri Andropov. O pessoal da embaixada em Londres comentara que Petrov parecia um fantasma ao desligar. Desde então, Rostov conseguia tudo o que desejasse; se ele espirrasse, cinco agentes saíam correndo para comprar lenços.

Muito bem, aqui está Ruth Davisson e ela está seguindo... para o norte...

Dezenove. Podemos acompanhá-la...

Relaxe, 19. Alarme falso. É apenas uma secretária que se parece com ela.

Rostov requisitara todos os melhores artistas de calçada e a maioria dos carros de Petrov. A área em torno da embaixada israelense em Londres estava fervilhando de agentes. Alguém chegara a comentar: "Há mais vermelhos aqui do que numa clínica médica no Kremlin."

Contudo era difícil reconhecê-los. Estavam em carros, furgões, táxis, caminhões e até em um veículo que parecia um camburão da polícia. Havia agentes a pé, em prédios públicos, andando pelas ruas ou pelo parque. Havia até um agente dentro da embaixada, indagando num inglês terrível o que precisava fazer a fim de emigrar para Israel.

A embaixada era perfeita para aquele tipo de atividade. Ficava num pequeno gueto diplomático, nos limites de Kensington Gardens. Tantas das casas antigas e adoráveis pertenciam a delegações estrangeiras que o lugar era conhecido como Embassy Row – "fileira das embaixadas". A própria embaixada soviética ficava ali perto, nos Kensington Palace Gardens. O pequeno conjunto de ruas formava quase uma propriedade particular e era preciso informar a um guarda o que se queria antes de entrar na área.

Dezenove, dessa vez é Ruth Davisson... Dezenove, está me ouvindo?

Aqui é 19. Na escuta.

Ainda está no lado norte?

Estou. E sabemos como ela é.

Nenhum dos agentes estava à vista da embaixada israelense. Só um membro da equipe podia avistar a porta: o próprio Rostov, que estava a pouco menos de um quilômetro dela, no 20º andar de um hotel, observando através de um poderoso telescópio montado num tripé. No West End de Londres, diversos prédios altos permitiam que se visse Embassy Row do outro lado do parque. Certas suítes de alguns hotéis chegavam a cobrar preços absurdamente altos por causa dos rumores de que se podia avistar o pátio dos fundos da princesa Margaret, no palácio vizinho, que dava nome a Palace Garden e aos Kensington Palace Gardens.

Rostov ocupava uma dessas suítes, equipado com um transmissor de rádio, além do telescópio. Cada uma das equipes de rua estava munida com um walkie-talkie. Petrov falava a seus homens em russo e depressa, usando palavras em código. O comprimento de onda em que transmitia e no qual os homens respondiam era mudado a cada cinco minutos, de acordo com uma programação de computador inserida em todos os aparelhos. *O sistema funciona à perfeição*, pensou Tyrin, que o inventara. O único problema era que, em algum ponto do ciclo, todos ficavam sujeitos a cinco minutos da Rádio Um da BBC.

Oito, siga para o lado norte.

Entendido.

Se os israelenses estivessem instalados em Belgravia, o local das embaixadas mais antigas, o trabalho de Rostov seria muito mais difícil. Quase não havia lojas, cafés ou escritórios públicos para lá, nenhum lugar em que os agentes pudessem passar despercebidos. E, como toda a área era sossegada, rica e repleta de embaixadores, era fácil para a polícia ficar atenta a atividades suspeitas. Qualquer um dos esquemas padronizados de vigilância – como o furgão de conserto telefônico ou a equipe de manutenção de rua – atraía uma multidão de guardas em poucos minutos. Em contraste, a área em torno do pequeno oásis de Embassy Row era Kensington, um grande centro comercial, com diversos colégios e quatro museus.

O próprio Tyrin observava de um pub na Kensington Church Street. Os homens da KGB que moravam em Londres lhe haviam informado que o pub era frequentado por detetives do Ramo Especial, apelido um tanto modesto para a polícia política da Scotland Yard. Os quatro jovens de terno um tanto estilosos que tomavam uísque no bar provavelmente eram detetives.

Não conheciam Tyrin e não teriam muito interesse por ele, mesmo que o conhecessem. E se Tyrin se aproximasse e dissesse "Com licença, a KGB está seguindo todos os agentes israelenses credenciados em Londres" eles provavelmente responderiam "E daí?" e pediriam outra rodada de uísque.

De qualquer forma, Tyrin sabia que não era um homem que pudesse atrair um segundo olhar. Era pequeno, um tanto robusto, com o nariz grande e o rosto cheio de veias de alguém que bebia com frequência. Usava uma capa de chuva cinza por cima de um suéter verde. A chuva removera o último vestígio de vinco da calça de flanela. Sentara-se num canto, com um copo de cerveja inglesa e um pequeno saco de batatas chips. O rádio no bolso da camisa se ligava por um fio fino, cor de carne, ao plugue em sua orelha esquerda, como se fosse um aparelho de audição. Seu lado esquerdo estava virado para a parede. Podia falar com Rostov fingindo que remexia no bolso interno da capa, virando o rosto para a parede e murmurando no disco de metal perfurado na parte de cima do rádio.

Observava os detetives tomarem uísque e pensava que o Ramo Especial devia dispor de uma ajuda de custo diária melhor que o equivalente russo; ele só podia tomar meio litro de cerveja por hora, e o saco de batatas chips era pago do próprio bolso. Em determinada ocasião, os agentes na Inglaterra haviam sido obrigados a comprar cerveja em canecas menores, até o departamento de contabilidade ser informado de que, em muitos pubs, o homem que bebia com tamanho controle chamava tanta atenção quanto um russo que tomasse vodca aos golinhos, e não em tragos generosos.

Treze, siga um Volvo verde, dois homens, High Street.

Entendido.

E um a pé... Acho que é Yigael Meier... Vinte?

Tyrin era "Vinte". Ele virou o rosto para dentro da lapela.

– Descreva-o – murmurou.

Alto, cabelo grisalho, guarda-chuva, capa com cinto. Portão da High Street.

– Estou a caminho – disse Tyrin.

Terminou de tomar a cerveja e deixou o pub.

Chovia. Tyrin tirou um guarda-chuva dobrável do bolso da capa e o abriu. As calçadas estavam apinhadas de pessoas fazendo compras. Avistou o Volvo verde parado no sinal e, três carros atrás, o 13 num Austin.

Outro carro. Cinco, esse é seu. Um Fusca azul.

Entendido.

Tyrin chegou a Palace Gate, olhou pela Palace Avenue, avistou um homem que se ajustava à descrição caminhando em sua direção. Seguiu em frente sem parar. Quando calculou que o homem já tivera tempo para chegar à rua, Tyrin parou junto ao meio-fio, como se fosse atravessar, olhou para um lado e outro. O alvo emergiu da Palace Avenue e virou para oeste, afastando-se.

Tyrin foi atrás.

Era mais fácil seguir o homem através das multidões na High Street. Viraram para o sul, percorreram um labirinto de ruas transversais. Tyrin ficou um pouco nervoso, mas o israelense parecia não estar atento a um sombra. Simplesmente seguia em frente, pela chuva, um vulto alto, meio inclinado por baixo do guarda-chuva, andando depressa e concentrado em seu destino.

Ele não foi muito longe. Entrou num hotel pequeno e moderno, perto da Cromwell Road. Tyrin passou pela entrada e, ao olhar através da porta de vidro, avistou o alvo entrando numa cabine telefônica no saguão. Um pouco mais adiante, passou pelo Volvo verde e concluiu que o israelense e seus colegas no carro vigiavam o hotel.

Tyrin atravessou a rua e voltou pelo lado oposto, para o caso de o alvo sair do hotel na mesma hora. Procurou pelo Fusca azul, mas não o avistou. Calculou, no entanto, que estivesse por perto.

– Aqui é o 20 – falou ele para o aparelho no bolso da camisa. – Meier e o Volvo verde estão vigiando o hotel Jacobean.

Confirmado, 20; 5 e 13 estão cobrindo os carros israelenses. Onde está Meier?

– No saguão.

Tyrin olhou para um lado e outro da rua e avistou o Austin que seguia o Volvo verde.

Fique com ele.

– Entendido.

Tyrin tinha agora uma decisão difícil a tomar. Se entrasse direto no hotel, Meier poderia reconhecê-lo. Por outro lado, se procurasse a entrada dos fundos e demorasse, Meier poderia ir embora.

Como tinha o apoio de dois carros, que poderiam lhe dar uma ajuda por alguns minutos se o pior acontecesse, decidiu correr o risco de procurar a entrada dos fundos. Havia uma viela estreita ao lado do hotel, para os carros de entrega. Tyrin avançou por ela e chegou a uma saída de incêndio, destrancada, na parede sem janelas do prédio. Ele entrou e se viu numa escada de concreto, obviamente usada apenas em casos de emergência. Enquanto subia os degraus, fechou o guarda-chuva, meteu-o no bolso da capa e tirou a capa. Dobrou-a e a deixou no primeiro patamar, como um pequeno fardo que poderia agarrar se precisasse sair às pressas. Subiu até o segundo andar e pegou o elevador a fim de descer para o saguão. Quando saiu, de suéter e calça cinza de flanela, parecia um hóspede.

O israelense continuava na cabine telefônica.

Tyrin foi até a porta de vidro na frente do saguão, olhou para fora, verificou o relógio de pulso e voltou para a área de espera, a fim de sentar-se, como se aguardasse alguém. Não parecia ser o seu dia de sorte. O objetivo de toda a operação era encontrar Nat Dickstein. Sabia-se que ele estava na Inglaterra e calculava-se que teria um encontro com um dos agentes israelenses credenciados em Londres. Os russos seguiam os israelenses a fim de observarem o encontro e retomarem a pista de Dickstein. Era evidente que a equipe israelense naquele hotel não estava ali para um encontro. Esperavam alguém, presumivelmente para segui-lo assim que aparecesse; e não era provável que esse alguém fosse um dos seus agentes. Tyrin torceu para que, ao menos, as atividades dos agentes israelenses ali fossem interessantes.

Observou o alvo deixar a cabine telefônica e encaminhar-se para o bar. Perguntou-se se o saguão poderia ser observado do bar. Aparentemente não, porque o alvo voltou alguns minutos depois com um copo na mão, sentou-se no lado oposto ao de Tyrin e pegou um jornal.

O alvo nem teve tempo para tomar a cerveja.

A porta do elevador se abriu e Nat Dickstein surgiu.

Tyrin ficou tão surpreso que cometeu o erro de olhar direto para Dickstein por vários segundos. Dickstein percebeu e acenou com a cabeça, educadamente. Tyrin deu um sorriso sem graça e olhou para o relógio. Ocorreu-lhe, mais como uma esperança do que como uma convicção, que encarar o alvo daquela forma fora um erro tão absurdo que Dickstein poderia encarar o fato como uma prova de que Tyrin *não* era agente.

Porém não havia tempo para pensar. Movendo-se rapidamente – quase saltitante, conforme pensou Tyrin –, Dickstein atravessou o saguão até o balcão de recepção, largou lá uma chave e seguiu para a rua. O sombra israelense, Meier, largou o jornal na mesa e foi atrás. Assim que a porta de vidro se fechou atrás de Meier, Tyrin se levantou, pensando: *Sou um agente seguindo um agente que segue um agente. Mas pelo menos um garante o emprego do outro.*

Ele entrou no elevador e apertou o botão para o primeiro andar.

– Aqui é o 20 – falou pelo transmissor. – Encontrei o Pirata.

Não houve resposta. As paredes do prédio bloqueavam o sinal. Tyrin saltou no primeiro andar e desceu correndo a escada de incêndio, pegando a capa de chuva na passagem. Assim que chegou à rua, tentou de novo:

– Aqui é o 20. Encontrei o Pirata.

Certo, 20. O 13 também o localizou.

Tyrin avistou o alvo atravessando a Cromwell Road.

– Estou seguindo Meier.

Prestem atenção, 5 e 20. Não o sigam. Entendido... Cinco?

Entendido.

Vinte?

– Entendido – respondeu Tyrin pelo rádio.

Ele parou na esquina e observou Meier e Dickstein desaparecerem na direção de Chelsea.

Vinte, volte para o hotel. Descubra o número do quarto dele. Consiga um quarto próximo. E me chame pelo telefone assim que estiver tudo providenciado.

– Entendido.

Tyrin voltou ensaiando seu diálogo: "Com licença, mas o homem que acabou de sair daqui, baixo, de óculos, acho que o conheço... mas ele entrou num táxi antes que eu pudesse alcançá-lo. O nome dele é John, mas todos o chamávamos de Jack... em que quarto..."

No fim das contas, nada disso foi necessário. A chave de Dickstein ainda estava em cima do balcão. Tyrin decorou o número.

O recepcionista se aproximou.

– Em que posso servi-lo?

– Gostaria de um quarto – Tyrin disse.

~

Beijou-a e era como um homem que passara o dia inteiro sedento. Saboreou o aroma de sua pele, os movimentos suaves dos lábios. Acariciou-lhe o rosto e murmurou:

– Isso... é disso que preciso...

Fitaram-se nos olhos e a verdade entre os dois era como a nudez. Dickstein pensou: *Posso fazer tudo o que quiser*. A ideia lhe passou pela cabeça repetidas vezes, como um encantamento. Tocou o corpo de Suza sofregamente. Estavam de pé, frente a frente, na pequena cozinha azul e amarela, e ele a fitava nos olhos enquanto acariciava as partes secretas de seu corpo. A boca vermelha se entreabriu e Dickstein sentiu a respiração de Suza acelerada e quente em seu rosto. Respirou fundo para sorver o ar que vinha dela. *Se eu posso fazer qualquer coisa que quiser, ela também pode.* E, como se lesse pensamentos, Suza abriu a camisa dele, inclinou-se para o seu peito, pegou o mamilo entre os dentes e sugou. O prazer súbito e intenso o fez ofegar. Segurou a cabeça de Suza entre as mãos, balançando-a gentilmente para a frente e para trás, a fim de aumentar o prazer. E pensou: *Tudo o que eu quiser!* Estendeu as mãos por trás dela, levantando a saia e regalando os olhos com a calcinha branca que aderia às curvas e contrastava com a pele morena das pernas compridas. Com a mão direita, Dickstein afagou-lhe o rosto, agarrou-lhe o ombro e acariciou seu seio; a mão esquerda deslizou pelo quadril, entrou pela calcinha, desceu entre as pernas de Suza. Tudo era maravilhoso, tão maravilhoso que Dickstein desejou possuir quatro mãos para senti-la mais. Ou seis.

De repente, veio a vontade de contemplar o rosto dela. Segurou-a pelos ombros e fez com que ela ficasse ereta.

– Quero olhar para você – murmurou ele.

Os olhos de Suza se encheram de lágrimas e Nat compreendeu que não eram sinais de tristeza, mas de intenso prazer. Voltaram a fitar os olhos um do outro. E dessa vez não era apenas a verdade que havia entre os dois, mas emoção espontânea, profunda, irrompendo em torrentes impetuosas. Dickstein se ajoelhou aos pés dela, como um suplicante. Primeiro, encostou a cabeça em suas coxas, sentindo o calor do corpo de Suza por cima das roupas. Depois, estendeu as mãos por baixo da saia, encontrou a calcinha, deslizou-a para baixo devagar. Levantou-se. Ainda estavam parados no lugar em que haviam se beijado ao entrarem na cozinha. E ali mesmo, de pé, começaram a fazer amor. Dickstein contemplou o rosto de Suza. Ela parecia serena, com os olhos semicerrados. Ele queria ficar assim, mexendo-se lentamente, por um longo tempo, só que seu corpo não podia esperar. Sentiu-se compelido a arremeter cada vez com mais força e mais depressa. Estava prestes a perder o equilíbrio e por isso a enlaçou, erguendo-a uns dois dedos do chão, e avançou dois passos, a fim de que as costas dela ficassem apoiadas na parede. Suza arrancou a camisa de Dickstein para fora da calça e cravou os dedos nos músculos das costas dele. Nat pôs as mãos sob as nádegas dela, sustentando-a no ar. Suza ergueu as pernas e enlaçou o quadril dele com as coxas, os tornozelos cruzados por trás de suas costas. E nessa posição, ele pareceu penetrar ainda mais fundo. Sentiu como se o próprio corpo fosse um mecanismo movido a corda – tudo o que Suza fazia, a cada vez que olhava para ela, era como se algo nele se contraísse mais, preparando-se para o momento em que toda a tensão seria liberada. Contemplava-a através de um nevoeiro de desejo. E uma expressão que se assemelhava ao pânico surgiu nos olhos de Suza, que se arregalaram numa emoção animal frenética. Dickstein sentiu que estava chegando, a coisa maravilhosa ia acontecer. Quis dizer a ela.

– Agora, Suza!

– Eu também... – murmurou ela.

E Suza cravou as unhas na pele de suas costas, descendo-as ao longo da espinha, num vergão comprido que lhe percorreu o corpo como um choque elétrico. Dickstein sentiu o terremoto no corpo dela no mesmo instante em que o seu entrava em erupção. E ainda a fitava quando a boca de Suza se entreabriu, se escancarou, e ela prendeu o fôlego. O auge do prazer invadiu a ambos e ela gritou.

~

– Seguimos os israelenses e os israelenses seguem Dickstein. Só falta Dickstein nos seguir, e ficaremos andando em círculo pelo resto do dia – comentou Rostov.

Ele avançava pelo corredor do hotel. Tyrin seguia às pressas ao seu lado, as pernas curtas e roliças quase precisando correr para poder acompanhar Rostov.

– O que o levou a abandonar a vigilância assim que o localizamos?

– É mais do que óbvio – rebateu Rostov, irritado com a pergunta, mas logo se lembrou de como a lealdade de Tyrin era valiosa e por isso decidiu explicar: – Dickstein passou muito tempo sob vigilância nas últimas semanas. E, todas as vezes que descobriu que o seguiam, deu um jeito de nos despistar. Alguma vigilância é inevitável para alguém que está no ofício há tanto tempo quanto Dickstein. Mas, numa operação específica, quanto mais ele for seguido, mais provável se torna a possibilidade de abandoná-la e entregá-la a outra pessoa... que talvez não saibamos quem é. Muitas vezes, a informação obtida por seguir alguém é anulada porque a pessoa descobre que está sendo vigiada e deixa a missão. Assim, abandonando a vigilância como fizemos hoje, sabemos onde Dickstein se encontra, mas ele não sabe que sabemos.

– Entendo.

– Ele não vai demorar a perceber que os israelenses o seguem. A essa altura, deve estar mais que atento.

– Por que será que eles estão seguindo o próprio agente?

– É algo que não consigo entender. – Rostov franziu o cenho e acrescentou, pensando em voz alta: – Tenho certeza de que Dickstein se encontrou com Borg esta manhã... Isso explicaria por que Borg despistou o homem que o seguia com aquela manobra do táxi. É possível que Borg tenha tirado Dickstein da missão e agora queira apenas se certificar de que ele de fato a abandonou e não vai tentar realizá-la extraoficialmente.

Ele fez uma pausa, balançando a cabeça num gesto de frustração.

– Isso não me convence. Mas a alternativa é que Borg não confia mais em Dickstein. O que também acho improvável. Cuidado agora.

Estavam à porta do quarto de Nat no hotel. Tyrin tirou do bolso uma lanterna pequena e potente, iluminou os contornos da porta e disse:

– Sem sinais de segurança.

Rostov assentiu e esperou. Aquela era a seara de Tyrin. O homem baixo e rotundo era o melhor técnico da KGB, na opinião dele. Observou enquanto puxava do bolso uma chave mestra, uma das muitas que possuía. Depois de testar várias no próprio quarto, já determinara a que se ajustava às fechaduras do hotel Jacobean. Tyrin abriu lentamente a porta do quarto de Dickstein e continuou parado do lado de fora, espiando.

– Não tem armadilhas – disse, depois de um minuto.

Tyrin entrou e Rostov o seguiu e fechou a porta. Aquela parte do ofício não proporcionava o menor prazer a Rostov. Ele gostava de vigiar, especular, conspirar. Arrombamentos não eram do seu estilo. Sentia-se exposto, vulnerável. Uma arrumadeira poderia entrar naquele momento ou talvez o gerente do hotel – ou mesmo o próprio Dickstein, que poderia se esquivar à sentinela no saguão. Seria humilhante, indecoroso.

– Vamos agir depressa – falou a Tyrin.

O quarto tinha a disposição padronizada do hotel: a porta dava para um pequeno corredor, com o banheiro num lado e o armário embutido no outro. Era quadrado, com a cama de solteiro encostada numa parede e o aparelho de televisão na outra. Havia uma janela grande na parede em frente à porta.

Tyrin pegou o telefone e começou a desatarrachar o bocal. Rostov parou ao pé da cama e olhou ao redor, tentando obter alguma impressão do homem hospedado ali. Não havia muito a observar. O quarto fora limpo, a cama estava feita. Na mesinha de cabeceira havia um livro de problemas de xadrez e um jornal vespertino. Não havia sinais de cigarro ou álcool. A cesta de papel fora esvaziada. Uma pequena mala preta de vinil, num banco, continha cuecas e meias limpas, uma camisa passada.

– O homem só viaja com uma camisa extra! – murmurou Rostov.

As gavetas da cômoda estavam vazias. Rostov foi dar uma olhada no banheiro. Encontrou uma escova de dentes, um barbeador elétrico com um adaptador de tomadas universal e – o único toque pessoal – um envelope de pastilhas contra indigestão.

Rostov voltou ao quarto, onde Tyrin já montava o telefone.

– Está pronto – avisou ele.

– Ponha outro por trás da cabeceira da cama – recomendou Rostov.

Tyrin instalava um microfone na parede atrás da cama quando o telefone tocou.

Se Dickstein voltasse ao hotel, a sentinela no saguão deveria ligar para o quarto dele pelo telefone interno, deixar tocar duas vezes e depois desligar.

O telefone tocou uma segunda vez. Rostov e Tyrin ficaram imóveis, em silêncio, esperando.

O telefone tornou a tocar.

Eles relaxaram.

Só parou depois do sétimo toque.

– Queria que ele tivesse um carro para podermos instalar um microfone – comentou Rostov.

– Tenho um botão de camisa.

– Como?

– Um microfone igual a um botão de camisa.

– Não sabia que isso existia.

– É novo.

– Tem uma agulha? E linha?

– Claro.

– Pois então trate de trabalhar.

Tyrin foi até a mala de Dickstein. Sem tirar a camisa, removeu o segundo botão, puxando com cuidado a linha solta. E, com poucos movimentos, costurou o novo botão. As mãos gordas eram surpreendentemente hábeis.

Rostov ficou observando, mas seus pensamentos estavam longe. Queria desesperadamente fazer algo mais para garantir que ouvisse tudo o que Dickstein dissesse e fizesse. O israelense poderia descobrir os microfones no telefone e atrás da cabeceira da cama; não usaria a camisa com o microfone o tempo todo. Rostov gostava de ter certeza absoluta das coisas, e Dickstein era irritantemente esquivo. Não havia como segurá-lo. Ainda acalentara a débil esperança de que em algum lugar daquele quarto houvesse a fotografia de alguma pessoa a quem Dickstein amasse.

– Está pronto.

Tyrin mostrou seu trabalho. A camisa era branca, de náilon, com botões brancos do tipo mais comum. O novo botão não se distinguia dos originais.

– Ótimo – disse Rostov. – Feche a mala.

Tyrin assim o fez.

– Mais alguma coisa?

– Dê outra olhada à procura de sinais que possam denunciar a presença de intrusos. Não acredito que Dickstein tenha saído sem tomar nenhuma precaução.

Procuraram de novo, rápido e em silêncio, com movimentos experientes que não deixavam transparecer a pressa que sentiam. Havia dezenas de maneiras de montar sinais de alarme. Um cabelo preso de leve numa porta era o mais simples. Ou deixar um pedaço de papel preso no fundo de uma gaveta para que caísse quando a abrissem. Ou um torrão de açúcar sob um tapete grosso, que seria esmagado se o pisassem. Ou uma moeda por trás do forro de uma tampa de mala, que deslizaria para trás quando a levantassem.

Só que não encontraram nada.

– Todos os israelenses são paranoicos – comentou Rostov. – Por que ele seria diferente?

– Talvez tenha sido afastado da missão.

Rostov soltou um grunhido.

– Por que outro motivo ele se tornaria tão displicente?

– Pode ter se apaixonado – sugeriu Tyrin.

Rostov não pôde deixar de rir.

– Claro. E Joe Stalin pode ter sido canonizado pelo Vaticano. Vamos.

Ele saiu e Tyrin o seguiu, fechando a porta sem fazer barulho.

~

Então era uma mulher.

Pierre Borg estava chocado, espantado, desorientado, intrigado e profundamente preocupado.

Dickstein *nunca* tivera mulheres.

Borg estava sentado num banco de parque, debaixo de um guarda-chuva. Não conseguira pensar na embaixada, com tantos telefones tocando e pessoas fazendo-lhe perguntas a todo instante. Por isso, fora para o parque, apesar do tempo. A chuva despencava e de vez em quando uma gota caía na ponta do charuto, obrigando-o a acendê-lo de novo.

Era a tensão de Dickstein que o tornava tão impetuoso. A última coisa que Borg queria era que o agente aprendesse a relaxar.

Os artistas da calçada haviam seguido Dickstein até um pequeno prédio residencial em Chelsea, onde ele se encontrara com uma mulher. E um dos agentes dissera: "É um relacionamento sexual. Ouvi o orgasmo dela."

O zelador do prédio fora interrogado, mas nada sabia a respeito da mulher, exceto que era amiga íntima dos proprietários do apartamento.

A conclusão óbvia era que Dickstein possuía o apartamento (e subornara o zelador para mentir), que era usado como local de encontro, onde ele se encontrava com alguém da oposição, uma mulher, faziam amor e ele revelava segredos.

Borg poderia ter aceitado essa hipótese se tivesse descoberto sobre a mulher de alguma outra forma. Contudo, se Dickstein se tornara subitamente um traidor, não permitiria que Borg ficasse desconfiado. Era esperto demais. Saberia cobrir todas as pistas. Não deixaria que os artistas da calçada o seguissem até o apartamento, sem olhar para trás uma única vez. O comportamento dele recendia totalmente a inocência. Ao se encontrar com Borg, parecia um gato que houvesse descoberto um pote de leite, e ou não sabia ou não se importava que sua empolgação estivesse estampada no rosto. E, quando perguntara o que estava acontecendo, Dickstein fizera piadas. Borg não poderia deixar de mandar segui-lo. E, horas depois, Dickstein trepava com alguma mulher que gostara tanto que dera para ouvir o seu grito até na *rua*. A história toda era tão ingênua que não podia deixar de ser verdadeira.

Pois muito bem. Alguma mulher encontrara um meio de passar pelas defesas de Dickstein e seduzi-lo. Dickstein reagia como um adolescente, porque nunca tivera adolescência. A pergunta importante era apenas uma: quem era a mulher?

Os russos também tinham seus arquivos e deveriam ter tomado por certo, como Borg, que apelos sexuais não venceriam Dickstein. Mas talvez tivessem pensado que valia a pena arriscar. E talvez estivessem certos.

Mais uma vez, a intuição de Borg lhe dizia que tirasse logo Dickstein da missão. E, mais uma vez, hesitava. Se fosse qualquer outro projeto que não aquele, qualquer outro agente que não Dickstein, ele saberia o que fazer. Mas Dickstein era o único homem que podia resolver aquele problema. Borg não tinha opção além de manter o esquema original: esperar até que ele desenvolvesse todo o plano e depois afastá-lo.

Poderia pelo menos mandar o posto de Londres investigar a mulher, para descobrir tudo o que fosse possível a respeito dela.

Enquanto isso, só lhe restava torcer para que, se ela fosse de fato uma agente, Dickstein tivesse o bom senso de não lhe contar nada.

Seria extremamente perigoso, mas Borg não podia fazer mais nada no momento.

O charuto se apagou, mas ele não percebeu. O parque estava agora deserto. Borg continuou sentado no banco, o corpo estranhamente imóvel feito uma estátua, sustentando o guarda-chuva por cima da cabeça, morrendo de preocupação.

~

A diversão acabou, disse Dickstein a si mesmo. *Hora de voltar ao trabalho.*

Às dez da manhã, ao entrar no quarto do hotel, ele compreendeu que, por mais incrível que pudesse parecer, não deixara nenhuma armadilha que pudesse denunciar a presença de intrusos. Pela primeira vez em vinte anos como agente, simplesmente se esquecera de tomar as precauções mais elementares. Ficou parado à porta, olhando ao redor, pensando no efeito arrasador de Suza. Deixá-la e voltar ao trabalho era como embarcar no carro familiar que estava guardado na garagem havia mais de um ano. Tinha que deixar que os velhos hábitos, os velhos instintos e a velha paranoia voltassem a dominar sua cabeça.

Dickstein foi encher a banheira. Tinha agora uma espécie de trégua emocional. Suza voltaria ao serviço naquele dia. Trabalhava em uma companhia aérea e estava escalada para uma rota que a levaria ao redor do mundo. Esperava voltar dentro de 21 dias, mas poderia demorar mais. Dickstein não tinha a menor ideia de onde poderia estar dentro de três semanas, o que significava que não sabia quando tornaria a vê-la. Mas tornaria a vê-la de qualquer maneira, se estivesse vivo.

Tudo era diferente agora, tanto o passado como o futuro. Os últimos vinte anos de sua vida soavam insípidos, apesar de ter alvejado pessoas e muitas vezes ter sido o alvo, apesar de ter viajado pelo mundo inteiro, apesar de haver se disfarçado e enganado pessoas, executado golpes sórdidos e clandestinos. Tudo agora parecia trivial.

Sentado na banheira, pensou no que faria com o resto de sua vida. Decidira que não seria mais um espião. Mas o que seria? Sentia como se fosse capaz de qualquer coisa. Poderia candidatar-se às eleições para o Parlamento de Israel, abrir uma empresa ou simplesmente ficar no kibutz e fabricar o melhor vinho de Israel. Mas se casaria com Suza? E, se casasse, iriam viver em Israel? Descobriu que a incerteza era deliciosa, como tentar adivinhar o presente que se ganharia de aniversário.

Se eu viver, pensou ele. De repente, havia algo mais em jogo. Sentia medo de morrer. Até aquele momento, a morte fora algo a evitar, com toda a habilidade, só porque representava, por assim dizer, um movimento que levava à derrota no jogo. Agora, ele queria desesperadamente viver: para deitar com Suza de novo, para criar um lar juntos, para descobrir tudo a respeito dela, suas manias, seus hábitos e segredos, os livros de que gostava, o que pensava a respeito de Beethoven e se roncava.

Seria terrível perder a vida depois que Suza a salvara.

Dickstein saiu da banheira, se enxugou e se vestiu. A maneira de se manter vivo era vencer aquela batalha.

Seu próximo movimento era um telefonema. Pensou em dá-lo do hotel, mas decidiu que chegara o momento de se tornar extremamente cauteloso, então saiu para procurar uma cabine telefônica.

O tempo mudara. O dia anterior esvaziara o céu de toda chuva e agora o clima estava agradável, ensolarado e quente. Passou pela cabine telefônica mais próxima do hotel e continuou até a seguinte. Isso mesmo, tinha que ser extracauteloso. Procurou o número do Lloyd's de Londres e discou.

– Lloyd's, bom dia.

– Preciso de informações a respeito de um navio.

– Isso é com o Lloyd's de London Press. Vou transferir a ligação.

Enquanto esperava, Dickstein olhou pelas janelas da cabine telefônica para o tráfego londrino, imaginando se o Lloyd's lhe forneceria as informações de que precisava. Esperava que sim; não imaginava onde mais pudesse obtê-las. Ficou batendo com o pé, nervoso.

– Lloyd's de London Press.

– Bom dia. Gostaria de ter algumas informações a respeito de um navio.

– Que espécie de informações? – indagou a voz, com um vestígio de desconfiança, na impressão de Dickstein.

– Quero saber se o navio foi construído como parte de uma série. E, se o foi, os nomes dos navios gêmeos, quem os possui e sua atual localização. Além das plantas, se possível.

– Infelizmente, creio que não possamos ajudá-lo.

Dickstein sentiu um aperto no coração.

– Por que não?

– Não guardamos as plantas. Isso é com o Lloyd's Register e eles só fornecem as plantas aos proprietários.

– Mas e a outra informação, sobre os navios gêmeos?

– Também não podemos ajudá-lo.

Dickstein sentiu vontade de esganar o homem.

– Então quem pode me ajudar?

– Somos as únicas pessoas que dispõem de tal informação.

– E a mantêm em segredo?

– Não a fornecemos pelo telefone.

– Espere um instante. Está querendo dizer que não pode ajudar *por telefone*?

– Exato.

– Mas poderia ajudar se eu escrevesse ou fosse aí.

– Hum... isso mesmo. A verificação não deve demorar muito, então pode vir pessoalmente.

– Dê-me o endereço.

Dickstein o anotou.

– E pode providenciar a informação enquanto eu estiver aí?

– Creio que sim.

– Está certo. Vou dar o nome do navio agora e assim poderá ter a informação quando eu chegar. Chama-se *Coparelli*. – Dickstein soletrou o nome do navio.

– E como é seu nome, por favor?

– Ed Rodgers.

– De que empresa?

– *Science International*.

– Vai querer que mandemos para a empresa a conta pelos serviços prestados?

– Não. Pagarei com um cheque pessoal.

– Não haverá problema, desde que tenha alguma identificação.

– Certo. Estarei aí dentro de uma hora. Até já.

Dickstein desligou e saiu da cabine, pensando: *Graças a Deus*. Atravessou a rua até um pequeno bar, pediu um café e um sanduíche.

É claro que mentira para Borg. Sabia exatamente como sequestraria o *Coparelli*. Compraria um dos navios gêmeos, se ele existisse, e levaria sua equipe ao encontro do *Coparelli* em alto-mar. Depois do sequestro, em vez da arriscada transferência da carga de um navio para o outro, afundaria o próprio navio e se instalaria no *Coparelli* com a documentação do outro. Apagaria o nome dele e pintaria o nome do navio afundado. Depois seguiria em frente, entrando em Haifa como se o navio fosse o seu.

Era uma boa ideia, mas não passava ainda dos rudimentos de um plano. O que faria com a tripulação do *Coparelli*? Como a aparente perda do *Coparelli* poderia ser explicada? Como evitaria uma investigação internacional sobre o sumiço, em alto-mar, de toneladas de minério de urânio?

Quanto mais pensava a respeito, maior esse último problema parecia se tornar. Era inevitável que se procurasse um navio grande que desaparecesse. Se, ainda por cima, ele levasse uma carga de toneladas de urânio, o fato atrairia publicidade, o que provocaria uma busca ainda mais meticulosa. E se as equipes de resgate descobrissem não o *Coparelli*, mas o navio igual a ele que supostamente pertencia a Dickstein?

Ele ficou remoendo o problema por algum tempo, sem chegar a nenhuma conclusão. Ainda havia muitos fatores desconhecidos na equação. Um bolo se formou em seu estômago – causado pelo sanduíche ou pelo problema – e ele tomou um remédio contra indigestão.

Focou na tarefa de esquivar-se da oposição. Cobrira bem o próprio rastro? Somente Borg podia saber de seus planos. Mesmo que houvesse microfones ocultos no quarto do hotel, mesmo que houvesse também na cabine telefônica mais próxima do hotel, ainda assim ninguém mais poderia saber de seu interesse pelo *Coparelli*. Fora extracauteloso.

Tomou um gole do café. E foi nesse momento que outro cliente, de saída do bar, esbarrou no cotovelo de Dickstein e fez com que ele derramasse café na camisa.

∼

– *Coparelli!* – exclamou Rostov, muito empolgado. – Onde ouvi falar de um navio chamado *Coparelli*?

– O nome também me é familiar – comentou Yasif Hassan.

– Deixe-me ver aquela lista do computador da Euratom.

Ocupavam a parte traseira de um furgão estacionado perto do hotel Jacobean. O furgão, que pertencia à KGB, era azul-escuro, sem qualquer identificação e estava coberto de poeira. Um potente equipamento de rádio cobria a maior parte da área interna. Mas havia um pequeno espaço por trás dos bancos dianteiros onde Rostov e Hassan podiam se espremer. Pyotr Tyrin estava ao volante. Por cima de suas cabeças, grandes alto-falantes transmitiam uma conversa distante e o retinir de louça. Um momento antes, houvera um diálogo incompreensível com alguém pedindo desculpas e Dickstein dizendo que não era nada, que fora apenas um acidente. E nada distinto se dissera desde então.

O prazer de Rostov em poder escutar tudo o que Dickstein dizia só era prejudicado pelo fato de Hassan também estar presente. Ele se tornara extremamente confiante desde que descobrira que Dickstein se encontrava na Inglaterra. Agora se julgava um espião profissional, como qualquer outro. Insistira em participar de todos os detalhes da operação de Londres, ameaçando queixar-se ao Cairo se fosse excluído. Rostov pensara em pagar para ver. Mas isso poderia resultar em outro atrito com Feliks Vorontsov e não queria passar por cima dele de novo e falar direto com Andropov tão cedo. Por isso, contentara-se com uma alternativa: permitira que Hassan o acompanhasse, mas advertindo-o a não comunicar nada ao Cairo.

Hassan, que estava examinando a lista do computador, passou-a para Rostov. Enquanto o russo a consultava, o som dos alto-falantes mudou para ruídos de rua por um ou dois minutos, seguindo-se mais diálogo:

Para onde vamos?

Lime Street.

Era a voz de Dickstein.

Rostov virou ligeiramente a cabeça e disse para Tyrin:

– É o Lloyd's, o endereço que lhe deram pelo telefone. Vamos para lá.

Tyrin ligou o furgão e avançou, seguindo para o leste, na direção do centro financeiro de Londres. Rostov voltou a se concentrar na lista.

– O Lloyd's provavelmente vai lhe dar um relatório por escrito – comentou Hassan, pessimista.

– O microfone está funcionando muito bem até agora – rebateu Tyrin.

Ele guiava com uma das mãos e roía as unhas da outra.

– Aqui está! O *Coparelli*! Ótimo, ótimo, ótimo!

Rostov por fim descobrira o que procurava. Ele bateu no joelho, de tanto entusiasmo.

– Deixe-me ver – pediu Hassan.

Rostov hesitou por um momento, porém chegou à conclusão de que não havia jeito de se esquivar. Sorriu para Hassan e apontou para a última página.

– Sob NÃO NUCLEAR. São 200 toneladas de óxido de urânio bruto indo da Antuérpia para Gênova no navio *Coparelli*.

– Então é esse o alvo de Dickstein! – exclamou Yasif.

– Mas, se você comunicar ao Cairo, provavelmente ele mudará de objetivo.

Hassan ficou vermelho de raiva.

– Já falou isso antes – disse com frieza.

– Tem razão.

Rostov pensou: *Mas que diabo, também é preciso ser diplomático!*

– Agora sabemos o que ele roubará e de quem – falou Rostov. – Acho que já é algum progresso.

– Não sabemos ainda quando, onde nem como – ressaltou o árabe.

Rostov assentiu.

– A informação sobre os tais navios gêmeos deve ter alguma relação com isso. Mas não vejo qual.

Duas libras e seis pence, por favor.

Pode ficar com o troco.

– Descubra algum lugar para estacionar, Tyrin – ordenou Rostov.

– Não será muito fácil por aqui.

– Se não conseguir encontrar uma vaga, pare em qualquer lugar – disse Rostov, impaciente. – Ninguém se importará se levar uma multa.

Bom dia. Meu nome é Ed Rodgers.

Ah, sim. Um momento, por favor...

Seu relatório já foi datilografado, Sr. Rodgers. E aqui está a conta.

É muito eficiente.

– É um relatório por escrito! – concluiu Hassan.

Muito obrigado.

Adeus, Sr. Rodgers.

– Ele não é muito de conversar, hein? – comentou Tyrin.

– Os bons agentes nunca são de conversar muito – disse Rostov. – Jamais se esqueça disso.

– Sim, senhor.

– Agora não vamos saber as respostas às perguntas dele – disse Hassan.

– Não faz a menor diferença – assegurou Rostov, sorrindo. – A ideia acaba de me ocorrer. Conhecemos as perguntas. Só precisamos fazer as mesmas perguntas e obteremos as mesmas respostas. Ele já está novamente na rua. Dê a volta pelo quarteirão, Tyrin, e vamos tentar estabelecer contato visual.

O furgão avançou. Porém, antes que concluísse o circuito do quarteirão, os barulhos de rua se desvaneceram.

Posso ajudá-lo, senhor?

– Ele entrou numa loja – comentou Hassan.

Rostov olhou para Hassan. Quando esquecia o orgulho, o árabe se mostrava entusiasmado como um adolescente com tudo o que acontecia: o furgão, os microfones, a perseguição. Quem sabe conseguisse ficar de boca fechada, nem que fosse para continuar a bancar o espião com os russos.

Preciso de uma camisa nova.

– Ah, não! – exclamou Tyrin.

Perfeitamente, senhor. O que houve?

Café.

Deveria ter limpado na hora, senhor. Será muito difícil tirar essa mancha agora. Quer uma camisa igual?

Quero, sim. Branca, de náilon, com punhos de botão.

Deixe-me ver... Esta custa 32 libras e 6 pence.

Está ótima.

– Aposto que ele vai incluir isso na ajuda de custo – murmurou Tyrin.

Gostaria de vesti-la agora?

Sim, por favor.

A cabine é por aqui.

Passos e depois um momento de silêncio.

Quer uma sacola para levar a outra camisa, senhor?

Pode jogá-la fora para mim?

– Aquele botão custou 2 mil rublos! – contou Tyrin.

Claro, senhor.

– Está acabado – murmurou Hassan. – Não vamos ouvir mais nada!

– Dois mil rublos! – repetiu Tyrin.

– Acho que o dinheiro valeu a pena – comentou Rostov.

– Para onde vamos agora? – indagou Tyrin.

– De volta à embaixada – respondeu Rostov. – Quero esticar as pernas.

Já nem consigo sentir a esquerda. De qualquer forma, fizemos um bom trabalho esta manhã.

Enquanto Tyrin seguia para oeste, Hassan comentou, pensativo:

– Precisamos descobrir onde o *Coparelli* está neste momento.

– Os esquilos podem cuidar disso – falou Rostov.

– Esquilos?

– Os burocratas da central de Moscou. Eles passam o dia inteiro sentados atrás da própria mesa, nunca fazem nada mais arriscado que atravessar a rua Granovsky na hora do rush. E ganham mais que os agentes de campo.

Rostov fez uma pausa e decidiu aproveitar a oportunidade para ampliar um pouco mais os conhecimentos de Hassan.

– Lembre-se sempre de que um agente nunca deve perder tempo adquirindo informações que são públicas. Qualquer coisa que esteja registrada em livros, relatórios e arquivos pode ser descoberta pelos esquilos. E, como sai mais barato contratar um esquilo do que um agente, embora não por causa do salário, mas pelo apoio logístico de que um agente precisa, o comitê sempre prefere que os esquilos façam todo o trabalho que esteja dentro de suas possibilidades. Sempre use os esquilos. Ninguém vai pensar que está sendo preguiçoso.

Hassan sorriu de forma indolente, um eco de sua velha atitude.

– Não é assim que Dickstein trabalha.

– Os israelenses operam com uma técnica diferente. Além disso, desconfio de que Dickstein não seja um homem de equipe.

– De quanto tempo os esquilos precisarão para nos informar a localização do *Coparelli*?

– Talvez um dia. Vou transmitir o pedido assim que chegarmos à embaixada.

– Pode também fazer uma requisição para remessa imediata? – perguntou Tyrin, por sobre o ombro.

– Do que está precisando?

– Mais seis botões de camisa.

– Seis?

– Se forem iguais à última remessa, cinco não estarão funcionando.

Hassan soltou uma risada.

– É essa a eficiência comunista?

– Não há nada de errado com a eficiência comunista – declarou Rostov. – O nosso problema é a eficiência russa.

O furgão entrou em Embassy Row e o guarda de serviço acenou para que seguissem em frente.

– O que vamos fazer depois que localizarmos o *Coparelli*? – perguntou Hassan.

– Nem é preciso pensar duas vezes – respondeu Rostov. – Vamos colocar um homem a bordo.

CAPÍTULO NOVE

O PADRINHO TIVERA UM péssimo dia.
Começara ao café da manhã, com a notícia de que alguns dos seus homens haviam sido presos. A polícia detivera e revistara um caminhão contendo 2.500 pares de chinelos forrados de pelo e 5 quilos de heroína adulterada. A carga, do Canadá, a caminho da cidade de Nova York, fora apreendida em Albany. Haviam confiscado tudo e prendido o motorista e o ajudante.

A muamba não pertencia ao padrinho. Contudo, a equipe que fazia o transporte lhe pagava uma mensalidade, portanto esperava proteção. Iam querer que tirasse os homens da cadeia e recuperasse a heroína, o que era quase impossível. Havia uma chance remota se a questão envolvesse apenas a polícia estadual – porém, se fosse um caso da estadual, nenhuma apreensão teria acontecido.

E isso fora apenas o começo. O filho mais velho enviara um telegrama de Harvard pedindo mais dinheiro, porque perdera no jogo todas as mesadas do semestre seguinte antes mesmo de as aulas começarem. Ele passara a manhã tentando descobrir por que sua cadeia de restaurantes vinha dando prejuízo e a tarde explicando à amante por que não poderia levá-la à Europa naquele ano. Para terminar, o médico lhe dissera que estava novamente com gonorreia.

O padrinho se contemplou no espelho do quarto de vestir, ajustando a gravata-borboleta e dizendo para si mesmo:

– Mas que dia miserável!

Era a polícia da cidade de Nova York que estava por trás da apreensão. Haviam transmitido a informação à polícia estadual, a fim de evitar problemas com a máfia da cidade. A polícia da cidade poderia ter ignorado a informação. O fato de não tê-lo feito era um sinal de que tudo começara com alguém importante, talvez a agência de repressão às drogas do Departamento do Tesouro. O padrinho designara advogados para ajudar os homens presos, enviara pessoas para visitar as famílias e iniciara negociações para comprar de volta a heroína da polícia.

Vestiu o paletó. Gostava de mudar de roupa para o jantar, sempre o fizera. Não sabia o que fazer com o filho Johnny. Por que não viera passar o verão em casa? Os universitários costumavam passar o verão em casa. O padrinho pensara em mandar alguém procurá-lo, mas depois se lembrara de que o garoto poderia achar que o pai só estava preocupado com o dinheiro. Era melhor cuidar do problema pessoalmente.

O telefone tocou e o padrinho atendeu:

– Pois não?

– É do portão, senhor. Tem um inglês aqui pedindo para falar com o senhor. Não quis dar o nome.

– Pois então mande-o embora – disse o padrinho, ainda pensando em Johnny.

– Ele pediu para dizer que é um amigo da Universidade de Oxford.

– Não conheço ninguém... Ei, espere um pouco! Como ele é?

– Um cara pequeno, de óculos, parece um vagabundo.

– Ora essa! – O rosto do padrinho se desanuviou num sorriso de satisfação. – Traga-o imediatamente até aqui... e estenda o tapete vermelho dos convidados de honra!

~

Era um ano para rever velhos amigos e descobrir como haviam mudado. Mas a aparência de Al Cortone era mais surpreendente do que se podia imaginar. O ganho de peso, que mal começara quando ele voltara de Frankfurt, parecia ter continuado incessantemente ao longo dos anos, de forma que agora ele devia pesar pelo menos 110 quilos. No rosto balofo havia um ar de sensualidade que apenas se insinuava em 1947 e sequer existira durante a guerra. E ele ficara completamente calvo. Dickstein considerou que isso era incomum para um italiano.

Dickstein podia recordar, como se tivesse acontecido no dia anterior, a ocasião em que Cortone lhe ficara em dívida. Na época, Nat estava aprendendo sobre o comportamento de um animal acuado. Quando já não existe a possibilidade de fugir, a pessoa descobre quanto é capaz de lutar. Depois de desembarcar numa terra estranha, separado de sua unidade, avançara por um território desconhecido, com um fuzil nas mãos. Recorrera a todas as suas reservas de paciência, astúcia e implacabilidade, que não sabia que possuía. Ficara de bruços atrás daquela moita por meia hora, observando o tanque abandonado. Tinha certeza – embora não compreendesse como – de que se tratava de uma armadilha. Avistara um homem de tocaia e procurava por outro quando os americanos se aproximaram ruidosamente. Com isso, fora seguro para Dickstein atirar. Afinal, se houvesse outro homem de tocaia, ele atiraria no alvo óbvio, os americanos, em vez de vasculhar as moitas em busca do autor do disparo.

Assim, sem pensar em nada a não ser na própria sobrevivência, Dickstein salvara a vida de Al Cortone.

Na guerra, Cortone era ainda mais novo que Dickstein e aprendia igualmente depressa. Ambos eram garotos que tinham vivido nas ruas da cidade grande, aplicando os velhos princípios em um território novo. Por algum tempo, lutaram, praguejaram, riram e falaram de mulheres juntos. Depois que a ilha toda fora conquistada, fugiram durante a concentração para a ofensiva seguinte e visitaram os primos sicilianos de Cortone.

Esses primos eram agora o foco do interesse de Dickstein.

Haviam-no ajudado uma vez antes, em 1948. Eles tiveram um bom lucro naquela operação, por isso Dickstein fora procurá-los diretamente. Mas o projeto atual era diferente. Nat queria um favor e não podia oferecer perspectiva de lucro. Consequentemente, tinha de procurar Al e cobrar uma dívida de 24 anos.

Não tinha muita certeza se daria certo. Cortone era agora um homem rico. A casa era grande – na Inglaterra, seria chamada de mansão – em meio a um amplo terreno, todo murado, com guardas no portão. Havia três carros no caminho de cascalho e Dickstein acabou desistindo de contar os empregados, de tantos que avistou. Um americano rico e seguro, de meia-idade, poderia não ter a menor vontade de se envolver com confusões políticas no Mediterrâneo, mesmo por um homem que lhe salvara a vida.

Cortone pareceu muito satisfeito ao vê-lo, o que foi um bom começo. Deram-se tapinhas nas costas, exatamente como tinham feito naquele domingo de novembro de 1947, perguntando um ao outro: "Como você tem andado?"

Cortone contemplou Dickstein de alto a baixo.

– Mas você continua o mesmo! Perdi todos os cabelos e engordei 50 quilos, mas você nem mesmo empalideceu. Que diabo tem feito?

– Fui para Israel. E sou uma espécie de lavrador. E você?

– Ando fazendo negócios, entende? Mas vamos comer e conversaremos mais!

A refeição foi bastante estranha. A Sra. Cortone se sentou à cabeceira da mesa, calada e ignorada o tempo todo. Dois garotos mal-educados devoraram a comida e deixaram a mesa antes que os outros acabassem de comer, saindo em seguida com um rugido de cano de descarga de carro esporte sem silencioso. Cortone devorou imensas quantidades da pesada comida italiana e tomou vários copos do vinho tinto da Califórnia. Mas o personagem mais intrigante foi um homem bem-vestido e com cara de tubarão, que se comportava às vezes como amigo, às vezes como um assessor e às vezes como criado. Em determinada ocasião, Cortone o chamou de conselheiro. Não se falou de negócios durante o jantar. Em vez disso, contaram histórias da guerra. Ou melhor, Cortone contou quase todas. Também contou o golpe que Dickstein dera nos árabes em 1948. Soubera da história por intermédio dos primos e se deliciara igualmente. A história se tornou ainda mais notável em seu relato.

Dickstein chegou à conclusão de que Cortone ficara muito satisfeito com a sua presença. Talvez andasse entediado. Não poderia deixar de estar, se jantava todas as noites com uma mulher silenciosa, dois garotos mal-educados e um conselheiro que lembrava um tubarão. Dickstein fez tudo o que podia para manter um clima de jovialidade. Queria que Cortone mantivesse uma disposição favorável quando lhe pedisse o favor.

Depois do jantar, Cortone e Dickstein foram se sentar em poltronas de couro em uma saleta e um mordomo lhes levou conhaque e charutos. Dickstein recusou as duas coisas.

– Você bebia como um louco – comentou Cortone.

– A guerra era uma loucura – disse Dickstein.

O mordomo saiu. Dickstein observou Cortone tomar um gole do conhaque e acender o charuto. Pensou que o homem comia, bebia e fumava sem a menor alegria, como se achasse que acabaria adquirindo o prazer se fizesse essas coisas por bastante tempo. Recordando a alegria pura e intensa que os dois haviam desfrutado com os primos italianos, se perguntou se ainda restaria gente de verdade na vida de Cortone.

Subitamente, Cortone soltou uma risada.

– Ainda me lembro de cada minuto daquele dia em Oxford. Ei, conseguiu afinal comer a mulher daquele professor, a árabe?

– Não. – Dickstein mal sorriu. – Ela morreu.

– Lamento.

– Uma coisa estranha aconteceu. Voltei lá, àquela casa à beira do rio. E conheci a filha dela... que está igualzinha a Eila.

– Não brinca? E... – Cortone soltou outra risada. – E comeu a filha? Não acredito!

Dickstein assentiu.

– E quero casar com ela. Pretendo pedi-la em casamento na próxima vez que nos encontrarmos.

– Ela vai aceitar?

– Não sei. Acho que sim. O único problema é que sou muito mais velho.

– A idade não tem a menor importância. Mas você bem que podia engordar um pouco. As mulheres gostam de ter o que segurar.

A conversa estava irritando Dickstein e ele compreendeu por quê: Cortone a mantinha concentrada em trivialidades. Podia ser o hábito de ficar anos de boca fechada, podia ser que os seus "negócios de família" fossem atividades criminosas e não queria que Dickstein soubesse (mas ele já adivinhara) ou poderia haver algo mais que receava revelar, alguma decepção secreta que não podia partilhar. Fosse o que fosse, o rapaz franco, loquaz, animado e jovial desaparecera por completo dentro daquele homem gordo. Dickstein sentiu vontade de dizer: "Fale-me sobre o que lhe proporciona alegria, a quem ama, como vai a vida."

Em vez disso, limitou-se a dizer:

– Lembra-se do que me falou em Oxford?

– Claro. Disse que tinha uma dívida com você, porque salvou a minha vida.

Cortone aspirou a fumaça do charuto. *Pelo menos isso não mudou*, pensou Dickstein.

– Estou aqui para pedir sua ajuda.

– Pode falar.

– Importa-se se eu ligar o rádio?

Cortone sorriu.

– A casa é toda revistada à procura de microfones uma vez por semana.

– Ótimo – disse Dickstein, ligando o rádio assim mesmo. – Vou pôr as cartas na mesa, Al. Trabalho para o serviço secreto israelense.

Os olhos de Cortone se arregalaram.

– Eu deveria ter imaginado.

– Vou comandar uma operação no Mediterrâneo em novembro. É... – Dickstein fez uma breve pausa, calculando quanto precisava revelar. Chegou à conclusão de que muito pouco. – É algo que pode representar o fim das guerras no Oriente Médio.

Ele fez outra pausa, recordando uma frase que Cortone costumava dizer.

– E não estou de palhaçada para cima de você.

Cortone riu.

– Se estivesse, não teria esperado vinte anos para me procurar.

– É da maior importância que ninguém possa relacionar a operação com Israel. Preciso de uma base para trabalhar. Tem de ser uma casa grande, na costa, com um atracadouro para pequenas embarcações e um ancoradouro não muito longe da praia para um navio grande. Enquanto eu estiver por lá... deve levar umas duas semanas, talvez um pouco mais... preciso estar resguardado de investigações da polícia e outras autoridades intrometidas. Só consigo imaginar um lugar onde possa conseguir tudo isso e uma pessoa capaz de me ajudar.

Cortone assentiu.

– Conheço um lugar... uma casa abandonada na Sicília. Não se pode dizer que seja exatamente luxuosa, garoto... não tem aquecimento, não tem telefone, mas pode se enquadrar no que está procurando.

Dickstein sorriu satisfeito.

– Isso é sensacional. E é tudo o que eu tinha para pedir.

– Está brincando? Só *isso*?

~

PARA: Chefe do Mossad
DE: Chefe do Posto de Londres
DATA: 29 de julho de 1968

Suza Ashford é quase com certeza uma agente do serviço secreto árabe.

Ela nasceu em Oxford, Inglaterra, em 17 de junho de 1944, filha única do Sr. (agora professor) Stephen Ashford (nascido em Guildford, Inglaterra, 1908) e Eila Zuabi (nascida em Trípoli, Líbano, 1925). A mãe, falecida em 1954, era árabe. O pai é o que se chama na Inglaterra de "arabista". Passou a maior parte dos primeiros quarenta anos de vida no Oriente Médio. Foi explorador, empresário e linguista. Agora leciona línguas semíticas na Universidade de Oxford, onde é conhecido por suas posições moderadamente a favor dos árabes.

Assim, embora Suza Ashford tenha em termos estritos a nacionalidade do Reino Unido, pode-se presumir que sua lealdade talvez esteja com a causa árabe.

Ela trabalha como aeromoça em rotas internacionais, viajando com frequência para Teerã, Singapura e Zurique, entre outros lugares. Consequentemente, dispõe de oportunidades numerosas para fazer contatos clandestinos com o pessoal diplomático árabe.

É uma jovem de beleza extraordinária (ver fotografia anexa, que não chega a lhe fazer justiça, segundo o agente de campo destacado para o caso). É um tanto promíscua, porém menos que os padrões de sua profissão ou de sua geração em Londres. Para ser mais específico: manter relações sexuais com um homem com o objetivo de extrair informações pode lhe ser uma experiência desagradável, mas não traumática.

Para concluir – e isso é o mais importante –, Yasif Hassan, o agente que localizou Dickstein em Luxemburgo, estudou com o pai dela, professor Ashford, na mesma ocasião que Dickstein. E permaneceu em contato com Ashford nos anos que transcorreram desde então. Ele pode ter visitado Ashford – um homem que correspondia à sua descrição esteve lá – mais ou menos na ocasião em que começou a ligação de Dickstein com Suza Ashford.

Recomendo que a vigilância seja mantida.

Assinado:

Robert Jakes

PARA: Chefe do Posto de Londres
DE: Chefe do Mossad
DATA: 30 de julho de 1968

Com tudo contra ela, não posso entender por que não recomenda que a matemos.

Assinado:

Pierre Borg

PARA: Chefe do Mossad
DE: Chefe do Posto de Londres
DATA: 31 de julho de 1968

Não recomendo a eliminação de Suza Ashford pelos motivos seguintes:

1. As provas contra ela são fortes, porém apenas circunstanciais.
2. Pelo que sei de Dickstein, duvido muito que ele tenha transmitido qualquer informação à moça, mesmo que esteja em um relacionamento íntimo.
3. Se eliminarmos a moça, o outro lado começará a procurar uma forma diferente de alcançar Dickstein. Um mal conhecido é sempre melhor que um desconhecido.
4. Podemos usá-la para transmitir informações falsas ao outro lado.
5. Não gosto de matar com base em provas circunstanciais. Não somos bárbaros. Somos judeus.
6. Se matarmos uma mulher que Dickstein ama, acho que ele matará a você, a mim e a todos os demais envolvidos.

Assinado:
Robert Jakes

PARA: Chefe do Posto de Londres
DE: Chefe do Mossad
DATA: 1º de agosto de 1968

Faça como achar melhor.
Assinado:
Pierre Borg

P. S. (Marcado como "pessoal"):
Seu argumento número 5 é muito nobre e comovente, mas comentários desse tipo não lhe valerão promoções neste exército de homens. P. B.

Era pequeno, velho, feio, imundo, instável.

A ferrugem despontava em grandes manchas laranja por todo o casco, como um exantema de pele. Se já recebera alguma tinta acima da linha-d'água, havia muito descascara, fora arrancada e dissolvida pelo vento, pela chuva e pelo mar. A amurada de estibordo ficara bastante danificada numa colisão, logo depois da proa, e ninguém jamais se dera ao trabalho de consertá-la. A chaminé tinha uma camada de fuligem de dez anos. O tombadilho estava todo riscado, amassado, imundo: embora fosse lavado com frequência, jamais era de fato limpo. Assim, podiam-se encontrar vestígios de cargas passadas – como grãos de milho, lascas de madeira, fragmentos de vegetais e de sacos – ocultos atrás de escaleres, sob rolos de cordas, em fendas, junções e buracos. Em dias quentes, exalava mau cheiro.

Tinha 2.500 toneladas, cerca de 200 pés de comprimento e pouco mais de 30 pés de largura. Havia uma antena alta de rádio na proa. A maior parte do tombadilho estava ocupada por duas escotilhas grandes, que se abriam para os porões principais. Havia três guinchos no tombadilho: um na frente das escotilhas, outro no meio e o terceiro atrás. A casa do leme, os camarotes dos oficiais, a cozinha e os alojamentos dos tripulantes ficavam na popa, em torno da chaminé. Só possuía uma hélice, impelida por um motor a diesel de seis cilindros, teoricamente capaz de chegar a 2.450 cavalos-vapor e manter uma velocidade de cruzeiro de 13 nós.

Com a carga completa, caturrava terrivelmente. Só com o lastro, as guinadas eram impressionantes. E, de qualquer jeito, oscilava à menor provocação. Os alojamentos eram apertados e pouco arejados, a cozinha ficava inundada com frequência e a sala de máquinas era praticamente surrealista, como se o projeto fosse de Hieronymous Bosch.

Era tripulado por 31 oficiais e marinheiros, nenhum dos quais tinha nem sequer uma boa palavra para dizer a seu respeito.

Os únicos passageiros eram uma colônia de baratas na cozinha, uns poucos camundongos e centenas de ratazanas.

Ninguém se importava com ele e seu nome era *Coparelli*.

CAPÍTULO DEZ

N AT DICKSTEIN FOI a Nova York para se tornar um magnata do transporte marítimo. Precisou gastar a manhã inteira.

Consultou a lista telefônica de Manhattan e escolheu um advogado com um endereço no East Side. Em vez de telefonar, foi lá pessoalmente. Ficou satisfeito ao constatar que o escritório do advogado era uma sala em cima de um restaurante chinês. O nome do advogado era Chung.

Dickstein e o Sr. Chung pegaram um táxi para o escritório da Park Avenue da Liberian Corporation Services, uma companhia criada para ajudar pessoas que queriam registrar uma empresa na Libéria e não pretendiam chegar a menos de 5 mil quilômetros de lá. Ninguém pediu referências a Dickstein, ele não teve de provar que era honesto, solvente ou são. Por uma taxa de 500 dólares, que Dickstein pagou em dinheiro, registraram a companhia de navegação Savile, da Libéria. O fato de, àquela altura, Dickstein não possuir nem ao menos um bote a remo não foi do interesse de ninguém.

A sede da companhia foi registrada como Broad Street, 80, Monróvia, Libéria. Seus diretores eram P. Satia, E. K. Nugba e J. D. Boyd, todos residentes na Libéria. Esse era também o endereço da maioria das empresas liberianas, além de ser a sede da Liberian Trust Company. Satia, Nugba e Boyd eram diretores fundadores de muitas corporações assim; na verdade, era dessa forma que ganhavam a vida. E eram também empregados da Liberian Trust Company.

O Sr. Chung pediu honorários de 50 dólares mais uma corrida do táxi. Dickstein lhe pagou em dinheiro e disse que voltasse de ônibus.

Assim, sem informar nem sequer o próprio endereço, Dickstein criara uma companhia de navegação legítima, que não podia ser relacionada a ele ou ao Mossad.

Satia, Nugba e Boyd pediram demissão 24 horas depois, como era o costume. No mesmo dia, o tabelião do condado de Montserrado, na Libéria, emitiu um documento público declarando que o controle total da Savile passava para as mãos de Andre Papagopolous.

A essa altura, Dickstein seguia de ônibus do aeroporto de Zurique para a cidade, a fim de se encontrar com Papagopolous para almoçar.

Quando tinha tempo para pensar a respeito, até mesmo Dickstein ficava impressionado com a complexidade do seu plano, o número de peças que tinham que se encaixar no quebra-cabeça, a quantidade de pessoas que tinham que ser persuadidas, subornadas ou coagidas a desempenharem seus papéis. Até aquele ponto, fora bem-sucedido: primeiro com Colarinho Duro e depois com Al Cortone, para não falar do Lloyd's de Londres e da Liberian Corporation Services. Mas por mais quanto tempo a sua sorte duraria?

Sob certos aspectos, Papagopolous era o maior desafio, por ser um homem tão esquivo, tão poderoso e tão livre de fraquezas quanto o próprio Dickstein.

Nascera em 1912, numa aldeia que, ao longo de sua infância, pertencera sucessivamente a turcos, búlgaros e gregos. O pai era pescador. Na adolescência, passara da pescaria para outras atividades marítimas, sobretudo o contrabando. Depois da Segunda Guerra Mundial, aparecera na Etiópia, comprando por preços ínfimos as pilhas de excedentes militares que de repente perdiam o valor, já que não havia mais guerra. Comprara fuzis, pistolas, metralhadoras, bazucas, munição para tudo isso em quantidade. Depois, entrara em contato com a Agência Judaica no Cairo e vendera para o clandestino exército israelense as armas com um lucro considerável. Providenciara o embarque – e nisso a sua experiência anterior de contrabandista fora extremamente útil – e entregara as mercadorias na Palestina. E oferecera mais.

Fora assim que conhecera Nat Dickstein.

Papagopolous logo se mudara para o Cairo na época do rei Faruque I e, depois, para a Suíça. Seus negócios com os israelenses evoluíram: de operações totalmente ilegais a transações que, na pior das hipóteses, eram suspeitas e, na melhor, impecáveis. Papagopolous agora se intitulava corretor de navios. E isso constituía a maior parte dos seus negócios, embora não todos.

Não tinha endereço. Podia ser contatado através de meia dúzia de telefones espalhados pelo mundo. Mas nunca estava presente. Sempre havia alguém que recebia o recado e Papagopolous ligava em seguida. Muitas pessoas o conheciam e confiavam nele, sobretudo no ramo de transporte marítimo, pois jamais falhava a quem quer que fosse. Mas essa confiança era baseada na reputação, não no contato pessoal. Vivia bem, mas de forma discreta. Nat Dickstein era uma das poucas pessoas no mundo que conhecia o seu único vício, que era o de ir para a cama com uma porção de mulheres... mas uma porção mesmo, chegando a dez ou doze. Ele não tinha senso de humor.

Dickstein saltou do ônibus na estação ferroviária, onde Papagopolous estava à sua espera na calçada. Era um homem grandalhão, de pele morena, com cabelo preto liso penteado sobre uma área calva cada vez maior. Naquele dia claro de verão em Zurique, usava terno azul-marinho, camisa azul-clara e gravata listrada azul-escura. Tinha olhos escuros e pequenos.

Apertaram-se as mãos.

– Como vão os negócios? – indagou Dickstein.

– Mais ou menos. – Papagopolous sorriu. – Principalmente mais.

Foram caminhando pelas ruas limpas e bem-cuidadas, mais parecendo um diretor-executivo e seu contador.

– Gosto desta cidade – comentou Dickstein depois de inspirar o ar frio.

– Reservei uma mesa no Veltliner Keller, na parte antiga da cidade – disse Papagopolous. – Sei que não liga para a comida, mas eu ligo.

– Já esteve na Pelikanstrasse?

– Já, sim.

– Ótimo.

O escritório de Zurique da Liberian Corporation Services ficava na Pelikanstrasse. Dickstein pedira a Papagopolous para ir até lá e registrar-se como presidente e diretor-executivo da Savile. Por isso, ele receberia 10 mil dólares americanos, transferidos da conta do Mossad num banco suíço para a conta de Papagopolous na mesma agência do mesmo banco, uma transação muito difícil de rastrear.

– Mas não prometi fazer mais nada além disso – declarou Papagopolous. – Pode ter desperdiçado o seu dinheiro.

– Tenho certeza de que isso não vai acontecer.

Chegaram ao restaurante. Dickstein imaginava que Papagopolous era frequentador habitual, mas não houve qualquer sinal de reconhecimento do maître. Dickstein pensou: *Mas é claro: ele não é conhecido em parte alguma.*

Pediram a comida e o vinho. Dickstein constatou, pesaroso, que o vinho branco suíço ainda era melhor que o israelense.

Enquanto comiam, Dickstein explicou os deveres de Papagopolous como presidente da Savile:

– Um: compre um navio pequeno e veloz, com mil ou 1.500 toneladas, tripulação pequena. Registre-o na Libéria.

Isso envolveria outra visita à Pelikanstrasse e uma taxa de 1 dólar por tonelada.

– A comissão de corretagem pela compra é sua – prosseguiu Nat. – Faça alguns negócios com o navio e pode ficar também com a comissão de corretor. Não me importa o que essa embarcação faça, contanto que conclua uma viagem atracando em Haifa no dia 7 de outubro ou antes disso. Dispense a tripulação em Haifa. Não quer anotar?

Papagopolous sorriu.

– Não.

Dickstein compreendeu o que significava: Papagopolous escutava, mas ainda não concordara em aceitar o trabalho.

– Dois: compre qualquer um dos navios desta lista – continuou Dickstein, estendendo ao outro uma folha de papel com os nomes dos quatro navios gêmeos do *Coparelli*, a indicação dos proprietários e as últimas localizações conhecidas, informação que obtivera no Lloyd's de Londres. – Ofereça o valor que for necessário. Preciso de um desses navios de qualquer maneira. Fique com a comissão de corretor. Entregue o navio em Haifa até 7 de outubro e dispense a tripulação.

Papagopolous comia uma musse de chocolate e continuava com a expressão impassível. Largou a colher e colocou os óculos de aros de ouro para ler a lista. Dobrou a folha ao meio e a deixou em cima da mesa, sem comentários.

Dickstein lhe entregou outro papel.

– Três: compre este navio, o *Coparelli*. Mas deve comprá-lo no momento exato. Ele parte da Antuérpia no dia 17 de novembro, um domingo. Só devemos comprá-lo *depois* da partida, mas *antes* que passe pelo estreito de Gibraltar.

Papagopolous parecia estar em dúvida.

– Hum...

– Espere até eu falar tudo. Quatro: no início de 1969, venda o navio n$^{\circ}$ 1, o pequeno, assim como o n$^{\circ}$ 3, o *Coparelli*. E vou lhe entregar um certificado de que o navio n$^{\circ}$ 2 foi vendido como sucata. Despache esse certificado de que o navio n$^{\circ}$ 2 foi vendido como sucata. Despache esse certificado para o Lloyd's. E encerre a Savile.

Dickstein sorriu e tomou um gole de café.

– O que está querendo é fazer um navio desaparecer sem deixar qualquer vestígio.

Dickstein assentiu. Papagopolous entendia rápido.

– Como deve compreender, tudo isso é comum, exceto a compra do *Coparelli* em alto-mar – continuou Papagopolous. – O procedimento normal para a venda de um navio é o seguinte: são feitas as negociações, um preço é acertado, os documentos são preparados. O navio entra nas docas para inspeção. Depois que seu estado for declarado satisfatório, os documentos são assinados, paga-se o preço combinado e o novo proprietário assume o controle. Comprar um navio em alto-mar é extremamente estranho.

– Mas não é impossível.

– Não, não é impossível.

Dickstein o observou. Papagopolous estava pensativo, o olhar distante. Avaliava a proposta, o que era um bom sinal.

– Teríamos que iniciar as negociações, acertar o preço e marcar a inspeção para uma data posterior à viagem de novembro – disse Papagopolous. – E, depois que o navio partir, podemos dizer que o comprador precisa aplicar o dinheiro imediatamente, talvez por motivos fiscais. O comprador assumiria o seguro contra quaisquer reparos de grande monta que sejam necessários depois da inspeção... mas isso não será problema para o vendedor. Ele estará preocupado com a sua reputação como armador. Vai querer garantias de que a carga será entregue pelo novo proprietário do *Coparelli*.

– Ele aceitaria uma garantia baseada na sua reputação?

– Claro. Mas por que eu faria isso?

Dickstein o fitou nos olhos.

– Posso assegurar que o proprietário da carga não irá se queixar.

Papagopolous fez um gesto com a mão aberta.

– É evidente que está querendo dar algum golpe. Precisa de mim como uma fachada respeitável. Quanto a isso não há problema. Mas quer também que eu exponha minha reputação e aceite a sua palavra de que ela não será afetada?

– Exatamente. Lembra que já confiou uma vez nos israelenses, não?

– Claro que lembro. E daí?

– Teve motivos para se arrepender?

Papagopolous sorriu, recordando os velhos tempos.

– Foi a melhor decisão que tomei na vida.

– E não está disposto a confiar em nós outra vez?

Dickstein prendeu a respiração enquanto esperava a resposta.

– Eu tinha muito menos a perder naquela ocasião. E estava... com 35 anos. E como nos divertimos! Esta é a proposta mais atraente que já recebi nos últimos vinte anos. Muito bem, aceito.

Dickstein estendeu a mão por cima da mesa do restaurante. Papagopolous a apertou.

Uma garçonete trouxe um pequeno recipiente com chocolates suíços para comerem com o café. Papagopolous pegou um, mas Dickstein recusou.

– Detalhes – disse Dickstein. – Abra uma conta para a Savile no seu banco aqui na Suíça. A embaixada irá transferir os recursos à medida que forem necessários. Deve se comunicar comigo apenas deixando um bilhete no banco. O recado será pego por alguém da embaixada. Se precisarmos nos encontrar e nos falar, usaremos os telefones habituais.

– Certo.

– Fico contente por operarmos juntos de novo.

Papagopolous estava pensativo.

– O navio nº 2 é um navio gêmeo do *Coparelli*. Há uma coisa que eu gostaria de saber, embora tenha certeza de que não vai me contar. A carga que o *Coparelli* estará transportando será... urânio?

~

Pyotr Tyrin contemplou o *Coparelli* com uma expressão depressiva.

– Ora, não passa de um navio velho e enferrujado!

Rostov não respondeu. Estavam sentados num Ford alugado, numa doca do porto de Cardiff. Os esquilos da Central de Moscou haviam informado que o *Coparelli* estaria atracado ali naquele dia para descarregar madeira sueca e carregar pequenas máquinas e produtos de algodão. Permaneceria em Cardiff por alguns dias.

– Pelo menos o rancho não fica no castelo de proa – murmurou Tyrin, mais para si mesmo.

– O navio não é *tão* velho assim – disse Rostov.

Tyrin ficou surpreso por constatar que Rostov sabia do que falava. Ele sempre o surpreendia com os conhecimentos mais inesperados.

– Essa é a parte da frente ou a de trás do navio? – perguntou Nik Bunin, do assento de trás do carro.

Rostov e Tyrin se entreolharam e riram da ignorância de Nik.

– A parte de trás – respondeu Tyrin. – Chama-se popa.

Chovia. A chuva galesa era ainda mais persistente e monótona que a inglesa. E também mais fria. Pyotr Tyrin estava extremamente infeliz. Passara dois anos servindo na Marinha soviética. Isso e mais o fato de que era o perito em rádio e eletrônica faziam dele a escolha óbvia do homem a ser colocado a bordo do *Coparelli*. Mas não queria voltar ao mar. Na verdade, só se candidatara à KGB para sair da Marinha. Detestava a umidade, o frio, a comida e a disciplina do mar. Além do mais, tinha uma esposa quente e reconfortadora num apartamento em Moscou e sentia a maior saudade dela.

Mas é claro que não havia a menor possibilidade de dizer não a Rostov.

– Vamos colocá-lo no navio como operador de rádio, mas deve levar seu próprio equipamento por precaução – disse Rostov.

Tyrin ficou imaginando como conseguiriam isso. Se o responsável fosse ele, o esquema seria simples: procuraria o operador de rádio do navio, acertaria uma pancada em sua cabeça e o jogaria no mar, para depois entrar no navio e dizer: "Ouvi falar que estão precisando de um novo operador de rádio."

Mas não havia dúvida de que Rostov seria capaz de providenciar uma manobra mais sutil. Afinal, era por isso que ele era coronel.

A atividade no cais se reduziu e as máquinas do *Coparelli* silenciaram. Cinco ou seis tripulantes desceram em grupo pela prancha de desembarque, rindo e gritando, em direção à cidade.

– Veja para que pub eles vão, Nik – determinou Rostov.

Bunin saiu do carro imediatamente e seguiu os marinheiros.

Tyrin o observou se afastar. A cena o deprimia: os vultos atravessando o cais de concreto molhado com a gola das capas levantada, os sons dos rebocadores apitando e de homens gritando instruções náuticas, de cabos sendo enrolados e desenrolados, os guindastes erguendo-se como sentinelas, o cheiro de óleo, dos cordames molhados dos navios e de maresia. Tudo isso o levava a pensar no apartamento de Moscou: a poltrona diante do aquecedor, peixe salgado e pão preto, cerveja e vodca na geladeira, uma noite tranquila para assistir à televisão.

Sentia-se incapaz de partilhar a animação intensa de Rostov pela maneira como a operação transcorria. Mais uma vez, não tinham a menor ideia de onde Dickstein se encontrava, embora dessa vez não tivessem perdido a sua pista, mas deixado que ele fosse embora sem segui-lo. A decisão fora de Rostov, que receava ficar perto demais de Dickstein, assustando-o a ponto de fazê-lo abandonar a missão. "Vamos acompanhar o *Coparelli* e Dickstein acabará vindo ao nosso encontro", dissera Rostov.

Yasif Hassan ainda tentara discutir, mas Rostov vencera. Tyrin, que não tinha nenhuma contribuição a fazer a essas discussões estratégicas, achava que Rostov estava certo. Mas achava também que ele não tinha motivo para estar tão confiante.

– Sua primeira tarefa é fazer amizade com a tripulação – afirmou Rostov, interrompendo os pensamentos de Tyrin. – É um operador de rádio. Sofreu um pequeno acidente a bordo do último navio, o *Christmas Rose*. Quebrou um braço e foi dispensado aqui em Cardiff, para se recuperar. Recebeu uma excelente indenização dos proprietários do navio. Está se divertindo demais, gastando o dinheiro enquanto dura. Comente por alto que vai procurar outro emprego assim que o dinheiro acabar. Deve descobrir duas coisas: o nome do operador de rádio do *Coparelli* e a data prevista para a partida do navio.

– Ótimo – disse Tyrin.

Não era o que ele pensava. *Como* iria "fazer amizade" com aqueles marinheiros? Em sua opinião, não era um ator dos melhores. Teria que desempenhar o papel do colega que saúda os outros calorosamente? E se os tripulantes do *Coparelli* o julgassem um chato, um homem solitário tentando se enturmar em um grupo jovial? E se não fossem com a sua cara?

Inconscientemente, Tyrin ajeitou os ombros. As chances de dar certo eram as mesmas de não dar. Só o que podia prometer era que tentaria ao máximo.

Bunin se aproximou, voltando, e Rostov disse a Tyrin:

– Passe para o banco de trás e deixe Nik guiar.

Tyrin saiu do carro e manteve a porta aberta para Nik. A chuva escorria pelo rosto do mais moço. Nik se sentou ao volante e ligou o carro. Tyrin sentou-se no banco de trás.

Enquanto o carro partia, Rostov se virou para Tyrin.

– Aqui tem 100 libras – falou e lhe entregou um rolo de notas. – Procure não gastar de forma comedida.

Bunin parou o carro diante de um pequeno pub numa esquina. Uma placa balançava ao vento e informava o nome do bar: Brain Beers. Uma luz amarelada e enfumaçada brilhava por trás dos vidros embaçados. *Há lugares piores para se ir num dia assim*, pensou Tyrin.

– Qual é a nacionalidade dos tripulantes? – perguntou ele, de súbito.

– São suecos – respondeu Bunin.

Os documentos falsos de Tyrin o davam como austríaco.

– Que língua devo usar com eles?

– Todos os suecos falam inglês – informou Rostov.

Houve um momento de silêncio.

– Mais alguma pergunta? – acrescentou Rostov. – Quero voltar para junto de Hassan antes que ele tenha tempo de fazer mais alguma besteira.

– Não tenho mais perguntas.

Tyrin abriu a porta do carro.

– Entre em contato comigo quando voltar ao hotel hoje à noite – ordenou Rostov. – Não importa a que horas.

– Certo.

– Boa sorte.

Tyrin bateu a porta do carro e atravessou a rua até o pub. Alguém saiu no momento em que ele chegou à entrada. O bafo quente de cerveja e tabaco o envolveu por um momento. Entrou.

Era um pub pequeno e modesto, com bancos de madeira margeando as paredes e mesas de plástico pregadas no chão. Quatro dos marinheiros jogavam dardos no canto e o quinto estava no bar, gritando-lhes palavras de incentivo.

O barman acenou com a cabeça para Tyrin.

– Bom dia – disse Tyrin. – Quero uma caneca de cerveja, uma dose dupla de uísque e um sanduíche de presunto.

O marinheiro no bar se virou e acenou com a cabeça, jovialmente. Tyrin sorriu.

– Acabaram de atracar?

– Isso mesmo – respondeu o marinheiro. – Estamos no *Coparelli*.

– Eu era do *Christmas Rose*. Mas me deixaram aqui.

– Homem de sorte.

– Quebrei o braço.

– E daí? – rebateu o marinheiro sueco com um sorriso. – Pode beber com o outro.

– É assim que se fala. Deixe eu lhe pagar um trago. O que vai querer?

~

Dois dias depois, ainda bebiam. Houvera mudanças na composição do grupo, com alguns marinheiros voltando ao serviço no *Coparelli*, enquanto outros desembarcavam. E houvera também o curto período entre as 4 horas da madrugada e o horário da abertura, em que não se podia comprar um drinque em nenhum lugar da cidade, legal ou ilegal. Afora isso, porém, foi uma bebedeira permanente. Tyrin esquecera a capacidade de beber dos marinheiros. E temia uma ressaca. Estava contente, no entanto, por não ficar numa situação em que seria obrigado a ir para a cama com uma prostituta. Era verdade que os suecos se interessavam por mulheres, mas não queriam saber de prostitutas. Tyrin jamais seria capaz de convencer a esposa de que contraíra uma doença venérea a serviço da Mãe Rússia. O outro vício dos suecos era jogar. Tyrin perdera no pôquer cerca de 50 libras do dinheiro da KGB. Estava tão enturmado com a tripulação do *Coparelli* que, na noite anterior, fora convidado a ir a bordo por volta das duas da madrugada. Acabara dormindo no refeitório e haviam deixado que ele ficasse ali até as oito da manhã.

Mas aquela noite seria diferente. O *Coparelli* deveria zarpar com a maré cheia da manhã e todos os oficiais e marinheiros precisavam estar de volta a bordo até meia-noite. E agora eram 23h10. O dono do pub ia de um lado para outro, recolhendo copos vazios e limpando cinzeiros. Tyrin jogava dominó com Lars, o operador de rádio do *Coparelli*. Haviam abandonado o jogo normal e agora disputavam para ver quem empilhava mais peças sem derrubá-las. Lars estava bastante embriagado, mas Tyrin apenas fingia. Sentia-se bastante assustado com o que teria de fazer dentro de alguns minutos.

– Está na hora, senhores, por favor! Muito obrigado a todos – anunciou o dono do pub.

Tyrin derrubou as suas peças do dominó e soltou uma gargalhada.

– Está vendo? Estou menos bêbado que você... – balbuciou Lars.

Os outros tripulantes se retiravam. Tyrin e Lars se levantaram. Tyrin passou o braço pelos ombros de Lars e, juntos, cambalearam para a rua.

O ar noturno estava frio e úmido. Tyrin estremeceu. Dali por diante, tinha que ficar bem perto de Lars. *Espero que Nik apareça no momento exato*, pensou. *Espero que o carro não quebre. E que Deus permita que Lars não morra.*

Tyrin começou a falar, fazendo perguntas sobre a casa e a família de Lars. Tomava o cuidado de se manter, junto com Lars, alguns metros atrás do grupo principal de marinheiros suecos.

Passaram por uma loura de minissaia. Ela tocou no seio esquerdo.

– Ei, não querem ir para a cama? – ofereceu.

Não esta noite, meu bem, pensou Tyrin, continuando a andar. Não devia deixar que Lars parasse para conversar. O timing era importante, o timing era fundamental. *Onde está você, Nik?*

Ali! Aproximaram-se de um Ford Capri 2000 azul-escuro, estacionado junto ao meio-fio, com os faróis apagados. A luz do interior do carro se acendeu e apagou uma fração de segundo depois. Mas deu para Tyrin vislumbrar o rosto do homem sentado ao volante. Era Nik Bunin. Tyrin tirou do bolso um boné branco e o ajeitou na cabeça. Era o sinal para que Bunin prosseguisse na execução do plano. Depois que os marinheiros passaram, Bunin deu a partida no carro e se afastou.

Não vai demorar muito agora.

– Tenho uma noiva – comentou Lars.

Ah, não, não fale disso.

Lars soltou uma risada.

– E ela... é quente que não acaba mais.

– Vai casar com ela?

Tyrin esquadrinhava a área à sua frente, escutando com atenção. Falava só para manter Lars a seu lado.

Lars o fitou com uma expressão lasciva.

– Para quê?

– Ela é fiel?

– É melhor que seja, ou corto a garganta dela.

– Pensei que o povo sueco acreditasse no amor livre.

Tyrin dizia qualquer coisa que lhe passasse pela cabeça.

– O amor livre é ótimo, mas é melhor que ela seja fiel ou vai se arrepender.

– Estou entendendo.

– Posso explicar...

Vamos, Nik. Acabe logo com isso...

Um dos marinheiros do grupo mais à frente parou para urinar na sarjeta. Os outros pararam ao redor, fazendo comentários obscenos e rindo. Tyrin torceu para que o homem se apressasse, mas ele dava a impressão de que ficaria parado ali para sempre.

O homem finalmente acabou e todos seguiram em frente.

Tyrin ouviu um carro se aproximar. Ficou tenso.

– O que houve? – perguntou Lars.

– Nada.

Tyrin avistou os faróis. O carro se aproximava pelo meio da rua. Os marinheiros foram para a calçada, saindo da frente do veículo. Não estava certo, não deveria ser assim, não iria funcionar! De repente, Tyrin ficou confuso e foi dominado pelo pânico. Um momento depois, pôde divisar mais claramente os contornos do carro, quando passou sob um poste. Não era o que esperava, mas sim um carro da polícia, que passou sem causar estragos.

O final da rua dava para um espaço aberto e vazio de calçamento ruim. Não havia tráfego ali. Os marinheiros começaram a atravessar a praça pelo meio.

Agora.

Vamos logo.

Estavam na metade da praça.

Vamos logo!

Um carro contornou uma esquina e entrou na praça, com os faróis acesos. Tyrin apertou com mais força os ombros de Lars. O carro ziguezagueava loucamente.

– O motorista deve estar de porre – balbuciou Lars, a voz engrolada.

Era um Ford Capri. Virou na direção do grupo de marinheiros à frente. Todos pararam de rir e trataram de se dispersar, correndo, gritando palavrões. O carro se desviou, derrapou por um instante e depois acelerou, seguindo direto para cima de Tyrin e Lars.

– Cuidado! – berrou Tyrin.

Quando o carro os estava quase alcançando, Tyrin deu um puxão em Lars, fazendo-o perder o equilíbrio, ao mesmo tempo que se jogava para o lado. Houve um baque terrível, seguido por um grito e o estrépido de vidro quebrando. O carro se afastou.

Está feito, pensou Tyrin.

Levantou-se e olhou para Lars.

O marinheiro sueco estava caído a alguns metros de distância. O sangue reluzia à luz do poste.

Lars gemeu.

Ele está vivo, pensou Tyrin. *Graças a Deus!*

O carro deu uma freada. Um dos faróis se apagara, presumivelmente o que acertara em Lars. Parecia que o motorista hesitava. Mas logo voltou a acelerar e, caolho, desapareceu na noite. Tyrin se inclinou sobre Lars. Os outros marinheiros se reuniram ao redor, falando em sueco. Tyrin tocou a perna de Lars. Ele soltou um grito de dor.

– Acho que ele quebrou a perna – murmurou Tyrin.

E graças a Deus que é só isso!

Luzes se acendiam em alguns dos prédios ao redor da praça. Um dos oficiais do *Coparelli* disse alguma coisa e um marinheiro correu na direção de uma casa, provavelmente para chamar uma ambulância. Houve mais um diálogo rápido e outro marinheiro saiu correndo na direção do cais.

Lars sangrava, mas não muito. O oficial se inclinou sobre ele. Lars não queria deixar que ninguém tocasse em sua perna.

A ambulância chegou em poucos minutos, embora tenha parecido uma eternidade para Tyrin. Jamais matara um homem e não queria fazê-lo.

Puseram Lars numa maca. O oficial entrou na ambulância, virou-se e disse para Tyrin:

– É melhor vir também.

– Está bem.

– Acho que salvou a vida dele.

– Ahn...

Tyrin entrou na ambulância junto com o oficial.

Avançaram em alta velocidade pelas ruas molhadas, a luz azul faiscante no teto projetando um brilho desagradável nos prédios. Tyrin não tinha coragem de olhar para Lars ou para o oficial, tampouco conseguia ficar olhando pela janela feito um turista. Não sabia onde pousar os olhos. Já fizera muitas coisas terríveis a serviço de seu país e do coronel Rostov, como gravar a conversa de amantes para depois chantageá-los, ensinar a terroristas como fabricar bombas, ajudar a capturar pessoas para serem torturadas. Mas jamais fora obrigado a seguir numa ambulância com a vítima. E não estava gostando.

Chegaram ao hospital. Os homens da ambulância levaram a maca. Indicaram ao oficial e a Tyrin onde deveriam esperar. E, subitamente, toda a pressa acabou. Nada tinham para fazer, além de se preocupar. Tyrin ficou atônito ao olhar para o relógio digital na parede do hospital e constatar que era quase meia-noite. Tinha a sensação de que haviam se passado muitas horas desde que deixaram o pub.

Depois de uma longa espera, um médico apareceu.

– Ele quebrou a perna e perdeu algum sangue – falou, parecendo bastante cansado. – E tinha bebido muito, o que não ajuda. Mas é jovem, forte e saudável. A perna vai ficar boa e ele estará restabelecido dentro de poucas semanas.

Um alívio imenso invadiu Tyrin. Só então descobriu que tremia.

– Nosso navio vai zarpar pela manhã – falou o oficial.

– Mas ele não poderá embarcar – disse o médico. – Seu comandante está a caminho?

– Já mandei chamá-lo.

– Ótimo.

O médico se virou e foi embora.

O comandante chegou ao mesmo tempo que a polícia. Ele falou com o oficial em sueco, enquanto um jovem sargento anotava a descrição vaga que Tyrin dava do carro.

Depois o comandante se aproximou de Tyrin.

– Pelo que me contaram, você salvou Lars de um acidente muito grave.

Tyrin desejou que as pessoas parassem de dizer aquilo.

– Tentei puxá-lo para longe do carro, mas ele caiu. Estava muito embriagado.

– Horst me falou que você não está contratado por nenhum navio no momento. É um operador de rádio qualificado?

– Sou sim, senhor.

– Preciso de um substituto para o pobre Lars. Gostaria de zarpar conosco pela manhã?

~

– Vou afastá-lo da missão – declarou Pierre Borg.

Dickstein empalideceu e ficou encarando o chefe, completamente aturdido.

– Quero que volte para Tel Aviv e comande o resto da operação do escritório – acrescentou Borg.

– Vá à merda!

Estavam em Zurique, parados à beira do lago repleto de embarcações, as velas multicoloridas enfunadas. Uma cena deslumbrante ao sol suíço.

– Nada de discussões, Nat.

– Nada de discussões, *Pierre*. Não vou ser afastado da missão. E ponto final.

– Estou lhe dando uma ordem.

– E eu o estou mandando à merda.

– Preste atenção! – Borg respirou fundo. – Seu plano está pronto. A única falha é que você foi descoberto. A oposição sabe que está trabalhando, agora vai tentar localizá-lo e frustrar o que estiver fazendo. Ainda pode dirigir o projeto. Tudo o que precisa fazer é se esconder.

– Nada disso. Não é o tipo de projeto em que se possa sentar numa sala e apertar os botões para que tudo corra bem. É complexo demais, há muitas variáveis. Preciso ficar em campo pessoalmente, para tomar decisões imediatas.

Dickstein parou de falar e começou a pensar: *Por que eu quero realizar a operação pessoalmente? Será que sou mesmo o único em Israel capaz de executá-la? Será que estou apenas querendo a glória?*

Borg expressou os pensamentos dele:

– Não tente ser um herói, Nat. Você é esperto demais para isso. É um profissional, acata ordens.

Dickstein balançou a cabeça.

– Devia me conhecer bem o bastante para não tentar esse argumento comigo. Já esqueceu o que os judeus pensam das pessoas que sempre acatam ordens?

– Está bem, você esteve num campo de concentração... mas isso não lhe dá o direito de fazer o que bem entender pelo resto da vida!

Dickstein fez um gesto de desdém.

– Pode me deter. Basta retirar todo o apoio. Mas não irá conseguir o urânio, porque não vou contar a ninguém como pegá-lo.

Borg o fitou atentamente.

– Está falando sério, seu filho da puta!

Dickstein observou a expressão de Borg. Uma vez Nat passara pela constrangedora experiência de presenciar uma briga de Borg com o filho adolescente, Dan. O garoto ficara parado, melancólico porém confiante, enquanto Borg tentava lhe explicar que participar de manifestações pela paz era uma deslealdade ao pai, à mãe, à pátria e a Deus. Borg acabara sufocado pela própria raiva. Dan, como Dickstein, aprendera a não permitir que o intimidassem. E Borg jamais saberia manipular as pessoas que não se deixavam intimidar.

O roteiro previa que agora Borg ficaria com a cara vermelha e começaria a gritar. Subitamente, Dickstein compreendeu que isso não iria acontecer. Borg permaneceria calmo.

– Pelo que sei, está trepando com uma agente do outro lado – falou Borg com um sorriso irônico.

Dickstein parou de respirar, como se o golpeassem por trás com uma marreta. Era a última coisa que podia esperar. Foi dominado por um sentimento de culpa irracional, como um garoto surpreendido ao se masturbar. Era uma sensação de vergonha, constrangimento, a impressão de que algo estragara. Suza era particular, estava num compartimento separado do resto de sua vida. Agora Borg a arrastava para fora, expondo-a à visão pública. *Vejam só* o que Nat anda fazendo!

– Não – murmurou Dickstein, sem qualquer inflexão na voz.

– Vou lhe dar os elementos principais. Ela é árabe, a posição política do pai é favorável aos árabes, ela viaja pelo mundo inteiro em seu trabalho de disfarce a fim de ter a oportunidade de fazer contatos, o agente Yasif Hassan, que o reconheceu em Luxemburgo, é amigo da família.

Dickstein fitou Borg bem de perto, olhos nos olhos, o sentimento de culpa transformando-se em ressentimento.

– Isso é tudo?

– Tudo? Mas que diabo está querendo dizer com *tudo*? Você atiraria em qualquer um com esse histórico!

– Não se for alguém que conheço.

– Ela arrancou alguma informação de você?

– Não! – gritou Dickstein.

– Está ficando furioso porque sabe que cometeu algum erro.

Dickstein virou a cabeça e contemplou a superfície do lago, fazendo um enorme esforço para permanecer calmo. A raiva fazia parte do roteiro de Borg, não do dele. Fez uma longa pausa.

– Tem razão – disse afinal. – Estou furioso porque cometi um erro. Deveria ter lhe falado a respeito dela, não esperado que levantasse o problema. Compreendo agora a impressão que deve ter tido...

– Impressão? Está querendo dizer que não acredita que ela seja uma agente?

– Já verificou com o Cairo?

Borg soltou uma risadinha artificial.

– Fala como se o Cairo fosse o *meu* serviço secreto. Não posso ligar para lá e pedir que procurem o nome dela nos arquivos enquanto espero na linha.

– Mas tem um excelente agente duplo no serviço secreto egípcio.

– Bom ele não deve ser, já que todo mundo sabe a respeito dele.

– Pare com isso. Desde a Guerra dos Seis Dias que até os jornais comentam que você tem bons agentes duplos no Egito. Mas o importante é que ainda não verificou se ela é ou não uma agente da oposição.

Borg ergueu as mãos, as palmas viradas para fora, num gesto de apaziguamento.

– Está bem, está bem, vou verificar com o Cairo. Vai levar um tempo. Até lá, você escreverá um relatório com todos os detalhes do seu plano e eu vou designar outros agentes para a operação.

Dickstein pensou em Al Cortone e Andre Papagopolous. Nenhum dos dois faria o que ficara combinado para ninguém além de Nat.

– Não vai dar certo, Pierre. Precisa do urânio e sou o único que pode obtê-lo.

– E se o Cairo confirmar que ela é uma agente?

– Tenho certeza de que a resposta será negativa.

– E se não for?

– Imagino que você a matará.

– Nada disso. – Borg ergueu um dedo até o nariz de Dickstein. Quando falou, havia um tom evidente de maldade profunda em sua voz: – Nada disso, Dickstein. Não vou matá-la. Se ela for uma agente, *você* é que irá matá-la.

Com uma lentidão deliberada, Dickstein segurou o pulso de Borg e afastou o dedo de seu rosto. E havia apenas um tremor quase imperceptível em sua voz quando disse:

– Está certo, Pierre. Eu a matarei.

CAPÍTULO ONZE

DAVID ROSTOV PEDIU outra rodada de drinques no bar do aeroporto Heathrow e decidiu aplicar um golpe em Yasif Hassan. O problema ainda era como evitar que Hassan comunicasse tudo o que sabia a um agente duplo israelense no Cairo. Tanto um quanto o outro voltariam às respectivas bases para avaliação do que se descobrira até aquele momento, de forma que Rostov já não podia adiar essa decisão. Iria contar tudo a Hassan e depois apelar para seu profissionalismo... se é que existia. A alternativa seria irritá-lo, porém naquele momento Rostov precisava dele como aliado, não como um antagonista cheio de desconfiança.

– Dê uma olhada nisso – disse Rostov, entregando uma mensagem já decifrada a Hassan.

PARA: Coronel David Rostov via Residência de Londres
DE: Central de Moscou
DATA: 3 de setembro de 1968

Camarada coronel:
Estamos nos referindo à sua mensagem g/35-21a, na qual se solicitavam informações adicionais a respeito dos quatro navios mencionados em nossa mensagem r/35-21.

O navio *Stromberg*, de 2.500 toneladas, propriedade e registro holandês, mudou recentemente de mãos. Foi adquirido por 1,5 milhão de marcos alemães por Andre Papagopolous, um corretor de navios, por conta da companhia de navegação Savile, da Libéria.

A Savile foi criada em 6 de agosto deste ano, no escritório de Nova York da Liberian Corporation Services, com um capital acionário de 500 dólares. Os acionistas são o Sr. Lee Chung, advogado de Nova York, e um certo Sr. Robert Roberts, cujo endereço fica aos cuidados do escritório do Sr. Chung. Os três diretores foram providenciados da forma habitual pela Liberian Corporation Services e pediram demissão no dia seguinte ao da criação da empresa, igualmente de forma habitual.

A Savile também comprou o navio *Gil Hamilton*, de 1.500 toneladas, por 80 mil libras esterlinas.

Nossos homens em Nova York interrogaram Chung. Ele disse que o "Sr. Roberts" apareceu em seu escritório sem aviso, não forneceu endereço e pagou seus honorários em dinheiro. Parecia ser inglês. A descrição detalhada está em nossos arquivos, mas não parece ser muito útil.

Papagopolous já nos é conhecido. É muito rico, com negócios internacionais, e tem nacionalidade indeterminada. A corretagem de navios é sua principal atividade. Acredita-se que opere quase à margem da lei. Não temos o seu endereço. Há um material substancial em sua ficha, mas a maior parte é especulação. Acredita-se que tenha feito negócios com o serviço secreto israelense em 1948. Contudo, não possui filiação política conhecida.

Continuamos a procurar informações sobre todos os navios relacionados na lista.

Central de Moscou

Hassan devolveu a mensagem a Rostov.

– Como conseguiram descobrir tudo isso?

Rostov começou a rasgar a mensagem em pedacinhos.

– Está tudo registrado, em um lugar ou outro. A venda do *Stromberg* não poderia deixar de ser comunicada ao Lloyd's de Londres. Alguém do nosso consulado na Libéria poderia obter os detalhes sobre a Savile nos registros públicos de Monróvia. Nossos homens em Nova York encontraram o telefone de Chung na lista telefônica. E as informações sobre Papagopolous estavam arquivadas em Moscou. Nada é secreto, à exceção da ficha de Papagopolous. Tudo se resume a saber para onde encaminhar as perguntas. E os esquilos são especialistas nisso. Não fazem outra coisa.

Rostov largou os pedacinhos de papel num cinzeiro grande e ateou fogo, acrescentando:

– Vocês também deveriam ter esquilos.

– Espero que estejamos cuidando disso.

– Apresente a sugestão. Não lhe fará mal. Pode até ser encarregado da instalação do serviço. Tenho certeza de que ajudaria muito em sua carreira.

Hassan assentiu.

– Vou pensar a respeito.

Chegaram os outros drinques: vodca para Rostov, gim para Hassan. Rostov estava satisfeito por constatar que Hassan reagia bem às suas investidas amistosas. Examinou as cinzas no cinzeiro para certificar-se de que a mensagem fora queimada por completo.

– Está presumindo que é Dickstein que se encontra por trás da Savile? – perguntou Hassan.

– Exatamente.

– E o que vamos fazer com o *Stromberg*?

– Bom... – Rostov esvaziou o copo e o largou na mesa. – Meu palpite é que Dickstein quer o *Stromberg* para ter uma planta exata do navio gêmeo, o *Coparelli*.

– Vai ser uma planta um bocado cara.

– Ele pode tornar a vender o navio. Mas também pode usar o *Stromberg* no sequestro do *Coparelli*... embora eu não entenda como, por enquanto.

– Vai pôr um homem a bordo do *Stromberg*, como Tyrin no *Coparelli*?

– Não adiantaria. Dickstein certamente dispensará a tripulação antiga e encherá o navio com marinheiros israelenses. Terei que pensar em outra coisa.

– Sabemos onde o *Stromberg* está no momento?

– Já fiz essa pergunta aos esquilos. Eles já deverão ter a resposta quando eu chegar a Moscou.

O voo de Hassan foi chamado. Ele se levantou.

– Voltaremos a nos encontrar em Luxemburgo?

– Não sei. Eu lhe darei a informação mais tarde. Ainda tenho algo a lhe dizer. Sente-se.

Hassan se sentou.

– Quando começamos a trabalhar juntos no caso de Dickstein, reconheço que fui bastante hostil. Agora lamento por isso. Peço desculpas. Mas devo dizer que tinha um motivo para isso. É que o Cairo não é seguro. Não resta a menor dúvida de que existem agentes duplos no serviço secreto egípcio. O que me preocupava... e ainda me preocupa... é a possibilidade de tudo o que transmitir a seus superiores chegar também a Tel Aviv, por intermédio de um agente duplo. Se isso acontecer, Dickstein saberá como estamos perto e certamente fará uma manobra evasiva.

– Agradeço a sua franqueza.

Ele está adorando isso, pensou Rostov.

– Agora você sabe de tudo. O que nos falta discutir é como evitar que as informações cheguem a Tel Aviv.

Hassan assentiu.

– O que sugere?

– É claro que terá que relatar tudo o que descobrimos, mas gostaria que fosse o mais vago possível em relação aos detalhes. Não fale com ninguém, exceto com as pessoas com quem tem obrigação. Não mencione nomes, tempos, lugares. Quando o pressionarem, queixe-se de mim, alegue que me recusei a partilhar todas as informações. Em particular, não fale a ninguém sobre a Savile, o *Stromberg* e o *Coparelli*. Quanto ao fato de Pyotr Tyrin estar a bordo do *Coparelli*... tente esquecer essa informação.

Hassan pareceu preocupado.

– O que me resta para contar?

– Muita coisa. Pode falar sobre Dickstein, a Euratom, o urânio, o encontro com Pierre Borg... será um herói no Cairo mesmo que conte apenas a metade da história.

Hassan ainda não estava convencido.

– Serei tão franco quanto você. Se eu agir como está pedindo, meu relatório não causará tão boa impressão como o seu.

Rostov exibiu um sorriso.

– E isso é injusto?

– Não – reconheceu Hassan. – Merece a maior parte do crédito.

– Além disso, ninguém além de nós dois saberá que os relatórios serão diferentes. E, no fim, você acabará recebendo todo o crédito necessário.

– Está certo. Serei vago.

– Ótimo. – Rostov acenou para um garçom. – Ainda lhe resta algum tempo. Tome um drinque rápido antes de partir.

Recostou-se na cadeira e cruzou as pernas. Estava satisfeito. Hassan faria o que determinara.

– Estou aguardando ansiosamente o momento de chegar em casa.

– Já tem algum plano? – perguntou Hassan.

– Tentarei passar alguns dias de folga na praia com Mariya e os garotos. Temos uma *dacha* na baía de Riga.

– Parece uma boa perspectiva.

– O lugar é extremamente agradável, embora não seja tão quente quanto o local para onde você vai. Onde você vai ficar? Em Alexandria?

O sistema de alto-falantes transmitiu a última chamada para o voo de Hassan. O árabe se levantou.

– Não tenho tanta sorte – falou Hassan. – Acho que vou passar o tempo todo preso no Cairo, aquele lugar repulsivo.

Rostov teve a nítida impressão de que Yasif Hassan mentia.

~

A vida de Franz Albrecht Pedler ficou arruinada quando a Alemanha perdeu a guerra. Aos 50 anos, oficial de carreira na Wehrmacht, de repente se descobriu sem casa, sem dinheiro e sem emprego. E, como milhões de outros alemães, teve que recomeçar do zero.

Tornou-se vendedor de um fabricante francês de corantes. A comissão era pequena e não havia salário fixo. Eram bem poucos os clientes em 1946. Mas em 1951 a indústria alemã se recuperava e, quando a situação finalmente melhorou, Pedler tinha as melhores condições para tirar proveito das novas oportunidades. Abriu um escritório em Wiesbaden, um entroncamento ferroviário na margem direita do Reno que prometia transformar-se num centro industrial. Sua lista de produtos cresceu, assim como a carteira de clientes. Não demorou muito para que estivesse vendendo sabão, além de corante. Conseguiu acesso às bases americanas, que na ocasião administravam aquela parte da Alemanha ocupada. Durante os anos difíceis, aprendera a se aproveitar de toda e qualquer oportunidade. Se um oficial de intendência do Exército dos Estados Unidos queria desinfetante em embalagens de meio litro, Pedler comprava o desinfetante em tambores de 50 litros, despejava em vidros de segunda mão num galpão alugado, acrescentava um rótulo dizendo "Desinfetante Especial F. A. Pedler" e revendia com um lucro considerável.

De comprar no atacado e pôr em nova embalagem não foi um passo muito grande para adquirir os ingredientes e fabricar. O primeiro barril do limpador industrial especial de F. A. Pedler foi preparado no mesmo galpão alugado e vendido para uso dos técnicos de manutenção aeronáutica da Força Aérea dos Estados Unidos. A partir de então, a empresa sempre progrediu.

No fim dos anos 1950, Pedler leu um livro sobre guerra química e tratou de fechar um vultoso contrato para fornecer uma ampla variedade de soluções para neutralizar várias espécies de armas químicas.

A F. A. Pedler se tornara uma empresa fornecedora das Forças Armadas: pequena, mas segura e lucrativa. O galpão alugado fora substituído por um pequeno complexo de prédios de um só andar. Franz se casou de novo – a primeira esposa fora morta num bombardeio em 1944 – e teve um filho. Mas ainda era, no fundo, um oportunista. E, quando soube que uma pequena montanha de minério de urânio estava sendo vendida a um preço ínfimo, logo farejou a possibilidade de um lucro excepcional.

O urânio pertencia a uma companhia belga chamada Société Générale de la Chimie, uma das corporações que controlavam a colônia africana da Bélgica, o Congo Belga, uma região rica em minérios. A Chimie permanecera no Congo depois da sua independência, em 1960. Mas, sabendo que todos aqueles que não fossem embora voluntariamente acabariam sendo expulsos, a empresa fizera todos os esforços a fim de remeter para a Bélgica a maior quantidade possível de matéria-prima antes de encerrar suas atividades na antiga colônia. Entre 1960 e 1965, acumulara uma vasta reserva de minério de urânio em sua refinaria, perto da fronteira holandesa. Lamentavelmente para a Chimie, foi ratificado nessa época um tratado pelo fim dos testes nucleares. E, quando a Chimie foi expulsa do Congo, havia poucos compradores para o urânio. O minério estava agora num silo, empatando um capital escasso.

A F. A. Pedler não costumava usar muito urânio na fabricação de seus corantes. Mas Franz adorava uma jogada assim: o preço era ótimo, podia ganhar algum dinheiro com o urânio refinado e, se o mercado de urânio melhorasse – como era provável que acontecesse, mais cedo ou mais tarde –, teria um lucro substancial. Por isso ele comprou uma parte do urânio à venda.

Nat Dickstein simpatizou com Pedler de imediato. O alemão era um velho lépido de 73 anos que ainda tinha todos os cabelos e um brilho intenso nos olhos. Encontraram-se num sábado. Pedler vestia um casaco esporte e uma calça bege, falava inglês bem, com sotaque americano, e ofereceu a Dickstein um copo de sekt, o espumante local.

Ambos se mostraram cautelosos de início. Afinal, haviam lutado em lados opostos numa guerra que fora cruel para os dois. Mas Dickstein sempre achara que o inimigo não fora a Alemanha, mas sim o fascismo. Só se sentia nervoso com a possibilidade de Pedler ficar constrangido. E, aparentemente, o mesmo acontecia com Pedler.

Dickstein telefonara do seu hotel em Wiesbaden para marcar uma reunião. Seu telefonema era aguardado ansiosamente. O cônsul israelense local avisara a Pedler que o Sr. Dickstein, oficial de intendência do Exército de Israel, estava a caminho, com uma longa lista de compras. Pedler sugerira uma visita à fábrica na manhã de sábado, quando estaria vazia, seguindo-se de almoço em sua casa.

Se Dickstein fosse um oficial genuíno, desistiria de qualquer negócio depois da visita à fábrica, que nada tinha do modelo da eficiência alemã, não passando de um conjunto irregular de construções malfeitas e pátios apinhados, com um cheiro desagradável que a tudo impregnava.

Depois de passar metade da noite lendo um manual de engenharia química, Dickstein se preparou para apresentar um punhado de perguntas apropriadas a respeito de agitadores e decantadores, manipulação do material e controle de qualidade. Contava com a dificuldade da língua para disfarçar qualquer erro. E parecia que estava dando certo.

A situação era peculiar. Dickstein precisava representar o papel de comprador: ser desconfiado e evitar qualquer compromisso, enquanto o vendedor procurasse persuadi-lo. Na verdade, ele é que tentaria atrair Pedler a um relacionamento que o alemão seria incapaz ou não iria querer romper posteriormente. Era o urânio de Pedler que Dickstein queria, só que não iria pedi-lo, nem naquele momento nem nunca. Em vez disso, tentaria levar Pedler a uma posição em que ficasse dependente de Dickstein para a sua sobrevivência.

Depois da visita à fábrica, Pedler levou Dickstein, num Mercedes novo, até um chalé numa colina. Eles se sentaram diante de uma janela grande e ficaram tomando sekt, enquanto a Sra. Pedler, uma mulher bonita e jovial, na casa dos 40 anos, trabalhava na cozinha. *Levar um cliente em potencial para almoçar em casa no fim de semana é um meio um tanto judeu de se fazer negócios,* pensou Dickstein, se perguntando se Pedler não se lembrara disso.

A janela dava para o vale. Lá embaixo, o rio era largo e vagaroso, com uma estrada estreita a seu lado. Pequenas casas cinzentas de janelas brancas se agrupavam em diversos pontos, nas duas margens. Os vinhedos subiam pelas encostas, passando pela residência de Pedler e seguindo até o início da linha das árvores. *Se eu tivesse que viver num lugar frio,* pensou Dickstein, *este serviria perfeitamente.*

– E então, o que acha? – indagou Pedler.

– Da vista ou da fábrica?

Pedler sorriu e deu de ombros.

– Das duas coisas.

– A vista é magnífica. A fábrica é menor do que eu esperava.

Pedler acendeu um cigarro. Fumava bastante. Era um homem de sorte por ter vivido tanto tempo.

– Pequena?

– Talvez eu deva explicar o que procuro.

– Agradeceria se o fizesse.

Dickstein tratou de expor a história que preparara:

– Neste momento, o Exército compra material de limpeza de vários fornecedores: detergentes de um, sabão comum de outro, solventes para as máquinas de mais um, e assim por diante. Estamos tentando reduzir os custos e talvez possamos conseguir isso se entregarmos toda essa parte a um único fabricante.

Os olhos de Pedler ficaram arregalados.

– Mas isso é... – Ele hesitou por um instante, procurando a palavra certa. – ... uma encomenda e tanto!

– Receio que seja grande demais para as dimensões de sua fábrica.

Ao mesmo tempo que falava, Dickstein pensava: *Pelo amor de Deus, não concorde comigo.*

– Não necessariamente. Só não dispomos de uma capacidade de fabricação maior porque nunca tivemos negócios nessa escala. Pode estar certo de que possuímos os conhecimentos técnicos e empresariais necessários. E, com uma encomenda desse porte, podemos obter o financiamento necessário para a expansão. Na verdade, tudo dependerá dos valores.

Dickstein pegou sua pasta, que colocara ao lado da cadeira, e a abriu.

– Aqui tem as especificações dos produtos – disse, entregando uma lista a Pedler. – Estão indicados também as quantidades necessárias e os prazos de entrega. Vai querer algum tempo para consultar seus diretores e fazer os cálculos necessários...

– Eu é que mando – declarou Pedler, sorrindo. – Não preciso consultar ninguém. Dê-me o dia de amanhã para fazer os cálculos e a segunda-feira para consultar o banco. Posso lhe telefonar na terça-feira para dar os preços.

– Já haviam dito que o senhor era uma pessoa ótima para se fazer negócio.

– Há algumas vantagens em ser uma firma pequena.

A Sra. Pedler veio da cozinha nesse momento e anunciou:

– O almoço está pronto.

Minha querida Suza,

Nunca escrevi uma carta de amor. E não me lembro de já ter chamado uma mulher de "minha querida" até agora. Devo lhe dizer que a sensação é maravilhosa.

Estou sozinho numa cidade estranha numa tarde fria de domingo. A cidade é muito bonita, com muitos parques. E é num deles que estou sentado no momento, escrevendo-lhe com uma caneta esferográfica que está vazando, num papel de carta verde horrível, o único que consegui arrumar. Sentei-me num banco que fica sob uma curiosa espécie de coreto, com o teto em domo e colunas gregas formando um círculo – do tipo que se poderia encontrar numa propriedade rural inglesa, projetado por algum vitoriano excêntrico. À minha frente se estende um gramado plano pontilhado por choupos; a distância, dá para ouvir uma banda tocando alguma coisa de Edward Elgar. O parque está cheio de pessoas, com muitos cachorros, crianças e bolas.

Não sei por que estou lhe contando tudo isso. O que quero dizer é que a amo e desejo passar o resto da minha vida com você. Eu já sabia disso dois dias depois que nos encontramos. Hesitei em lhe dizer não porque não tivesse certeza, mas...

Se quer saber a verdade, pensei que poderia afugentá-la se falasse. Sei que você me ama, mas sei também que tem 25 anos e, ao contrário de mim, o amor lhe é algo comum. E o amor que surge com facilidade também pode acabar da mesma forma. Foi por isso que pensei: Calma, calma, dê a ela uma oportunidade de gostar de você antes de lhe pedir que diga que será "para sempre". Agora que já estamos separados há tantas semanas, não consigo mais me conter. Tenho que lhe dizer o que sinto. E o que eu quero é ficar ao seu lado para sempre, e talvez você já tenha percebido.

Sou um homem mudado. Sei que tudo isso parece banal. Mas, quando acontece com a gente, nada tem de banal, é justamente o oposto. A vida me parece diferente agora, sob vários aspectos... alguns dos quais você conhece, enquanto outros lhe contarei um dia. Mesmo isto é incomum: a forma como me sinto por estar sozinho num lugar estranho, sem nada para fazer até segunda-feira. Não que eu me importe, diga-se de passagem. Mas, antes, nem pensava nisso como algo de que poderia ou não gostar. Antes, não havia nada que eu preferisse fazer. Mas agora há sempre algo que me agradaria mais, e é para você que eu gostaria de fazê-lo. Ou melhor, com você. Bem, uma coisa ou outra. Ou ambas. Mas vou tratar de mudar de assunto, pois esse pensamento está me deixando inquieto.

Partirei dentro de dois dias. Não sei para onde irei em seguida. E o que é pior: nem mesmo sei quando tornarei a vê-la. Mas, quando tornar a encontrá-la, pode estar certa de que não vou deixá-la ficar longe das minhas vistas pelos dez ou quinze anos seguintes.

Nada do que escrevi até agora soa como eu gostaria. Quero lhe dizer como me sinto e não consigo encontrar as palavras certas. Quero que saiba o que representa para mim imaginar o seu rosto muitas vezes por dia, avistar uma jovem esguia e de cabelos pretos e esperar – por mais improvável que seja – que seja você, pensar o tempo todo no seu possível comentário a respeito de uma paisagem, um artigo de jornal, um homem pequeno com um cachorro imenso, um vestido bonito. Quero que saiba da ânsia que sinto por tocar você ao me deitar sozinho.

Eu a amo demais.
N.

A secretária de Franz Pedler ligou para Nat Dickstein no hotel na manhã de terça-feira e marcou uma reunião para o almoço.

Foram a um restaurante modesto na Wilhelmstrasse e pediram cerveja, em vez de vinho – o que indicava um compromisso de trabalho. Dickstein teve que controlar a impaciência. Era Pedler, e não ele, quem deveria fazer as propostas.

– Acho que podemos atender a todas as suas necessidades – anunciou Pedler.

Dickstein sentiu vontade de gritar "Urru!", mas se manteve impassível.

– Os preços que lhe darei daqui a pouco são condicionais – continuou

Pedler. – Precisamos de um contrato de cinco anos. Garantiremos os preços pelos doze meses iniciais. Depois disso, eles poderão variar, de acordo com o índice de preços internacionais de determinadas matérias-primas. E há uma multa de cancelamento equivalente a dez por cento do valor do fornecimento de um ano.

Dickstein queria dizer "Negócio fechado!" e apertar a mão do alemão para selar o acordo. Contudo lembrou a si mesmo que precisava desempenhar o seu papel, por isso declarou:

– Dez por cento é uma taxa muito elevada.

– Não é excessiva. Pode estar certo de que não compensaria os nossos prejuízos se cancelasse o pedido. Mas deve ser o bastante para impedi-lo de cancelar, a não ser em casos inevitáveis.

– Entendo perfeitamente a sua posição. Mas podemos negociar uma taxa mais baixa.

Pedler deu de ombros.

– Tudo é negociável. Aqui estão os preços.

Dickstein examinou a lista.

– Está próximo ao que buscamos.

– Isso significa que vamos fazer negócio?

Dickstein pensou: *Sim! Sim!*

– Não – foi o que disse Nat. – Significa que podemos fazer negócio.

– Nesse caso, vamos tomar um drinque de verdade. Garçom!

Quando os drinques chegaram, Pedler ergueu seu copo num brinde.

– A muitos anos de bons negócios para as duas partes!

– Que assim seja!

Ao levantar seu copo, Dickstein pensava: *Ora essa, consegui de novo!*

~

A vida no mar era desagradável, mas não tanto quanto Pyotr Tyrin receara. Na Marinha soviética, os navios eram comandados pelos princípios de trabalho árduo incessante, disciplina rigorosa e péssima alimentação. A situação no *Coparelli* era muito diferente. O comandante, Eriksen, só exigia segurança e competência náutica. Mas até nisso os seus padrões não eram muito elevados. O tombadilho era lavado de vez em quando, porém jamais era polido nem pintado. A comida era bastante boa e Tyrin tinha a vantagem de partilhar a cabine com o cozinheiro. Na teoria, Tyrin podia ser convocado a qualquer hora do dia ou da noite para transmitir uma mensagem pelo rádio. Na prática, porém, todas as transmissões ocorriam durante o dia normal de trabalho. Assim, ele tinha as suas oito horas de sono todas as noites. Era um regime confortável, e Pyotr Tyrin sempre se preocupava com o conforto.

Infelizmente, no entanto, o navio era o oposto de confortável. Pouco depois de contornarem o cabo Wrath e entrarem no mar do Norte, ele começou a balançar como um barco a vela sob uma ventania. Tyrin ficou muito enjoado e teve que disfarçar, já que em tese era um marinheiro experiente. Por sorte, a náusea ocorreu enquanto o cozinheiro estava ocupado na cozinha e Tyrin não era necessário na sala de rádio. Assim, ele pôde ficar deitado em seu beliche até que o pior passasse.

Os alojamentos eram pouco ventilados e inadequadamente aquecidos. Quando o clima se tornava um pouco mais úmido, os marujos eram forçados a pendurar roupas suadas para secar, o que tornava a atmosfera ainda pior.

O equipamento de rádio de Tyrin estava em sua sacola de marinheiro, bem protegido por polietileno, lona e alguns suéteres. Mas ele não poderia armá-lo e operá-lo na cabine, onde poderia ser surpreendido pelo cozinheiro ou alguém mais que entrasse de repente. Já fizera um contato rotineiro com Moscou pelo rádio do navio num momento sossegado – mas nem por isso menos tenso – em que ninguém escutava. Mas Tyrin precisava de algo mais seguro, em que pudesse confiar plenamente.

Ele era um homem que apreciava um ninho. Enquanto Rostov podia se deslocar de uma embaixada para um quarto de hotel e daí para uma casa de propriedade da KGB sem dar a menor atenção ao ponto em que se encontrava, Tyrin gostava de ter uma base, um lugar em que pudesse se sentir confortável e que lhe fosse familiar e seguro. Numa vigilância estática, o tipo de missão que mais o atraía, sempre encontrava uma poltrona confortável para colocar diante da janela e passava horas ali sentado, olhando pela luneta, perfeitamente contente com o saco de sanduíches, a garrafa de soda e seus pensamentos. E ali, no *Coparelli*, Tyrin encontrara um lugar para ser seu ninho.

Explorando o navio à luz do dia, descobrira um pequeno labirinto de compartimentos na proa, além da escotilha dianteira. O engenheiro naval os desenhara ali apenas para aproveitar o espaço entre o porão e a proa. O acesso à área principal era por uma porta quase escondida, ao pé de uma escada. Ali estavam guardados vários barris de graxa para os guinchos, algumas ferramentas e, inexplicavelmente, um cortador de grama enferrujado. No compartimento principal havia diversas portas para outros, menores, alguns contendo cordas, peças de máquinas e caixas de papelão se desmanchando com porcas e parafusos. Outros estavam vazios, a não ser pelos insetos. Tyrin nunca vira ninguém entrar naquelas câmaras, pois todo o material de reserva estava estocado na popa, onde era necessário.

Ele escolheu um momento em que a noite caía e a maioria dos oficiais e marinheiros jantava. Foi até sua cabine, pegou a sacola e saiu para o tombadilho. Pegou uma lanterna num armário por baixo da ponte de comando, mas não a acendeu de início.

O almanaque informava que era noite de lua, porém as nuvens a escondiam. Tyrin seguiu de forma furtiva para a proa, segurando-se na amurada, onde seria mais difícil notarem sua silhueta do que contra o tombadilho todo branco. Havia alguma claridade emanando da ponte de comando e da casa do leme, mas os oficiais de plantão estariam observando o mar ao redor, não o tombadilho.

Os respingos frios das ondas caíam em cima dele e, para não ser lançado ao mar, ele tinha que se segurar com as duas mãos na amurada toda vez que o *Coparelli* dava as suas guinadas, como sempre ocorria. Umas poucas ondas chegaram a percorrer o tombadilho; não muito, é verdade, mas o suficiente para que a água entrasse pelas botas de Tyrin e lhe congelasse os pés. Durante todo o percurso, ele rezava fervorosamente para não ser obrigado a descobrir como era o desempenho do navio numa tempestade de verdade.

Estava todo molhado e tremendo de frio quando por fim chegou à proa e entrou nos compartimentos que não eram usados. Fechou a porta, acendeu a lanterna e avançou por aquela provisão de coisas supérfluas em direção a um dos compartimentos menores. Fechou também a porta desse compartimento. Tirou a capa impermeável, esfregou as mãos no suéter para secá-las e esquentá-las um pouco e depois abriu a sacola. Ajustou o transmissor num canto, prendeu-o na antepara com um arame amarrado em aros do convés e usou uma caixa de papelão para calçá-lo.

Usava botas de sola de borracha. Mesmo assim, pôs luvas emborrachadas como precaução adicional para a tarefa seguinte. Os fios para a antena de rádio do navio passavam por um cano por cima de sua cabeça. Com uma pequena serra que surripiara da casa de máquinas, Tyrin cortou um pedaço de cerca de 15 centímetros do cano, deixando os fios à mostra. Fez a ligação de energia com o transmissor e depois conectou sua antena à do navio.

Ligou o transmissor e chamou Moscou.

Os sinais que emitia não iriam interferir nos do rádio do navio. Afinal, ele era o operador de rádio e era improvável que qualquer outra pessoa mexesse no equipamento. Contudo, enquanto usasse o próprio rádio, os sinais que chegavam não alcançariam a sala de comunicações do navio. Ele também não os ouviria, pois estaria sintonizado em outra frequência. Poderia fazer uma ligação de forma que os dois rádios a recebessem ao mesmo tempo. Nesse caso, porém, as respostas que Moscou lhe desse seriam recebidas pelo rádio do navio. E sempre havia o risco de que alguém pudesse estar na escuta. De qualquer forma, não havia nada de suspeito num navio pequeno sair do ar por uns poucos minutos para captar outros sinais. E Tyrin tomaria a precaução de só usar seu rádio nas ocasiões em que não se esperasse qualquer mensagem para o navio.

Ao fazer contato com Moscou, Tyrin prontamente transmitiu:

Checando transmissor secundário.

Moscou acusou o recebimento e avisou: *Fique de sobreaviso para mensagem de Rostov.*

Tudo isso, é claro, foi transmitido no código-padrão da KGB.

Tyrin enviou: *Ficarei esperando, mas há pressa.*

Moscou despachou logo a mensagem: *Mantenha-se recolhido até que aconteça alguma coisa. Rostov.*

Ao que Tyrin transmitiu: *Entendido. Encerrando a transmissão e saindo do ar.*

Sem esperar mais nada, ele desligou os fios do transmissor e endireitou os do navio. O trabalho de torcer e destorcer fios desencapados, mesmo com alicates isolantes, exigia bastante tempo e não era muito seguro. Havia alguns conectores de ligação imediata entre os equipamentos da sala de rádio do navio. Ele poria alguns no bolso e os levaria consigo na próxima vez que fosse até ali, a fim de poder acelerar o processo.

Tyrin ficou bastante satisfeito com seu trabalho naquela noite. Encontrara um ninho, abrira a linha de comunicação e não fora descoberto. Tudo o que precisava fazer agora era se sentar e esperar, justamente o que gostava.

Decidiu pegar uma caixa de papelão para colocar diante do transmissor, a fim de ocultá-lo de quem pudesse dar uma olhada rápida por ali. Abriu a porta e iluminou o compartimento principal com a lanterna... e tomou um susto enorme.

Tinha companhia.

A luz no teto do compartimento estava acesa, projetando sombras irregulares com seu clarão amarelado. No centro da área, sentado contra um tambor de graxa, com as pernas estendidas à sua frente, estava um jovem marinheiro. Ele levantou a cabeça, tão desconcertado quanto Tyrin... e igualmente com um sentimento de culpa, conforme Tyrin logo percebeu por sua expressão.

Tyrin o reconheceu. Chamava-se Ravlo. Devia ter seus 19 anos, de cabelo louro bem claro e rosto fino e pálido. Não participara dos porres no pub de Cardiff, mas frequentemente parecia estar de ressaca, com imensas olheiras, um ar vago e distante.

– O que está fazendo aqui? – perguntou Tyrin.

E descobriu no instante seguinte.

Ravlo enrolara a manga esquerda acima do cotovelo. No chão, entre suas pernas, havia um frasco, um vidro de relógio e uma pequena sacola à prova d'água. Com a mão direita, o rapaz empunhava uma seringa, que estava prestes a injetar em si mesmo.

Tyrin franziu o cenho.

– Você é diabético?

O rosto de Ravlo se contraiu e ele deixou escapar uma risada seca e amarga.

– Viciado – murmurou Tyrin, compreendendo tudo.

Não conhecia muita coisa a respeito de drogas, mas sabia que a atitude de Ravlo era mais do que suficiente para que o dispensassem no próximo porto de escala. Ele começou a relaxar um pouco. Era um problema que poderia contornar.

Ravlo olhava além dele, para o compartimento menor. Tyrin olhou também e constatou que seu transmissor estava à mostra. Os dois homens ficaram se encarando por um momento, cada um compreendendo o que o outro fazia e precisava esconder.

– Vou guardar o seu segredo e você guarda o meu – declarou Tyrin por fim.

Ravlo exibiu um sorriso amargo e tornou a soltar a risada seca. Depois, desviou os olhos de Tyrin, concentrou-os no braço e enfiou a agulha na carne.

~

A troca de mensagens entre o *Coparelli* e Moscou foi captada por uma estação de escuta do serviço de inteligência da Marinha dos Estados Unidos.

Como tudo estava no código-padrão da KGB, não houve a menor dificuldade em decifrar. Mas só descobriram que havia alguém a bordo de um navio – não podiam saber que navio – checando seu transmissor secundário e que alguém chamado Rostov, um nome que não constava dos arquivos, queria que ele se mantivesse recolhido.

Ninguém tinha a menor ideia do que se tratava, por isso abriram uma ficha com o título "Rostov", arquivaram ali a troca de mensagens e a esqueceram em seguida.

CAPÍTULO DOZE

DEPOIS DE SUA reunião de informações no Cairo, Hassan pediu permissão para ir à Síria, a fim de visitar os pais. Deram-lhe quatro dias. Pegou um avião até Damasco e seguiu de táxi para o campo de refugiados. Mas não foi visitar os pais.

Fez algumas indagações no campo e um dos refugiados o levou, numa sucessão de ônibus, até Dara, no outro lado da fronteira jordaniana, e de lá até Amã. De Amã, outro homem o acompanhou até o rio Jordão, também de ônibus.

Na noite do segundo dia, Hassan atravessou o rio guiado por dois homens armados com submetralhadoras. A essa altura, Hassan já vestia trajes árabes, com a cabeça coberta, igual aos outros. Mas não pediu uma arma. Os dois homens ainda eram muito jovens, mas os rostos adolescentes já começavam a adquirir os vincos de cansaço e crueldade, como recrutas num novo exército. Avançaram pelo vale do Jordão num silêncio confiante, orientando Hassan com um sussurro ou um toque ligeiro. Davam a impressão de que já haviam feito a jornada muitas vezes. Em determinado momento, os três tiveram que ficar deitados atrás de uma moita de cactos enquanto lanternas e vozes de soldados passavam a cerca de meio quilômetro de distância.

Hassan sentia-se desamparado... e algo mais. A princípio, pensou que a sensação era decorrência de estar nas mãos daqueles rapazes, sua vida dependendo dos conhecimentos e da coragem deles. Mais tarde, porém, depois que os dois garotos o deixaram e ele ficou sozinho numa estrada rural para tentar arrumar uma carona, compreendeu que a jornada era uma espécie de retrocesso. Havia anos que ele era um bancário europeu, que vivia em Luxemburgo com seu carro, sua geladeira e seu aparelho de televisão. Agora, subitamente, andava de sandálias pelas poeirentas estradas palestinas da sua juventude, sem carro, sem jato. Era mais uma vez um árabe, um camponês, um cidadão de segunda classe na terra em que nascera. Suas ações costumeiras não lhe valeriam de nada ali. Não era possível resolver um problema simplesmente pegando um telefone, exibindo um cartão de crédito ou chamando um táxi. Sentia-se como uma criança, um indigente e um fugitivo, tudo ao mesmo tempo.

Caminhou por cerca de 8 quilômetros sem encontrar nenhum veículo. Por fim um caminhão de frutas passou por ele, o motor tossindo terrivelmente e despejando uma cortina de fumaça. Parou alguns metros adiante e Hassan correu até lá.

– Vai para Nablus? – gritou.

– Entre!

O motorista era um homem corpulento, os braços inchados por músculos que controlavam firme o volante ao entrar nas curvas em alta velocidade. Pela maneira como avançava no meio da estrada, jamais usando o freio, devia ter certeza absoluta de que não apareceria outro veículo. Hassan bem que precisava dormir um pouco, mas o motorista queria conversar. Fumava sem parar. Disse a Hassan que os judeus eram bons governantes, os negócios haviam prosperado desde que eles tinham ocupado o Jordão, mas é claro que a terra um dia teria que ser libertada. Não havia dúvida de que uma metade do que ele disse não era sincera, só que Hassan não conseguiu determinar qual delas.

Entraram em Nablus no frio amanhecer samaritano, com um sol vermelho erguendo-se por trás das colinas e a cidade ainda adormecida. O caminhão seguiu até a praça do mercado e parou. Hassan se despediu do motorista.

Caminhou lentamente pelas ruas vazias, enquanto o sol começava a dissipar o frio da noite. Saboreou o ar puro e as construções baixas e pintadas de branco, apreciando cada detalhe, deleitando-se com a nostalgia de sua infância. Estava na Palestina, estava em casa.

Sabia o caminho exato para uma casa sem número numa rua sem nome. Era um bairro pobre, com casinhas de pedra amontoadas, sem que ninguém se preocupasse em varrer as ruas. Havia uma cabra amarrada diante de uma casa e Hassan se perguntou por um instante o que o bicho comeria, já que não havia relva. A porta da casa estava destrancada.

Hesitou por um instante, reprimindo a empolgação que o invadia. Passara muito tempo longe, mas agora estava de volta à terra. Esperara muitos anos por aquela oportunidade de desferir um golpe espetacular, como vingança pelo que haviam feito a seu pai. Sofrera o exílio, aguentara com paciência, acalentara seu ódio o bastante, talvez até demais.

Hassan entrou na casa.

Havia quatro ou cinco pessoas dormindo no chão. Uma delas, uma mulher, abriu os olhos, avistou-o e se sentou no mesmo instante, estendendo a mão por baixo do travesseiro, a fim de pegar o que podia ser uma arma.

– O que você quer aqui?

Hassan pronunciou o nome do homem que comandava os *fedayin*.

~

Mahmoud vivera não muito longe de Yasif Hassan, quando ambos eram garotos, no fim dos anos 1930. Mas nunca se encontraram, ou, se o encontro aconteceu, não se lembravam. Depois da guerra na Europa, quando Yasif foi estudar na Inglaterra, Mahmoud ficou cuidando das ovelhas, com os irmãos, o pai, os tios e o avô. Suas vidas continuariam a seguir por caminhos inteiramente diferentes, se não fosse pela guerra de 1948. O pai de Mahmoud, assim como o de Yasif, tomara a decisão de pegar suas coisas e fugir. Os dois filhos – Yasif era uns poucos anos mais velho que Mahmoud – se conheceram no campo de refugiados. A reação de Mahmoud ao cessar-fogo foi ainda mais intensa que a de Yasif, que na verdade perdera muito mais. Mahmoud ficou dominado por uma raiva profunda, que não lhe permitiria fazer outra coisa que não lutar pela libertação de sua pátria. Até aquele momento, sempre fora indiferente a política, achando que nada tinha a ver com os pastores. Naquele ponto, decidiu compreendê-la. Mas antes de sequer começar a tentar, teve que aprender a ler sozinho.

Mahmoud e Yasif tornaram a se encontrar nos anos 1950, em Gaza. A essa altura, Mahmoud desabrochara, se é que essa era a palavra certa para um movimento tão impetuoso. Lera o tratado *Da guerra*, de Carl von Clausewitz, e *A República*, de Platão, *O capital*, de Karl Marx, e *Minha luta*, de Hitler, assim como obras de Keynes, Mao Tsé-Tung, John Kenneth Galbraith e Gandhi, história e biografia, romances clássicos e peças modernas. Falava um bom inglês e um péssimo russo, além de ter conhecimentos de cantonês. Comandava um pequeno grupo de terroristas em incursões a Israel – em que se lançavam bombas, disparavam tiros e executavam roubos – para depois voltar e desaparecer nos campos de Gaza, como ratos num depósito de lixo. Os terroristas recebiam dinheiro, armas e informações do Cairo.

Por algum tempo, Hassan participara do serviço de informações aos terroristas. Quando tornaram a se encontrar, Yasif Hassan dissera a Mahmoud a quem pertencia a sua suprema lealdade: não ao Cairo, nem mesmo ao pan-arabismo, mas à Palestina.

Naquele momento, Yasif estivera disposto a abandonar tudo – seu trabalho no banco, sua casa em Luxemburgo, seu lugar no serviço secreto egípcio – e se juntar aos combatentes da liberdade. Mas Mahmoud lhe dissera não, com o hábito do comando já ajustado a ele como um paletó sob medida. Dentro de poucos anos, argumentara, pois já pensava a longo prazo, teriam todos os guerrilheiros de que necessitavam, mas ainda precisariam de amigos em altos postos, ligações europeias e informações secretas.

Encontraram-se mais uma vez, no Cairo, acertando um sistema de comunicação que contornava os egípcios. Hassan cultivara uma imagem falsa perante a comunidade oficial do serviço secreto, simulando ser um pouco menos perceptivo do que na realidade era. A princípio, enviara para Mahmoud quase as mesmas informações que transmitia ao Cairo, sobretudo os nomes de árabes leais que estavam acumulando fortunas na Europa e podiam se tornar fontes de ajuda financeira. Mais tarde, quando o movimento palestino começou a operar na Europa, sua atuação passou a ter um valor mais imediato. Reservava hotéis e passagens de avião, alugava carros e casas, acumulava armas e transferia recursos.

Não era o tipo de homem capaz de usar uma arma. Sabia disso e sentia-se ligeiramente envergonhado. Assim, ficava ainda mais orgulhoso por ser tão útil de outras formas, não violentas, mas nem por isso menos valiosas.

Os resultados de seu trabalho começaram a explodir em Roma naquele ano. Yasif acreditava plenamente no programa de terrorismo europeu de Mahmoud. Estava convencido de que os exércitos árabes, mesmo com a ajuda de Moscou, jamais poderiam derrotar os judeus, pois esse tipo de batalha permitia que os judeus se vissem como um povo sitiado defendendo seu lar de soldados estrangeiros, o que lhes dava uma força imensa. Na opinião de Yasif, a verdade era que os árabes palestinos defendiam sua terra dos invasores sionistas. Ainda havia mais árabes palestinos do que judeus israelenses, contando-se os exilados nos campos. Eram *eles*, não uma turba de soldados do Cairo e de Damasco, que iriam libertar sua pátria. Mas, primeiro, tinham que acreditar nos *fedayin*. Atos como o do aeroporto de Roma convenceriam os palestinos de que os *fedayin* possuíam recursos internacionais. E, quando o povo acreditasse neles, *todos* se tornariam *fedayin* e, assim, seriam invencíveis.

O caso do aeroporto de Roma era trivial, insignificante, comparado com o que Hassan tinha em mente.

Era um plano terrível, que levaria os *fedayin* às primeiras páginas dos jornais do mundo inteiro por semanas a fio e provaria que constituíam uma força internacional, e não um bando de refugiados miseráveis. E Hassan torcia desesperadamente para que Mahmoud aceitasse o plano.

Yasif Hassan ia propor que os *fedayin* sequestrassem o navio cuja carga poderia provocar um holocausto.

~

Abraçaram-se como irmãos, trocaram beijos nas faces, depois deram um passo atrás a fim de se contemplarem.

– Está cheirando a rameira – disse Mahmoud.

– E você cheira a um cabreiro – respondeu Hassan.

Os dois riram e tornaram a se abraçar.

Mahmoud era um homem grandalhão, um pouco mais alto que Hassan e muito mais forte. E *parecia* ainda maior, pela maneira como empinava o nariz, andava e falava. E também tinha um cheiro azedo familiar, que provinha de viver entre muitas pessoas, num lugar que carecia das invenções modernas de banhos quentes, saneamento básico e coleta de lixo. Fazia três dias que Hassan usara loção pós-barba e talco, mas, para Mahmoud, ainda tinha o aroma de uma mulher perfumada.

A casa tinha dois cômodos, aquele em que Hassan entrara e outro, onde Mahmoud dormia no chão, junto com mais dois homens. Não havia segundo andar. Cozinhava-se no quintal dos fundos e a fonte de água mais próxima ficava a 100 metros. A mulher acendeu um fogo e começou a preparar um mingau de favas socadas. Enquanto esperavam para comer, Hassan contou sua história a Mahmoud:

– Há três meses, em Luxemburgo, encontrei um homem que conheci em Oxford, um judeu chamado Dickstein. Ele é hoje um dos principais agentes do Mossad. Eu o vigio desde então, com a ajuda dos russos, em particular de um homem da KGB chamado Rostov. Descobrimos que Dickstein planeja roubar um carregamento de urânio de um navio, a fim de que os sionistas possam fabricar bombas atômicas.

A princípio, Mahmoud se recusou a acreditar. Interrogou Hassan exaustivamente. Até que ponto aquela informação era válida? Havia alguma prova incontestável? Será que alguém não poderia estar mentindo? Não haveria possibilidade de erros? Depois, à medida que as respostas de Hassan foram fazendo cada vez mais sentido, a verdade começou a sobressair, deixando Mahmoud sombrio.

– Isso não é uma ameaça apenas à causa palestina. Essas bombas podem devastar todo o Oriente Médio.

É típico dele, pensou Hassan, *perceber logo as consequências globais.*

– O que você e esse russo planejam fazer? – indagou Mahmoud.

– O plano é deter Dickstein e denunciar a conspiração israelense, provando que os sionistas não passam de aventureiros impiedosos. Ainda não definimos os detalhes. Mas tenho uma proposta alternativa.

Hassan fez uma pausa, procurando encontrar as palavras certas, antes de acrescentar abruptamente:

– Acho que os *fedayin* devem sequestrar o navio antes de Dickstein.

Mahmoud permaneceu com uma expressão impassível por um longo tempo.

Hassan pensou: *Diga alguma coisa, pelo amor de Deus!* Mahmoud começou a balançar a cabeça devagar, de um lado para outro. Depois, a boca se entreabriu num sorriso e ele começou a rir, a princípio baixinho, depois com gargalhadas que lhe sacudiam o corpo e atraíram as outras pessoas da casa para descobrir o que acontecia.

Hassan se arriscou a uma pergunta:

– Mas o que acha?

Mahmoud suspirou.

– Sensacional. Não sei como poderemos fazê-lo, mas é uma ideia maravilhosa.

E depois ele começou a despejar seus questionamentos.

Fez perguntas enquanto comiam e pelo resto da manhã, sobre a quantidade de urânio, os nomes dos navios envolvidos, como o urânio era convertido em explosivo nuclear, lugares, datas e pessoas. Conversaram na sala dos fundos, somente os dois na maior parte do tempo. De vez em quando, Mahmoud chamava alguém e lhe dizia para escutar enquanto Hassan repetia algum ponto específico.

Por volta de meio-dia, Mahmoud convocou dois homens que pareciam ser seus lugares-tenentes. E, com os dois escutando, repassou os pontos que considerava essenciais.

– O *Coparelli* é um navio mercante comum, com uma tripulação regular?

– É, sim.

– Vai navegar pelo Mediterrâneo até Gênova.

– Exatamente.

– E quanto pesa o urânio?

– Duzentas toneladas.

– E está acondicionado em barris.

– São exatamente 560.

– E qual é o preço de mercado?

– Dois milhões de dólares americanos.

– E é usado para fabricar bombas nucleares.

– Isso mesmo. É a matéria-prima.

– E a conversão para a forma de explosivo é um processo caro ou difícil?

– Não para quem tem um reator nuclear. Sem ele, sim.

Mahmoud acenou com a cabeça para os seus dois lugares-tenentes.

– Digam isso aos outros.

~

À tarde, depois que o sol começou a descer e já havia esfriado o bastante para saírem, Mahmoud e Yasif foram até as colinas nos arredores da cidadezinha. Yasif queria muito saber o que Mahmoud pensava de fato sobre seu plano. Mas Mahmoud se recusava a falar sobre o urânio. Assim, Yasif falou de David Rostov e disse que admirava o profissionalismo do russo, apesar das dificuldades que o homem lhe criava.

– Podemos admirar os russos, desde que não confiemos neles – afirmou Mahmoud. – O coração dos russos não está na nossa causa. Há três motivos para que eles fiquem do nosso lado. O menos importante é o fato de causarmos problemas ao Ocidente, e tudo o que é ruim para o Ocidente é bom para os russos. Há também o problema da imagem. As nações subdesenvolvidas se identificam conosco, não com os sionistas. Assim, ao nos apoiar, os russos ganham crédito com o Terceiro Mundo... e não se esqueça de que, na competição entre os Estados Unidos e a União Soviética, é no Terceiro Mundo que estão todos os votos flutuantes. Porém o motivo mais importante, o único motivo *realmente* importante, é o petróleo. Os árabes possuem o petróleo.

Passaram por um garoto que vigiava umas poucas ovelhas magras e tocava uma flauta. Yasif lembrou que Mahmoud fora outrora um pastor que não sabia ler nem escrever.

– Você consegue compreender como o petróleo é importante? – perguntou Mahmoud. – Hitler perdeu a guerra europeia por causa do petróleo.

– Não foi bem assim.

– Claro que foi. Os russos derrotaram Hitler. Era inevitável e Hitler sabia disso. Conhecia a história de Napoleão, sabia que ninguém podia conquistar a Rússia. Então por que tentou? Porque estava ficando sem petróleo. Há petróleo na Geórgia, nos campos petrolíferos caucasianos. Hitler precisava dominar o Cáucaso. Mas não se pode dominar o Cáucaso sem se conquistar Volgogrado, que era então chamada de Stalingrado, exatamente o lugar em que a maré virou contra Hitler. Petróleo. É a essência da nossa luta, quer gostemos ou não. Entende? Se não fosse pelo petróleo, ninguém mais se importaria com uns poucos árabes e judeus em luta por uma terra árida como a nossa.

Mahmoud era magnético quando falava. A voz clara e firme emitia frases curtas, explicações simples, declarações que soavam como verdades essenciais devastadoras. Hassan desconfiava que ele dizia aquelas mesmas coisas a seus homens com frequência. Em sua mente, num ponto distante, veio-lhe a vaga recordação da maneira sofisticada como se discutia política em lugares como Luxemburgo e Oxford. Teve a impressão de que, apesar de suas montanhas de informações, aquelas pessoas sabiam menos que Mahmoud. Hassan sabia também que a política internacional *era* de fato complicada, que havia algo mais que petróleo por trás de tudo. Entretanto, no fundo, achava que Mahmoud estava certo.

Sentaram-se à sombra de uma figueira. A paisagem plana e crestada se estendia num vazio ao redor deles. O céu estava ofuscante, quente, muito azul, sem uma nuvem que fosse, de horizonte a horizonte. Mahmoud tirou a rolha de uma garrafa com água e a estendeu para Hassan, que tomou um gole do líquido morno e a devolveu. Depois, ele perguntou a Mahmoud se queria governar a Palestina depois que os sionistas fossem derrotados.

– Já matei muitas pessoas – disse Mahmoud. – A princípio, matei com as próprias mãos, com uma faca, uma pistola ou uma bomba. Agora, mato fazendo planos e dando ordens. Mas continuo a matar. Sabemos que isso é um pecado, mas não me arrependo. Não sinto remorso, Yasif. Mesmo quando cometemos erros e matamos crianças e árabes, em vez de soldados e sionistas, ainda penso apenas: "Isso é ruim para a nossa reputação." Jamais penso no outro lado: "Isso é ruim para a minha alma." Tenho sangue nas mãos e não vou lavá-las. Nem tentarei. Existe um livro chamado *O retrato de Dorian Gray*. É sobre um homem que leva uma vida demoníaca e debilitante, o tipo de vida que deve fazê-lo parecer um velho, deixar-lhe o rosto cheio de rugas, causar-lhe olheiras, destruir-lhe o fígado e provocar-lhe doenças venéreas. Contudo, ele nada sofre. À medida que os anos passam, ele permanece jovem, como se tivesse encontrado o elixir da vida. Mas, numa sala trancada de sua casa, há um retrato dele. E é o retrato que envelhece, que sofre as devastações da vida desregrada e das doenças terríveis. Conhece a história? É inglesa.

– Vi o filme – disse Yasif.

– Li o livro quando estava em Moscou. Gostaria de ver o filme. Lembra como terminava?

– Claro que lembro. Dorian Gray destrói o quadro e todas as doenças e devastações se abatem sobre ele, que morre em seguida.

– Isso mesmo – concordou Mahmoud, arrolhando a garrafa e contemplando as colinas crestadas sem de fato vê-las. – Quando a Palestina estiver livre, meu retrato será destruído.

Depois disso, ficaram sentados em silêncio por algum tempo. Depois, ainda sem falar nada, levantaram-se e começaram a voltar para a cidade.

~

Ao cair daquela noite, pouco antes do toque de recolher, diversos homens chegaram à pequena casa em Nablus. Hassan não os conhecia. Podiam ser os líderes locais do movimento, um grupo variado de pessoas cujo julgamento Mahmoud respeitava ou um conselho de guerra permanente, que estava sempre perto de Mahmoud, embora não chegasse a viver com ele. Hassan compreendia a lógica da última alternativa. Afinal, se todos vivessem juntos, poderiam também ser destruídos juntos.

Uma mulher lhes serviu pão, peixe e um vinho aguado. Mahmoud falou do plano de Hassan, que ele já aprofundara. Propôs que sequestrassem o *Coparelli* antes que Dickstein chegasse ao navio, emboscando os israelenses mais tarde quando subissem a bordo. O grupo de Dickstein esperava apenas uma tripulação comum e uma resistência mínima, então seria certamente exterminado. Depois, os *fedayin* levariam o navio para um porto no norte da África e convidariam o mundo a visitá-lo, para que todos vissem os corpos dos criminosos sionistas. A carga seria oferecida a seus proprietários por um resgate equivalente à metade do valor no mercado – ou seja, 1 milhão de dólares.

Houve um longo debate. Era evidente que uma facção do movimento já estava apreensiva com a política de Mahmoud de levar a guerra à Europa e encarava o sequestro proposto como uma extensão adicional da mesma estratégia. Sugeriram que os *fedayin* alcançariam o mesmo objetivo simplesmente convocando uma entrevista coletiva em Beirute ou Damasco para revelar a conspiração israelense à imprensa internacional. Hassan estava convencido de que isso não seria suficiente. As acusações não tinham qualquer força, e o importante não era comprovar a marginalidade dos sionistas, e sim o poder dos *fedayin*.

Todos falaram como iguais e Mahmoud pareceu escutar cada um com a mesma atenção. Hassan permaneceu sentado em silêncio, ouvindo as vozes baixas e serenas daqueles homens que pareciam camponeses e falavam como senadores. Mantinha-se ao mesmo tempo esperançoso e temeroso de que adotassem seu plano. Esperançoso porque seria a realização de vinte anos de sonhos de vingança; temeroso porque teria que fazer coisas mais difíceis, violentas e arriscadas do que o trabalho até então envolvido.

Já no fim, Hassan não conseguiu mais aguentar e saiu da casa. Agachou-se no quintal, aspirando o ar noturno, sentindo o cheiro do fogo que agonizava. Pouco depois, soou um coro de vozes serenas no interior da casa, como se fosse uma votação.

Mahmoud saiu e foi se acocorar ao lado de Hassan.

– Mandei buscar um carro.

– Para quê?

– Precisamos ir a Damasco. Hoje à noite. Há muito o que fazer. Será a nossa maior operação. Devemos começar a trabalhar imediatamente.

– Quer dizer que já está decidido?

– Está, sim. Os *fedayin* vão sequestrar o navio e roubar o urânio.

– Que assim seja – murmurou Yasif Hassan.

~

David Rostov sempre gostara da família em pequenas doses. E, à medida que foi envelhecendo, as doses foram se tornando cada vez menores. O primeiro dia das curtas férias foi maravilhoso. Ele preparou o café da manhã, todos andaram pela praia. De tarde, Vladimir, o jovem gênio, jogou xadrez contra Rostov, Mariya e Yuri ao mesmo tempo e venceu as três partidas. Ficaram horas à mesa do jantar, bebendo vinho e se informando das últimas notícias. O segundo dia foi parecido, mas não tão agradável. E, no terceiro dia, a novidade de terem a companhia um do outro já se desgastara. Vladimir recordou que deveria agir como um prodígio e voltou a enterrar a cara nos livros. Yuri começou a tocar a música ocidental degenerada na vitrola e a discutir com o pai sobre poetas dissidentes. E Mariya foi se refugiar na cozinha e tirou a maquiagem.

Assim, quando chegou a informação de que Nik Bunin voltara de Roterdã e conseguira instalar o emissor de rádio no *Stromberg*, Rostov decidiu aproveitá-la como pretexto para voltar a Moscou.

Nik contou que o *Stromberg* estava num dique seco para ser submetido à inspeção habitual antes de ser concluída a venda para a Savile. Diversos reparos estavam sendo efetuados. Nik não tivera a menor dificuldade em subir a bordo apresentando-se como eletricista. Instalara um potente emissor de rádio na proa do navio. Ao partir, fora interrogado pelo supervisor do dique, que não tinha registro de nenhum serviço elétrico previsto para aquele dia. Nik ressaltara que, se o trabalho não fora solicitado, não havia a menor dúvida de que não seria pago.

Daquele momento em diante, sempre que a energia do navio estivesse ligada – o que era o tempo todo em que estava no mar e a maior parte do período em que ficava atracado –, o emissor despacharia um sinal a cada trinta minutos, até que a embarcação afundasse ou fosse desmontada para ser vendida como sucata. Pelo resto de sua vida, onde quer que estivesse, o *Stromberg* poderia ser localizado por Moscou em, no máximo, uma hora.

Rostov escutou atentamente as informações de Nik e depois o despachou para casa. Tinha planos para a noite. Fazia muito tempo que não se encontrava com Olga e estava impaciente para revê-la e descobrir o que seria capaz de fazer com o vibrador a pilha que lhe trouxera de presente de Londres.

~

No serviço secreto naval israelense havia um jovem capitão chamado Dieter Koch, que era especialista em engenharia de máquinas. Quando o *Coparelli* zarpasse de Antuérpia com a sua carga de urânio, Koch estaria a bordo.

Nat Dickstein chegou a Antuérpia apenas com uma ideia vaga sobre como conseguir isso. De seu quarto no hotel, telefonou para o representante local da empresa que era dona do *Coparelli*.

Quando eu morrer, pensou ele, enquanto esperava que a ligação fosse concluída, *vão levar o meu caixão de um quarto de hotel*.

Uma voz de mulher atendeu o telefone e Dickstein disse de forma abrupta:

– Aqui é Pierre Beaudaire. Passe para o diretor.

– Um momento, por favor.

Logo depois, veio uma voz de homem:

– Pois não?

– Bom dia. Aqui é Pierre Beaudaire, da Agência de Tripulação Beaudaire. Dickstein improvisava.

– Nunca ouvi falar.

– É por isso que estou telefonando. Estamos pensando em abrir um escritório aqui em Antuérpia e gostaria de saber se não estaria disposto a experimentar nossos serviços.

– Duvido muito. Mas pode me escrever e...

– Está totalmente satisfeito com a sua agência atual?

– Podia ser pior. Escute aqui...

– Só mais uma pergunta e depois não voltarei a incomodá-lo. Posso saber qual é a agência que usa no momento?

– A Cohen's. Mas precisa entender que não disponho de mais tempo...

– Entendo perfeitamente. E obrigado por sua paciência. Adeus.

Cohen's! Era muita sorte. *Talvez eu consiga resolver o problema sem recorrer à força bruta*, pensou Dickstein, enquanto desligava o telefone. Cohen, um sobrenome judeu! Era inesperado, pois os judeus normalmente não se dedicavam a negócios de transporte marítimo.

Mas às vezes todo mundo tinha um pouco de sorte.

Procurou a Agência de Tripulação Cohen's na lista telefônica, memorizou o endereço, vestiu o paletó, deixou o hotel e chamou um táxi.

Cohen possuía um pequeno escritório de duas salas em cima de um bar de marinheiros na zona de meretrício da cidade. Ainda não era meio-dia e o pessoal noturno ainda dormia. Eram prostitutas e ladrões, músicos e dançarinas, garçons e leões de chácara, as pessoas que faziam com que a zona ganhasse vida durante a noite. Naquela hora do dia, a área podia passar por um simples distrito comercial quase em ruínas, cinzento e frio na manhã. E não muito limpo.

Dickstein subiu uma escada até uma porta no segundo andar, bateu e entrou. Uma secretária de meia-idade dominava uma pequena recepção repleta de arquivos e com cadeiras de plástico laranja.

– Gostaria de falar com o Sr. Cohen – disse-lhe Dickstein.

A secretária o avaliou e pareceu julgar que ele não tinha a aparência de um marujo à procura de um navio.

– Está querendo um navio? – perguntou, em tom de dúvida.

– Não. Sou de Israel.

– Ah!

A mulher hesitou. Tinha cabelo escuro e olhos fundos, usava uma aliança de casamento. Dickstein se perguntou se por acaso não seria a Sra. Cohen. Ela se levantou e passou por uma porta atrás de sua mesa. Usava calça comprida e tinha o corpo equivalente à idade que o rosto denunciava.

Voltou um minuto depois e conduziu Dickstein à sala de Cohen. O homem se levantou, apertou a mão do visitante e foi logo dizendo, sem preâmbulos:

– Contribuo para a causa todos os anos. E, na guerra, doei 20 mil florins. Posso lhe mostrar o cheque. Veio fazer algum apelo? Vai haver outra guerra?

– Não estou aqui para pedir dinheiro, Sr. Cohen – disse Dickstein, sorrindo.

A Sra. Cohen deixara a porta aberta. Dickstein a fechou e depois acrescentou:

– Posso me sentar?

– Se não é dinheiro o que quer, pode se sentar, tomar um café e ficar o dia inteiro – respondeu Cohen, rindo.

Dickstein se sentou. Cohen era um homem baixo, de óculos, calvo e de barba feita. Aparentava uns 50 anos. Usava um terno marrom que não era muito novo. Dickstein calculou que seu empreendimento dava algum dinheiro, mas não o tornava milionário.

– Já estava aqui na Segunda Guerra Mundial?

Cohen assentiu.

– Eu ainda era jovem – falou o empresário. – Fui para o campo e trabalhei numa fazenda onde ninguém me conhecia, ninguém sabia que eu era judeu. Tive muita sorte.

– Acha que pode acontecer de novo?

– Claro que pode. Tem acontecido constantemente ao longo da história. Por que iria parar agora? Acontecerá outra vez... mas não durante a minha vida. Está tudo bem aqui. Não quero ir para Israel.

– Certo. Trabalho para o governo de Israel. Gostaríamos que fizesse algo para nós.

Cohen deu de ombros.

– O quê?

– Dentro de algumas semanas, um dos seus clientes vai telefonar com um pedido urgente. Vão querer um oficial de máquinas para um navio chamado *Coparelli*. Gostaríamos que encaminhasse um homem que vamos lhe fornecer. O nome dele é Koch. É israelense, mas estará usando um nome diferente, com documentos falsificados. Mas é *de fato* um oficial de máquinas. Seus clientes não ficarão malservidos.

Dickstein esperou que Cohen dissesse alguma coisa. *Você é um homem legal*, pensou ele, *um homem de negócios, judeu, decente, inteligente e trabalhador, embora um pouco limitado; não me obrigue a bancar o durão.*

– Não vai me dizer por que o governo de Israel quer esse tal Koch a bordo do *Coparelli*? – perguntou Cohen afinal.

– Não.

Houve outro momento de silêncio.

– Tem alguma identificação?

– Não.

A secretária entrou sem bater e serviu café. Dickstein sentiu certa hostilidade. Cohen aproveitou a interrupção para pôr os pensamentos em ordem.

– Eu teria que ser louco para fazer isso – falou ele, assim que a mulher se retirou.

– Por quê?

– O senhor chega da rua sem aviso dizendo que representa o governo de Israel. Mas não tem nenhuma identificação, nem mesmo informa seu nome. Pede que eu participe de algo que é obviamente clandestino e provavelmente criminoso. E não quer me contar seus planos. Mesmo que eu acreditasse em sua história, não sei se aprovaria o fato de os israelenses fazerem o que você está querendo.

Dickstein suspirou, ponderando as alternativas: chantagem, o sequestro da esposa, a captura do escritório no dia crucial... Mas acabou perguntando:

– Há alguma coisa que eu possa fazer para convencê-lo?

– Eu precisaria de um pedido pessoal do primeiro-ministro de Israel para fazer uma coisa assim.

Dickstein se levantou para ir embora. Hesitou por um momento, pensando: *Por que não? Por que não, inferno?* Era uma ideia inacreditável, pensariam que ele estava doido... mas daria certo, alcançaria o objetivo... Ele sorriu enquanto pensava na ideia. Pierre Borg iria infartar.

– Está certo – falou a Cohen.

– Como disse?

– Vista o paletó. Vamos partir para Jerusalém.

– Agora?

– Está muito ocupado?

249

– Está falando sério?

– Já lhe disse que é importante – ressaltou Dickstein e apontou para o telefone na mesa. – Ligue para sua esposa.

– Ela está na outra sala.

Dickstein foi até a porta e a abriu.

– Sra. Cohen?

– Pois não?

– Quer entrar aqui por um momento, por favor?

Ela entrou na sala depressa, com uma expressão preocupada, e perguntou ao marido:

– O que foi, Josef?

– Esse homem quer que eu o acompanhe a Jerusalém.

– Quando?

– Agora.

– Esta semana?

– Esta manhã, Sra. Cohen – interveio Dickstein. – E devo dizer que tudo isso é confidencial. Pedi a seu marido que fizesse algo para o governo israelense. Naturalmente, ele quer ter certeza de que é o governo que está pedindo o favor, e não algum criminoso. Por isso, vou levá-lo a Jerusalém a fim de convencê-lo.

– Não se envolva, Josef...

Cohen deu de ombros.

– Sou judeu, já estou envolvido. Cuide do escritório.

– Mas você não sabe nada sobre esse homem!

– É por isso mesmo que preciso descobrir.

– Não estou gostando nada disso.

– Não há nenhum perigo – assegurou Cohen. – Iremos num avião comercial para Jerusalém, falarei com o primeiro-ministro e voltaremos em seguida.

– O primeiro-ministro! – exclamou a mulher.

Dickstein compreendeu como ela ficaria orgulhosa de o marido encontrar-se com o primeiro-ministro de Israel.

– Não se esqueça de que é confidencial, Sra. Cohen. Por favor, diga a todos que seu marido foi a Roterdã a negócios. Ele voltará amanhã.

Ela encarou os dois aturdida.

– Meu Josef vai se encontrar com o primeiro-ministro e não posso contar a Rachel Rothstein?

E foi nesse momento que Dickstein teve certeza de que tudo daria certo.

Cohen tirou o paletó de um cabide e o vestiu. A esposa lhe deu um abraço e um beijo.

– Está tudo bem – disse-lhe Cohen. – É muito súbito e estranho, mas está tudo bem.

Ela balançou a cabeça, ainda atordoada, e o deixou partir.

～

Pegaram um táxi para o aeroporto. A satisfação de Dickstein crescia a cada instante. O plano tinha um quê de travessura e ele se sentia como um estudante que pregasse uma peça em todo mundo. Não conseguia parar de sorrir. Teve que virar a cabeça para o outro lado para evitar que Cohen percebesse.

Pierre Borg subiria pelas paredes de tanta raiva.

Dickstein comprou duas passagens de ida e volta para Tel Aviv e pagou com seu cartão de crédito. Tiveram que embarcar num voo com conexão em Paris. Antes de o avião decolar, ele telefonou para a embaixada em Paris e acertou para que alguém os encontrasse na sala de passageiros em trânsito.

Lá, entregou ao homem da embaixada uma mensagem para Borg explicando o que deveria ser feito. O diplomata era um homem do Mossad e tratou Dickstein com extrema deferência.

Cohen teve permissão para escutar a conversa e, depois que o diplomata seguiu para a embaixada, disse:

– Podemos voltar. Já estou convencido.

– Ah, não! – reagiu Dickstein. – Agora que chegamos a esse ponto, quero ter certeza da sua ajuda.

No avião, Cohen comentou:

– Deve ser um homem importante em Israel.

– Não, não sou. Mas o que estou fazendo é importante.

Cohen quis saber como se comportar, como se dirigir ao primeiro-ministro.

– Não sei – respondeu Nat. – Nunca o encontrei. Aperte a mão dele e chame-o pelo nome.

Cohen sorriu. Começava a partilhar a sensação de travessura de Dickstein.

Pierre Borg os recebeu no aeroporto de Lod com um carro para levá-los a Jerusalém. Ele sorriu e apertou a mão de Cohen, embora por dentro fervesse de raiva.

– É melhor ter um motivo muito bom para isso – sussurrou Borg para Dickstein ao se encaminharem para o carro.

– Eu tenho.

Cohen ficou com os dois durante todo o tempo, por isso Borg não teve oportunidade de interrogar Dickstein. Seguiram direto para a residência do primeiro-ministro em Jerusalém. Dickstein e Cohen esperaram numa antessala, enquanto Borg explicava ao primeiro-ministro o que era necessário e por quê.

Cerca de dois minutos depois, Dickstein e Cohen foram recebidos na outra sala.

– Este é Nat Dickstein, senhor – apresentou-o Borg.

Apertaram-se as mãos e o primeiro-ministro disse:

– Não tivemos oportunidade de nos encontrarmos antes, mas já ouvi falar muito a seu respeito, Sr. Dickstein.

– E este é o Sr. Josef Cohen, de Antuérpia – acrescentou Borg.

– Muito prazer, Sr. Cohen – falou o primeiro-ministro com um sorriso. – É um homem extremamente cauteloso. Deveria ser político. E agora... por favor, faça o que lhe está sendo pedido, por nós. É muito importante e não lhe causará nenhum mal.

Cohen ficou ofuscado.

– Claro, senhor, farei tudo o que for necessário. E lamento muito ter causado tanto incômodo...

– Não foi incômodo. Fez o que era certo – garantiu o primeiro-ministro e tornou a apertar a mão de Cohen. – Obrigado por ter vindo, Sr. Cohen. E adeus.

Borg foi menos educado no caminho de volta para o aeroporto. Ficou sentado em silêncio no banco da frente do carro, fumando um charuto e se remexendo de forma impaciente. No aeroporto, conseguiu ficar a sós com Dickstein por um momento.

– Se algum dia voltar a fazer uma coisa dessas...

– Era necessário – assegurou Dickstein. – Levou menos de um minuto. Por que não?

– Porque metade do meu departamento passou o dia inteiro trabalhando para conseguir esse minuto. Por que simplesmente não apontou uma pistola para a cabeça do homem ou algo assim?

– Porque não somos bárbaros.

– É o que as pessoas insistem em me dizer.

– É mesmo? Isso é um mau sinal.

– Por quê?

– Porque você não deveria precisar que alguém lhe dissesse uma coisa dessas.

O voo foi anunciado. Enquanto embarcava no avião com Cohen, Dickstein avaliou que seu relacionamento com Borg estava completamente deteriorado. Sempre haviam se falado daquela maneira, com insultos em tom de zombaria. Mas até aquele momento havia um quê de... talvez não de afeição, mas pelo menos de respeito. Só que isso desaparecera. Borg se mostrava hostil. A recusa categórica de Dickstein em ser afastado da operação era um ato de insubordinação que Borg não toleraria. Se Dickstein quisesse continuar no Mossad, teria que brigar com Borg pelo cargo de diretor. Não havia mais espaço suficiente para os dois na organização. Porém não chegaria a haver competição entre eles, já que Nat se demitiria assim que terminasse aquela missão.

Enquanto cruzavam os céus da Europa durante a noite, Cohen bebeu gim e acabou pegando no sono. Dickstein repassou na cabeça todo o trabalho que realizara nos últimos cinco meses. Começara em maio, sem ter a menor ideia sobre como iria roubar o urânio de que Israel tanto precisava. Enfrentara os problemas à medida que surgiram e encontrara uma solução para cada um: como localizar o urânio, que urânio roubar, como sequestrar um navio, como camuflar o envolvimento israelense no roubo, como evitar que o desaparecimento do urânio fosse comunicado às autoridades, como apaziguar os proprietários do urânio. Se tivesse se sentado no início e tentado elaborar todo o plano, jamais teria previsto todas as complicações.

Tivera alguma sorte e momentos de azar. O fato de os proprietários do *Coparelli* contratarem sua tripulação usando a agência de um judeu em Antuérpia fora um golpe de sorte, assim como a existência de um carregamento de urânio para usos não nucleares sendo transportado pelo mar. O azar consistia basicamente no encontro acidental com Yasif Hassan.

Hassan, a mosca na sopa. Dickstein tinha certeza quase absoluta de que conseguira despistar a oposição quando seguira de avião para Buffalo, a fim de se encontrar com Cortone. E não haviam retomado a sua pista desde então. O que não significava que tivessem abandonado o caso.

Seria muito útil saber quanto eles haviam descoberto antes de perderem sua pista.

Dickstein não podia tornar a se encontrar com Suza até que toda a operação estivesse encerrada. E Hassan também era o culpado por isso. Se ele fosse a Oxford, Hassan na certa retomaria a sua pista em algum lugar.

O avião iniciou a descida. Dickstein afivelou o cinto de segurança. Estava tudo feito agora, o plano definitivo, os preparativos concluídos. A sorte fora lançada. Ele sabia quais cartas tinha na mão e conhecia algumas dos oponentes, que também conheciam algumas das suas. Só restava agora começar o jogo, cujo resultado ninguém podia prever. Dickstein gostaria de poder discernir o futuro mais claramente, desejava que seu plano fosse menos complicado, que não fosse obrigado a arriscar a própria vida mais uma vez, que o jogo começasse logo, a fim de que pudesse parar de desejar e começar a concretizar.

Cohen despertou.

– Foi tudo um sonho? – perguntou ele.

– Não.

Dickstein sorriu. Havia mais um dever desagradável a cumprir: precisava deixar Cohen apavorado.

– Já lhe disse que essa operação é muito importante e secreta – começou Nat.

– Compreendo perfeitamente.

– Não, não compreende. Se falar a respeito disso com qualquer outra pessoa além de sua esposa, teremos que tomar medidas drásticas.

– Isso é uma ameaça? O que está querendo me dizer?

– É muito simples: se não ficar de boca fechada, vamos matar sua esposa.

Cohen empalideceu. Depois de um momento, virou a cabeça e olhou pela janela para o aeroporto que se aproximava depressa.

CAPÍTULO TREZE

O HOTEL ROSSIYA DE Moscou era o maior da Europa. Tinha 5.738 camas, 15 quilômetros de corredores e não dispunha de ar-condicionado.

Yasif Hassan dormiu muito mal ali.

Era muito mais fácil dizer "os *fedayin* devem sequestrar o navio antes de Dickstein chegar lá" do que executar a tarefa. Quanto mais pensava a respeito, mais apavorado ficava.

A Organização para a Libertação da Palestina não era, em 1968, a entidade política coesa que aparentava. Não era nem mesmo uma federação frouxa de grupos individuais a operar juntos. Era mais como um clube para pessoas com um interesse comum; representava seus membros, mas não os controlava. Os grupos guerrilheiros independentes podiam se manifestar como uma só voz por intermédio da OLP, mas não agiam nem podiam fazê-lo como se fossem unificados. Além do mais, num caso assim, seria uma insensatez pedir a cooperação da OLP. A organização recebia dinheiro e facilidades do Egito, tinha até uma sede por lá, mas também estava infiltrada pelos egípcios. Quando alguém queria manter algo em segredo dos governos árabes, não podia revelar à OLP. É claro que, depois do golpe, quando a imprensa internacional fosse ver o navio capturado com sua carga de urânio, os egípcios saberiam de tudo e provavelmente desconfiariam que os *fedayin* haviam ocultado aquela operação de propósito. Mas Mahmoud bancaria o inocente e os egípcios seriam obrigados a apoiar a opinião pública, que aclamaria os *fedayin* por terem frustrado um ato israelense de agressão.

De qualquer forma, Mahmoud se convencera de que não precisava da ajuda de ninguém. Seu grupo possuía os melhores contatos fora da Palestina, a melhor organização da Europa e muito dinheiro. Naquele momento, ele se encontrava em Bengasi, providenciando o empréstimo de um navio, enquanto sua equipe internacional se reunia, vindo de várias partes do mundo.

A tarefa mais crucial, no entanto, cabia a Hassan: se os *fedayin* iam capturar o *Coparelli* antes dos israelenses, teriam que determinar quando e em que ponto Dickstein efetuaria o seu sequestro, a fim de se anteciparem. Para isso, ele precisava da KGB.

Até sua visita a Mahmoud, Hassan podia dizer a si mesmo que trabalhava para duas organizações com um objetivo comum. Agora, ficava apreensivo na presença de Rostov, pois se tornara inegavelmente um agente duplo: que fingia trabalhar com os egípcios e a KGB ao mesmo tempo que sabotava seus planos. Sentia-se diferente – de certa forma, um traidor – e receava que Rostov notasse a mudança nele.

Quando Hassan voara para Moscou, o próprio Rostov também ficara apreensivo. Dissera que não havia espaço suficiente em seu apartamento para Hassan, embora o árabe soubesse que o resto da família estava longe, de férias. Parecia que Rostov escondia algo. Hassan desconfiou que ele se encontrasse com alguma mulher e não quisesse que o colega o atrapalhasse.

Depois de sua inquieta noite no hotel Rossiya, Hassan encontrou Rostov no prédio da KGB, em Moscou, na sala do chefe dele, Feliks Vorontsov. Ali também as aparências enganavam. Os dois homens estavam numa discussão ferrenha quando Hassan entrou na sala. Embora houvessem interrompido o assunto na mesma hora, o clima de hostilidade continuou. Hassan, no entanto, estava absorto demais nos próprios movimentos clandestinos para prestar atenção aos deles.

Sentou-se e indagou:

– Houve algum fato novo?

Rostov e Vorontsov se entreolharam. Rostov deu de ombros, enquanto Vorontsov dizia:

– Instalamos um potente emissor de rádio no *Stromberg*. O navio já deixou a doca seca e está agora seguindo para o sul, através da baía de Biscaia. Supõe-se que vá para Haifa, onde será ocupado por uma tripulação de agentes do Mossad. Creio que todos podemos ficar satisfeitos com nosso trabalho de aquisição de informações. Agora o projeto entra na esfera da ação direta. Nossa tarefa se torna prescritiva em vez de descritiva, por assim dizer.

– Todos falam assim na Central de Moscou – comentou Rostov, de forma irreverente.

Vorontsov lhe lançou um olhar furioso, enquanto Hassan indagava:

– Que ação vamos executar?

– Rostov vai para Odessa a bordo de um navio mercante polonês chamado *Karla* – explicou Vorontsov. – Ele parece um cargueiro comum, mas é bastante veloz e possui alguns equipamentos extras. Costumamos usá-lo bastante.

Rostov olhava fixamente para o teto, com uma expressão de ligeiro desagrado no rosto. Hassan calculou que ele planejava ocultar alguns daqueles detalhes dos egípcios; talvez fosse por isso que estivesse discutindo com Vorontsov.

– Sua tarefa é providenciar um navio egípcio e fazer contato com o *Karla* no Mediterrâneo – acrescentou Vorontsov.

– E depois?

– Ficaremos esperando que Tyrin nos informe, a bordo do *Coparelli*, sobre o sequestro israelense. Ele também vai informar se o urânio será transferido para o *Stromberg* ou continuará no *Coparelli* a fim de ser levado a Haifa e descarregado.

– E depois? – insistiu Hassan.

Vorontsov ia falar, mas Rostov o interrompeu, dizendo para Hassan:

– Quero que conte outra história ao Cairo. Quero que o seu pessoal pense que não sabemos nada a respeito do *Coparelli*, que apenas descobrimos que os israelenses planejam alguma coisa no Mediterrâneo e ainda tentamos desvendar o quê.

Hassan assentiu, mantendo a expressão impassível. Tinha que saber de qualquer maneira qual era o plano e Rostov não queria revelá-lo!

– Está certo, farei isso... se me contar qual o seu verdadeiro plano.

Rostov olhou para Vorontsov e deu de ombros.

– Depois do sequestro, o *Karla* seguirá num curso direto para o navio de Dickstein, o que estiver com o urânio – contou Vorontsov. – E o *Karla* vai colidir com esse navio.

– Colidir?

– Seu navio vai testemunhar a colisão e comunicá-la, esclarecendo que a tripulação do outro navio era constituída por israelenses e a carga era urânio. Haverá um inquérito internacional sobre a colisão. A presença dos israelenses e do urânio roubado no navio será comprovada de forma incontestável. O urânio será devolvido aos legítimos donos e os israelenses ficarão marcados pela desonra.

– Os israelenses vão lutar – comentou Hassan.

– O que será ainda melhor – voltou a falar Rostov –, já que seu navio estará presente para testemunhar o ataque deles e nos ajudar a vencê-los.

– É um bom plano – disse Vorontsov. – E bastante simples. Só precisamos providenciar a colisão. O resto seguirá de forma automática.

– Tem razão, é um bom plano – concordou Hassan.

Ajustava-se perfeitamente ao plano dos *fedayin*. Ao contrário de Dickstein,

Hassan sabia que Tyrin estava a bordo do *Coparelli*. Depois que os *fedayin* sequestrassem o navio e emboscassem os israelenses, poderiam jogar Tyrin e seu equipamento de rádio no mar. Rostov não teria a menor possibilidade de localizá-los.

Mas Hassan ainda precisava saber quando e onde Dickstein executaria o sequestro, a fim de que os *fedayin* pudessem chegar primeiro.

O escritório de Vorontsov estava bastante quente. Hassan foi até a janela e olhou para o tráfego de Moscou lá embaixo.

– Precisamos saber o momento e o lugar exatos em que Dickstein sequestrará o *Coparelli* – murmurou.

– Para quê? – indagou Rostov, abrindo os braços, com as palmas viradas para cima. – Temos Tyrin a bordo do *Coparelli* e um emissor de sinais de rádio no *Stromberg*. Saberemos a localização dos dois navios o tempo todo. Só precisamos ficar por perto e entrar em ação quando chegar o momento oportuno.

– Meu navio precisa estar na área certa, no momento crucial.

– Pois então basta seguir o *Stromberg*, permanecendo um pouco além do horizonte. Poderá captar os sinais de rádio. Ou então mantenha-se em contato comigo no *Karla*. Ou faça as duas coisas.

– E se o emissor de rádio falhar ou Tyrin for descoberto?

– É um risco a se comparar ao perigo de forçarmos a barra se começarmos a seguir Dickstein de novo... isto é, se conseguirmos encontrá-lo.

– Mas o argumento dele é válido – interveio Vorontsov.

Foi a vez de Rostov lhe lançar um olhar furioso. Hassan desabotoou o colarinho.

– Posso abrir uma janela?

– As janelas não abrem – disse Vorontsov.

– Será que vocês nunca ouviram falar de uma coisa chamada ar-condicionado?

– Em Moscou?

Hassan se virou para Rostov:

– Pense no que falei. Quero ter certeza absoluta de que os israelenses não nos escaparão.

– Já pensei – declarou Rostov. – E estamos tão seguros quanto poderíamos estar. Volte para o Cairo, providencie o navio e permaneça em contato comigo.

Está sendo condescendente comigo, seu filho da puta!, pensou Hassan. Virou-se para Vorontsov.

– Com toda a sinceridade, não posso dizer ao meu pessoal que estou satisfeito com o plano, a menos que possamos eliminar esse elemento de incerteza que ainda resta.

– Concordo com Hassan – disse Vorontsov.

– Pois eu não concordo – declarou Rostov. – E o plano ficará como já foi aprovado por Andropov.

Até aquele momento, Hassan pensava que sua vontade iria prevalecer, já que Vorontsov, que era chefe de Rostov, o apoiava. Porém a menção do chefe da KGB parecia constituir um movimento vencedor naquele jogo. Vorontsov quase se encolheu e, mais uma vez, Hassan teve que disfarçar seu desespero.

– O plano pode ser mudado – murmurou Vorontsov ainda.

– Só com a aprovação de Andropov – destacou Rostov. – E ninguém vai contar com o meu apoio para a mudança.

Os lábios de Vorontsov se comprimiram, formando uma linha fina. *Ele odeia Rostov*, pensou Hassan, *e eu também*.

– Está certo – falou Vorontsov para encerrar o assunto.

Em todo o seu tempo de atividade no serviço secreto, Hassan pertencera a uma equipe. Trabalhando para os egípcios, a KGB e até mesmo com os *fedayin*, sempre tivera outras pessoas experientes e decididas para lhe darem ordens e orientação, para assumirem a responsabilidade. Ao deixar o prédio da KGB para voltar ao hotel, compreendeu que, agora, a iniciativa teria que ser exclusivamente sua.

Precisaria encontrar sozinho um homem extraordinariamente esquivo e inteligente, depois descobrir o segredo dele, guardado com o maior empenho...

Hassan passou vários dias em pânico. Voltou ao Cairo, contou a história de Rostov, providenciou o navio egípcio que lhe fora solicitado. O problema permanecia em sua cabeça como um penhasco escarpado que não podia começar a escalar, até que visse pelo menos parte do caminho até o topo. Inconscientemente, vasculhou a sua experiência pessoal em busca de atitudes e meios que pudessem lhe permitir assumir uma tarefa assim, agir de forma independente.

Teve de voltar muito ao passado.

Houvera um tempo em que Yasif Hassan era um homem diferente. Um jovem árabe rico, quase aristocrático, com o mundo a seus pés. A sua atitude era a de quem podia fazer praticamente qualquer coisa... e, por pensar assim, fazia. Fora estudar na Inglaterra, um país estranho, sem a menor apreensão. Ingressara em sua sociedade sem se preocupar ou nem sequer querer saber o que as pessoas pensavam a seu respeito.

Mesmo então, houvera ocasiões em que tivera que aprender algo. Mas sempre conseguira isso com facilidade. Certa ocasião, um colega da universidade, um visconde não-sei-o-quê, convidara-o para jogar polo. Hassan jamais jogara polo. Perguntara quais eram as regras e observara os outros no campo por algum tempo, reparando como empunhavam os tacos, como batiam na bola, como a passavam e por quê. Por fim entrara no jogo. Era um tanto desajeitado com o taco, mas sabia cavalgar com o vento. Jogara relativamente bem, apreciara a partida, e sua equipe vencera.

Agora, em 1968, disse a si mesmo: *Posso fazer qualquer coisa, mas a quem posso imitar?*

A resposta era óbvia: David Rostov.

Rostov era independente, confiante, capaz, brilhante. Conseguira descobrir Dickstein, mesmo quando não havia pistas e estavam num beco sem saída. Hassan recordou:

Pergunta: Por que Dickstein está em Luxemburgo?

Bem, o que sabemos a respeito de Luxemburgo? O que existe aqui?

Há a bolsa de valores, os bancos, o Conselho da Europa, a Euratom...

Euratom!

Pergunta: Dickstein havia desaparecido. Para onde poderia ter ido?

Não sabemos.

Mas quem conhecemos que ele conhece?

Somente o professor Ashford, em Oxford...

Oxford!

O método de Rostov era analisar fragmentos de informações – quaisquer que existissem, ainda que parecessem triviais – a fim de atingir o alvo.

O problema era que aparentemente já haviam consumido todos os fragmentos de informações de que dispunham.

Portanto, preciso obter mais informações, pensou Hassan. *Posso fazer qualquer coisa.*

Ele vasculhou a memória em busca de tudo o que podia recordar do tempo que tinham passado juntos em Oxford. Dickstein estivera na guerra, jogava xadrez, suas roupas eram surradas...

Tinha mãe.

Mas ela já morrera.

Hassan jamais tomara conhecimento de irmãos ou irmãs, de parentes de qualquer tipo. Já passara bastante tempo e os dois nunca tinham sido muito chegados, nem mesmo na ocasião.

Contudo, havia alguém que podia saber um pouco mais a respeito de Dickstein: o professor Ashford.

Assim, como último recurso, Yasif Hassan voltou a Oxford.

Durante todo o trajeto, no avião que deixou o Cairo, no táxi do aeroporto de Londres à estação de Paddington, no trem até Oxford e no táxi até a casinha verde e branca à beira do rio, Hassan foi pensando em Ashford. A verdade era que desprezava o professor. Em sua juventude, talvez Ashford tivesse sido um destemido. Mas se tornara um velho fraco, um político amador, um acadêmico que nem mesmo conseguia segurar a esposa. Ninguém podia respeitar um velho corno... e o fato de os ingleses não pensarem assim só contribuía para aumentar ainda mais o desprezo de Hassan.

Ele se preocupou com a possibilidade de que a fraqueza de Ashford aliada à lealdade a Dickstein, que fora seu amigo além de aluno, pudesse levá-lo a não se envolver.

Perguntou-se se deveria explorar o fato de Dickstein ser judeu. Sabia, do tempo que passara em Oxford, que o antissemitismo mais persistente na Inglaterra era o das classes superiores. Os clubes de Londres que ainda proibiam o ingresso de judeus ficavam no West End, não no East End. Mas Ashford era uma exceção. Amava o Oriente Médio, e sua posição pró-árabe tinha motivação ética, e não racial. Sim, explorar o fato de Dickstein ser judeu seria um erro.

No fim, decidiu pôr as cartas na mesa. Diria a Ashford por que queria encontrar Dickstein e torceria para que o professor concordasse em ajudá-lo, pelas mesmas razões.

~

Depois de se cumprimentarem com apertos de mão e se servirem de xerez, foram se sentar no jardim.

– O que o traz de volta à Inglaterra tão cedo? – perguntou Ashford.

Hassan revelou a verdade:

– Estou atrás de Nat Dickstein.

Estavam sentados à beira do rio, no pequeno canto do jardim isolado pela sebe onde Hassan beijara a linda Eila, tantos anos antes. Aquele canto era resguardado do vento de outubro e recebia algum sol do outono para aquecê-los.

O professor se mostrou retraído e cauteloso. Manteve o rosto impassível.

– Acho melhor me contar o que está acontecendo.

Hassan observou que, durante o verão, o professor cedera um pouco à moda. Cultivava agora costeletas fartas e deixara que o cabelo de monge que contornava a cabeça abaixo da área da calva crescesse bastante. Usava jeans e um cinto largo de couro com o paletó de tweed.

– Vou contar – disse Hassan, com a terrível sensação de que Rostov teria sido muito mais sutil. – Mas quero ter a sua palavra de que não falará a mais ninguém.

– Está certo.

– Dickstein é um espião israelense.

Os olhos de Ashford se estreitaram, mas ele não falou nada.

– Os israelenses planejam fabricar bombas nucleares, mas não dispõem de plutônio – prosseguiu Hassan. – Precisam de um suprimento de urânio para alimentar seu reator e extraírem o plutônio. A missão de Dickstein é roubar esse urânio... e a minha é descobri-lo e detê-lo. Quero que me ajude.

Ashford ficou olhando para o xerez por um momento, depois esvaziou o copo num só gole.

– Há duas questões que se destacam inicialmente.

Ele fez uma pausa, e Hassan compreendeu que iria tratar do caso como um problema intelectual, a defesa característica dos acadêmicos assustados.

– A primeira é se *posso* ou não ajudar, a outra se *devo* ou não ajudar. Creio que a última tem primazia, pelo menos sob o aspecto moral.

Queria poder agarrá-lo pelo pescoço e sacudi-lo, pensou Hassan. *Talvez possa fazer isso, pelo menos em termos figurados.*

– É claro que *deve*. Acredita na nossa causa.

– Não é tão simples assim. Estou sendo solicitado a interferir numa disputa entre dois homens que são meus amigos.

– Mas só um deles está no lado certo.

– Devo então ajudar o que está no lado certo... e trair o que está no lado errado?

– Claro.

– Não há nada tão evidente no caso. O que você fará se e quando descobrir Dickstein?

– Trabalho com o serviço secreto egípcio, professor. Mas minha lealdade... e creio que a sua também... está com a Palestina.

Ashford se recusou a morder a isca.

– Continue – disse apenas, ainda sem se comprometer.

– Tenho que descobrir exatamente quando e onde Dickstein planeja roubar o urânio – falou Hassan e hesitou um pouco para prosseguir: – Os *fedayin* darão um jeito de chegar ao local antes de Dickstein e roubar o urânio.

Os olhos de Ashford faiscaram.

– Mas isso é sensacional!

Ele está quase cedendo, pensou Hassan. *Está assustado, mas também se sente atraído.*

– É muito fácil ser leal à Palestina aqui em Oxford, professor, dando aulas, comparecendo a reuniões. As coisas são um pouco mais difíceis para os que estão por lá, lutando por aquela terra. Estou aqui para lhe pedir que faça algo de concreto a favor de suas posições políticas, que decida se os seus ideais significam alguma coisa ou não. É agora que vamos descobrir se a causa árabe significa algo mais que um conceito romântico para o senhor. Esse é o teste, professor.

– Talvez tenha razão – afirmou Ashford.

E Hassan pensou: *Consegui fisgá-lo.*

~

Suza resolvera contar ao pai que se apaixonara por Nat Dickstein.

A princípio, não tivera certeza desse sentimento. Os poucos dias que haviam passado em Londres foram delirantes e felizes, repletos de amor. Mas depois ela chegara à conclusão de que tais emoções poderiam ser transitórias. Resolvera não tomar decisões precipitadas. Continuaria a levar sua vida normal, esperando para descobrir o que acontecia, como se sentiria algum tempo depois.

Contudo acontecera algo em Cingapura que a fizera mudar de ideia. Dois dos comissários de bordo na viagem eram um casal e só usavam um dos dois quartos de hotel que a companhia aérea lhes reservara. Assim, a tripulação pudera usar o outro quarto para uma festa. E, na festa, o comandante passara uma cantada em Suza. Era louro, tranquilo, sorridente, com um senso de humor deliciosamente absurdo. Todas as aeromoças concordavam que era um homem e tanto. Normalmente, Suza teria ido para a cama com ele sem pensar duas vezes. Mas dissera não, surpreendendo toda a equipe. Pensando a respeito mais tarde, Suza chegara à conclusão de que já não queria apenas uma transa e ponto final. Essa perspectiva não a atrai mais. Tudo o que queria era Nathaniel. Era como... era um pouco parecido com o que acontecera cinco anos antes, quando saíra o segundo álbum dos Beatles. Ela repassara toda a sua pilha de discos de Elvis, Roy Orbison e dos Everly Brothers, só para descobrir que não queria mais ouvi-los, que eles já não a encantavam, que nada mais havia para ela naquelas músicas antigas que ouvira com tanta frequência. Ela queria uma música de qualidade superior. Era um pouco parecido com isso, mas era também muito mais.

A carta de Dickstein fora o fator decisivo. Fora escrita só Deus sabia de onde e despachada do aeroporto de Orly, em Paris. Em sua letra pequena e meticulosa, com ganchos ondulados nos *gês e ípsilons*, Dickstein abrira seu coração de uma forma que era ainda mais irresistível por vir de um homem normalmente taciturno. Ela chorara ao ler a carta.

Desejava poder encontrar uma maneira de explicar tudo isso ao pai.

Sabia que ele desaprovava os israelenses. Mas Dickstein era um ex-aluno do pai, que se mostrara satisfeito ao vê-lo e disposto a ignorar o fato de que o outro apoiava o lado inimigo. Só que agora ela planejava transformar Dickstein numa parte permanente de sua vida, um membro da família. A carta dele dizia que a queria "para sempre" e Suza mal podia aguardar o momento em que lhe diria "Também quero!".

Ela achava que os dois lados estavam errados no Oriente Médio. A situação desesperadora dos refugiados era injusta e lamentável, porém Suza se convencera de que eles poderiam construir um novo lar em outro lugar. Não seria fácil, mas certamente seria mais simples que a guerra. Além disso, desprezava o heroísmo teatral que tantos árabes pareciam achar irresistível. Por outro lado, tornava-se evidente que toda a confusão era originalmente culpa dos israelenses, que haviam se apoderado de uma terra que pertencia a outro povo. Tal posição cética não atraía seu pai, que via o Certo num dos lados e o Errado no outro, com o belo fantasma da esposa no lado do Certo.

Seria difícil para ele. Havia muito tempo que Suza desiludira o pai do sonho de um dia levá-la pela nave de uma igreja metida num vestido de noiva. Mas ele ainda falava de vez em quando de um futuro em que ela se casaria e lhe daria uma neta. A perspectiva de essa neta ser israelense seria certamente um golpe terrível para ele.

Mas esse é o preço de ser pai, pensou Suza, enquanto entrava em casa.

– Cheguei, papai! – gritou.

Tirou o casaco e largou a bolsa da companhia aérea. Não houve resposta, mas a pasta do pai estava no vestíbulo, o que indicava que ele se encontrava no jardim. Suza pôs uma panela no fogo e saiu da cozinha em direção ao rio, ainda procurando as palavras certas para dar a notícia ao pai. Talvez devesse começar a falar sobre a viagem e depois, pouco a pouco...

Ela ouviu vozes ao se aproximar da sebe.

– E o que vai fazer com ele?

Era a voz do pai. Suza parou, sem saber se deveria ou não interromper a conversa.

– Vamos apenas segui-lo – disse outra voz, a de um estranho. – É claro que Dickstein não deve ser morto até que a operação esteja concluída.

Suza levou a mão à boca para sufocar um grito de horror. Depois, aterrorizada, virou-se e saiu correndo, sem fazer barulho, de volta para casa.

$\sim$

– Pois muito bem – disse o professor Ashford. – Seguindo o que podemos chamar de Método Rostov, vamos recordar tudo o que sabemos a respeito de Nat Dickstein.

Faça como achar melhor, pensou Hassan, *mas, pelo amor de Deus, encontre alguma coisa!*

– Ele nasceu no East End de Londres – continuou Ashford. – O pai morreu quando ele ainda era menino. Sabe alguma coisa a respeito da mãe?

– Também já morreu, segundo os nossos arquivos.

– Ele entrou para o Exército mais ou menos na metade da guerra... em 1943, se não me engano. Teve tempo de participar do ataque à Sicília. Foi feito prisioneiro pouco depois, já em território continental da Itália, não me lembro exatamente em que lugar. Correu o rumor... e tenho certeza de que se lembra disso... de que ele passou maus momentos nos campos de concentração, pelo fato de ser judeu. Depois da guerra, veio para cá. Ele...

Hassan o interrompeu com uma única palavra:

– Sicília.

– O que disse?

– A Sicília está mencionada na ficha dele. Dickstein supostamente esteve envolvido no roubo de um barco carregado de armas. Nossos homens tinham comprado as armas de um bando de criminosos da Sicília.

– Se formos acreditar no que lemos nos jornais, só há um bando de criminosos na Sicília – comentou o professor Ashford.

– Nosso pessoal ficou desconfiado de que os sequestradores do barco haviam subornado os sicilianos para lhes darem um aviso – acrescentou Hassan.

– Não foi na Sicília que ele salvou a vida daquele homem?

Hassan se perguntou sobre o que Ashford estaria falando. Controlou sua impaciência, pensando: *É melhor deixá-lo divagar... é justamente essa a ideia.*

– Ele salvou a vida de alguém?

– Do americano. Não está lembrado? Jamais esqueci. Dickstein trouxe o homem aqui. Era um soldado um tanto abrutalhado. Contou-me toda a história. Creio que agora estamos chegando a algum lugar. Deve ter conhecido o homem, pois esteve aqui naquele dia. Não se lembra?

– Não, não me lembro...

Hassan ficou um pouco constrangido, pois provavelmente na ocasião estava na cozinha acariciando Eila.

– Foi um tanto... embaraçoso – comentou Ashford.

Ele olhou para as águas que corriam devagar enquanto os pensamentos voltavam vinte anos. Uma expressão de tristeza se estampou em seu rosto por um momento, como se recordasse a esposa.

– Estávamos todos aqui – acrescentou depois. – Uma reunião de professores e alunos, provavelmente discutindo música moderna ou existencialismo enquanto tomávamos xerez. E de repente um soldado grandalhão entrou e se pôs a falar de tocaias e tanques, sangue e morte. Provocou verdadeiros calafrios. Por isso me recordo tão nitidamente. Disse que a família era originária da Sicília e que seus primos haviam recebido Dickstein com festa por ter salvado a vida dele. Você não falou que um bando siciliano avisou a Dickstein sobre o barco carregado de armas?

– É possível, mas não há certeza.

– Talvez ele não os tenha subornado.

Hassan balançou a cabeça. Ali estava uma informação, o tipo de dado trivial de que Rostov sempre parecia tirar algum proveito. Mas como ele iria usá-la?

– Não percebo como tudo isso irá nos ajudar. Como o antigo sequestro de Dickstein pode estar relacionado com a Máfia?

– A Máfia! – exclamou Ashford. – Era a palavra que eu estava procurando. E o nome do homem era Cortone... Tony Cortone... não, Al Cortone, de Buffalo. Eu lhe disse que me lembro de todos os detalhes.

– Mas que ligação pode haver com a operação atual? – indagou Hassan, impaciente.

266

Ashford deu de ombros.

– É muito simples. Dickstein já usou a sua ligação com Cortone para obter a ajuda da Máfia siciliana num ato de pirataria no Mediterrâneo. E as pessoas sempre repetem as aventuras da juventude. Ele pode tornar a fazer o mesmo.

Hassan começou a perceber tudo. E sentiu que a esperança renascia. Era um tiro no escuro, um palpite, mas fazia sentido. A possibilidade era concreta. Talvez conseguisse afinal tornar a descobrir a pista de Dickstein.

Ashford parecia satisfeito consigo mesmo.

– É um bom exemplo de raciocínio especulativo. Gostaria de poder publicá-lo, com anotações de pé de página.

– Talvez possamos descobrir algo por esse caminho – murmurou Hassan, ansioso.

– Está começando a esfriar. Vamos voltar para a casa.

Enquanto atravessavam o jardim, Hassan pensou por alto que ainda não aprendera a ser como Rostov, apenas encontrara em Ashford um substituto. Talvez a sua antiga independência tão cheia de orgulho tivesse desaparecido para sempre. Havia algo de desonroso nisso. Ele se perguntou se os outros *fedayin* também se sentiam assim e se era por isso que se mostravam tão sedentos de sangue.

– O problema é que não vejo a menor possibilidade de Cortone lhe revelar qualquer coisa, mesmo que saiba – disse Ashford.

– E ele não diria nem a você?

– Por que deveria? Mal se lembra de mim. Mas se Eila estivesse viva, poderia procurá-lo e contar alguma história...

Hassan preferia que Eila permanecesse fora da conversa.

– Tentarei pessoalmente.

Entraram na casa. E, ao pisarem na cozinha, avistaram Suza. E, nesse momento, se entreolharam compreendendo que haviam encontrado a solução.

~

Quando os dois homens voltaram para a casa, Suza já conseguira se convencer de que se enganara. Eles não estariam no jardim falando em matar Nat Dickstein. Era simplesmente impossível. O jardim, o rio, o clima ameno de outono, um professor e seu hóspede... assassinato não era algo que tivesse lugar ali, era uma ideia fantasiosa demais, como um urso-polar no deserto do Saara. Além disso, havia uma boa explicação psicológica para o equívoco: ela vinha planejando contar ao pai que amava Dickstein e temia sua reação. Devia haver algo nos textos de Freud que indicasse que, àquela altura, ela seria perfeitamente capaz de imaginar o pai conspirando para matar o homem a quem amava.

E, porque quase acreditava nesse raciocínio, Suza foi capaz de sorrir de forma jovial e dizer:

– Querem um café? Acabei de passar.

O pai lhe deu um beijo no rosto.

– Não sabia que tinha voltado, minha querida.

– Acabei de chegar e já ia sair para procurá-lo.

Por que estou mentindo?, pensou.

– Não conhece Yasif Hassan. Foi um dos meus alunos quando você era muito pequena.

Hassan beijou a mão de Suza e fitou a moça da forma como as pessoas que haviam conhecido Eila sempre faziam.

– É tão bonita quanto sua mãe – disse ele, sem qualquer tom de galanteio na voz, nem mesmo sendo lisonjeiro, apenas aturdido.

– Yasif esteve aqui há poucos meses, logo depois que um dos seus contemporâneos nos visitou... Nat Dickstein – acrescentou o pai. – Creio que se encontrou com Dickstein, mas você estava viajando quando Yasif apareceu.

– Há alguma liga... alguma ligação? – indagou Suza, censurando-se silenciosamente por sua voz ter falhado na última palavra.

Os dois homens se entreolharam.

– Para dizer a verdade, há, sim – confirmou Ashford.

E foi nesse instante que Suza teve certeza de que era verdade, de que não ouvira mal, que eles pretendiam mesmo matar o único homem que ela já amara. Sentiu-se à beira das lágrimas e se virou para remexer nas xícaras e nos pires.

– Quero lhe pedir que faça uma coisa, minha querida – disse o pai. – É algo muito importante, pela memória de sua mãe. Sente-se.

Já chega, pensou Suza. *Pelo amor de Deus, não pode ficar ainda pior!*

Respirou fundo, virou-se e se sentou de frente para o pai.

– Quero ajudar Yasif a encontrar Nat Dickstein – falou o professor.

Daquele momento em diante, Suza odiou o pai. Foi quando descobriu que seu amor por ela era uma fraude, que ele nunca a encarara como uma pessoa, que a usava, assim como usara sua mãe. Nunca mais tomaria conta dele, não voltaria a servi-lo, a se preocupar com o que sentia, se estava solitário, do que precisava... Compreendeu, no mesmo lampejo de percepção e ódio, que a mãe também chegara àquela situação e que ela teria agora a mesma reação de Eila, passando a desprezá-lo.

– Há um homem nos Estados Unidos que pode saber onde Dickstein está – prosseguiu Ashford. – Quero que vá até lá com Yasif e pergunte a esse homem.

Suza não disse nada. Hassan julgou a impassibilidade dela como incompreensão e começou a explicar:

– Dickstein é um agente israelense que trabalha contra o nosso povo. Precisamos detê-lo. Cortone, o americano de Buffalo, talvez o esteja ajudando. E, se estiver, não irá nos ajudar. Mas vai se lembrar de sua mãe e pode cooperar com você. Poderia lhe dizer que você e Dickstein são amantes.

– Haha!

A risada de Suza foi ligeiramente histérica e ela torceu para que não percebessem o motivo verdadeiro. Tratou de se controlar e conseguiu manter-se impassível, o corpo imóvel, o rosto inexpressivo enquanto lhe falavam do urânio, do homem a bordo do *Coparelli*, do emissor de rádio no *Stromberg*, de Mahmoud e seu plano de sequestro, de quanto aquilo significava para a Organização para a Libertação da Palestina. No fim, ela estava atordoada a ponto de ficar insensível e já nem precisava simular a sua impassibilidade.

– E então, minha querida, vai nos ajudar? – indagou o pai, afinal. – Fará o que pedimos?

Com um autocontrole que a surpreendeu, Suza lhes exibiu um sorriso de aeromoça, levantou-se e disse:

– Não acha que é muita coisa para se assimilar assim, de repente? Vou pensar no assunto enquanto tomo banho.

E saiu dali.

~

Tudo foi se encaixando aos poucos enquanto Suza pensava deitada na água quente, a porta trancada a separá-la do pai e Yasif.

Então era aquilo que Nathaniel precisava fazer antes de poder tornar a vê-la: roubar um navio. E depois, dissera ele, não a perderia de vista pelos próximos dez a quinze anos... talvez isso significasse que ele renunciaria a seu trabalho.

Mas estava claro que nenhum dos planos dele daria certo, porque os inimigos já sabiam de tudo. Aquele russo planejava abalroar o navio de Nat, Hassan planejava roubar o navio antes e armar uma emboscada. De qualquer forma, Dickstein estava em perigo. De qualquer forma, queriam destruí-lo. Suza podia alertá-lo.

Se ao menos soubesse onde encontrá-lo...

Aqueles homens lá embaixo não a conheciam! Hassan simplesmente presumia, como qualquer machista árabe, que faria o que lhe mandassem. O pai calculava que Suza ficaria do lado palestino porque era a posição dele, o cérebro da família. Agia assim também com a esposa. Mas Eila sempre conseguira enganá-lo e ele jamais desconfiara que ela podia não ser o que aparentava.

Ao compreender o que tinha que fazer, Suza ficou apavorada de novo.

No fim das contas, havia um meio de encontrar Nathaniel e alertá-lo.

O que queriam dela era que descobrisse Nat.

Suza sabia que poderia enganá-los, pois já haviam presumido que estava do lado deles, quando não era isso o que acontecia.

Podia, portanto, fazer o que eles queriam. Podia encontrar Nat... e então o avisaria de tudo.

Não estaria agravando a situação? Ao descobrir Nat, daria a pista para Hassan.

Contudo, mesmo que Hassan não o descobrisse, Nat ainda corria perigo da parte do russo.

E, se ele fosse avisado, poderia escapar aos dois perigos.

E talvez ela encontrasse um jeito de se livrar de Hassan no caminho, antes de alcançar Nat.

Qual era a alternativa? Esperar, continuar como se nada tivesse acontecido, rezar por um telefonema que poderia jamais acontecer... Suza compreendeu que pensava assim em parte por sua necessidade de tornar a ver Dickstein, em parte pela perspectiva de ele estar morto depois do sequestro e de ser aquela a sua última oportunidade. Mas havia bons motivos além disso: se não fizesse nada, poderia frustrar os planos de Hassan, mas ainda restariam os russos.

Sua decisão estava tomada: para descobrir Nathaniel, fingiria cooperar com Hassan.

Sentiu-se estranhamente feliz. Mesmo acuada, experimentava a sensação de liberdade; obedecia ao pai, mas sentia também que finalmente o desafiava; para o melhor ou o pior, tinha um compromisso com Nathaniel.

E também estava muito assustada.

Saiu da banheira, se enxugou, colocou a roupa e desceu para transmitir a boa-nova aos homens.

~

Às quatro da madrugada de 16 de novembro de 1968, o *Coparelli* parou na altura de Vlissingen, na costa holandesa, para que o prático do porto, que o pilotaria pelo canal de Westerschelde até Antuérpia, embarcasse. Quatro horas depois, na entrada do porto, o navio recebeu outro piloto para conduzi-lo até as docas. Passou pela eclusa Royers, avançou pelo canal, cruzou sob a ponte Sibéria e entrou na doca Kattendijk, onde atracou.

Nat Dickstein observava.

Ao ver o navio balançar suavemente e ler o nome *Coparelli* no costado, Dickstein pensou nos tambores de urânio que em breve ocupariam os porões e foi invadido por uma estranha sensação, como lhe acontecera ao contemplar o corpo nu de Suza... isso mesmo, foi quase como um desejo sexual.

Dickstein desviou os olhos do atracadouro n° 42 e observou os trilhos que corriam perto da beira do cais. Havia um trem ali naquele momento, composto por 11 vagões e uma locomotiva. Dez dos vagões carregavam 51 barris de 200 litros, com as tampas lacradas; o 11° vagão tinha apenas 50 barris. E Nat estava bem perto da carga, bem perto do urânio. Se desse alguns passos podia até tocar nos vagões. Já o fizera uma vez, pela manhã, pensando: *Não seria sensacional se pudéssemos atacar este lugar com alguns helicópteros e um grupo de comandos israelenses, e simplesmente roubar o urânio sem manobras complicadas?*

O *Coparelli* deveria ser carregado depressa. As autoridades do porto estavam convencidas de que o urânio podia ser manipulado dentro dos padrões de segurança, mesmo assim não queriam que a carga ficasse ali um minuto além do necessário. Um guindaste estava sendo preparado para transferir os barris dos vagões para o navio.

Apesar da pressa, havia algumas formalidades que precisavam ser concluídas antes que se pudesse começar a carregar a embarcação.

A primeira pessoa que Dickstein viu subindo no *Coparelli* foi um representante da empresa de transporte de cargas. Precisava pagar os pilotos e pegar com o comandante a relação dos tripulantes, para a polícia do porto.

A segunda pessoa que subiu a bordo foi Josef Cohen. Estava ali em nome das boas relações com os clientes. Daria uma garrafa de uísque ao comandante e se sentaria para tomar uma dose com ele e com o representante da agência de navegação. Também daria ao comandante, para ser distribuído entre os oficiais, um monte de ingressos gratuitos e com direito a um drinque para a melhor boate da cidade. E descobriria o nome do oficial de máquinas. Dickstein sugerira que poderia consegui-lo pedindo para dar uma olhada na relação da tripulação para contar um ingresso para cada oficial.

Qualquer que fosse o meio que Cohen tivesse escolhido, o fato foi que conseguiu. Ao deixar o navio e atravessar o cais de volta a seu escritório, passou por Dickstein e murmurou:

– O nome do oficial de máquinas é Sarne.

Foi só à tarde que o guindaste entrou em operação e os estivadores começaram a arrumar os barris nos três porões do *Coparelli*. Precisavam ser transferidos um a um e, dentro do navio, fixados no lugar com cunhas de madeira. Como já se esperava, não foi possível concluir o carregamento naquele dia.

De noite, Dickstein foi para a melhor boate da cidade. Sentada no bar, perto do telefone, havia uma mulher espetacular, em torno dos 30 anos, de cabelo preto, rosto comprido e aristocrático e expressão ligeiramente altiva. Usava um vestido preto elegante, que realçava as pernas sensacionais e os seios empinados e redondos. Dickstein lhe deu um aceno quase imperceptível, mas não disse nada.

Foi sentar-se num canto, tomando uma cerveja, torcendo para que os marinheiros chegassem logo. Claro que eles iriam. Existia algum marinheiro capaz de recusar um drinque grátis?

Jamais.

A boate começou a encher. A mulher de vestido preto recebeu dois convites, mas os recusou, o que indicava que não era uma simples vigarista. Às nove horas, Dickstein foi até o saguão e telefonou para Cohen. Conforme haviam combinado, Cohen ligara para o comandante do *Coparelli* sob um pretexto qualquer. Informou a Dickstein o que havia descoberto: só dois oficiais não iriam aproveitar os ingressos gratuitos. As exceções eram o próprio comandante, que estava ocupado despachando vários documentos, e o operador de rádio, um homem novo, contratado em Cardiff depois que Lars quebrara a perna, que estava resfriado.

Dickstein discou em seguida o número da própria boate. Pediu para falar com o Sr. Sarne, que devia estar no bar, segundo fora informado. Enquanto esperava, ouviu um barman gritar o nome de Sarne. A voz lhe chegava por dois caminhos: do bar e através de muitos quilômetros de cabos telefônicos. Finalmente ouviu uma voz dizer pelo telefone:

– Alô? Sou eu, Sarne. Alô? Alô? Quem está falando?

Dickstein desligou e voltou depressa para o bar. Olhou para o lugar em que ficava o telefone. A mulher de vestido preto conversava com um louro alto, queimado de sol, na casa dos 30 anos, que Dickstein vira no cais naquele mesmo dia. Então aquele era Sarne.

A mulher sorriu para Sarne. Era um sorriso sedutor, de fazer qualquer homem olhar duas vezes – com os lábios vermelhos entreabertos deixando à mostra os dentes brancos e alinhados –, acompanhado por um semicerrar lânguido dos olhos. Era um ato extremamente sensual e não parecia ter sido ensaiado diante de um espelho mais de mil vezes.

Dickstein observou fascinado. Não sabia como aquele tipo de coisa funcionava, como os homens fisgavam as mulheres e as mulheres fisgavam os homens. E compreendia ainda menos como uma mulher podia seduzir um homem ao mesmo tempo que o fazia acreditar que era *ele* o autor da conquista.

Ao que tudo indicava, Sarne também tinha o seu charme. Exibiu um sorriso com um ar brincalhão, infantil, que o fez parecer dez anos mais moço. Disse alguma coisa para a mulher, que tornou a sorrir. Ele hesitou, como se quisesse falar mais um pouco e não conseguisse imaginar o que fazer. E um instante depois, para horror de Dickstein, ele se virou para se afastar.

Só que a mulher sabia controlar a situação. Dickstein não precisava se preocupar. Tocou na manga do casaco de Sarne, que se virou para tornar a fitá-la. Um cigarro surgira de repente na mão da mulher. Sarne apalpou os bolsos à procura de fósforos. Aparentemente, não fumava. Dickstein gemeu por dentro. A mulher tirou um isqueiro da bolsa em cima do bar e o entregou a Sarne, que acendeu o cigarro dela.

Dickstein não podia se afastar nem ficar observando a distância, pois acabaria tendo um colapso nervoso. Tinha que escutar tudo. Abriu caminho pelo bar e foi parar atrás de Sarne, que encarava a mulher. Dickstein pediu outra cerveja.

A voz da mulher era suave, sedutora. Nat já sabia disso, mas agora ela a usava pra valer. Algumas mulheres possuem olhos que convidam para a cama; naquela mulher, o convite estava na voz.

– Esse tipo de coisa sempre me acontece – disse Sarne.

– O telefonema? – indagou a mulher.

Sarne fez que sim com a cabeça.

– Problema com mulher. Detesto as mulheres. Durante toda a minha vida, as mulheres sempre me causaram dor e sofrimento. Eu bem que gostaria de ser homossexual.

Dickstein ficou atônito. Mas o que ele estava dizendo? Será que falava sério? Dizia aquilo para dispensar a mulher?

– E por que não vira homossexual? – perguntou ela.

– Não gosto dos homens.

– Pode se tornar um ermitão.

– Tenho outro problema, que é um apetite sexual insaciável. Preciso transar sempre, até várias vezes por noite. É um problema terrível. Aceita outro drinque?

Ah, era uma linha de conversa! Como ele teria imaginado? Dickstein calculava que os marinheiros sempre faziam aquelas coisas, haviam desenvolvido a arte.

E tudo progrediu depressa. Dickstein não pôde deixar de admirar a maneira como a mulher manipulava Sarne, embora o deixasse pensar que era ele quem comandava. Ela disse que passaria apenas uma noite em Antuérpia e tinha um quarto num bom hotel. Não passou muito tempo para que Sarne decidisse que tinham que tomar champanhe. Mas o champanhe vendido na boate era ordinário, muito diferente do que poderiam conseguir em outro lugar. Como em um hotel, por exemplo. No hotel dela, mais especificamente.

Saíram quando o show começava. Dickstein ficou satisfeito. Até aquele momento, tudo corria bem. Ficou observando uma fileira de mulheres a levantar as pernas ao mesmo tempo e depois deixou a boate também.

Pegou um táxi até o hotel e subiu para o quarto. Ficou parado junto à porta que dava para o quarto contíguo. Ouviu a mulher soltar uma risadinha e Sarne dizer algo em voz baixa.

Dickstein foi se sentar na cama e verificou o cilindro. Ligou e desligou o gás depressa, aspirando pela máscara o cheiro adocicado. Não lhe causou nada. Perguntou-se quanto seria necessário respirar para conseguir o efeito desejado. Não tinha tempo para testar o gás devidamente.

Os ruídos no quarto ao lado foram se tornando mais altos e Dickstein começou a ficar constrangido. Perguntou-se até que ponto Sarne era um homem digno. Iria querer voltar para o navio assim que terminasse com a mulher? Isso criaria dificuldades. Implicaria uma luta em um corredor de hotel, o que era antiprofissional e arriscado.

Dickstein continuou a esperar, tenso, constrangido, ansioso. A mulher era muito eficiente em seu ofício. Sabia que Dickstein queria que Sarne dormisse depois e tentava deixá-lo extenuado. E parecia demorar interminavelmente.

Já passava das duas da madrugada quando ela bateu à porta que ligava os dois quartos. O código combinado foram três batidas lentas para informar que Sarne dormia e seis batidas rápidas para comunicar que estava saindo.

A mulher bateu três vezes, bem devagar.

Dickstein abriu a porta. Carregando o cilindro de gás numa das mãos e a máscara na outra, avançou em silêncio pelo quarto.

Sarne estava deitado de barriga para cima, nu, os cabelos louros desgrenhados, a boca escancarada, os olhos fechados. O corpo parecia forte e em boas condições. Dickstein chegou perto e ouviu sua respiração. E, no momento em que o homem começava a inspirar, Dickstein abriu o gás e colocou a máscara sobre o nariz e a boca do homem adormecido.

Os olhos de Sarne se arregalaram. Dickstein comprimiu a máscara com mais firmeza. A respiração ficou mais lenta, a incompreensão se estampou nos olhos do outro. A respiração se transformou num ofegar e ele mexeu a cabeça. Não conseguiu soltar a mão de Nat e começou a se debater. Dickstein se inclinou sobre o peito do marinheiro, apoiando o cotovelo nele e pensando: *Pelo amor de Deus, está demorando demais!*

Sarne expirou. A confusão em seus olhos se transformara em medo e pânico. Ele tornou a ofegar, prestes a resistir ainda mais. Dickstein chegou a pensar em chamar a mulher para ajudá-lo. Mas a segunda inalação frustrou os esforços de Sarne. Seus movimentos se tornaram mais fracos, as pálpebras tremeram e se fecharam. Quando exalou pela segunda vez, já estava profundamente adormecido. Levara cerca de três segundos.

Dickstein relaxou. Sarne provavelmente jamais se lembraria do que acontecera. Aplicou mais um pouco de gás como medida de segurança e depois se levantou.

Olhou para a mulher. Ela usava sapatos, meias e ligas... e nada mais. Estava deslumbrante. Percebendo o olhar de Dickstein, abriu os braços, oferecendo-se:

– A seu serviço, senhor.

Dickstein balançou a cabeça com um sorriso pesaroso que era falso apenas em parte.

Sentou-se na cadeira ao lado da cama e ficou observando a mulher se vestir: uma calcinha mínima, sutiã, joias, vestido, casaco. Aproximou-se de

Dickstein, que lhe entregou os 8 mil florins. Beijou-lhe o rosto e depois beijou as notas. E saiu rapidamente, sem dizer nada.

Dickstein foi até a janela. Alguns minutos depois, avistou os faróis do carro esporte da mulher passarem diante do hotel, iniciando a viagem de volta a Amsterdã.

Tornou a sentar-se, para esperar. Depois de um tempo, começou a se sentir sonolento. Foi até o quarto contíguo e ligou para a copa pedindo café.

Pela manhã, Cohen telefonou para informar que o imediato do *Coparelli* vasculhava os bares, bordéis e pensões de Antuérpia à procura de seu oficial de máquinas.

Já era meio-dia e meia quando Cohen telefonou de novo. O comandante o procurara para dizer que toda a carga já fora acomodada a bordo e estava sem um oficial de máquinas. Ao que Cohen respondera: "Comandante, este é o seu dia de sorte."

Às duas e meia da tarde, Cohen tornou a telefonar, dessa vez para dizer que vira Dieter Koch embarcar no *Coparelli* com a mochila de marinheiro pendurada no ombro.

Dickstein dava um pouco mais de gás a Sarne cada vez que ele exibia sinais de que começava a despertar. Aplicou a última dose às seis horas da manhã seguinte, pagou a conta dos dois quartos e foi embora.

~

Quando Sarne despertou, percebeu que a mulher com quem fora para a cama tinha ido embora sem se despedir. E notou também que estava impressionantemente, vorazmente, faminto.

No decorrer da manhã, acabou descobrindo que não dormira apenas uma noite, como imaginara, mas duas noites e mais o dia entre elas.

No fundo da mente, permanecia uma estranha sensação de que ele se esquecera de algo extraordinário nessa situação. Por mais que se esforçasse, no entanto, jamais conseguiu descobrir o que tinha lhe acontecido naquelas 24 horas perdidas.

~

Enquanto Sarne dormia, o *Coparelli* deixou o porto de Antuérpia, no domingo, 17 de novembro de 1968.

CAPÍTULO CATORZE

O QUE SUZA DEVERIA fazer era telefonar para qualquer embaixada israelense e deixar um recado para Nat Dickstein.

Esse pensamento lhe ocorreu uma hora depois de comunicar ao pai que ajudaria Hassan, quando arrumava a mala. Pegou o telefone de seu quarto na mesma hora, a fim de ligar para o serviço de informações e descobrir o número. Mas o pai entrou nesse momento e lhe perguntou para quem estava ligando. Suza disse que era para o aeroporto, e o pai declarou que se encarregaria de todas as providências.

Suza ficou alerta para a oportunidade de fazer um telefonema clandestino. Mas nenhuma surgiu. Hassan permaneceu a seu lado a todo instante. Foram juntos para o aeroporto, pegaram o avião, mudaram de voo no aeroporto Kennedy, em Nova York, e seguiram imediatamente para Buffalo. Ao desembarcarem, foram direto para a casa de Cortone.

Durante a viagem, Suza passou a sentir uma aversão total por Yasif Hassan. Ele se gabou interminavelmente de seu trabalho para os *fedayin*; sorriu de um jeito nojento e pôs a mão no joelho de Suza; insinuou que ele e Eila haviam sido mais que amigos e que gostaria de ser mais que amigo de Suza. Ela lhe disse que a Palestina não seria livre enquanto suas mulheres não fossem livres e que os homens árabes tinham que aprender a diferença entre ser viril e ser um porco. Isso fez com que ele se calasse.

Tiveram alguma dificuldade em descobrir o endereço de Cortone, e Suza esperou que não o conseguissem. Mas acabaram encontrando um motorista de táxi que conhecia a casa. Suza saltou do táxi. Hassan ficaria esperando cerca de um quilômetro adiante.

A casa era grande, cercada por um muro alto, com guardas no portão. Suza disse que queria falar com Cortone e que era uma amiga de Nat Dickstein.

Pensara muito no que iria dizer a Cortone. Deveria lhe contar toda a verdade ou apenas uma parte? Se ele soubesse ou pudesse descobrir onde Dickstein se encontrava, por que iria lhe dizer? Suza diria que Dickstein corria perigo, por isso precisava encontrá-lo e avisá-lo. Que motivos Cortone teria para acreditar nela? Tentaria envolvê-lo com seu charme, pois sabia como fazê-lo com homens daquela idade. Mas, de qualquer forma, Cortone ficaria desconfiado.

Tinha vontade de revelar tudo: que procurava Nat para avisá-lo, mas também estava sendo usada pelos inimigos dele para mostrar-lhes a pista, que um agente esperava num táxi um quilômetro adiante. Se o fizesse, porém, Cortone nada lhe diria.

Suza encontrava a maior dificuldade em pensar com clareza em tudo o que acontecia. Havia muitas manobras e muitos embustes envolvidos. E ela queria desesperadamente tornar a ver o rosto de Nathaniel, falar com ele pessoalmente...

Ainda não decidira o que iria dizer quando um guarda abriu o portão, levando-a em seguida pelo caminho de cascalho até a porta. Era uma casa bonita, mas um tanto exagerada, como se um decorador a tivesse mobiliado suntuosamente e depois os proprietários tivessem acrescentado uma porção de tralhas caras que apreciavam. Parecia ter uma porção de criados. E foi um deles que levou Suza ao segundo andar, informando que o Sr. Cortone acordara mais tarde e estava ainda em seu quarto, tomando o café da manhã.

Quando Suza entrou no quarto, Cortone estava a uma mesa pequena, devorando ovos e batatas fritas. Era um homem gordo e completamente calvo. Suza não se lembrava dele do tempo em que visitara Oxford, mas devia ser bem diferente naquela ocasião.

Cortone a fitou e, no mesmo instante, se levantou com uma expressão de terror, gritando:

– Mas você devia estar velha!

Então ele desatou a tossir. Tinha engasgado.

O criado agarrou Suza por trás, imobilizando-lhe os braços e apertando-os com força. Acabou largando-a um momento depois e foi bater nas costas de Cortone.

– Mas o que você fez? – gritou ele para Suza. – O que fez afinal, pelo amor de Deus?

De forma estranha, a cena cômica contribuiu para que Suza se acalmasse um pouco. Não podia ter medo de um homem que ficava aterrorizado com a sua presença. Invadida por uma onda de confiança, foi sentar-se à mesa e serviu-se de café.

– Eila era minha mãe – disse, assim que Cortone parou de tossir.

– Santo Deus! – balbuciou ele.

Ele deu uma última tossida, depois acenou para que o criado se retirasse e tornou a se sentar.

– Você é igualzinha a ela, de tal forma que me deixou apavorado. – Cortone contraiu os olhos, recordando. – Não tinha 4 ou 5 anos em... hum... 1947?

– Isso mesmo.

– Lembro que usava uma fita nos cabelos. E agora você e Nat estão juntos.

– Então ele esteve aqui!

Suza sentiu o coração disparar de alegria.

– Talvez.

Toda a jovialidade de Cortone desapareceu. Suza compreendeu que não seria fácil manipulá-lo.

– Quero saber onde ele está.

– E eu quero saber quem a mandou aqui.

– Ninguém me mandou.

Suza fez um esforço para disfarçar a tensão.

– Pensei que ele poderia ter vindo pedir sua ajuda para o... projeto em que está trabalhando. E o problema é que os árabes sabem de tudo, vão matá-lo e tenho que avisá-lo... se sabe onde ele está, ajude-me, por favor!

Ela chegou subitamente à beira das lágrimas, mas Cortone permaneceu inabalável.

– Ajudar é fácil, confiar é que é difícil.

Ele desenrolou um charuto e o acendeu sem a menor pressa. Suza ficou observando em agonia de tanta impaciência. Cortone desviou os olhos dela e falou quase para si mesmo:

– Houve um tempo em que eu via alguma coisa que queria e simplesmente a pegava. Mas as coisas já não são tão simples. Agora, tenho uma porção de complicações. Sou obrigado a tomar decisões e nenhuma delas é o que realmente quero. Não sei se as coisas se transformaram e agora são assim ou se fui eu que mudei.

Cortone virou a cabeça e tornou a fitar Suza.

– Devo minha vida a Dickstein. Agora, se você está dizendo a verdade, tenho a chance de salvar a dele. É uma dívida de honra. E tenho que pagar pessoalmente. O que vamos fazer, então?

Ele fez uma pausa, enquanto Suza prendia a respiração.

– Dickstein está no arremedo de uma casa em algum lugar do Mediterrâneo. A casa está em ruínas, há anos que ninguém vive lá. Não tem telefone. Posso enviar uma mensagem, mas não tenho certeza se chegaria. E, como eu disse, é algo que preciso fazer pessoalmente.

Cortone deu uma tragada no charuto, antes de acrescentar:

– Posso lhe dizer onde procurá-lo, mas talvez você passe a informação para as pessoas erradas. E esse é um risco que não posso correr.

– E o que vamos fazer então? – indagou Suza, a voz estridente. – Temos que ajudá-lo!

– Sei disso – murmurou Cortone, imperturbável. – E por isso eu mesmo vou até lá.

– Ah!

Suza estava aturdida. Era uma possibilidade que não havia cogitado.

– E o que vou fazer com você? – continuou Cortone. – Posso não dizer aonde vou, mas isso não a impedirá de mandar alguém me seguir. Portanto, preciso mantê-la ao meu lado daqui por diante. Vamos ser francos: você pode estar jogando para qualquer um dos lados. Sendo assim, vou levá-la comigo.

Suza o encarou fixamente, toda a tensão esvaindo-se. Deixou-se arriar na cadeira.

– Obrigada... – murmurou.

E depois, finalmente, começou a chorar.

~

Voaram de primeira classe, como Cortone sempre fazia. Depois da refeição, Suza foi ao banheiro. Espiou pela cortina para a classe econômica com esperança – ainda que as chances de concretizá-la fossem mínimas –, mas ficou desapontada: lá estava o rosto moreno e cauteloso de Hassan fitando-a por cima do encosto das poltronas.

Suza foi até a pequena cozinha e falou com o chefe dos comissários de bordo em tom confidencial. Disse que tinha um problema. Precisava entrar em contato com o namorado, mas não havia jeito de escapar do pai, um italiano que queria que ela usasse cinto de castidade até completar 21 anos. O chefe poderia telefonar para o consulado israelense em Roma e deixar um recado para Nathaniel Dickstein? Bastava dizer: "Hassan me contou tudo. Nós dois estamos indo ao seu encontro." Suza deu dinheiro para o telefonema, até de mais, como um meio de recompensá-lo. O homem anotou o recado e prometeu que telefonaria.

Suza voltou para junto de Cortone.

– Más notícias – disse ela. – Um dos árabes está viajando lá atrás, na classe econômica. Deve estar nos seguindo.

Cortone praguejou e depois disse que não se preocupasse: cuidariam do homem depois.

Suza pensou: *Ah, Deus, o que acabei de fazer?*

~

Da casa grande no alto do penhasco, Dickstein desceu por um lance interminável e em zigue-zague de degraus escavados direto na rocha até a praia. Avançou pela água rasa até a lancha à espera, embarcou e meneou a cabeça para o homem que a manobrava.

O motor rugiu e a lancha arremeteu pelas ondas em direção ao alto-mar. O sol acabara de se pôr. As nuvens se acumulavam no céu à última claridade do dia, ocultando as estrelas tão logo elas apareciam. Dickstein estava mergulhado em pensamentos, vasculhando o cérebro à procura das coisas que não fizera, precauções extras que poderia adotar, falhas que ainda tinha tempo para corrigir. Repassou mentalmente o plano, por diversas vezes, como um homem que aprendesse de cor um discurso importante que devia fazer, mas ainda assim desejasse que saísse melhor.

A sombra alta do *Stromberg* assomava à frente. O homem que manejava a lancha descreveu um arco, formando uma esteira de espuma, e parou de lado ao costado, no ponto em que uma escada de corda pendia até o mar. Dickstein a subiu depressa até o convés.

O comandante do navio apertou a mão dele e se apresentou. Como todos os oficiais a bordo do *Stromberg*, fora cedido pela Marinha israelense.

Deram uma volta pelo tombadilho e Dickstein perguntou:

– Há algum problema com a embarcação, comandante?

– Não é um bom navio. É lento, difícil de manobrar, bastante velho. Mas conseguimos deixá-lo em condições razoáveis.

E, pelo que Dickstein pôde ver ao crepúsculo, o *Stromberg* apresentava um estado muito melhor que o navio gêmeo *Coparelli* ao passar por Antuérpia. Estava limpo e tudo no tombadilho parecia consertado, em boa ordem.

Subiram para a ponte de comando, examinaram o potente equipamento na sala de rádio, depois desceram para o refeitório, onde os tripulantes acabavam de jantar. Ao contrário dos oficiais, os tripulantes eram todos agentes do Mossad, a maioria com alguma experiência no mar. Dickstein já trabalhara com alguns deles. Observou que eram todos pelo menos dez anos mais moços que ele. Eram homens fortes, competentes e joviais, de olhos sempre brilhantes. Usavam suéteres feitos à mão e calças jeans.

Dickstein pegou uma xícara de café e foi se sentar a uma das mesas. Sua posição era superior à de todos aqueles homens, mas não havia muita preocupação com a hierarquia nas Forças Armadas israelenses, muito menos no Mossad. Os quatro homens à mesa acenaram com a cabeça e disseram olá.

– O tempo está mudando – disse Ish, um taciturno israelense de pele escura nascido na Palestina.

– Não fique agourando. Eu espero conseguir algum bronzeado neste cruzeiro – falou um nova-iorquino magro e louro chamado Feinberg, um homem de rosto muito bonito, com cílios que as mulheres invejavam.

Chamar a missão de "cruzeiro" já era uma piada entre os homens. Nas informações que dera no início do dia, Dickstein dissera que o *Coparelli* estaria quase deserto quando o sequestrassem. Ele explicara: "Logo depois de passar pelo estreito de Gibraltar, as máquinas dele vão sofrer uma pane. Os danos serão de tal gravidade que não poderão ser reparados no mar. O comandante entrará em contato com os proprietários, que agora somos nós. Por coincidência, outro dos nossos navios estará por perto. É o *Gil Hamilton*, que no momento está ancorado no outro lado dessa baía. Vai se aproximar do *Coparelli* e recolher toda a tripulação, exceto o oficial de máquinas. O *Gil Hamilton* sairá então de cena, seguindo para o seu próximo porto de escala, onde largará a tripulação do *Coparelli* com dinheiro suficiente para que todos possam voltar às suas casas."

Todos haviam tido o dia inteiro para pensar nas informações. Dickstein agora esperava perguntas. E foi Levi Abbas, um homem baixo e corpulento, "construído como um tanque e com a mesma beleza", na descrição de Feinberg, quem se manifestou primeiro.

– Não nos explicou como pode estar tão certo de que as máquinas do *Coparelli* sofrerão uma pane no ponto exato que você quer – falou ele.

Dickstein tomou um gole de café.

– Conhece Dieter Koch, do serviço secreto naval?

Feinberg conhecia.

– Ele é o oficial de máquinas do *Coparelli*.

Abbas assentiu.

– E é por isso que sabemos também que podemos consertar o *Coparelli*. Vamos identificar o problema.

– Exatamente.

– Apagamos o nome *Coparelli*, pintamos o nome *Stromberg* por cima, trocamos os diários de bordo, afundamos o velho *Stromberg* e seguimos com o *Coparelli*, agora chamado *Stromberg*, para Haifa, levando a carga – continuou Abbas. – Mas por que não transferir a carga de um navio para o outro no mar? Temos os guindastes necessários.

– Essa foi a minha ideia original – explicou Dickstein. – Mas seria arriscado demais. E não poderia garantir que seria possível, ainda mais se o clima estiver desfavorável.

– Ainda podemos fazê-lo, se o tempo bom persistir.

– Sim, mas agora que temos navios gêmeos, será mais fácil trocar de nomes que de cargas.

– Além do mais, o tempo bom não vai durar muito – interveio Ish.

O quarto homem à mesa era Porush, um rapaz de cabelo curto e peito estufado casado com a irmã de Abbas. E foi ele quem comentou:

– Se vai ser tão fácil assim, por que diabo chamaram uns caras durões feito nós?

– Passei os últimos seis meses correndo o mundo para armar este plano. Umas poucas vezes esbarrei com o adversário, o que era inevitável. Creio que eles não saibam o que estamos prestes a fazer... mas, se souberem, talvez tenhamos que descobrir até que ponto somos realmente durões.

Um dos oficiais entrou no refeitório com um pedaço de papel e se aproximou de Dickstein.

– Mensagem de Tel Aviv, senhor. O *Coparelli* acaba de passar por Gibraltar.

– Ótimo – disse Dickstein, levantando-se. – Partiremos pela manhã.

~

Suza Ashford e Al Cortone mudaram de avião em Roma e chegaram à Sicília no início da manhã. Dois primos de Cortone esperavam no aeroporto. Houve uma longa discussão entre eles, que não chegou a ser hostil, mas mesmo assim foi ruidosa e ferrenha. Suza não conseguiu entender muito – eles falavam rápido e usando um dialeto –, mas deduziu que os primos queriam acompanhar Cortone e ele insistia que era algo que precisava fazer sozinho, por se tratar de uma dívida de honra.

Cortone pareceu ganhar a discussão. Deixaram o aeroporto sem os primos, num Fiat branco grande. Suza dirigiu. Cortone a orientou pela estrada litorânea. Pela centésima vez, ela repassou mentalmente a cena do encontro com

Nathaniel: via seu corpo esguio e anguloso; ele a reconhecia e seu rosto se iluminava num sorriso de alegria; ela corria ao seu encontro; os dois se abraçavam; ele a apertava com tanta força que até doía; ela murmurava "Eu te amo!" e beijava seu rosto, o nariz, a boca... Mas Suza também estava culpada e assustada, e havia outra cena que imaginava com menos frequência, na qual Nathaniel a fitava com uma expressão dura e dizia: "Que diabo está fazendo aqui?"

Era como na ocasião em que se comportara mal na véspera de Natal e a mãe ficara furiosa e dissera que Papai Noel deixaria pedras em suas meias, em vez de brinquedos e balas. Sem saber se acreditava nisso ou não, Suza passara a noite acordada, alternando entre o desejo e o temor de que a manhã chegasse.

Olhou de relance para Cortone. A viagem transatlântica o deixara cansado. Suza achava difícil acreditar que ele tinha a mesma idade de Nat. Afinal, era tão gordo, calvo e... tinha uma aparência cansada de depravação – que poderia passar por engraçada, mas na verdade apenas o envelhecia.

A ilha ficou linda quando o sol apareceu. Suza contemplou a paisagem, procurando distrair-se para que o tempo passasse mais depressa. A estrada se estendia pela costa, sinuosa, de cidadezinha em cidadezinha; à direita, sempre se podiam avistar as praias rochosas e o cintilar do Mediterrâneo.

Cortone acendeu um charuto.

– Eu costumava fazer isso quando era moço. Pegava um avião, seguia para algum lugar com uma mulher bonita, passeava de carro, contemplava as paisagens. Mas não faço mais essas coisas. Há anos que estou preso em Buffalo. É o problema dos negócios. A pessoa fica rica, mas sempre há alguma coisa com que se preocupar. Nunca vai a lugar nenhum, os outros vão até ela e levam o que quer. E ela fica preguiçosa demais até para se divertir um pouco.

– Foi você mesmo quem escolheu tudo isso – comentou Suza.

Ela sentia mais simpatia por Cortone do que deixava transparecer. Era um homem que trabalhara arduamente para conquistar todas as coisas erradas.

– Tem razão – admitiu Cortone. – Os jovens não têm mesmo compaixão.

Ele exibiu um raro esboço de sorriso e soltou a fumaça do charuto. Pela terceira vez, Suza avistou o mesmo carro azul pelo espelho retrovisor.

– Estão nos seguindo – disse ela, tentando manter a voz calma e normal.

– É o árabe?

– Deve ser. – Suza não conseguia divisar o rosto por trás do para-brisa. – O que vamos fazer? Você disse que cuidaria do problema.

– E vou.

Cortone ficou calado. Pensando que ele fosse dizer algo mais, Suza virou a cabeça para fitá-lo. Cortone carregava uma pistola com imensas balas escuras. Ela soltou uma exclamação de espanto. Jamais vira uma arma de verdade em toda a sua vida.

Ele olhou de esguelha para ela e depois para a estrada.

– Olhe para a pista, pelo amor de Deus! – gritou.

Suza olhou para a frente e pisou no freio quase em cima de uma curva fechada.

– Onde conseguiu isso?

– Com meu primo.

Suza tinha a sensação cada vez mais intensa de que vivia um pesadelo. Fazia quatro dias que não dormia numa cama. Desde o momento em que ouvira o pai falar tão calmamente em matar Nathaniel que ela corria, fugindo da verdade pavorosa a respeito de Hassan e do pai para a segurança dos braços vigorosos de Dickstein. E, como num pesadelo, quanto mais ela corria, mais longe parecia ficar de seu destino.

– Por que não me diz para onde vamos? – indagou ela a Cortone.

– Creio que já posso dizer. Nat pediu que eu o emprestasse uma casa com ancoradouro e proteção de qualquer intromissão da polícia. Estamos indo para lá.

O coração de Suza bateu mais depressa.

– Ainda estamos muito longe?

– Uns 3 quilômetros.

Um minuto depois, Cortone acrescentou:

– Chegaremos lá. Não precisa correr tanto. Para que morrer no caminho?

Suza compreendeu que, inconscientemente, pisara fundo no acelerador. Diminuiu a velocidade do carro, mas não pôde reduzir a velocidade dos pensamentos. A qualquer momento tornaria a ver Nathaniel, afagaria seu rosto, lhe daria um beijo, sentiria as mãos dele em seus ombros...

– Vire à direita.

Suza passou por um portão aberto e subiu por um caminho de cascalho, com o mato crescendo, até uma casa grande, de pedras brancas, quase em ruínas. Ao parar diante do pórtico, ficou esperando que Nathaniel saísse correndo para recebê-la.

Não havia nenhum sinal de vida naquele lado da casa.

Saltaram do carro e subiram pela escadaria de pedra, quebrada em diversos pontos, até a porta da frente. Encontraram a grande porta de madeira fechada, mas não trancada. Suza a abriu e entrou com Cortone.

O vestíbulo era vasto, com o chão de mármore todo rachado. O teto vergava e as paredes estavam cobertas por manchas de umidade. No meio do vestíbulo havia um imenso candelabro caído, esparramado no chão como uma águia morta.

– Ei, tem alguém aí? – gritou Cortone.

Não houve resposta.

Suza pensou: *A casa é grande, ele deve estar aqui, apenas não ouviu. Talvez esteja no jardim.*

Atravessaram o vestíbulo contornando o candelabro. Entraram numa sala imensa e vazia, os passos ecoando sonoramente. Saíram pelas portas francesas sem vidros nos fundos da casa.

Um pequeno jardim se estendia até a beira do penhasco. Foram até lá e viram uma escada escavada na rocha que descia em zigue-zague até o mar.

Não havia ninguém à vista.

Ele não está aqui, pensou Suza. *Desta vez, Papai Noel me trouxe pedras mesmo.*

– Olhe!

Cortone apontava para o mar com a mão inchada de gordura. Suza olhou na direção indicada e avistou duas embarcações: um navio e uma lancha. A lancha seguia em alta velocidade para a praia, pulando as ondas e cortando as águas com a proa, tripulada por um único homem. O navio saía da baía deixando uma esteira larga para trás.

– Parece que o perdemos por pouco – comentou Cortone.

Suza desceu correndo os degraus, gritando e acenando freneticamente, tentando atrair a atenção das pessoas no navio, mesmo sabendo que era impossível porque estavam longe demais. Escorregou nas pedras e caiu sentada. Começou a chorar.

Cortone desceu correndo atrás dela, o corpo volumoso sacudindo-se todo nos degraus.

– Não adianta – disse, ajudando Suza a levantar-se.

– A lancha! – exclamou ela, desesperada. – Talvez possamos pegar a lancha e alcançar o navio...

– Não há a menor possibilidade. Quando a lancha chegar aqui, o navio já estará longe demais e a uma velocidade que a lancha não será capaz de alcançar.

Cortone a ajudou a subir os degraus de volta. Suza descera bastante e o esforço da subida o deixou extenuado. Absorta na própria tristeza, Suza mal percebeu.

Sua mente era um grande vazio quando atravessaram o jardim e tornaram a entrar na casa.

– Preciso me sentar um pouco – murmurou Cortone, ao passarem pela sala.

Suza o fitou. Ele respirava com dificuldade, o rosto pálido e coberto de suor. De repente ela compreendeu que o esforço fora demais para aquele corpo tão pesado. E, por um momento, esqueceu a própria decepção.

– A escada – sugeriu ela.

Entraram no vestíbulo em ruínas. Suza levou Cortone até a escada curva e o sentou no segundo degrau. Cortone arriou pesadamente. Fechou os olhos, encostou a cabeça na parede.

– É possível mandar mensagens por rádio para um navio... ou por telégrafo... Ainda podemos nos comunicar com ele...

– Fique quieto por um minuto. Não fale.

– Peça a meus primos... Quem está aí?

Suza se virou. Ouvira um estalido dos cacos do candelabro. Agora descobria a causa.

Yasif Hassan atravessava o vestíbulo na direção deles.

Abruptamente, com um tremendo esforço, Cortone se levantou.

Hassan parou.

A respiração de Cortone saía em ofegos irregulares. Ele levou a mão ao bolso.

– Não! – exclamou Suza.

Cortone sacou a arma.

Hassan ficou parado onde estava, imóvel. Suza gritou. Cortone cambaleou, a arma na mão descrevendo círculos no ar.

Cortone puxou o gatilho. A arma disparou duas vezes, com um duplo estampido ensurdecedor. Os tiros saíram a esmo. Ele caiu ao chão, o rosto tão sombrio quanto a própria morte. A arma escapuliu de seus dedos e caiu no chão de mármore.

Yasif Hassan botou para fora todo o conteúdo de seu estômago.

Suza se ajoelhou ao lado de Cortone.

Ele abriu os olhos.

– Escute... – balbuciou Cortone, a voz rouca.

– Largue-o aí e vamos embora! – gritou Hassan para Suza.

Suza se virou para fitá-lo.

– Vá à *merda*! – berrou ela, o mais alto que podia.

Ela se virou mais uma vez para Cortone.

– Matei muita gente – balbuciou Cortone, tão baixo que Suza teve que se inclinar para ouvi-lo. – Matei onze homens... levei uma porção de mulheres para a cama...

A voz definhou e sumiu, ele fechou os olhos. Fez um tremendo esforço para voltar a falar:

– Durante toda a minha maldita vida, fui um ladrão e um carrasco. Mas morri por meu amigo, certo? E isso conta alguma coisa, não é mesmo?

– Claro que conta.

– Isso é bom...

E, no instante seguinte, Al Cortone morreu.

Suza nunca vira um homem morrer. Foi terrível. De repente, não havia mais nada ali, nada além de um cadáver, a pessoa desaparecera. Ela pensou: *Não é de admirar que a morte nos faça chorar.* Percebeu que as lágrimas escorriam por seu rosto. *E eu nem gostava dele*, pensou ela, *até agora*.

– Saiu-se muito bem – falou Hassan. – E agora vamos sair daqui.

Suza não entendeu. *Eu me saí bem?*, pensou. E depois compreendeu. Hassan não sabia que ela contara a Cortone que um árabe os seguia. Para Hassan, ela fizera exatamente o que lhe pedira. Levara-o até ali. Agora, devia tentar manter a farsa de que estava a seu lado, até poder encontrar um meio de entrar em contato com Nat.

Mas pensou: *Não consigo mais mentir e enganar. Já chega. Estou cansada demais.* E depois: *É possível mandar mensagens por rádio para um navio. Ou por telégrafo, foi o que Cortone disse.*

Ainda podia avisar Nat.

Ah, Deus, quando conseguirei dormir?

Suza se levantou.

– O que estamos esperando?

Saíram da casa pela entrada em ruínas.

– Vamos pegar o meu carro – falou Hassan.

Suza pensou em tentar escapar, mas era uma ideia tola. Hassan em breve a deixaria ir embora. Já fizera o que ele queria, não? Ele a mandaria para casa.

Entrou no carro.

– Espere um instante – ordenou o árabe.

Hassan correu até o carro de Cortone, tirou as chaves e as jogou no mato. Voltou a seu carro e se sentou ao volante.

– Assim o homem da lancha não poderá nos seguir – explicou ele.

Ligou o motor e arrancou.

– Estou desapontado com a sua atitude – comentou ele enquanto se afastavam. – Aquele homem estava ajudando nossos inimigos. Devemos nos alegrar, não chorar, quando um inimigo morre.

Suza cobriu os olhos com a mão.

– Ele estava ajudando um amigo.

Hassan afagou o joelho dela.

– Você agiu muito bem. Não devo criticá-la. Obteve a informação de que eu precisava.

Suza o fitou.

– Do que está falando?

– Aquele navio grande que vimos deixando a baía era o *Stromberg*. Sei a hora da partida dele e conheço a sua velocidade máxima. Assim, posso calcular o momento mais breve possível em que se encontrará com o *Coparelli*. E posso enviar meus homens ao encontro do *Coparelli* um dia antes.

Tornou a afagar o joelho de Suza, dessa vez deixando a mão sobre sua coxa.

– Não me toque!

Hassan retirou a mão.

Ela fechou os olhos e tentou pensar. Alcançara o pior resultado possível com o que tinha feito até ali: levara Hassan à Sicília e não conseguira avisar Nat. Tinha que encontrar um meio de enviar uma mensagem para o navio, o mais depressa possível, assim que ela e Hassan se separassem. Só havia outra possibilidade: o comissário de bordo que prometera telefonar para o consulado israelense em Roma.

– Ah, como vai ser bom voltar para Oxford!

– Oxford? – repetiu Hassan com uma risada. – Ainda não. Precisa ficar comigo até que a operação esteja concluída.

Suza pensou: *Deus do céu, não vou aguentar!*

– Mas estou muito cansada...

– Vamos descansar em breve. Não posso deixá-la ir agora. Medida de segurança. De qualquer forma, tenho certeza de que não vai querer perder a chance de ver o cadáver de Nat Dickstein.

~

No balcão da Alitalia no aeroporto, três homens se aproximaram de Yasif Hassan. Dois deles eram jovens e com cara de facínoras, o terceiro era alto, de feições afiladas, na casa dos 50 anos.

– Seu idiota! Merecia ser fuzilado! – disse o mais velho a Hassan.

Hassan o fitou aturdido e Suza viu o pavor estampar-se nos olhos dele.

– Rostov!

Suza pensou: *Ai, meu Deus, o que vai acontecer agora?*

Rostov agarrou Hassan pelo braço. Por um momento, pareceu que o árabe resistiria, que se desvencilharia. Os outros dois homens chegaram mais perto. Suza e Hassan estavam cercados. Rostov afastou Hassan do balcão. Outro homem segurou o braço de Suza e a fez segui-los.

Pararam num canto isolado. Rostov evidentemente fervia de raiva, mas manteve a voz baixa:

– Poderia ter estragado o plano se não tivesse chegado alguns minutos atrasado.

– Não sei do que está falando – murmurou Hassan, em desespero.

– Pensa que não sei que andou correndo pelo mundo à procura de Dickstein? Pensa que não posso mandar segui-lo, como a qualquer outro imbecil? Venho recebendo informações detalhadas sobre os seus movimentos desde que deixou o Cairo. E o que o leva a pensar que pode confiar nela?

Rostov apontou o polegar para Suza.

– Ela me trouxe até aqui – argumentou Hassan.

– Mas você não sabia que isso aconteceria quando falou com ela.

Suza ficou imóvel, em silêncio. Estava assustada, confusa e aturdida. Os choques sucessivos daquela manhã – perder Nat por pouco, testemunhar a morte de Cortone e agora aquilo – haviam bloqueado sua capacidade de pensar. Já fora difícil o bastante sustentar as mentiras quando precisava enganar apenas a Hassan, dizendo a Cortone uma verdade que o árabe julgava ser mentira. Agora precisava enfrentar também o tal Rostov, a quem Hassan mentia. Suza não conseguia sequer começar a pensar se deveria dizer a Rostov a verdade ou outra mentira diferente.

– Como chegou aqui? – perguntou Hassan.

– Vim no *Karla*, é claro. Estávamos a umas 40 ou 50 milhas da Sicília quando recebi a informação de que havia chegado aqui. Também obtive permissão do Cairo para ordenar o seu retorno imediato e direto.

– Ainda acho que fiz o que era certo – murmurou Hassan.

– Suma da minha frente!

Hassan se afastou. Suza começou a segui-lo, mas Rostov a deteve.

– Você, não! – falou.

Agarrou o braço dela e começou a andar. Suza o acompanhou. *O que vou fazer agora?*, pensava.

– Sei que já provou a sua lealdade, Srta. Ashford. Contudo, num projeto assim, não podemos permitir que pessoas recém-recrutadas simplesmente voltem para casa. Por outro lado, não disponho de homens aqui na Sicília além dos que vou precisar no navio. Assim, não poderei mandar escoltá-la a outro lugar. Terá que vir comigo para o *Karla*, até que a operação esteja encerrada. Espero que não se importe. E quer saber de uma coisa? É impressionante como se parece com sua mãe.

Deixaram o terminal do aeroporto e seguiram para um carro à espera. Rostov abriu a porta para Suza. Era o momento ideal para fugir; depois seria tarde demais. Ela hesitou. Um dos homens se postou a seu lado. O paletó dele se entreabriu e Suza avistou a coronha da arma. Lembrou-se do estampido terrível dos disparos de Cortone na casa em ruínas e de como gritara. De repente, sentiu medo de morrer, de tornar-se uma massa inerte como o pobre Cortone. Sentiu pavor da arma, do estampido, da bala entrando em seu corpo. E começou a tremer.

– O que houve? – indagou Rostov.

– Al Cortone morreu.

– Sabemos disso. Agora, entre no carro.

Suza obedeceu.

~

Pierre Borg saiu de Atenas e parou o carro no fim de uma praia em que casais costumavam passear. Saltou do carro e foi andando pela beira da água até encontrar Kawash, que vinha da direção oposta. Ficaram parados lado a lado, olhando para o mar, as marolas indo morrer a seus pés. À luz das estrelas, Borg podia ver o rosto bonito do agente duplo árabe. Kawash não parecia tão confiante como de costume.

– Obrigado por ter vindo – disse Kawash.

Borg não entendeu por que Kawash agradecera. Se alguém tinha que dizer obrigado, era ele. Só então percebeu que era justamente isso que Kawash queria ressaltar. O árabe fazia tudo de forma sutil, inclusive os insultos.

– Os russos desconfiam de que há um vazamento no Cairo – informou

Kawash. – Estão jogando com as cartas bem coladas ao peito coletivo comunista, se me permite falar assim.

Kawash sorriu, mas Borg não conseguiu captar a piada.

– Mesmo quando Yasif Hassan voltou ao Cairo para uma reunião de informações, não descobri muita coisa... e *eu* não tomei conhecimento de todas as informações transmitidas por Hassan.

Borg arrotou. Comera um farto jantar grego.

– Não perca tempo com desculpas, por favor. Apenas me conte o que sabe.

– Está certo. Eles sabem que Dickstein está tentando roubar algum urânio.

– Já tinha me contado isso na última vez.

– Creio que eles não saibam dos detalhes. A intenção deles é deixar acontecer e depois denunciar o golpe. Puseram dois navios no Mediterrâneo, mas não sabem para onde enviá-los.

Uma garrafa de plástico flutuou na maré e parou aos pés de Borg. Ele a chutou de volta para a água.

– E o que me diz de Suza Ashford?

– Não resta a menor dúvida de que esteja trabalhando para o lado árabe. Houve uma discussão entre Rostov e Hassan. Hassan queria descobrir exatamente onde Dickstein estava. Rostov achava que isso era desnecessário.

– Más notícias. Continue.

– Depois disso, Hassan decidiu pagar para ver. Recrutou Suza Ashford para ajudá-lo a procurar Dickstein. Foram até Buffalo, nos Estados Unidos, e fizeram contato com um gângster chamado Cortone, que os levou à Sicília. Por pouco não se encontraram com Dickstein. Chegaram a ver o *Stromberg* partir. Hassan está metido na maior encrenca por causa disso. Recebeu ordem para retornar imediatamente ao Cairo, mas ainda não apareceu.

– A garota os levou ao lugar em que Dickstein tinha ficado?

– Exato.

– Isso é terrível.

Borg pensou na mensagem que o consulado em Roma recebera, endereçada a Nat Dickstein, de sua "namorada". Relatou o ocorrido a Kawash. "Hassan me contou tudo. Nós dois estamos indo ao seu encontro." Que diabo isso significava? A intenção era alertar Dickstein, retardá-lo ou confundi-lo? Ou seria um blefe duplo, uma tentativa de fazê-lo pensar que ela fora coagida a ajudar Hassan?

– Eu diria que se trata de um blefe duplo – comentou Kawash. – Ela sabia que seu papel na operação acabaria sendo exposto, por isso tentou ter a confiança de Dickstein por mais algum tempo. Não vai transmitir a mensagem, não é mesmo?

– Claro que não.

A cabeça de Borg estava em outras questões.

– Se eles foram à Sicília, sabem da existência do *Stromberg*. Que conclusões podem tirar disso?

– Que o *Stromberg* será usado no roubo do urânio?

– Foi o que pensei. Assim, se eu fosse Rostov, seguiria o *Stromberg*, deixaria que o sequestro acontecesse, depois atacaria... Ah, diabo, diabo! Acho que a operação terá que ser cancelada.

Borg enterrou a ponta do sapato na areia úmida.

– Qual é a situação em Qattara? – perguntou.

– Deixei as notícias piores para o fim. Todos os testes já foram concluídos e de forma satisfatória. Os russos vão fornecer o urânio. O reator entrará em operação dentro de três semanas, a contar de hoje.

Borg olhou para o mar sentindo-se mais angustiado, pessimista e deprimido do que em qualquer outra ocasião de sua vida infeliz.

– Sabe o que isso significa, não é? Agora não podemos suspender a operação. Não posso deter Dickstein. Ele é a última chance de Israel.

Kawash ficou calado. Depois de um momento, Borg tornou a fitá-lo. Os olhos do árabe estavam fechados.

– O que está fazendo? – indagou Borg.

O silêncio se prolongou por mais um momento. Depois, Kawash abriu os olhos, se virou para Borg e exibiu seu leve sorriso.

– Eu estava rezando...

TEL AVIV PARA STROMBERG
PESSOAL BORG PARA DICKSTEIN
DEVE SER DECIFRADO PELO DESTINATARIO APENAS
SUZA ASHFORD AGENTE ARABE CONFIRMADA PT PERSUADIU CORTONE LEVA LA COM HASSAN ATE SICILIA PT CHEGARAM POUCO DEPOIS SUA PARTIDA PT CORTONE AGORA MORTO PT ISSO E OUTRAS INFORMACOES INDICAM FORTE POSSIBILIDADE VOCE SER ATACADO NO MAR PT AQUI NAO PODEMOS FAZER MAIS NADA PT METEU PES PELAS MAOS AGORA SAIA DESSA SOZINHO PT

As nuvens que vinham se acumulando no lado ocidental do Mediterrâneo nos dias anteriores desabaram naquela noite, derramando-se em torrentes sobre o *Stromberg*. Um vento forte começou a soprar e as deficiências do projeto do navio ficaram evidentes quando ele começou a balançar incessantemente nas ondas cada vez mais impetuosas.

Mas Nat Dickstein nem sequer percebeu o clima.

Sentado sozinho em sua pequena cabine à mesa aparafusada na antepara, tendo diante de si um livro de código e o texto recebido, decifrava a lápis num bloco cada torturante palavra da mensagem de Borg.

Ao terminar, leu-a repetidas vezes e depois ficou olhando para a parede de aço diante de si.

Era inútil especular sobre as razões que poderiam ter levado Suza a agir assim – inventar hipóteses de que Hassan a coagira ou chantageara, imaginar que sua atitude decorria de convicções errôneas ou motivos confusos. Borg dissera que ela era uma espiã e estava certo. Tinha sido uma espiã desde o início. E fora por isso que fizera amor com ele.

Aquela mulher tinha um futuro e tanto no serviço secreto.

Dickstein afundou o rosto nas mãos e comprimiu os olhos com as pontas dos dedos. Mas ainda podia vê-la vestida apenas com os sapatos de salto alto, encostada no armário da cozinha do pequeno apartamento, lendo o jornal da manhã enquanto esperava a água na chaleira começar a ferver.

O pior era que ele ainda a amava. Antes de conhecê-la, fora um aleijado, um amputado emocional, com uma manga vazia pendurada no lugar em que deveria ter amor. Suza operara um milagre ao fazer com que se tornasse inteiro de novo. E então o traíra, tirando tudo o que lhe dera. E ele ficara ainda mais vazio do que antes. Escrevera-lhe uma carta de amor. *Santo Deus*, pensou Dickstein, *qual foi a reação dela ao ler a carta? Será que riu? Será que mostrou a Hassan e comentou "Veja só como ele está no papo!"?*

Se alguém pegasse um cego e lhe devolvesse a visão por um dia, depois tornasse a cegá-lo durante a noite, enquanto dormisse, na certa ao despertar ele iria se sentir como Dickstein se sentia naquele momento.

Ele dissera a Borg que mataria Suza se ela fosse uma agente, mas agora sabia que havia mentido. Jamais poderia lhe fazer mal, não importava o que ela tivesse feito.

Já era tarde. A maioria dos tripulantes dormia, à exceção dos que estavam no turno de vigia. Dickstein deixou a cabine e subiu para o convés, sem ver ninguém. Caminhou até a amurada e ficou encharcado até os ossos, mas nem sequer percebeu. Ficou parado, olhando para a escuridão, incapaz de divisar onde terminava o mar escuro e começava o céu, deixando que a chuva lhe escorresse pelo rosto como lágrimas.

Ele nunca mataria Suza, mas Yasif era outro assunto.

Se alguém podia ser descrito como inimigo para Dickstein, era Hassan. Nat amara Eila e a encontrara num enlace sensual com Hassan. Agora se apaixonara por Suza e descobrira que ela já fora seduzida pelo mesmo antigo rival. E Hassan também usara Suza em suas manobras para destruir a pátria de Dickstein.

Isso mesmo, mataria Yasif Hassan. E o faria com as próprias mãos, se possível. E mataria os outros também. A fúria dessa ideia o arrancou das profundezas do seu desespero. Queria ouvir ossos estalarem e se partirem, queria ver corpos sendo triturados, queria sentir o cheiro do medo e de tiros, queria ver a morte se abater ao seu redor.

Borg achava que eles poderiam ser atacados no mar. Dickstein apertou com toda a força a amurada enquanto o navio avançava pelas águas turbulentas. O vento aumentou de intensidade por um momento e lhe fustigou o rosto com a chuva dura e impiedosa. *Que assim seja!*, pensou. E, no instante seguinte, abriu a boca e gritou com uma raiva intensa para o vento:

– Que venham, então! Que venham esses filhos da puta!

CAPÍTULO QUINZE

HASSAN NÃO VOLTOU para o Cairo naquela ocasião, nem em qualquer outra.

Quando o avião decolou de Palermo, ele comemorava. Fora por pouco, mas conseguira ser mais esperto que Rostov mais uma vez! Mal pudera acreditar quando Rostov lhe mandara sumir da frente dele.

Estivera convencido de que seria forçado a embarcar no *Karla* e perderia a chance de participar do sequestro planejado pelos *fedayin*. Mas Rostov acreditara piamente que Hassan apenas demonstrara ser entusiasmado, impulsivo e inexperiente demais. Nunca lhe ocorrera que pudesse ser um traidor. Mas por que pensaria assim, afinal? Hassan era o representante do serviço secreto egípcio na equipe e era árabe. Se Rostov desconfiasse de sua lealdade, poderia imaginar que ele trabalhava para os israelenses, que representavam a oposição. Os palestinos, se e quando eram levados em consideração, eram contados no lado árabe.

Sensacional! O astuto, arrogante e condescendente coronel Rostov e todo o poderio da notória KGB haviam sido enganados por um refugiado palestino miserável, um homem que eles julgavam insignificante.

Porém isso ainda não terminara. Hassan ainda precisava se encontrar com os *fedayin*.

O avião o levou de Palermo a Roma, onde tentou pegar outro voo para Annaba ou Constantina, ambas perto da costa na Argélia. O mais próximo que as empresas aéreas puderam lhe oferecer foi Argel ou Túnis. Hassan foi para Túnis.

Ao desembarcar, encontrou um jovem motorista de táxi com um Renault relativamente novo e lhe mostrou um bolo de cédulas de dólares americanos que somava mais dinheiro que o motorista ganhava em um ano inteiro. O táxi o levou por 160 quilômetros por Túnis, atravessou a fronteira argelina e o deixou numa pequena aldeia de pescadores, numa enseada.

Um dos *fedayin* o esperava. Hassan o encontrou na praia, sentado sob um bote suspenso do chão, resguardando-se da chuva e jogando gamão com um pescador. Os três embarcaram no bote e partiram.

O mar estava revolto enquanto avançavam, à última claridade do dia. Hassan, que nunca fora marinheiro, teve medo de que o pequeno barco com motor de popa virasse. Mas o pescador apenas sorriu diante de sua preocupação.

A viagem levou menos de meia hora. Ao se aproximarem do navio, Hassan teve de novo a sensação de triunfo. Um navio... eles tinham um *navio*!

Subiu para o tombadilho, enquanto o homem que o aguardara na praia pagava ao pescador. Mahmoud o esperava a bordo. Abraçaram-se.

– Devemos levantar âncora logo – avisou Hassan. – As coisas começam a acelerar.

– Vamos para a cabine de comando.

Hassan seguiu Mahmoud. Era um pequeno navio de cabotagem, de cerca de mil toneladas, relativamente novo e em bom estado. Os alojamentos ficavam abaixo do tombadilho e havia uma escotilha grande para o único porão. Fora projetado para transportar pequenas cargas com rapidez e manobrar nos pequenos portos da costa norte-africana.

Pararam por um momento no convés de proa, olhando ao redor.

– É justamente do que precisamos – disse Hassan, alegre.

– Mudei o nome para *Nablus* – contou Mahmoud. – É o primeiro navio da Marinha palestina.

Hassan sentiu que as lágrimas lhe afloravam nos olhos.

Subiram a escada.

– Eu o consegui de um empresário líbio que queria salvar a alma – falou Mahmoud.

A cabine de comando era compacta e bem-arrumada. Só havia um problema grave: não havia radar. Muitos daqueles pequenos navios costeiros ainda conseguiam se virar sem radares e não houvera tempo para comprar o equipamento e instalá-lo.

Mahmoud apresentou o comandante, também líbio, pois o empresário fornecera também a tripulação, além do navio, já que nenhum dos *fedayin* era marinheiro. O comandante deu ordens para içar âncora e acionar as máquinas.

Os três homens se inclinaram sobre uma carta náutica enquanto Hassan relatava o que descobrira na Sicília:

– O *Stromberg* deixou a costa sul da Sicília ao meio-dia de hoje. O *Coparelli* deve ter passado pelo estreito de Gibraltar, a caminho de Gênova, no fim da noite de ontem. São navios gêmeos, com a mesma velocidade máxima. Assim, o mais cedo que podem se encontrar é doze horas a leste do meio do percurso entre a Sicília e Gibraltar.

O comandante fez alguns cálculos e consultou outra carta.

– Eles irão se encontrar a sudeste da ilha de Minorca.

– Devemos interceptar o *Coparelli* não menos que oito horas antes disso.

O comandante correu o dedo pela rota comercial.

– Isso seria um pouco ao sul da ilha de Ibiza, ao anoitecer de amanhã.

– Teremos tempo de chegar até lá?

– Tempo de sobra, a menos que haja uma tempestade.

– E haverá?

– Em algum momento dos próximos dias. Mas creio que não amanhã.

– Ótimo. Onde está o operador de rádio?

– Aqui. Este é Yaacov.

Hassan se virou para um homem pequeno e sorridente, com os dentes manchados de tabaco.

– Há um russo a bordo do *Coparelli* – informou. – Um homem chamado Tyrin, que enviará sinais para um navio polonês, o *Karla*. Fique escutando nessa frequência.

Hassan escreveu as indicações.

– Há também um emissor de rádio no *Stromberg* que envia um sinal simples de 30 segundos a cada meia hora – acrescentou. – Se ficarmos na escuta, poderemos ter certeza de que o *Stromberg* não estará na nossa frente.

O comandante ajustava o curso. No tombadilho, o imediato comandava os marinheiros que preparavam o navio para a partida. Mahmoud falava com um dos *fedayin* sobre uma inspeção das armas. O operador de rádio começou a interrogar Hassan sobre o sinal de rádio transmitido do *Stromberg*. Mas Hassan não prestava a menor atenção. Só pensava: *O que quer que aconteça agora, será glorioso.*

As máquinas do navio entraram em funcionamento ruidosamente, o convés se inclinou, a proa rompeu a água. Estavam a caminho.

~

Dieter Koch, o novo oficial de máquinas do *Coparelli*, deitara-se em seu beliche no meio da noite pensando: *Mas o que direi se alguém me descobrir?*

O que ele precisava fazer naquele momento era simples. Tinha que levantar, ir até o depósito de máquinas na popa, pegar a bomba de óleo reserva e se livrar dela. Era quase certo que conseguiria fazer isso sem ser visto. Afinal, sua cabine ficava perto do depósito, a maioria dos tripulantes estava dormindo e os poucos acordados se encontravam na cabine de comando ou na casa de máquinas e, provavelmente, de lá não sairiam. Mas "quase certo" não era suficiente numa operação de tamanha importância. Se alguém desconfiasse dele, fosse na hora ou depois...

Vestiu suéter, calça, botas e uma capa impermeável. A coisa precisava ser feita e tinha que ser naquela hora. Meteu no bolso a chave do depósito, abriu a porta da cabine e saiu. *Se alguém me encontrar, posso dizer que não consegui dormir, então decidi verificar os depósitos*, planejou.

Koch abriu a porta do depósito. Acendeu a luz, entrou e tornou a fechar a porta. As peças sobressalentes se espalhavam ao redor, penduradas e em prateleiras. Havia gaxetas, válvulas, plugues, cabos, parafusos, filtros... Tendo um bloco central, era possível montar um motor novo com aquelas peças.

A bomba de óleo sobressalente era guardada numa caixa numa prateleira alta. Koch a pegou. Não era grande, mas pesava bastante. Passou mais cinco minutos verificando se não havia uma segunda bomba de óleo extra.

Então veio a parte difícil.

Não conseguia dormir, senhor, por isso resolvi verificar as peças sobressalentes. E está tudo em ordem? Está, sim, senhor. E o que tem aí, debaixo do braço? Uma garrafa de uísque, senhor. Um bolo que minha mãe mandou. A bomba de óleo de reserva, senhor. Vou jogá-la no mar...

Ele abriu a porta do depósito e olhou para fora.

Ninguém.

Apagou a luz, saiu, fechou a porta, trancou-a. Atravessou o corredor e chegou ao tombadilho.

Ninguém.

Ainda chovia. Koch só enxergava num raio de poucos metros, o que era ótimo, pois significava que os outros também não veriam além disso.

Foi até a amurada, inclinou-se para fora, largou a bomba de óleo no mar. Virou-se e esbarrou em alguém.

Um bolo que minha mãe me mandou e estava tão seco...

– Quem é você? – indagou alguém, num inglês carregado de sotaque.

– O oficial de máquinas. E você?

Enquanto Koch falava, o outro homem se virou. Koch reconheceu o corpo rotundo e o nariz grande do operador de rádio.

– Não consegui dormir – murmurou o operador de rádio. – E resolvi... resolvi respirar um pouco de ar fresco.

Ele está tão desconcertado quanto eu, pensou Koch. *Por que será?*

– Uma noite horrível – disse Koch. – Acho que vou me deitar.

– Boa noite.

Koch entrou no castelo de popa e foi para sua cabine. Aquele operador de rádio era um homem muito estranho. Não pertencia à tripulação regular. Fora contratado em Cardiff, quando o operador anterior quebrara a perna. Como Koch, era um estranho na tripulação. Fora ótimo que tivesse esbarrado nele, e não em qualquer outro tripulante.

Dentro da cabine, Koch tirou as roupas molhadas e se deitou. Sabia que não conseguiria dormir. O plano para o dia seguinte já estava elaborado em detalhes. De nada adiantaria repassá-lo mais uma vez. Por isso, tentou pensar em outras coisas: na mãe, que fazia o melhor bolo de batata do mundo; na noiva, que lhe fazia sexo oral como ninguém; no pai louco, agora internado num hospício em Tel Aviv; no sensacional aparelho de som que compraria com o pagamento adicional que receberia por aquela missão; em seu excelente apartamento em Haifa; nos filhos que teria e em como cresceriam em Israel a salvo de guerras.

Koch se levantou duas horas depois. Foi até a cozinha para tomar um café. O auxiliar de cozinheiro já fritava bacon para a tripulação.

– Um tempo horrível – comentou Koch.

– E vai ficar pior.

Koch tomou o café, tornou a encher a caneca, pegou outra e a encheu também, seguindo para a cabine de comando. O imediato se encontrava no posto.

– Bom dia – disse Koch.

– Eis uma afirmação com que não posso concordar – disse o imediato, olhando para o cortina de chuva.

– Quer café?

– Obrigado.

Koch lhe entregou a caneca.

– Onde estamos?

– Aqui – respondeu o imediato, indicando a posição numa carta náutica. – E no horário previsto, apesar da chuva.

Koch assentiu. Isso significava que teria que parar o navio dentro de quinze minutos.

– Até já – despediu-se.

Koch saiu da cabine de comando e desceu para a casa de máquinas. Seu lugar-tenente estava lá. Parecia animado, como se tivesse tirado um bom cochilo durante o seu plantão noturno.

– Como está a pressão do óleo? – indagou Koch.

– Constante.

– Oscilou um pouco ontem.

– Mas não houve nenhum sinal de problema durante a noite.

Ele falou de forma um pouco incisiva demais, como se receasse ser acusado de dormir enquanto o mostrador oscilava.

– Ótimo – disse Koch. – Talvez tenha se consertado sozinha.

Colocou a caneca num plano, mas teve que tornar a pegá-la depressa porque o navio balançou.

– Acorde Larsen antes de ir para a cama.

– Certo.

– E durma bem.

O homem se retirou. Koch terminou de tomar o café e começou a trabalhar.

O medidor da pressão do óleo estava localizado num painel na parte posterior da casa de máquinas. Os diversos mostradores ficavam numa armação de metal presa por quatro parafusos. Usando uma chave de fenda, Koch soltou a armação e os removeu. Por trás, havia fios de cores variadas que se ligavam aos mostradores. Koch trocou a chave por uma menor, com cabo de material isolante. Com poucas voltas, desligou um dos fios do medidor da pressão do óleo. Enrolou um pedaço de fita isolante na extremidade desencapada do fio e a repôs no lugar. Seria preciso uma inspeção meticulosa para descobrir que o fio não fora devidamente conectado. Koch devolveu a armação ao lugar e a prendeu com os quatro parafusos.

Quando Larsen chegou, Koch terminava de encher o fluido de transmissão.

– Posso fazer isso, senhor? – ofereceu-se Larsen, cuja especialidade era a lubrificação.

– Já está feito.

Koch atarrachou a tampa e guardou a lata num armário. Larsen esfregou os olhos e acendeu um cigarro. Virou-se para os mostradores e arregalou os olhos.

– Senhor! A pressão do óleo está a zero!

– Zero?

– Isso mesmo!

– Pare as máquinas!

– É pra já, senhor!

Sem óleo, o atrito entre os componentes de metal das máquinas causaria um aumento rápido do calor, levando as peças a se fundirem. As máquinas iriam parar de qualquer maneira, só que para nunca mais funcionarem. A súbita ausência de óleo era tão perigosa que até mesmo Larsen poderia parar as máquinas por iniciativa própria, sem ter que consultar Koch.

Todos a bordo notaram que as máquinas pararam e o *Coparelli* perdeu impulso. Até mesmo os homens do turno do dia, que ainda dormiam, sentiram a mudança e despertaram. Antes de as máquinas ficarem completamente imóveis, a voz do imediato saiu pelo tubo:

– O que está acontecendo aí embaixo?

– Uma perda súbita de pressão do óleo – respondeu Koch.

– Alguma ideia do motivo?

– Ainda não.

– Mantenha-me informado.

– Certo, senhor.

Koch se virou para Larsen.

– Vamos verificar o cárter – falou.

Larsen pegou uma caixa de ferramentas e seguiu Koch na descida por meio convés, até o ponto em que podiam alcançar as máquinas por baixo.

– Se os rolamentos estivessem desgastados, a queda da pressão do óleo teria sido gradativa – afirmou Koch. – Uma queda súbita significa uma falha na injeção do óleo. Há bastante óleo no sistema, isso já verifiquei, e não há sinais de vazamento. Portanto, provavelmente há algum entupimento.

Koch soltou o cárter usando um soquete estriado preso à furadeira e os dois homens o apoiaram no chão. Verificaram a peça de forma meticulosa – a válvula do filtro auxiliar e a válvula principal –, sem encontrar nada que bloqueasse a passagem do óleo.

– Se não há bloqueio, o defeito deve estar na bomba – disse Koch. – Vá buscar a bomba de óleo sobressalente.

– Está guardada no depósito, senhor.

Koch entregou a chave e Larsen subiu.

Koch precisava agir depressa. Tirou a caixa da bomba de óleo, deixando as duas engrenagens à mostra. Pegou a furadeira, tirou o soquete estriado e colocou uma broca. Então se pôs a trabalhar nos dentes, lascando-os e quebrando-os até ficarem quase inutilizáveis. Largou a furadeira, pegou um pé de cabra e um martelo grande. Forçou um pé de cabra entre as duas engrenagens, fazendo pressão até sentir algo ceder, com um estalido seco. Para terminar, tirou do bolso uma pequena porca de aço altamente resistente, toda amassada e lascada. Já levava consigo aquela porca ao embarcar no *Coparelli*. Largou-a no cárter.

Estava feito.

Larsen voltou.

Koch se lembrou de que não havia tirado a broca da furadeira. Quando Larsen saíra, a peça encaixada na furadeira não era a broca, mas o soquete estriado. *Não olhe para a furadeira!*, desejou.

– A bomba não está no depósito, senhor.

Koch tirou a porca do cárter.

– Veja isto aqui – pediu ele, desviando a atenção de Larsen da furadeira incriminadora. – Esta é a causa do problema.

Ele mostrou a Larsen as engrenagens destruídas da bomba de óleo.

– A porca deve ter caído na última vez que os filtros foram trocados. Entrou na bomba e deve estar presa entre essas engrenagens desde então. Estou surpreso de não termos ouvido o barulho, acima do ruído das máquinas. Seja como for, não há a menor possibilidade de consertar esta bomba, encontre a sobressalente de qualquer maneira. Convoque alguns homens para ajudá-lo a procurar.

Koch tirou a broca da furadeira assim que Larsen saiu. Deixou tudo como estava antes. Subiu correndo os degraus para a parte principal da casa de máquinas, a fim de remover a outra prova incriminadora. Trabalhando a toda a velocidade para o caso de alguém mais aparecer, removeu a tampa do painel e tornou a conectar o fio do medidor da pressão de óleo. A partir daquele instante, o registro seria mesmo zero. Ele ajeitou o painel e jogou fora o pedaço de fita isolante.

Pronto. Chegara o momento de manipular o comandante de acordo com o plano.

Assim que o grupo de busca admitiu a derrota, Koch subiu até a cabine de comando e disse ao comandante:

– Um mecânico deve ter deixado uma porca cair no cárter na última vez que fizeram uma revisão nas máquinas, senhor.

Ele mostrou a porca ao comandante.

– Em algum momento, talvez quando o navio oscilava muito, a porca entrou na bomba de óleo – acrescentou. – Depois disso, foi apenas questão de tempo. A porca desgastou as engrenagens até destruí-las. Infelizmente não podemos fabricar peças assim a bordo. O navio deveria ter uma bomba de óleo reserva, mas não a encontraram.

O comandante ficou furioso.

– O responsável por isso vai se haver comigo!

– O oficial de máquinas tem a obrigação de verificar as peças sobressalentes, senhor. Infelizmente, só embarquei no último minuto.

– Isso significa que a culpa é de Sarne.

– Deve haver uma explicação...

– E há mesmo... como a de que ele passou muito tempo perseguindo as putas belgas para cumprir direito suas obrigações. Não podemos seguir em frente assim mesmo?

– Não há a menor possibilidade, senhor.

– Mas que diabo! Onde está o operador de rádio?

– Vou procurá-lo, senhor – ofereceu-se o imediato, que saiu em seguida.

– Tem certeza de que não pode improvisar alguma coisa? – indagou o comandante a Koch.

– Infelizmente, senhor, não se pode improvisar uma bomba de óleo. É por isso que sempre levamos uma de reserva.

O imediato voltou com o operador de rádio.

– Por onde você andou? – indagou o comandante.

O operador de rádio era o homem gordo e de nariz grande com quem Koch esbarrara no tombadilho durante a noite. Parecia angustiado.

– Estava ajudando a procurar a bomba de óleo, senhor. E depois fui lavar as mãos.

Ele olhou para Koch, mas não havia qualquer vestígio de suspeita em sua expressão. Koch não tinha certeza de quanto o homem vira naquele encontro no tombadilho. Mas, se estabelecera alguma ligação entre um pacote lançado ao mar e uma peça sobressalente desaparecida, certamente não iria dizê-lo.

– Está bem – disse o comandante. – Transmita uma mensagem aos proprietários. Diga que sofremos uma parada irreversível nas máquinas em... Qual é a nossa posição exata, imediato?

O imediato forneceu a posição do navio ao operador de rádio.

– Peça uma bomba de óleo nova ou que nos reboquem até o porto mais próximo – acrescentou o comandante. – Ficaremos aguardando instruções.

Os ombros de Koch relaxaram ligeiramente. Ele conseguira.

Por fim, chegou a resposta: COPARELLI VENDIDO A COMPANHIA DE NAVEGACAO SAVILE DE ZURIQUE. SUA MENSAGEM FOI TRANSMITIDA AOS NOVOS PROPRIETARIOS. AGUARDEM INSTRUCOES.

Quase em seguida, chegou uma mensagem da Savile: NOSSO NAVIO GIL HAMILTON ESTA PROXIMO E CHEGARA AI APROXIMADAMENTE AO MEIO-DIA. PREPARE PARA DESEMBARCAR TODA A TRIPULACAO MENOS O OFICIAL DE MAQUINAS. GIL HAMILTON VAI LEVAR TRIPULACAO PARA MARSELHA. OFICIAL DE MAQUINAS DEVERA AGUARDAR NOVA BOMBA DE OLEO. PAPAGOPOLOUS.

~

A troca de mensagens foi ouvida a 60 milhas de distância por Solly Weinberg, o comandante do *Gil Hamilton*, que também era oficial da Marinha israelense.

– Na hora marcada – murmurou ele. – Bom trabalho, Koch.

Ele fixou o curso para o *Coparelli* e ordenou que o *Gil Hamilton* seguisse em frente a todo o vapor.

~

As mensagens *não* foram ouvidas por Yasif Hassan e Mahmoud, a bordo do *Nablus*, a 150 milhas dali. Estavam na cabine do comandante, debruçados sobre uma planta que Hassan fizera do *Coparelli*, estudando como abordariam e capturariam o navio. Hassan instruíra o operador de rádio do *Nablus* a ficar na escuta em duas frequências: a do emissor de rádio do *Stromberg* e a que Tyrin usava em suas transmissões clandestinas do *Coparelli* para Rostov, a bordo do *Karla*. Como as mensagens foram transmitidas pela frequência normal do *Coparelli*, o *Nablus* não as captou. Algum tempo se passaria até que os *fedayin* percebessem que iriam sequestrar um navio quase abandonado.

~

A troca de mensagens foi ouvida a 200 milhas de distância, na cabine de comando do *Stromberg*. Quando o *Coparelli* acusou o recebimento da mensagem de Papagopolous, os oficiais presentes comemoraram e bateram palmas. Nat Dickstein, recostado numa antepara com uma caneca de café na mão, olhava fixamente para a chuva e o mar revolto e nada comemorou. Permaneceu calado, o corpo meio encurvado e tenso, o rosto impassível, os olhos quase fechados por trás dos óculos. Um dos oficiais percebeu seu silêncio e comentou que o primeiro grande obstáculo fora superado. A resposta murmurada por Dickstein foi temperada com um palavrão inesperado. O animado oficial se afastou. Mais tarde comentou no refeitório que Dickstein parecia o tipo de homem capaz de enfiar uma faca em alguém só porque lhe pisara nos calos.

~

As mensagens também foram ouvidas por David Rostov e Suza Ashford, a 300 milhas de distância, a bordo do *Karla*.

Suza estava atordoada ao subir a prancha do ancoradouro siciliano para o navio polonês. Mal percebia o que acontecia enquanto Rostov a conduzia à sua cabine – uma das designadas aos oficiais, com banheiro individual – dizendo que esperava que ficasse confortável. Suza se sentou na cama. Ainda estava no mesmo lugar uma hora depois, quando um marinheiro lhe trouxe uma refeição fria numa bandeja, que deixou sobre a mesa sem dizer nada. Suza não comeu. Ao escurecer, começou a tremer, por isso meteu-se na cama. Ficou deitada, de olhos abertos, sem ver nada, ainda tremendo.

Acabou dormindo, um sono inquieto a princípio – povoado por estranhos pesadelos sem sentido –, mas que ficou profundo depois.

Despertou ao amanhecer. Ficou imóvel, sentindo o balanço do navio e olhando aturdida para a cabine ao seu redor, até compreender onde estava. Foi como acordar e recordar o terror de um pesadelo. Só que, em vez de pensar "Graças a Deus que não passou de um pesadelo!", ela compreendeu que fora tudo verdade e continuava a acontecer.

Suza sentia-se terrivelmente culpada. Estivera enganando a si mesma. Convencera-se de que precisava encontrar Nat para avisá-lo, não importava o risco. Mas a verdade é que teria aproveitado qualquer pretexto para revê-lo. As consequências desastrosas de seus atos eram uma decorrência natural da confusão de suas motivações. Era verdade que Nat estivera em perigo, mas naquele instante o perigo era ainda maior, por sua causa.

Ficou pensando em tudo: que estava agora num navio polonês em pleno mar, sob o comando de inimigos de Nat, cercada por bandidos russos. Fechou os olhos com força, meteu a cabeça debaixo do travesseiro e fez todo o esforço possível para reprimir a histeria que lhe subia pela garganta.

E depois começou a ficar furiosa, e foi isso que a impediu de enlouquecer.

Pensou no pai, em como ele quisera usá-la para realizar suas ideias políticas. E ficou furiosa com ele. Pensou em Hassan, manipulando seu pai, pondo a mão no joelho dela. E desejou ter lhe dado uma bofetada quando tivera a oportunidade. E finalmente pensou em Rostov, com um rosto inteligente e implacável, o sorriso frio, em como ele tencionava abalroar o navio de Nat e matá-lo. E isso a deixou ainda mais possessa.

Nat Dickstein, o seu namorado, era divertido, forte, estranhamente vulnerável, escrevia cartas de amor, roubava navios e era o único homem que ela já amara com aquela intensidade. Não iria perdê-lo de jeito nenhum.

Encontrava-se no campo inimigo, uma prisioneira, mas apenas do ponto de vista *dela mesma*. Pensavam que ela estava do lado deles, confiavam nela. Talvez Suza pudesse encontrar uma oportunidade de frustrar os planos deles. Disfarçaria seu medo e sairia pelo navio conversando com os inimigos, solidificando a confiança que tinham nela, fingindo partilhar as mesmas ambições e preocupações, até que surgisse uma chance.

Essa ideia a fez tremer. E depois disse a si mesma: se eu não fizer isso, vou perdê-lo e, se isso acontecer, não quero mais viver.

Suza saiu da cama. Tirou as roupas com que dormira, lavou-se e vestiu um suéter e uma calça limpos que levara na mala. Sentou-se à mesinha pregada no chão e comeu um pouco do salame e do queijo que o marinheiro deixara no dia anterior. Escovou os cabelos e, apenas para levantar o astral, passou um pouco de maquiagem.

Tentou abrir a porta da cabine. Não estava trancada.

Saiu.

Avançou por um corredor e seguiu o cheiro de comida até o refeitório. Entrou e olhou rapidamente ao redor.

Rostov estava sentado sozinho, comendo ovos sem pressa, com um garfo. Levantou a cabeça e a viu. De repente, seu rosto assumiu uma expressão fria, a boca estreitando-se, os olhos não deixando transparecer nenhuma emoção. Suza hesitou, depois se forçou a seguir na direção dele. Chegando à mesa, apoiou-se de leve numa cadeira, pois sentia as pernas fracas.

– Sente-se – disse Rostov.

Suza arriou na cadeira.

– Como passou a noite?

A respiração de Suza estava acelerada, como se ela tivesse corrido.

– Muito bem.

A voz era trêmula. Os olhos céticos de Rostov pareceram penetrar até seu cérebro.

– Parece transtornada.

Ele falou com calma, sem deixar transparecer simpatia nem hostilidade.

– Eu... – tentou responder, mas as palavras pareciam grudar na garganta, sufocando-a. – Ontem... fiquei confusa. – Pelo menos isso era verdade, o que era mais fácil de verbalizar. – Nunca tinha visto ninguém morrer – falou ela, depois de uma pausa.

– Hum...

Uma insinuação de sentimento humano transpareceu na expressão de Rostov. Talvez estivesse recordando a primeira vez que presenciara a morte de um homem. Pegou o bule e serviu café para Suza.

– Ainda é muito jovem. Não pode ser muito mais velha que meu primogênito.

Suza tomou um gole do café quente e torceu para que Rostov continuasse a falar daquela maneira, o que a ajudaria a acalmar-se.

– Seu primogênito...?

– Yuri Davidovitch. Está com 20 anos.

– O que ele faz?

O sorriso de Rostov não estava mais frio como antes.

– Infelizmente, ele passa a maior parte do tempo escutando música decadente. Não estuda tanto quanto deveria. Não é como o irmão.

A respiração de Suza voltava ao normal, a mão já não tremia quando pegou a xícara. Sabia que aquele homem não era menos perigoso só porque tinha família, mas ele parecia menos assustador quando falava assim.

– E seu outro filho, o mais moço, como é?

Rostov meneou a cabeça.

– O nome dele é Vladimir.

Agora ele nem parecia assustador. Olhava por cima do ombro de Suza com uma expressão afetuosa e indulgente.

– É um garoto muito talentoso. Será um grande matemático, caso se forme no lugar certo.

– Isso não deve ser problema – comentou Suza, observando-o. – A educação soviética é a melhor do mundo.

Parecia uma frase segura para se dizer, mas devia ter algum significado especial para Rostov, porque o olhar distante desapareceu e o rosto voltou a ficar frio e impiedoso.

– Não, não deve ser problema.

E ele continuou a comer os ovos. *Ele está ficando amistoso, não posso perdê-lo agora*, pensou Suza, em desespero. Vasculhou a mente em busca de algo para dizer. O que tinham em comum? Sobre o que podiam conversar? E foi nesse instante que teve uma inspiração.

– Queria conseguir recordar de você da época em que esteve em Oxford.

– Você era muito pequena – falou Rostov e se serviu de mais café. – Mas todos se lembram de sua mãe. Ela era de longe a mulher mais bonita que havia por lá. E você é igualzinha a ela.

Assim é melhor, pensou Suza.

– O que estudou em Oxford?

– Economia.

– Imagino que não era uma ciência exata naquele tempo.

– E não está muito diferente hoje.

Suza assumiu uma expressão solene.

– Estamos falando da economia burguesa, é claro – declarou ela.

– Claro.

Rostov a fitou como se não conseguisse decidir se ela falava a sério ou não. E deu a impressão de chegar à conclusão de que sim.

Um oficial entrou no refeitório e se dirigiu a ele em russo. Rostov olhou para Suza com uma expressão pesarosa.

– Lamento, mas tenho que ir para a cabine de comando agora.

Suza precisava acompanhá-lo.

– Posso ir também? – conseguiu, com esforço, falar calmamente.

Rostov hesitou. E Suza pensou: *Ele tem que deixar. Está gostando de conversar comigo; acha que estou do seu lado; e, se eu descobrir algum segredo, como imagina que poderei usá-lo, sendo quase prisioneira num navio da KGB?*

– Por que não? – disse Rostov afinal.

Ele deixou o refeitório e Suza o seguiu.

Na sala de rádio, Rostov sorriu ao ler as mensagens, traduzindo-as para Suza. Parecia estar regozijando com a engenhosidade de Dickstein.

– O homem é terrivelmente esperto.

– O que é essa Savile? – perguntou Suza.

– Uma fachada para o serviço secreto israelense. Dickstein está eliminando todas as pessoas com motivos para se interessarem pelo que acontecer ao urânio. A companhia de navegação não se interessará porque não possui mais o navio. E agora ele está afastando o comandante e a tripulação.

Não resta a menor dúvida de que ele deve ter algum controle sobre os proprietários do urânio. É um plano extraordinário.

Era isso que Suza queria: Rostov se dirigia a ela como a uma colega; ela estava no centro dos acontecimentos. Mas devia encontrar um meio de criar obstáculos para ele.

– A pane das máquinas também foi planejada?

– Claro. E agora Dickstein pode assumir o controle do navio sem disparar um tiro sequer.

Suza pensou depressa. Ao "trair" Dickstein, provara sua lealdade ao lado árabe. Agora, o lado árabe se dividira em dois campos: num lado estavam Rostov, a KGB e o serviço secreto egípcio; no outro, Hassan e os *fedayin*. Suza podia provar sua lealdade ao lado de Rostov traindo Hassan.

– E Yasif Hassan também pode fazer a mesma coisa, é claro – disse ela, com o máximo de indiferença que conseguiu simular.

– Como disse?

– Hassan também pode assumir o controle do *Coparelli* sem disparar um tiro.

Rostov a fitou, aturdido. O sangue pareceu se esvair de seu rosto. Suza ficou chocada ao vê-lo perder tão abruptamente todo o controle e a confiança.

– Hassan planeja sequestrar o *Coparelli*?

Suza fingiu espanto.

– Está querendo me dizer que *não sabia*?

– Mas com quem? Com os egípcios não pode ser!

– Com os *fedayin*. Hassan disse que esse plano era *seu*.

Rostov bateu com o punho na antepara, parecendo explodir como um autêntico russo.

– Hassan é um mentiroso e traidor!

Suza compreendeu que aquela era sua oportunidade. E pensou: *Deus me dê força.*

– Talvez possamos detê-lo... – sugeriu ela.

Rostov a encarou.

– Qual é o plano dele?

– Sequestrar o *Coparelli* antes que Dickstein chegue lá, depois emboscar os israelenses e partir... Hassan não me disse exatamente para onde, mas sei que é algum lugar no norte da África. Qual era o seu plano?

– Abalroar o navio depois que Dickstein roubasse o urânio...

– Ainda podemos fazer isso?

– Não. Estamos longe demais, jamais conseguiríamos alcançá-lo.

Suza sabia que, se não desse o próximo passo com precisão, tanto ela quanto Dickstein morreriam. Cruzou os braços para controlar a tremedeira.

– Então só há uma coisa que podemos fazer – disse ela.

– E o que é?

– Avisar Dickstein da emboscada dos *fedayin* para que possa retomar o *Coparelli*.

Pronto, ela acabara de dizer. Ficou observando o rosto de Rostov. Ele tinha que aceitar, era a providência lógica, a coisa certa a fazer!

Rostov pensou por um momento.

– Avisar Dickstein para que ele possa tirar o *Coparelli* dos *fedayin*. E depois ele poderá prosseguir com os seus planos, o que também nos permitirá realizar os nossos.

– Isso mesmo! – exclamou Suza. – É o único jeito, não?

DE: NAVEGACAO SAVILE, ZURIQUE

PARA: ANGELUZZI E BIANCO, GENOVA

SUA CARGA DE URANIO DA F. A. PEDLER ATRASADA POR
TEMPO INDEFINIDO DEVIDO A PROBLEMA MECANICO NO MAR.
INFORMAREI MAIS BREVE POSSIVEL NOVA DATA DE ENTREGA.
PAPAGOPOLOUS.

Quando o *Gil Hamilton* se aproximou, Pyotr Tyrin encurralou Ravlo, o viciado, num canto do *Coparelli*. Tyrin exibiu uma confiança que não sentia. Adotou uma atitude tirânica e agarrou Ravlo pelo suéter. Tyrin era um homem corpulento e Ravlo, um tanto consumido pelo vício.

– Vai fazer uma coisa por mim – determinou Tyrin.

– O que você quiser.

Tyrin hesitou. Seria arriscado. Mas não havia alternativa.

– Preciso continuar a bordo deste navio quando vocês passarem para o *Gil Hamilton*. Se notarem minha ausência, deve dizer que já me viu passar.

– Claro, claro...

– Se eu for descoberto e tiver que ir para o *Gil Hamilton*, pode estar certo de que contarei seu segredo.

– Farei tudo o que puder.

– É melhor mesmo.

Tyrin o soltou. Não estava tranquilo. Um homem naquela situação era capaz de prometer qualquer coisa, mas sempre desmoronava se fosse pressionado.

Todos os homens foram convocados ao tombadilho para a transferência. O mar estava revolto demais para que o *Gil Hamilton* chegasse perto, por isso foi enviada uma lancha. Todos tinham que usar coletes salva-vidas para a travessia. Os oficiais e marinheiros do *Coparelli* se enfileiraram sob a chuva intensa enquanto eram contados. Em seguida, o primeiro marujo desceu a escada, embarcando na lancha.

A lancha era pequena demais para levar toda a tripulação de uma só vez. Haveria necessidade de duas ou três viagens, percebeu Tyrin.

– Tente ficar para a última viagem – sussurrou ele para Ravlo enquanto a atenção de todos se concentrava nos primeiros homens a passarem pela amurada.

– Está bem.

Os dois recuaram para trás do grupo. Os oficiais ficaram à amurada observando a lancha. Os marinheiros estavam parados logo depois deles, esperando, de frente para o *Gil Hamilton*.

Tyrin se esgueirou para trás de uma antepara.

Estava a dois passos de um bote salva-vidas cuja cobertura ele já havia soltado previamente. A popa do bote podia ser vista do lugar em que os marinheiros aguardavam a transferência, mas a proa, não. Tyrin foi até lá, levantou a cobertura, entrou e tornou a puxá-la, cobrindo-se.

E pensou: *Se eu for descoberto agora, estou perdido.*

Era um homem corpulento e o colete salva-vidas o deixava ainda maior. Com alguma dificuldade, rastejou dentro do bote até encontrar uma posição em que podia avistar a cena no tombadilho através de um ilhó na lona. Agora, tudo dependia de Ravlo.

Tyrin observou um segundo grupo descer a escada para a lancha. Um instante depois, ouviu o imediato indagar:

– Onde está aquele operador de rádio?

Tyrin procurou por Ravlo e o localizou.

– Vamos, fale logo!

Ravlo hesitou.

– Ele foi no primeiro grupo, senhor.

Bom rapaz!

– Tem certeza?

– Tenho, sim, senhor.

O oficial meneou a cabeça e comentou que não conseguia distinguir ninguém com aquela maldita chuva.

O comandante chamou Koch e os dois foram conversar ao abrigo de uma antepara, perto do esconderijo de Tyrin.

– Nunca ouvi falar dessa empresa de navegação, a Savile. E você? – perguntou o comandante.

– Também não, senhor.

– Está tudo errado: vender um navio ainda no mar, depois deixar o oficial de máquinas no comando e afastar o comandante.

– Sim, senhor. Imagino que os novos proprietários não conheçam as coisas do mar.

– É claro que não conhecem, ou não agiriam assim. Provavelmente são contadores – falou o comandante e então fez uma pausa. – É claro que pode se recusar a ficar sozinho – retomou a conversa. – Nesse caso, eu teria que permanecer ao seu lado. E mais tarde o ajudaria.

– Infelizmente, senhor, imagino que perderia minha licença.

– Está certo. Não deveria nem ter feito essa sugestão. Boa sorte.

– Obrigado, senhor.

O terceiro grupo já embarcara na lancha. O imediato estava no alto da escada, à espera do comandante, que ainda praguejava contra os novos proprietários ao se virar, cruzar o tombadilho e começar a descer, atrás de seu subordinado.

Tyrin concentrou sua atenção em Koch, que se julgava agora o único homem a bordo do *Coparelli*. O oficial de máquinas observou a lancha seguir para o *Gil Hamilton*, depois subiu a escada para a cabine de comando.

Tyrin praguejou alto. Queria que Koch descesse. Assim ele poderia ir para a proa e entrar em contato pelo rádio com o *Karla*. Observou a cabine de comando e viu o rosto de Koch aparecer de vez em quando por trás do vidro. Se Koch ficasse ali, Tyrin seria obrigado a esperar até o anoitecer para entrar em contato com Rostov e comunicar o acontecido.

Entretanto, tudo dava a entender que Kock planejava passar o dia inteiro ali.

Tyrin se preparou para uma longa espera.

～

Quando o *Nablus* chegou ao ponto ao sul de Ibiza onde Hassan esperava encontrar o *Coparelli*, não havia um único navio à vista.

Circularam o ponto, perfazendo uma espiral cada vez mais ampla, enquanto, com um binóculo, Hassan esquadrinhava o desolado horizonte batido pela chuva.

– Você cometeu um erro – disse Mahmoud.

– Não necessariamente – respondeu Hassan, que estava determinado a não parecer dominado pelo pânico. – Este era o ponto máximo em que poderíamos encontrá-lo. O navio pode não ter viajado a toda a velocidade.

– Mas por que se atrasaria?

Hassan deu de ombros, parecendo menos preocupado do que estava.

– Talvez as máquinas não estejam funcionando direito. Talvez estejam enfrentando um tempo pior do que nós. Pode haver uma porção de explicações.

– O que sugere, então?

Mahmoud também estava bastante apreensivo, Hassan compreendeu. No navio, ele não estava no comando, somente Hassan podia tomar decisões.

– Vamos seguir para sudoeste, pela rota do *Coparelli*. Acabaremos por encontrá-lo mais cedo ou mais tarde.

– Pois então dê as ordens ao comandante.

Mahmoud desceu ao encontro de seus homens, deixando Hassan com o comandante.

Mahmoud ardia de raiva, uma reação irracional, decorrente da tensão. E Hassan já observara que o mesmo acontecia com seus homens. Tinham esperado um combate ao meio-dia, mas vinham sendo obrigados a esperar – andavam pelos alojamentos e pela cozinha, limpavam armas, jogavam cartas, gabavam-se de batalhas passadas. Estavam prontos para o combate e propensos a se empenharem em perigosos jogos de arremesso de faca, a fim de provarem sua coragem: para os outros e para si próprios. Um deles brigara com dois marinheiros por causa de um insulto imaginário e cortara o rosto de ambos com um caco de vidro antes que a briga fosse apartada. A tripulação passara a manter distância dos *fedayin*.

Hassan se perguntou como iria controlá-los se estivesse no lugar de Mahmoud. Começara a pensar em tais termos fazia pouco tempo. Mahmoud ainda estava no comando, mas era ele quem fizera todo o trabalho importante: descobrira Dickstein, trouxera notícias de seu plano, imaginara o sequestro prévio e verificara o paradeiro do *Stromberg*. Começava a se perguntar qual seria a sua posição no movimento quando tudo acabasse.

Obviamente, Mahmoud pensava nas mesmas coisas.

Contudo, ainda que uma luta pelo poder entre os dois fosse inevitável, isso teria que esperar. Primeiro precisavam sequestrar o *Coparelli* e emboscar Dickstein. Hassan ficou um pouco nauseado ao pensar nisso. Os homens calejados de muitos combates lá embaixo podiam estar aguardando ansiosamente a luta, mas Hassan nunca estivera na guerra, nunca vira uma arma apontada em sua direção, exceto por Cortone, na casa em ruínas. Ele estava com medo e sentia mais medo ainda de cair em desgraça se virasse as costas e fugisse ou se vomitasse, como acontecera na Sicília. Mas também se sentia entusiasmado, pois se vencessem... se vencessem!

Houve um alarme falso às 16h30, quando avistaram outro navio nas imediações. Entretanto, depois de examiná-lo pelo binóculo, Hassan anunciou que não era o *Coparelli*. Quando o navio chegou perto, leram o nome no costado: *Gil Hamilton*.

Hassan ficou preocupado quando a luz do dia começou a desvanecer. Num tempo como aquele, mesmo com as luzes de navegação, dois navios podiam passar a meia milha um do outro durante a noite sem se avistarem. E eles não captaram nenhuma transmissão do rádio secreto do *Coparelli* ao longo da tarde, embora Yaacov tivesse informado que Rostov tentara entrar em contato com Tyrin. Para ter certeza de que o *Coparelli* não passaria pelo *Nablus* durante a noite, eles teriam que dar a volta e passar a noite seguindo na direção de Gênova, na velocidade do *Coparelli*, retomando a busca pela manhã. Por outro lado, se fizessem isso, ficariam perto demais do *Stromberg* e talvez perdessem a chance de preparar a armadilha para Dickstein.

Hassan já estava prestes a explicar isso a Mahmoud, que acabara de voltar à cabine de comando, quando uma faísca branca brilhou a distância.

– O navio está ancorado – disse o comandante.

– Como sabe? – indagou Mahmoud.

– É o que uma faísca branca significa.

– Isso explica por que não estava ao largo de Ibiza conforme esperávamos – comentou Hassan. – Se for o *Coparelli*, devemos nos preparar para abordá-lo.

– Certo – concordou Mahmoud, saindo para falar com seus homens.

– Apague as luzes de navegação – ordenou Hassan ao comandante.

A noite caía enquanto o *Nablus* se aproximava do outro navio.

– Tenho quase certeza de que é o *Coparelli* – afirmou Hassan.

O comandante baixou o binóculo.

– Tem três guindastes no convés e a estrutura superior fica à ré das escotilhas.

– Sua visão é melhor que a minha – comentou Hassan. – É mesmo o *Coparelli*.

Ele desceu aos alojamentos, onde Mahmoud falava a seus homens. Mahmoud o fitou quando ele entrou e Hassan assentiu.

– É ele mesmo.

Mahmoud tornou a se virar para seus homens.

– Não esperamos muita resistência. O navio é tripulado por marinheiros comuns e não há razão para que estejam armados. Podemos seguir em duas lanchas, uma para atacar por bombordo e outra por estibordo. Subindo a bordo, nossa primeira tarefa é capturar a cabine de comando e impedir que usem o rádio. Em seguida, vamos reunir a tripulação no convés.

Ele fez uma pausa e se dirigiu a Hassan.

– Diga ao comandante para chegar o mais perto possível do *Coparelli* e depois parar as máquinas.

Hassan se virou para sair. De repente, se tornara outra vez o garoto de recados. Mahmoud estava demonstrando que ainda era o líder na batalha. Hassan sentiu a humilhação trazer-lhe um fluxo de sangue ao rosto.

– Yasif.

Ele se voltou para Mahmoud.

– Sua arma – avisou o líder.

Mahmoud jogou uma arma na direção de Hassan, que a agarrou. Era uma pistola pequena, quase um brinquedo, o tipo que uma mulher poderia levar na bolsa. Os *fedayin* caíram na gargalhada.

Hassan pensou: *Também sei fazer graça*. Ele encontrou o que parecia ser a trava de segurança e a soltou. Apontou a arma para o chão e puxou o gatilho. O estampido foi alto. Ele usou o restante da munição.

Houve um momento de silêncio.

– Pensei ter visto um rato – explicou Hassan.

E jogou a arma de volta para Mahmoud, arrancando gargalhadas ainda mais altas dos *fedayin*.

Hassan saiu. Subiu para a cabine de comando, transmitiu a mensagem ao comandante e voltou para o tombadilho. Estava muito escuro agora. Por algum tempo, tudo o que pôde perceber do *Coparelli* foi a luz. Depois, forçando a vista, conseguiu discernir uma silhueta preta sólida contra o fundo cinza-escuro.

Os *fedayin* esperavam em silêncio no tombadilho junto com a tripulação. As máquinas do *Nablus* pararam. Os marujos baixaram as lanchas.

Hassan e os *fedayin* desceram.

Ele ficou na mesma lancha que Mahmoud. A pequena embarcação balançava incessantemente sobre as ondas, que agora pareciam imensas. Aproximaram-se do costado do *Coparelli*. Não havia sinal de atividade no navio. *Será que o oficial de vigia não ouviu o barulho de dois motores se aproximando?*, pensou Hassan. Mas nenhum alarme soou, não houve luzes banhando o convés, ninguém gritou ordens nem chegou à amurada para descobrir o que estava havendo.

Mahmoud foi o primeiro a subir a escada.

Quando Hassan chegou ao convés do *Coparelli*, o outro grupo de *fedayin* já passava pela amurada de estibordo.

Os homens avançaram pelos corredores, subiram escadas. Ainda não havia sinal da tripulação do *Coparelli*. Hassan teve a pavorosa sensação de que algo saíra terrivelmente errado.

Seguiu Mahmoud até a cabine de comando. Dois homens já se encontravam lá.

– Eles tiveram tempo de usar o rádio? – perguntou Hassan.

– Quem? – respondeu Mahmoud.

Desceram para o convés. Aos pouco, os homens foram saindo do interior do navio. Pareciam aturdidos, empunhando as armas que não tinham usado.

– Como o mistério do *Marie Celeste* – comentou Mahmoud.

Dois homens avançaram pelo convés trazendo entre eles um marinheiro apavorado.

– O que aconteceu aqui? – perguntou Hassan ao marinheiro em inglês.

O marinheiro respondeu em outra língua. Hassan teve subitamente um pensamento aterrador.

– Vamos verificar o porão – disse para Mahmoud.

Desceram para o porão. Hassan encontrou um interruptor e acendeu as luzes. O espaço estava ocupado por grandes barris de óleo, todos lacrados e seguros com cunhas de madeira.

– É o urânio! – exclamou Hassan.

Os dois olharam para os tambores e depois um para o outro. Por um momento, toda a rivalidade foi esquecida.

– Conseguimos! – gritou Hassan. – Conseguimos!

Ao cair da noite, Tyrin observou o oficial de máquinas ir até a proa para acender a luz branca. Na volta, ele não subiu para a cabine de comando, mas andou mais um pouco e entrou na cozinha. Procurava algo para comer. Tyrin também estava com fome. Daria o braço direito por um prato de arenque salgado e um pão preto. Encolhido no bote salva-vidas durante a tarde inteira, sentindo cãibras à espera de que Koch saísse, ele nada tivera em que pensar além da fome. Torturara-se imaginando caviar, salmão defumado, cogumelos marinados e, acima de tudo, pão preto.

Ainda não, disse Pyotr Tyrin a si mesmo.

Assim que Koch desapareceu, Tyrin saiu do bote. Os músculos protestaram quando pôde mexê-los, mas ele seguiu depressa para os depósitos na proa.

Mudara a posição das caixas e dos materiais sobressalentes na área principal, a fim de ocultar a entrada para a sua pequena sala de rádio. Por causa disso precisou ficar de quatro, puxar uma caixa e rastejar através de um pequeno túnel para conseguir entrar.

O aparelho estava repetindo um sinal curto, de duas letras. Tyrin consultou o livro de códigos e descobriu que o sinal indicava que deveria mudar para outra frequência, depois acusar o recebimento. Armou o rádio para transmitir e seguiu as instruções.

Rostov respondeu na mesma hora:

MUDANCA DE PLANO. HASSAN VAI ATACAR COPARELLI.

Tyrin franziu o cenho, aturdido.

REPITA, POR FAVOR.

HASSAN E UM TRAIDOR. FEDAYIN VAO ATACAR O COPARELLI.

– Deus do céu, mas o que está acontecendo? – perguntou Tyrin em voz alta. Ele estava no *Coparelli*... Por que Hassan iria... para pegar o urânio, é claro!

Rostov ainda transmitia:

HASSAN PLANEJA EMBOSCAR DICKSTEIN. PARA NOSSO PLANO DAR CERTO, TEMOS QUE AVISAR DICKSTEIN DA EMBOSCADA.

Tyrin franziu o cenho mais uma vez. Mas seu rosto se desanuviou quando ele compreendeu.

– Voltaremos então ao ponto inicial – disse para si mesmo, em voz alta. – Uma manobra astuciosa. Mas o que vou fazer?

E transmitiu:

COMO?
CHAME O STROMBERG PELA FREQUENCIA REGULAR DO COPARELLI E MANDE A SEGUINTE MENSAGEM EXATAMENTE REPITO EXATAMENTE. ABRE ASPAS COPARELLI PARA STROMBERG FUI ABORDADO CREIO POR ARABES. CUIDADO FECHA ASPAS.

Tyrin assentiu. Dickstein pensaria que Koch tivera tempo de transmitir umas poucas palavras antes que os árabes o matassem. Alertado, seria capaz de capturar o *Coparelli*. E depois o *Karla* de Rostov poderia colidir com o navio de Dickstein, conforme o planejado. *Mas o que vai acontecer comigo?*

Ele transmitiu:

ENTENDIDO.

Ouviu um baque distante, como se alguma coisa tivesse batido no costado do navio. Primeiro ignorou o barulho, mas depois se lembrou de que não havia mais ninguém a bordo além dele e Koch. Ele foi até a porta dos depósitos da proa e deu uma olhada.

Os *fedayin* haviam chegado.

Fechou a porta e voltou correndo para o transmissor.

HASSAN ESTA AQUI.

Rostov respondeu:

AVISE DICKSTEIN AGORA.

E O QUE FACO DEPOIS?

ESCONDA-SE.

Muito obrigado, pensou Tyrin. Desligou e sintonizou a frequência regular do *Coparelli*, a fim de entrar em contato com o *Stromberg*.

Ocorreu-lhe o pensamento mórbido de que talvez nunca mais voltasse a comer arenque salgado.

~

– Já ouvi falar em se armar até os dentes, mas isto é ridículo – disse Nat Dickstein, arrancando risadas de todos.

A mensagem do *Coparelli* alterara seu ânimo. A princípio, ficara chocado. Como a oposição conseguira descobrir tanto de seu plano, a ponto de ser capaz de sequestrar o *Coparelli* primeiro? Em algum momento, devia ter cometido terríveis erros de julgamento. Suza...? Mas de nada adiantava ficar remoendo isso agora. Havia uma luta pela frente. Sua depressão sombria desaparecera. A tensão ainda estava presente, enroscada dentro dele como uma mola de aço, porém agora podia dominá-la e usá-la, agora tinha algo para dar vazão.

Os doze homens no refeitório do *Stromberg* sentiram a mudança em Dickstein e ficaram contagiados por sua ansiedade pelo combate, mesmo sabendo que alguns morreriam em breve.

Estavam de fato armados até os dentes. Cada homem tinha uma submetralhadora Uzi 9 milímetros – uma arma segura e compacta, que pesava em torno de 4 quilos quando carregada com o pente de 25 rajadas e tinha pouco mais de 60 centímetros com o cabo de metal estendido. Cada agente tinha três pentes de reserva. Além disso, cada combatente levava uma Luger 9 milímetros num coldre na cintura. A munição dessa pistola era igual à da submetralhadora. No outro lado do cinto, havia quatro granadas. Quase com certeza, todo homem ali tinha armas extras escolhidas de acordo com sua preferência – facas, porretes, baionetas, socos-ingleses e outras, mais exóticas –, levadas mais como amuletos do que como instrumentos de combate.

Dickstein compreendia o estado de ânimo dos homens, sabia que os contagiara. Já sentira o mesmo com outras equipes antes de uma ação.

Sentiam medo e, paradoxalmente, o medo os tornava ansiosos por começarem, pois a espera era o pior. A batalha anestesiava e, depois, ou se sobrevivia ou se estava morto e nada mais importava.

Dickstein elaborara o plano de abordagem em detalhes e o transmitira aos homens. O *Coparelli* fora projetado como um petroleiro em miniatura, com porões na parte anterior e no meio do navio, a superestrutura principal no convés posterior e uma superestrutura secundária na popa. A superestrutura principal continha a cabine de comando, os alojamentos dos oficiais e o refeitório; os alojamentos dos marinheiros ficavam por baixo. A superestrutura da popa continha a cozinha, os depósitos embaixo e depois a casa de máquinas. Elas eram separadas acima do convés, mas por baixo ficavam ligadas por corredores.

Abordariam o navio em três grupos. Abbas comandaria o ataque à proa. Os outros dois grupos, comandados por Bader e Gibli, subiriam pelas escadas de bombordo e estibordo, na popa.

Os dois grupos da popa deveriam descer e empurrar o inimigo para o meio do navio, onde seriam dizimados por Abbas e seus homens, que chegariam atacando da proa. A estratégia deveria deixar um bolsão de resistência na cabine de comando, por isso Dickstein planejava atacá-la pessoalmente.

O ataque seria feito à noite, caso contrário nem conseguiriam subir a bordo, pois seriam liquidados ao chegarem às amuradas. Restava o problema de evitar que os homens disparassem uns contra os outros. Para que isso não acontecesse, Dickstein combinou um sinal de reconhecimento, a palavra *Aliyah*. O plano de ataque estava de tal forma elaborado que não deveriam deparar com outros agentes da equipe até quase o fim.

E agora os homens esperavam.

Estavam sentados num círculo irregular no refeitório do *Stromberg*, idêntico ao do *Coparelli*, onde em breve estariam lutando e morrendo.

– Da proa, você controlará o convés anterior, um campo de fogo aberto – disse Dickstein a Abbas. – Disponha seus homens por trás de coberturas e fique por lá. Quando o inimigo no convés revelar suas posições, trate de eliminá-lo. O seu maior problema será o fogo da cabine de comando.

Arriado em sua cadeira, Abbas parecia ainda mais com um tanque. Dickstein sentiu-se contente por tê-lo do seu lado.

– E devemos esperar antes de abrir fogo.

Dickstein assentiu.

– Isso mesmo. Temos uma boa chance de subir a bordo sem sermos vistos. Não há sentido em começarmos a disparar antes que os outros tenham chegado.

Foi a vez de Abbas concordar.

– Porush foi destacado para o meu grupo. Você sabe que ele é meu cunhado.

– Claro que sei. E sei também que ele é o único homem casado. Achei que poderia querer tomar conta dele.

– Obrigado.

Feinberg levantou os olhos da faca que limpava. O magro nova-iorquino não sorria agora.

– Quem serão esses árabes?

Dickstein balançou a cabeça.

– Podem pertencer ao exército regular dos *fedayin*.

Feinberg sorriu.

– Vamos torcer para que sejam mesmo do exército regular... pois então bastará fazermos uma careta para se renderem.

Foi uma piada infame, mas mesmo assim todos riram.

– Passar pela amurada será a pior parte – falou Ish, sempre pessimista, sentado com os pés em cima de uma mesa e os olhos fechados. – Ficaremos vulneráveis feito bebês.

– Lembre-se de que eles pensam que nós esperamos abordar um navio deserto – ressaltou Dickstein. – A emboscada que armaram será supostamente uma grande surpresa para nós. Contam com uma vitória fácil... mas nós vamos preparados. E atacaremos de noite...

A porta se abriu e o comandante entrou.

– Acabamos de avistar o *Coparelli*.

Dickstein se levantou.

– Vamos embora. Boa sorte para todos. E não façam prisioneiros.

CAPÍTULO DEZESSEIS

OS TRÊS BARCOS se afastaram do *Stromberg* pouco antes do amanhecer. Em poucos segundos, o navio ficara invisível. As luzes de navegação foram apagadas, assim como as do convés e dos alojamentos, mesmo abaixo da linha-d'água, para assegurar que nenhum sinal alertasse o *Coparelli*.

O tempo piorara consideravelmente durante a noite. O comandante do *Stromberg* dissera que ainda não estava ruim o bastante para ser classificado como tempestade, o vento forte que acompanhava a chuva torrencial conseguira empurrar um balde de aço pelo convés e as ondas ficaram tão altas que Dickstein era obrigado a se segurar firme no banco da lancha.

Por algum tempo, ficaram numa espécie de limbo, sem nada visível à frente ou atrás. Dickstein nem mesmo podia discernir os rostos dos quatro homens que o acompanhavam na lancha. Foi Feinberg quem rompeu o silêncio:

– Ainda acho que deveríamos ter deixado essa pescaria para amanhã.

Tentando não pensar no medo.

Dickstein era tão supersticioso quanto os outros. Por baixo da capa impermeável e do colete salva-vidas, usava o velho colete listrado do pai, com um relógio de bolso esmigalhado por cima do coração. O relógio outrora detivera uma bala alemã.

Dickstein pensava de forma lógica, mas sabia que as circunstâncias o haviam deixado um pouco fora de si. O caso com Suza e a traição dela o viraram pelo avesso. Seus antigos valores e motivações foram abalados, enquanto os novos, que adquirira com Suza, tinham se transformado em pó. Mas ainda desejava intensamente algumas coisas: queria vencer aquela batalha, queria que Israel tivesse o urânio e queria matar Yasif Hassan. Não se importava consigo mesmo. De repente, não sentia medo de balas, da dor ou da morte. Suza o traíra. Ele não tinha o desejo ardente de levar uma vida longa carregando esse tormento. Desde que Israel tivesse sua bomba, Esther morreria em paz, Mottie terminaria *A ilha do tesouro* e Yigael cuidaria das videiras.

Apertou o cano da submetralhadora por baixo da capa impermeável.

Subiram à crista de uma onda e, de repente, no outro lado, lá estava o *Coparelli*.

~

Mudando por diversas vezes a direção do motor, para a frente e para trás, em rápida sucessão, Levi Abbas aproximou seu barco da proa do *Coparelli*. A luz branca do navio lhe permitia enxergar com nitidez, enquanto o desenho curvo do casco escondia o barco israelense dos olhos de quem estivesse no convés ou na cabine de comando. Quando chegaram perto o bastante da escada, Abbas pegou uma corda e a amarrou em torno da cintura, por baixo da capa impermeável. Ele hesitou por um momento, depois abriu a capa, pegou a arma e a pendurou no pescoço. Com um pé dentro do barco e outro no casco, ele se preparou. Esperou pelo momento oportuno e pulou.

Bateu na escada com os pés e as mãos, segurando firme. Desamarrou a corda da cintura e prendeu-a num degrau da escada. Subiu até quase o topo e se deteve. Deveriam passar pela amurada do navio um depois do outro, o mais depressa possível, quase juntos.

Abbas olhou para baixo. Sharrett e Sapir já subiam, seguindo-o. Enquanto olhava, Porush deu o pulo, errou o movimento e não se agarrou à escada como deveria. Por um momento, Abbas sentiu que a respiração ficara presa em sua garganta. Mas o cunhado escorregou apenas um degrau antes de conseguir enganchar o braço na lateral da escada e evitar a queda.

Abbas esperou que Porush subisse um pouco, colocando-se logo atrás de Sapir, então passou pela amurada. Pousou de cócoras e em silêncio e se manteve agachado ao lado da amurada. Os outros o seguiram com agilidade: um, dois, três. A luz branca brilhava logo acima, deixando-os expostos.

Abbas olhou ao redor. Sharrett era o menor de todos e sabia se esgueirar como uma serpente. Abbas o tocou no ombro e apontou para o outro lado do convés.

– Vá se abrigar a bombordo.

Sharrett rastejou por dois metros de convés aberto e depois ficou parcialmente oculto pela porta levantada da escotilha dianteira. Avançou.

Abbas olhou para um lado e outro do convés. Poderiam ser avistados a qualquer momento. Não reconheceriam esse momento até que uma salva de tiros os atingisse. *Depressa, depressa!* No outro lado do convés ficava o equipamento de guincho da âncora, com uma grande pilha de correntes solta ao lado.

– Sapir....

Abbas apontou e Sapir rastejou pelo convés até a posição.

– Gosto do guindaste – sussurrou Porush.

Abbas olhou para o guindaste que dominava todo o convés anterior. A cabine de comando ficava cerca de três metros acima do nível do convés. Seria uma posição perigosa, mas era taticamente perfeita.

– Pode ir – autorizou Abbas.

Porush rastejou adiante seguindo a rota de Sharrett. Observando-o, Abbas pensou: *Ele engordou; minha irmã o alimenta bem demais*. Porush chegou ao pé do guindaste e começou a subir a escada. Abbas prendeu a respiração. Se um inimigo olhasse para ali naquele momento, enquanto Porush subia a escada...

Contudo Porush chegou à cabine do guindaste sem que nada acontecesse.

Por trás de Abbas, na proa, havia uma gaiuta sobre um curto lance de degraus que levava a uma porta. A área não chegava a ser grande o bastante para que se pudesse considerá-la um castelo de proa e quase certamente seria um depósito, não um local confortável para se alojar. Ele rastejou até lá, se agachou ao pé dos degraus no pequeno poço, entreabriu a porta devagar. Estava escuro lá dentro. Certo de estar sozinho, Abbas fechou a porta e se virou, ajeitando a arma no alto dos degraus.

~

Quase não havia claridade na popa. A lancha em que Dickstein estava tinha que chegar bem perto da escada de estibordo do *Coparelli*. Gibli, o líder do grupo, encontrava dificuldade em manter o barco na posição certa. Dickstein encontrou um croque na lancha e o usou para guiá-la: puxava na direção do *Coparelli* quando o mar tentava afastá-los e o empurrava quando a lancha e o navio ameaçavam colidir.

Gibli, que liderava o grupo e era um ex-oficial do Exército, insistiu em seguir a tradição israelense de que os comandantes iam na frente. Ele sempre usava algum chapéu para esconder os cabelos cada vez mais ralos. Naquele momento, estava de boina. Agachou-se na beira da lancha enquanto ela deslizava por uma onda. Depois, no intervalo, quando navio e lancha chegaram mais perto, pulou. Conseguiu segurar na escada e tratou de subir.

Feinberg já esperava o momento apropriado na beira da lancha.

– E agora... conto até três e depois abro o paraquedas, não é isso? – brincou.

Depois ele pulou.

Katzen saltou em seguida, depois foi a vez de Raoul Dovrat. Dickstein largou o croque e pulou também para a escada. Já agarrado aos degraus, inclinou o corpo para trás e olhou para cima, através da chuva incessante: Gibli chegou à amurada e passou uma perna por cima dela.

Dickstein olhou para trás, por cima do ombro, e avistou uma faixa cinzenta mais clara no céu distante, o primeiro sinal do amanhecer.

E foi nesse momento que houve uma súbita e atordoante rajada de metralhadora, seguida por um grito.

Gibli tombou para trás devagar no alto da escada. A boina se soltou da cabeça e foi levada pelo vento, desaparecendo na escuridão. O homem caiu, passando por Dickstein e mergulhando no mar.

– Vamos, vamos! – gritou Dickstein.

Feinberg pulou por cima da amurada. Dickstein sabia que ele cairia no convés já rolando. Sua arma disparou um instante depois, dando cobertura aos outros...

Katzen também passou sobre a amurada, e agora havia quatro, cinco, muitas armas disparando. Dickstein subiu o resto da escada às pressas, arrancou o pino de uma granada com os dentes e a arremessou por cima da amurada e cerca de 30 metros à frente, onde distrairia o inimigo sem ferir nenhum dos israelenses que já estavam no convés. Depois Dovrat passou pela amurada e Dickstein o viu bater no convés já rolando, levantar, mergulhar e se proteger atrás da superestrutura da popa.

– Aqui vou eu, seus filhos da puta! – gritou Dickstein.

E pulou a amurada. Pousou agachado, encolheu-se sob a guarda do fogo de sua equipe e se abrigou na popa.

– Onde eles estão? – gritou.

Feinberg parou de atirar para responder.

– Na cozinha, nos botes salva-vidas e nas portas no meio do navio – orientou-o, balançando o polegar na direção da antepara ao lado deles.

– Certo – falou Dickstein e se levantou. – Vamos manter a posição atual até que o grupo de Bader chegue ao convés. Quando os ouvirem abrir fogo, comecem a se mover. Dovrat e Katzen, vocês vão seguir para a porta da cozinha e tratar de descer. Feinberg, você lhes dará cobertura e depois seguirá na direção da proa, por este lado do convés. Vou partir para o primeiro bote. Enquanto esperam, façam alguma coisa para desviar a atenção deles da escada de bombordo da proa e do grupo de Bader. Atirem à vontade.

~

Hassan e Mahmoud interrogavam o marinheiro quando o tiroteio começou. Estavam no quarto de navegação, atrás da cabine de comando. O marinheiro falava apenas alemão, mas Hassan também falava o idioma. Contara que o *Coparelli* enguiçara em pleno mar e a tripulação fora transferida para outro navio. Ele ficara ali sozinho para aguardar a chegada da peça necessária para o reparo. Ele nada sabia do urânio, de sequestros ou de Dickstein. Hassan não acreditou nele, pois – como ressaltou para Mahmoud – se Dickstein podia dar um jeito para que o navio sofresse uma pane em pleno mar, certamente poderia providenciar para que um dos seus homens ficasse a bordo. O marinheiro fora amarrado numa cadeira e agora Mahmoud lhe cortava os dedos, um a um, na tentativa de fazê-lo contar uma história diferente.

Ouviram uma rajada rápida, depois o silêncio, então uma segunda rajada seguida de uma barragem de fogo. Mahmoud meteu a faca na bainha e desceu a escada que levava do quarto de navegação aos alojamentos dos oficiais.

Hassan tentou avaliar a situação. Os *fedayin* se agrupavam em três lugares: nos botes salva-vidas, na cozinha e na superestrutura principal, mais para o meio do navio. Do lugar onde se encontravam, Hassan podia ver tanto o lado de bombordo como o de estibordo do convés e, se passasse do quarto de navegação para a cabine de comando, enxergaria todo o convés anterior. A maioria dos israelenses parecia ter abordado o navio pela popa. Os *fedayin*, tanto os que estavam imediatamente abaixo de Hassan como os que se escondiam nos botes dos dois lados, disparavam na direção da popa. Não havia disparos da cozinha, o que devia significar que os israelenses haviam capturado o lugar. Deviam ter descido, mas deixado dois homens no convés superior, um de cada lado, a fim de guardarem sua retaguarda.

A emboscada de Mahmoud falhara. Os israelenses deveriam ter sido massacrados ao passarem pela amurada. Ao contrário, tinham conseguido se abrigar no convés e agora o combate se travava de igual para igual.

A luta no convés estava num impasse, com os dois lados alvejando-se de posições devidamente protegidas. Hassan presumiu que era essa a intenção dos israelenses: manter a oposição ocupada no convés, enquanto avançavam lá por baixo. Atacariam o sustentáculo dos *fedayin*, a superestrutura principal, por baixo, depois de percorrerem os corredores inferiores.

Qual era o melhor lugar para ficar? Hassan chegou à conclusão de que era ali mesmo onde estava. Para alcançá-lo, os israelenses teriam que abrir caminho à bala pelos corredores inferiores, depois subir pelos alojamentos dos oficiais e, por fim, subir até o quarto de navegação e a cabine de comando. Era um posto difícil de dominar.

Houve uma imensa explosão na cabine de comando. A porta grossa que separava a cabine de comando do quarto de navegação fez um estrondo, ficou pendurada das dobradiças e depois, devagar, caiu. Hassan olhou por onde ela estivera.

Uma granada havia atingido a sala de comando. Os corpos de três *fedayin* se espalharam pelas anteparas. Todo o vidro da cabine se estilhaçara. A granada devia ter vindo do convés anterior, o que significava que havia outro grupo de israelenses na proa. Como a confirmar a suposição, uma rajada de metralhadora foi disparada do guindaste da proa.

Hassan pegou uma metralhadora que estava no chão, apoiou-a na janela e começou a revidar os tiros.

~

Levi Abbas observou a granada de Porush voar pelo ar e mergulhar na cabine de comando, depois viu a explosão destruir o que ainda restava de vidro. As armas daquele lado silenciaram por um momento, para logo depois os disparos recomeçarem com outra arma. Por um minuto, Abbas ficou sem saber para onde a nova arma disparava, já que nenhuma das balas chegara perto dele. Olhou para os dois lados. Sapir e Sharrett atiravam contra a cabine de comando e nenhum dos dois parecia estar sob fogo. Abbas olhou para o guindaste. Porush... era Porush quem estava sob fogo! Houve uma rajada da cabine do guindaste, com Porush respondendo ao fogo.

Os disparos da cabine de comando eram amadores, feitos a esmo e sem mira. O homem apenas atirava ao acaso. Mas ocupava uma boa posição. Estava mais alto e bem protegido pelas anteparas da cabine de comando. Acabaria acertando alguém. Abbas pegou uma granada e a arremessou, mas ela caiu um pouco antes da cabine de comando. Só Porush estava perto o bastante para lançar uma granada na cabine, e ele já usara todas as que tinha, acertando o alvo só na quarta tentativa.

Abbas disparou de novo e depois olhou para a cabine do guindaste. E, bem nessa hora, viu Porush cair lá de cima, de costas, virar em pleno ar e cair no convés como um peso morto.

Abbas pensou: *Como vou contar à minha irmã?*

O homem da cabine de comando parou de atirar por um instante, para logo depois recomeçar com uma rajada na direção de Sharrett. Ao contrário de Abbas e Sapir, Sharrett tinha bem pouca cobertura, espremido entre um cabrestante e a amurada. O atirador escondido estava melhorando: saiu costurando uma linha de tiros no deque em direção ao cabrestante. Então Sharrett soltou um grito e saltou para o lado. Seu corpo inteiro se sacudiu como se tivesse sido eletrocutado, à medida que mais e mais balas se cravavam nele – até que ele ficou caído, inerte, e o grito cessou.

A situação era terrível. O grupo de Abbas deveria manter o controle do convés anterior, mas naquele momento quem dominava a área era o homem da cabine de comando. Abbas precisava tirá-lo de lá de qualquer maneira.

Arremessou outra granada, que caiu pouco antes da torre e explodiu. O clarão poderia ofuscar o homem de tocaia lá em cima por uns poucos segundos. Assim que houve a explosão, Abbas já estava de pé e corria na direção do guindaste, com os estampidos do fogo de cobertura de Sapir em seus ouvidos. Chegou ao pé da escada e começou a disparar antes que o homem lá em cima o visse. Depois, as balas começaram a ricochetear nas vigas ao seu redor. Tinha a impressão de que levava uma vida inteira para subir cada degrau. Alguma parte lunática de sua mente começou a contar os passos: sete, oito, nove, dez...

Uma bala ricocheteou e penetrou sua coxa, logo abaixo do quadril. Não o matou, mas o choque pareceu paralisar os músculos da metade inferior do corpo. Os pés escorregaram nos degraus. Abbas teve um momento de pânico e confusão ao descobrir que as pernas não funcionavam. Instintivamente, estendeu as duas mãos para segurar a escada, mas não conseguiu e se soltou. Na queda, seu corpo girou no ar. Ele desabou de mau jeito e quebrou o pescoço. Uma morte instantânea.

A porta do depósito da proa se entreabriu ligeiramente e um russo assustado, de olhos arregalados, espiou para fora. Mas ninguém o viu e ele recuou na mesma hora e fechou a porta.

～

Enquanto Katzen e Dovrat invadiam a cozinha, Dickstein aproveitou o fogo de cobertura de Feinberg para seguir adiante. Correu meio inclinado, passando pelo ponto em que haviam abordado o navio e pela porta da cozinha, indo jogar-se atrás do primeiro bote salva-vidas, que já fora atingido por uma granada. Dali, com a claridade ainda fraca, mas aumentando cada vez mais, pôde divisar os contornos da superestrutura principal, que tinha o formato aproximado de três degraus elevando-se suavemente. No nível do convés principal ficavam o refeitório e a sala de descanso dos oficiais, a enfermaria e uma cabine de passageiros, normalmente usada como depósito. No andar acima ficavam os alojamentos dos oficiais, os banheiros e os aposentos do comandante. No piso superior, a cabine de comando, com o quarto de navegação e a sala de rádio adjacentes.

A maior parte dos inimigos estaria agora no nível do convés: no refeitório e na sala de descanso. Podia contornar os dois lugares subindo uma escada ao lado da chaminé até o passadiço em torno do segundo nível. Mas a única maneira de chegar à cabine de comando era pelo segundo nível. Ele, sozinho, teria que liquidar todos os soldados inimigos que encontrasse nos alojamentos.

Dickstein olhou para trás. Feinberg se retirara para trás da cozinha, talvez para recarregar a arma. Nat esperou até que ele recomeçasse a atirar, depois se levantou. Disparando sem parar, saiu da parte de trás do bote e correu pelo convés posterior até a escada. Sem diminuir a velocidade, pulou para o quarto degrau e subiu, consciente de que por alguns segundos era um alvo fácil e ouvindo um punhado de balas ricochetear ao seu redor na chaminé. Por fim, alcançou a altura do segundo nível e se jogou para o passadiço ao lado, ofegante e tremendo devido ao esforço.

Ficou abaixado de costas na porta que levava aos alojamentos dos oficiais por um instante.

– Vamos liquidar esses malditos – murmurou para si mesmo, uma frase de sua infância que ele jamais esquecera.

Tornou a carregar a submetralhadora. Ainda encostado na porta, deslizou para cima lentamente, até alcançar uma portinhola que ficava na altura dos olhos. Arriscou uma olhada. Avistou um corredor com três portas de cada lado e, na extremidade, uma escada que descia para o refeitório e subia para o quarto de navegação. Sabia os caminhos possíveis para a cabine de comando: as duas escadas externas que subiam do convés principal ou passando pelo quarto de navegação. Entretanto, os árabes ainda dominavam aquela parte do convés pelo lado de fora, o que tornava impossível a subida. Portanto, a única maneira de chegar à cabine de comando era por ali, pelo quarto de navegação.

Dickstein abriu a porta e entrou. Foi avançando em silêncio pelo corredor até a porta da primeira cabine. Abriu-a e jogou uma granada. Viu um inimigo começar a se virar e fechou a porta. O pequeno cômodo explodiu. Correu para a porta seguinte, no mesmo lado, abriu-a e jogou outra granada. Ela detonou no espaço vazio.

Havia mais uma porta naquele lado, só que Dickstein não dispunha de mais granadas.

Correu para a porta, abriu-a com um empurrão e entrou atirando. Havia um homem ali, que estivera atirando pela vigia. Quando a porta se abriu, ele puxou a arma e começou a se voltar para Nat. A rajada que veio de Nat o cortou ao meio.

Nat Dickstein se virou e ficou de frente para a entrada, na expectativa. A porta da cabine no outro lado do corredor se abriu e ele liquidou o homem que apareceu.

Ele voltou ao corredor, atirando às cegas. Havia mais duas cabines que ainda não verificara. A porta da mais próxima se abriu no momento em que Dickstein disparou. Um corpo caiu.

Faltava só uma. Nat ficou observando. A porta se entreabriu de leve, depois tornou a se fechar. Dickstein avançou pelo corredor, escancarou a porta com um pontapé, disparou uma rajada pela cabine. Não houve nenhum tiro em resposta. Ele entrou na cabine. O ocupante fora atingido por um ricochete e caíra no beliche vertendo sangue.

Dickstein foi dominado por uma sensação frenética. Sozinho, tomara toda aquela parte do navio.

Faltava ocupar a cabine de comando. Avançou pelo corredor. A escada ficava no final dele. Subindo-a, chegaria ao quarto de navegação; descendo-a, ao refeitório dos oficiais. Dickstein pisou na escada e olhou para cima. Jogou-se para trás no mesmo instante, e o cano da arma com que deparara começou a atirar.

Não possuía mais granadas. Não conseguiria acertar um disparo no homem no quarto de navegação, que poderia se manter abrigado, atirando às cegas em direção aos degraus. E Dickstein tinha que passar por ali, pois queria subir de qualquer maneira.

Foi até uma das cabines que davam para a proa a fim de olhar o convés anterior e tentar avaliar a situação. Ficou assustado ao constatar o que acontecera. Só um dos quatro homens do grupo de Abbas atirava e Dickstein pôde ver três corpos no chão. Da cabine de comando, parecia que duas ou três armas eram disparadas contra o israelense que restara, acuado por trás de uma pilha de correntes de âncora.

Dickstein olhou para o lado. Feinberg ocupava praticamente seu posto inicial na popa, não conseguira avançar muito. E ainda não havia sinal dos homens que tinham descido.

Os *fedayin* estavam bem entrincheirados no refeitório sob ele. De sua posição privilegiada, podiam facilmente controlar os homens no convés externo e os que estavam nos corredores entre as duas superestruturas. A única maneira de tomar o refeitório seria atacá-lo por todos os lados ao mesmo tempo... inclusive de cima. Mas isso significava que precisava primeiro capturar a cabine de comando. E o local era uma fortaleza.

Dickstein correu de volta pelo corredor e saiu pela porta no lado da popa. A chuva ainda caía, mas havia agora uma claridade difusa no céu. Pôde ver o vulto de Feinberg num lado e o de Dovrat no outro. Gritou os nomes deles até atrair sua atenção, depois apontou para a cozinha. Pulou do passadiço para o convés posterior, atravessou-o correndo e mergulhou na cozinha.

Os dois companheiros entenderam sua mensagem. Um momento depois, o alcançavam.

– Precisamos tomar o refeitório – falou Dickstein.

– Não vejo como – disse Feinberg.

– Cale a boca e preste atenção. Vamos atacar de todos os lados, de bombordo a estibordo, por baixo e por cima. Primeiro, temos que dominar a cabine de comando. Vou cuidar disso. Quando eu chegar lá, tocarei a buzina de nevoeiro. Esse será o sinal. Quero que vocês dois desçam e transmitam as instruções aos homens que estão lá embaixo.

– Como vai chegar à cabine de comando? – perguntou Feinberg.

– Por cima – respondeu Dickstein.

~

Na cabine de comando, Hassan contava agora com a companhia de Mahmoud e dois outros *fedayin*, que tomaram as posições de tiro enquanto os chefes estavam sentados no chão e conferenciavam.

– Eles não têm como vencer – declarou Mahmoud. – Daqui de cima, controlamos a maior parte do convés externo. Eles não podem atacar o refeitório por baixo, porque é muito fácil dominar a escada de escotilha por cima. Não podem atacar pelos lados ou pela frente, porque podemos liquidá-los daqui de cima. E não podem atacar por cima, pois controlamos a escada. Só precisamos continuar a atirar até que eles se rendam.

– Um deles tentou chegar aqui há poucos minutos – contou Hassan –, mas consegui detê-lo.

– Estava sozinho aqui em cima?

– Isso mesmo.

Mahmoud pôs as mãos nos ombros de Hassan.

– Agora você é um dos *fedayin*.

Hassan formulou o pensamento que ocupava a mente de ambos:

– E depois?

Mahmoud balançou a cabeça.

– Companheiros em pé de igualdade.

Apertaram-se as mãos.

– Companheiros em pé de igualdade – repetiu Hassan.

– E agora acho que eles vão tentar atacar pela escada de novo – concluiu Mahmoud. – É a única esperança que lhes resta.

– Vou fazer a cobertura do quarto de navegação.

Os dois se levantaram. E foi nesse momento que uma bala perdida veio do convés anterior, passou pela janela sem vidros e penetrou no cérebro de Mahmoud, que teve morte instantânea.

Hassan se tornara o líder dos *fedayin*.

~

Deitado de bruços, os braços e pernas estendidos para se agarrar, Dickstein foi avançando aos poucos pelo teto do navio. Era curvo, não tinha onde se segurar e ficara escorregadio por causa da chuva. Enquanto o *Coparelli* balançava sem parar nas ondas, a cobertura se inclinava para a frente, para trás, para os lados. Tudo o que Dickstein podia fazer era se comprimir contra a superfície de metal e tentar não cair.

Havia uma luz de navegação na parte dianteira. Quando chegasse ali, estaria seguro, pois teria onde se segurar. Seu avanço era terrivelmente lento. Chegou a dois ou três palmos dela e, de repente, o navio balançou para bombordo, fazendo-o escorregar para longe. Foi uma guinada prolongada, que o levou até a beirada. Dickstein ficou pendurado por um braço e uma perna, cerca de 10 metros acima do convés. O navio virou um pouco mais e a perna escorregou. Dickstein tentou cravar as unhas no metal pintado da cobertura do navio.

Foi um momento de angústia.

Então o *Coparelli* se inclinou para o outro lado.

Dickstein deixou que o corpo acompanhasse o balanço do navio, deslizando cada vez mais depressa na direção da luz de navegação.

Porém, quando faltava cerca de um metro para conseguir agarrá-la, o movimento do navio voltou a mudar e ele tornou a deslizar em sentido contrário. Mais uma vez, Dickstein comprimiu as mãos e os pés contra o metal, tentando não ser arremessado; mais uma vez, deslizou até a beirada; mais uma vez, ficou pendurado sobre o convés, só que agora foi o braço direito que ficou pendurado para fora. Sua submetralhadora escorregou do ombro e caiu num bote salva-vidas.

O *Coparelli* rolou de volta, e Dickstein novamente deslizou, com crescente velocidade, na direção da luz de navegação. Só que, dessa vez, a alcançou. Segurou-se com as duas mãos.

A luz ficava a cerca de dois palmos da extremidade dianteira da cobertura. Logo abaixo da beirada ficavam as janelas dianteiras da cabine de comando. De onde antes houvera vidros, dois canos de arma surgiam, apontados para fora.

Dickstein segurou firme na luz de navegação, mas não pôde impedir que seu corpo continuasse a escorregar, descrevendo uma curva ampla na direção da beirada. Percebeu que a parte dianteira, ao contrário das laterais, possuía uma calha de aço estreita para afastar a chuva dos vidros. Quando o corpo deslizou na direção da beirada, Dickstein largou a luz de navegação e acompanhou o movimento do navio. Segurou-se na calha com as pontas dos dedos e balançou as pernas para tomar impulso para dentro. Passou voando pelas janelas quebradas para dentro da cabine de comando. Dobrou os joelhos para amortecer o impacto da queda, depois se empertigou. Perdera a submetralhadora e não tinha tempo para sacar a pistola ou a faca. Havia dois árabes na cabine, um em cada lado dele, ambos empunhando metralhadoras e disparando para o convés. No instante em que Dickstein se ergueu, eles começaram a virar em sua direção, completamente espantados.

Dickstein estava um pouco mais perto do árabe a bombordo. Desferiu um chute em sua direção e, por sorte, acertou-o na ponta do cotovelo, paralisando por um momento o braço que segurava a metralhadora. Nat Dickstein pulou para cima do outro homem. A metralhadora virara em sua direção, mas uma fração de segundo atrasada: Nat já conseguira penetrar a guarda do oponente.

Jogou o braço direito para cima, iniciando o golpe mais impiedoso que conhecia. A base da mão acertou na ponta do queixo do árabe, empurrando-lhe a cabeça para trás. Então, com os dedos esticados, Nat bateu com a lateral da mão, com toda a força, no pescoço exposto.

Antes que o homem caísse, Dickstein o agarrou pelo casaco e o virou bruscamente, usando-o como escudo para se proteger do outro árabe, que já erguia sua arma. Arremessou o homem morto ao outro lado da cabine no mesmo instante em que a metralhadora começava a disparar. O corpo recebeu todas as balas e foi cair em cima do árabe com a metralhadora, que perdeu o equilíbrio, cambaleou para trás pela porta aberta e despencou no convés lá embaixo.

Havia um terceiro homem no quarto de navegação, vigiando a escada interna. Nos três segundos desde que entrara na cabine de comando, o homem se levantara e se virara. Dickstein o reconheceu. Era Yasif Hassan.

Dickstein se agachou depressa e chutou a porta quebrada que caíra. Ela deslizou pelo chão, indo bater nos pés de Hassan. Foi apenas o suficiente para desequilibrá-lo um pouco, mas, no instante em que ele abriu os braços para recuperar o equilíbrio, Dickstein avançou.

Até aquele momento, fora como uma máquina: reagira por puro reflexo a todas as situações com que se confrontara; permitira que o treinamento e o instinto o guiassem; deixara que o sistema nervoso comandasse cada movimento, sem que a consciência interferisse. Porém agora havia mais do que isso. Ali, diante do inimigo de tudo o que ele sempre amara, Dickstein se viu dominado por um ódio cego, uma fúria irracional.

O que só lhe deu mais velocidade e força.

Segurou Hassan pelo braço que empunhava a arma. Firmou no pulso e no ombro ao mesmo tempo e puxou para baixo com um movimento brusco, partindo o braço em seu joelho levantado. Hassan soltou um grito de dor e a arma caiu. Virando-se ligeiramente, Dickstein desferiu um golpe com o cotovelo para trás, acertando Hassan logo abaixo da orelha. Hassan foi tombando de lado. Dickstein o agarrou por trás pelos cabelos, puxando-o para si. E, no instante em que Hassan caía, chutou. O calcanhar acertou a nuca de Hassan enquanto ele sacudia a cabeça. Houve um estalo súbito e toda a tensão se esvaiu dos músculos do homem, enquanto a cabeça tombava, sem qualquer apoio, nos ombros.

Dickstein o largou e o cadáver desabou no chão.

Olhou para o corpo inerte, uma sensação gloriosa ressoando em seus ouvidos.

E foi nesse momento que ele viu Koch.

O oficial de máquinas estava amarrado numa cadeira, arriado, mortalmente pálido, mas ainda consciente. Havia sangue em suas roupas. Dickstein pegou a faca e cortou as cordas que o prendiam. Então reparou nas mãos dele.

– Santo Deus! – murmurou.

– Vou sobreviver – balbuciou Koch.

Ele não se levantou da cadeira.

Dickstein pegou a metralhadora de Hassan e verificou a munição. Quase completa. Foi até a cabine de comando e localizou a buzina de nevoeiro.

– Koch, consegue sair da cadeira?

Koch se levantou com grande esforço, balançando, meio trôpego. Dickstein foi ampará-lo e o ajudou a passar para a cabine de comando.

– Está vendo este botão? Quero que conte até dez, bem devagar, e depois se apoie nele para tocar a buzina.

Koch balançou a cabeça para desanuviá-la.

– Está certo.

– Comece agora.

– Um... dois...

Dickstein desceu pela escada interna e saiu no segundo nível, o mesmo por onde passara antes, eliminando os árabes que encontrou. As cabines continuavam vazias. Desceu outro nível e parou pouco antes do ponto em que a escada dava no refeitório. Calculava que todos os *fedayin* restantes estivessem concentrados ali, alinhados contra as paredes, atirando pelas vigias e portas. Talvez houvesse um ou dois guardando a escada. Não havia formas seguras e cautelosas de tomar uma posição defensiva daquelas.

Vamos, Koch!

Dickstein planejara passar apenas um ou dois segundos escondido ali na escada. A qualquer momento, um dos árabes poderia olhar para cima para verificar se não havia ninguém por ali. Se Koch desmaiasse, Nat teria que subir novamente e...

A buzina de nevoeiro soou.

Dickstein pulou. Já estava atirando antes mesmo de chegar ao chão. Havia dois homens perto da base da escada. Dickstein os acertou primeiro. Os tiros lá de fora aumentaram de intensidade. Dickstein girou num semicírculo rápido, baixando para um joelho a fim de se transformar num alvo menor e disparando contra os *fedayin* encostados nas paredes. Subitamente, havia outra arma disparando na mesma direção, a de Ish, que subia para o refeitório. Em seguida, Feinberg apareceu numa porta, também atirando. Dovrat, ferido, entrou por outra porta. E depois, como a um sinal, os quatro homens pararam de atirar. O silêncio foi como uma trovoada.

Todos os *fedayin* estavam mortos.

Dickstein, ainda ajoelhado, abaixou a cabeça. Estava extenuado. Depois de um momento, levantou-se e olhou para seus homens.

– Onde estão os outros?

Feinberg lhe lançou um olhar estranho.

– Há alguém no convés anterior. Creio que seja Sapir.

– E o resto?

– Não há mais ninguém. Estão todos mortos.

Dickstein se encostou numa antepara, abalado.

– Que preço....

Olhando pela vigia com o vidro quebrado, percebeu que já era dia claro.

CAPÍTULO DEZESSETE

UM ANO ANTES, o jato em que Suza Ashford servia o jantar começara a perder altitude sobre o oceano Atlântico, sem qualquer motivo aparente. O comandante acendera as luzes que indicavam que todos afivelassem o cinto de segurança. Suza percorrera o corredor garantindo aos passageiros: "É apenas um pouco de turbulência." E, enquanto ajudava placidamente as pessoas a afivelarem os cintos, pensava o tempo todo: *Vamos morrer, vamos todos morrer.*

Sentia a mesma coisa agora.

Tinham recebido uma mensagem curta de Tyrin – "israelenses atacando" –, depois só silêncio. Naquele momento, atiravam contra Nathaniel. Ele podia estar ferido, podia ter sido capturado, podia estar morto. E, enquanto tremia por dentro, Suza precisava exibir para o operador de rádio seu sorriso jovial de aeromoça.

– Há um equipamento e tanto aqui – comentou ela.

O operador de rádio do *Karla* era um homem grandalhão com cabelo grisalho, de Odessa. Seu nome era Aleksandr e falava um inglês compreensível:

– Custou 100 mil dólares – disse, orgulhoso. – Conhece alguma coisa de rádio?

– Um pouco... porque já fui aeromoça.

Suza falara "já fui" sem pensar. Perguntou-se se essa parte de sua vida chegara ao fim.

– Estava sempre observando os pilotos dos aviões usarem seus equipamentos de rádio, por isso conheço o funcionamento básico – falou ela.

– Na realidade, o que temos aqui são quatro rádios – explicou Aleksandr. – Um deles está sintonizado no emissor no *Stromberg*. O outro está na escuta de Tyrin no *Coparelli*. O terceiro está na frequência regular do *Coparelli*. E este aqui está vagueando. Observe.

Ele indicou um mostrador cujo ponteiro se deslocava devagar.

– Procura um transmissor e para de se mover quando o localiza – acrescentou ele.

– Isso é incrível. Foi você mesmo quem inventou?

– Infelizmente sou apenas um operador, não um inventor.

– E dá para transmitir em qualquer um dos aparelhos simplesmente passando para o TRANSMITIR?

– Isso mesmo, em código Morse ou falando. Mas é claro que ninguém usa a voz numa operação como esta.

– É preciso um treinamento muito longo para se tornar operador de rádio?

– Não muito. Aprender o Morse é fácil. Mas, para ser operador de rádio de um navio, é preciso aprender a consertar o equipamento. – Ele baixou a voz ao acrescentar: – E para ser operador da KGB é preciso passar pela escola de espiões.

Ele riu e Suza também, pensando: *Vamos, Tyrin, comece logo a falar.* E seu desejo foi atendido.

A mensagem começou e Aleksandr pôs-se a anotá-la, ao mesmo tempo que dizia a Suza:

– É Tyrin. Chame Rostov, por favor.

Suza deixou a sala de rádio contra a vontade, pois queria saber o que dizia a mensagem. Seguiu depressa para o refeitório, torcendo para que encontrasse Rostov ali tomando um café. Mas o lugar estava vazio. Suza desceu outro convés e foi até a cabine de Rostov. Bateu à porta.

Ele disse algo em russo que talvez significasse "entre". Suza abriu a porta. De pé num canto, de cueca, Rostov se lavava numa bacia.

– Tyrin está chamando – informou Suza.

Ela se virou para sair.

– Suza...

Ela se voltou para Rostov.

– O que diria se eu a surpreendesse só de calcinha?

– Eu o mandaria sumir da minha frente.

– Espere lá fora.

Ela fechou a porta, pensando: *Recado dado.*

– Desculpe – falou Suza, assim que ele saiu.

Rostov deu um sorriso tenso.

– Eu não deveria ter sido tão antiprofissional. Vamos embora.

Suza o seguiu para a sala de rádio, que ficava imediatamente abaixo da cabine de comando, onde em geral seriam os aposentos do comandante. Aleksandr explicara que, por causa do equipamento extra, não fora possível usar o espaço ao lado da cabine de comando. Suza já calculara por si mesma que tal disposição tinha a vantagem adicional de afastar o equipamento de rádio da tripulação quando o navio partia com uma mistura de marinheiros comuns e agentes da KGB.

Aleksandr transcrevera a mensagem de Tyrin. Entregou-a a Rostov, que leu em inglês:

– Os israelenses capturaram o *Coparelli*. O *Stromberg* está ao lado. Dickstein está vivo.

Suza ficou bamba de alívio. Tinha que se sentar. Ninguém reparou que ela arriou numa cadeira. Rostov já ditava sua resposta para Tyrin:

– Vamos abalroar o navio às 6h de amanhã.

A onda de alívio deixou Suza. *Ah, Deus, o que vou fazer agora?*

~

Nat Dickstein estava de pé, em silêncio, usando um quepe de marinheiro emprestado, enquanto o comandante do *Stromberg* lia as palavras do serviço fúnebre, alteando a voz acima do barulho do vento, da chuva e do mar. Um a um, os corpos envoltos em lona escorregaram sobre a amurada e mergulharam na água escura: Abbas, Sharrett, Porush, Gibli, Bader, Remez e Jabotinsky. Sete dos doze homens haviam morrido. O urânio era o metal mais caro do mundo.

Tinha havido outro funeral antes. Quatro *fedayin* sobreviveram, três feridos, enquanto o quarto perdera a coragem e se escondera do combate. Depois de desarmá-los, Dickstein permitira que sepultassem seus mortos no mar. Tinha sido um funeral maior: 25 corpos foram entregues à água. Haviam realizado a cerimônia apressadamente, sob os olhares e as armas vigilantes de três israelenses sobreviventes – que compreendiam que tal direito fosse concedido ao inimigo, mas não eram obrigados a gostar disso.

Enquanto isso, o comandante do *Stromberg* viera para bordo com todos os documentos do navio. A equipe de montadores e marceneiros, que fora trazida para o caso de ser necessário alterar o *Coparelli* a fim de que ficasse igual ao *Stromberg*, começou a trabalhar de imediato, reparando os danos da batalha. Dickstein determinou que se concentrassem no que era visível do convés; o resto teria que esperar até que chegassem ao porto. Os homens se puseram a tapar buracos, substituir vidros e peças de metal, arrancando tudo o que era necessário do condenado *Stromberg*. Um pintor desceu por uma escada para apagar o nome *Coparelli* do casco, substituindo-o pelas letras já preparadas: S-T-R-O-M-B-E-R-G. Ao terminar, pintou as anteparas e as partes consertadas de madeira no convés. Todos os botes salva-vidas do *Coparelli*, impossíveis de serem consertados, foram destroçados e os pedaços, jogados ao mar. Os botes do *Stromberg* foram trazidos para substituí-los. A bomba de óleo nova, que o *Stromberg* trouxera por ordem de Koch, foi instalada na casa de máquinas do *Coparelli*.

Os trabalhos foram interrompidos para a cerimônia fúnebre. E recomeçaram assim que o comandante pronunciou as palavras finais. Quase no fim da tarde, as máquinas voltaram a funcionar. Dickstein estava na cabine de comando com o comandante enquanto a âncora era içada. A tripulação do *Stromberg* rapidamente descobriu como operar o navio, que era idêntico ao anterior. O comandante fixou o curso e determinou toda a velocidade à frente.

Já está quase acabando, pensou Dickstein. O *Coparelli* desaparecera; para todos os efeitos, o navio em que agora estava era o *Stromberg*, e o *Stromberg* pertencia à Savile. Israel tinha o seu urânio e ninguém sabia disso. Todos os envolvidos na operação estavam agora devidamente cobertos, à exceção de Pedler, que ainda era o legítimo proprietário do urânio. Era ele o homem que poderia arruinar todo o plano, se por acaso se tornasse por demais curioso ou hostil. Papagopolous deveria estar cuidando dele naquele momento. Em silêncio, Dickstein lhe desejou sorte.

– Estamos prontos – avisou o capitão.

O perito em explosivos que aguardava no quarto de navegação puxou a alavanca do detonador via rádio e depois todos observaram o *Stromberg* vazio, que ficara a cerca de 2 quilômetros de distância.

Houve um estampido alto e seco, como o de uma trovoada. O *Stromberg* pareceu vergar ao meio. Os tanques de combustível se incendiaram e o fim de tarde tempestuoso foi iluminado por uma mancha de fogo que se estendia em direção ao céu. Dickstein sentiu-se ao mesmo tempo empolgado e um pouco ansioso ao contemplar tamanha destruição. O *Stromberg* começou a submergir, lentamente a princípio, depois cada vez mais depressa. A popa afundou, seguida após alguns segundos pela proa. A chaminé surgiu na superfície por um momento, como um homem que erguesse o braço antes de se afogar, depois também desapareceu.

Dickstein sorriu e deu as costas para a cena.

Ouviu um rugido. O comandante também ouviu. Foram até a beira da cabine de comando e olharam para fora. Só então compreenderam o que acontecia.

Lá embaixo, no convés, os homens comemoravam.

~

Franz Albrecht Pedler estava sentado em seu escritório, nos arredores de Wiesbaden, coçando a cabeça branca. O telegrama de Angeluzzi e Bianco, de Gênova, traduzido do italiano por sua secretária, que falava diversos idiomas, era claro e, ao mesmo tempo, incompreensível: FAVOR INFORMAR MAIS CEDO POSSIVEL SOBRE NOVA DATA DE CHEGADA DO URANIO.

Pelo que Pedler sabia, não havia nada de errado com a antiga data de entrega, que seria dali a dois dias. Evidentemente, Angeluzzi e Bianco sabiam algo que ele ainda desconhecia. Já mandara um telegrama para a companhia de navegação: URANIO ESTA ATRASADO? Ficara um pouco irritado com a empresa. Deveriam tê-lo avisado do atraso, como fizeram a Angeluzzi e Bianco. Mas talvez os italianos tivessem se confundido. Durante a guerra, Pedler formara a opinião de que nunca se podia contar com que os italianos fizessem direito o que era mandado. Pensara que poderiam ter mudado; pelo visto, continuavam iguais.

Ficou parado junto à janela, ao crepúsculo que se adensava, observando o pequeno conjunto de prédios de sua fábrica. Quase desejava não ter comprado o urânio. A transação com o Exército israelense, com tudo já devidamente assinado, selado e registrado, manteria os lucros de sua empresa pelo resto de sua vida, de modo que ele já não precisava ter o trabalho extra de especular.

A secretária voltou com a resposta dos armadores, já traduzida: COPARELLI VENDIDO PARA NAVEGACAO SAVILE DE ZURIQUE QUE TEM AGORA RESPONSABILIDADE PELA CARGA. GARANTIMOS A TOTAL IDONEIDADE DOS COMPRADORES. Seguia-se o telefone da empresa de navegação Savile e as palavras FALAR COM PAPAGOPOLOUS.

Pedler devolveu o telegrama à secretária.

– Quer ligar para esse número em Zurique e chamar o tal de Papagopolous, por favor?

Ela voltou alguns minutos depois.

– Papagopolous telefonará daqui a pouco.

Pedler olhou para o relógio.

– Vou esperar pelo telefonema. Agora que comecei, é melhor descobrir de uma vez o que está acontecendo.

Papagopolous ligou dez minutos depois.

– Fui informado de que passou a ser o responsável pela minha carga a bordo do *Coparelli* – disse-lhe Pedler. – Recebi um telegrama dos italianos pedindo que informasse a nova data de entrega. Houve algum atraso?

– Houve, sim – respondeu Papagopolous. – Deveria ter sido informado antes. Lamento muito.

O homem falava alemão perfeitamente, mas mesmo assim era evidente que não se tratava de um alemão. E era também evidente que não lamentava de verdade.

– A bomba de óleo do *Coparelli* quebrou em pleno mar e o navio está parado – continuou Papagopolous. – Tomamos todas as providências para que sua carga seja entregue o mais depressa possível.

– E o que devo dizer a Angeluzzi e Bianco?

– Já lhes comuniquei que informarei a nova data de entrega assim que pudermos fixá-la – disse Papagopolous. – Por favor, deixe tudo comigo. Manterei ambos informados.

– Está certo. Ficarei aguardando notícias.

Isso é estranho, pensou Pedler, ao desligar. Olhando pela janela, constatou que todos os funcionários já tinham ido embora. O estacionamento estava vazio, exceto por seu Mercedes e pelo Fusca da secretária. Estava na hora de voltar para casa. Vestiu o paletó. Não precisava se preocupar, já que o urânio tinha seguro. Se, por acaso, o perdesse, receberia todo o dinheiro. Apagou as luzes de sua sala e foi ajudar a secretária a vestir o casaco. Depois, entrou no Mercedes e seguiu para casa, ao encontro da esposa.

~

Suza Ashford não pregou os olhos a noite inteira.

A vida de Nat Dickstein estava em risco de novo. E de novo ela era a única que podia avisá-lo. Só que dessa vez não podia enganar ninguém para fazer com que a ajudassem.

Tinha que agir sozinha.

Era simples: precisava ir à sala de rádio do *Karla*, se livrar de Aleksandr e contactar o *Coparelli*.

Nunca conseguirei, pensou ela. *O navio está cheio de agentes da KGB. Aleksandr é um homem grandalhão. Quero dormir. Para sempre. É impossível. Não vou conseguir.*

Ah, Nathaniel!

Às quatro da madrugada, Suza vestiu jeans, suéter, botas e uma capa impermeável. Meteu no bolso interno da capa a garrafa cheia de vodca que pegara no refeitório "para ajudar a dormir".

Tinha que saber qual era a posição do *Karla*.

Subiu para a cabine de comando. O imediato sorriu para ela:

– Não está conseguindo dormir?

– É aventura de mais para mim.

Suza tornou a exibir o sorriso simpático de aeromoça. O cinto de segurança está bem afivelado, senhor? É apenas um pouco de turbulência, nada com que se preocupar.

– Onde estamos? – perguntou ao imediato.

Ele indicou a posição no mapa e calculou também a localização do *Coparelli*.

– E o que isso seria em números?

O imediato informou as coordenadas, o curso e a velocidade do *Karla*. Ela repetiu os números em voz alta uma vez e outras duas mentalmente, tentando decorá-los.

– Fascinante! – falou Suza, de um jeito jovial. – Todo mundo no navio tem um talento... Acha que vamos alcançar o *Coparelli* a tempo?

– Claro. E quando isso acontecer... bum!

Suza olhou para fora. Estava completamente escuro. Não havia estrelas, não se avistavam as luzes de nenhum outro navio. O tempo piorava cada vez mais.

– Está tremendo – comentou o imediato. – Sente tanto frio assim?

– Sinto, sim – respondeu Suza, embora não fosse o frio que a fizesse tremer. – Quando o coronel Rostov acordará?

– Ele pediu para ser chamado às cinco.

– Acho que vou tentar dormir por mais uma hora.

Suza desceu para a sala de rádio. Aleksandr estava lá.

– Também não consegue dormir? – perguntou-lhe ela.

– Não. Já mandei o meu substituto para a cama.

Suza correu os olhos pelo equipamento de rádio.

– Não está mais escutando o *Stromberg*?

– O sinal de rádio cessou. Ou descobriram o emissor ou afundaram o navio. Achamos que o afundaram.

Suza se sentou e pegou a garrafa de vodca. Tirou a tampa.

– Tome um gole – ofereceu ao operador de rádio, entregando-lhe a garrafa.

– Está com frio?

– Um pouco.

– Sua mão está tremendo – falou Aleksandr, que levou a garrafa aos lábios e tomou um grande gole. – Obrigado.

Devolveu a garrafa. Suza bebeu um gole para tomar coragem. A vodca russa era forte e lhe queimou a garganta ao descer, mas produziu o efeito desejado. Ela atarraxou a tampa e esperou que Aleksandr ficasse de costas.

– Fale-me a respeito de sua vida na Inglaterra – disse ele, puxando conversa. – É verdade que os pobres passam fome, enquanto os ricos se tornam cada vez mais ricos?

– Não são muitas as pessoas que passam fome. – *Vire-se, por favor, vire-se logo de uma vez! Não posso fazer o que preciso com você olhando.* – Mas há uma desigualdade muito grande.

– Existem leis diferentes para ricos e pobres?

– Há um ditado que diz: "A lei proíbe igualmente que pobres e ricos roubem pão e durmam debaixo de pontes."

Aleksandr soltou uma risada.

– Na União Soviética as pessoas são iguais, mas algumas têm privilégios. Vai viver agora na Rússia?

– Não sei.

Suza abriu a garrafa e tornou a oferecê-la para o russo. Ele tomou outro gole e a devolveu.

– Na Rússia, não terá roupas assim.

O tempo passava depressa demais, ela precisava agir. Levantou-se para pegar a garrafa. Sua capa estava aberta na frente. De pé diante de Aleksandr, inclinou a cabeça para trás para tomar um gole da garrafa, ciente de que o homem ficaria olhando para o relevo de seus seios. Permitiu-lhe uma boa olhada e depois, segurando a garrafa pelo gargalo, desceu-a com toda a força na cabeça dele.

Houve um baque horrível. O russo a fitou com uma expressão aturdida. E Suza pensou: *Você deveria apagar!* Os olhos dele não queriam fechar. *O que vou fazer?* Ela hesitou, depois rangeu os dentes e bateu de novo.

Os olhos dele se fecharam e o corpo arriou na cadeira. Suza o pegou pelos pés e puxou. Quando Aleksandr saiu da cadeira, a cabeça bateu no convés, com um baque surdo que a fez estremecer. Mas logo pensou: *Melhor assim; ele ficará desmaiado por mais tempo.*

Arrastou-o para um armário. Sua respiração estava ofegante, do medo e do esforço. Tirou do bolso da calça um pedaço comprido de corda que pegara na popa. Amarrou os pés de Aleksandr, depois o virou e amarrou suas mãos às costas.

Tinha que metê-lo no armário. Olhou para a porta. *Deus, por favor, não deixe ninguém entrar agora!* Empurrou os pés de Aleksandr para dentro do armário, depois ficou por cima do corpo inconsciente. Tentou levantá-lo. Ele era pesado demais. Com grande esforço, conseguiu sentá-lo. Porém, quando tentou levá-lo para dentro do armário, ele escapou de seus braços. Ela se colocou por trás dele. Agarrou-o pelas axilas e o ergueu. Assim era melhor. Podia apoiar o peso do corpo inerte contra seu peito, enquanto mudava a posição das mãos. Conseguiu sentá-lo de novo, passou os braços pelo peito de Aleksandr, deslocou-o alguns centímetros para o lado. Tinha que entrar no armário com ele, largá-lo, depois se espremer para sair.

Deixou-o numa posição meio sentada, os pés contra um dos lados do armário, os joelhos dobrados, as costas contra o lado oposto. Verificou a corda. Ainda firme. Mas ele podia gritar! Olhou ao redor, em busca de algo que pudesse usar para amordaçá-lo. Nada encontrou. Não podia sair da sala de rádio para procurar, pois alguém poderia aparecer. A única coisa em que pôde pensar foi sua calcinha.

Tirá-la pareceu levar uma eternidade. Primeiro teve que descalçar as botas de marinheiro emprestadas, depois tirar a calça jeans, para só então tirar a calcinha. Aí precisou vestir a calça de volta, recolocar as botas, depois fazer um bolo com a calcinha de náilon e metê-la entre os maxilares inertes.

Não conseguiu fechar a porta do armário.

– Ah, meu Deus! – exclamou em voz alta.

Era o cotovelo de Aleksandr que impedia. As mãos dele estavam amarradas e descansavam no fundo do armário e, por causa da posição, os braços se dobravam para fora. Não importava quanto ela empurrasse a porta, o cotovelo impedia que fosse fechada. Suza teve que voltar para o interior do armário e virar o homem ligeiramente de lado, inclinando-o para o canto. Assim o cotovelo não atrapalharia.

Suza olhou para Aleksandr. Por quanto tempo as pessoas permaneciam desmaiadas? Não tinha a menor ideia. Deveria golpeá-lo de novo, supôs, mas ficou com medo de matá-lo. Chegou a pegar a garrafa e levantá-la acima da cabeça dele. No último instante, porém, perdeu a coragem: apenas bateu a porta do armário.

Olhou para o relógio de pulso e soltou um grito de espanto. Eram 4h50.

O *Coparelli* apareceria em breve na tela de radar do *Karla*, Rostov estaria ali e ela teria perdido a oportunidade.

Sentou-se diante do equipamento de rádio, levantou a alavanca de TRANSMITIR, selecionou o aparelho que estava sintonizado com a frequência do *Coparelli* e se inclinou para o microfone.

– Chamando o *Coparelli*. Responda, por favor.

Ela esperou.

Nada.

– Chamando o *Coparelli*. Responda, por favor.

Nada.

– Mas que diabo, Nat Dickstein! *Fale comigo*, Nathaniel!

~

Nat Dickstein parara no porão central do *Coparelli* encarando os barris que continham o minério que tanto lhe custara. Nada tinham de especiais, eram apenas barris de óleo grandes e pretos. Teve vontade de abrir um e sentir a textura do conteúdo, só para saber como era. Mas as tampas eram lacradas.

Sentia um impulso suicida. Em vez da exultação da vitória, estava dominado por um desespero profundo. Não conseguia se alegrar pelos terroristas que matara, apenas prantear os seus homens que haviam morrido.

Repassou na cabeça a batalha, como já o fizera por diversas vezes naquela noite insone. Se tivesse dito a Abbas para abrir fogo assim que subisse a bordo, poderia ter distraído os *fedayin* por tempo suficiente para que Gibli passasse pela amurada sem ser alvejado. Se tivesse ido com três homens para tomar a cabine de comando, com granadas, logo no início da luta, o refeitório poderia ter sido capturado antes e muitas vidas seriam salvas. Se... Mas havia uma centena de coisas que poderia ter feito de maneira diferente, se fosse capaz de prever o futuro ou se ao menos fosse um homem mais sábio.

Pelo menos Israel teria bombas atômicas, a fim de se proteger, para sempre.

Nem esse pensamento lhe proporcionava alegria. Um ano antes, ficaria emocionado. Mas um ano antes ainda não reencontrara Suza Ashford.

Ouviu um barulho e levantou a cabeça. Parecia que diversos homens estavam correndo pelo convés. Devia ser algum problema náutico.

Suza o transformara. Ensinara-o a esperar mais da vida que apenas a vitória em combate. Quando ele imaginara aquele dia, quando pensara a respeito do que sentiria ao desfechar aquele golpe espetacular, Suza sempre estivera em seus sonhos, esperando-o em algum lugar, pronta para partilhar seu triunfo. Mas agora ela não estaria à sua espera. Ninguém mais serviria. E não haveria alegria numa comemoração solitária.

Ele já ficara olhando para os tambores por tempo de mais. Subiu a escada para sair do porão, pensando no que faria com o restante de sua vida. Chegou ao convés. Um marinheiro surgiu:

– Sr. Dickstein?

– Sou eu mesmo. O que deseja?

– Estamos vasculhando o navio inteiro à sua procura, senhor... é o rádio. Alguém está chamando o *Coparelli*. Não respondemos, senhor, porque não somos mais o *Coparelli*. Mas ela diz...

– Ela?

– Isso mesmo, senhor. Ela está falando abertamente, não é uma transmissão em código Morse. Parece que está bem perto. E está transtornada. Está gritando "Fale comigo, Nathaniel" e outras coisas assim, senhor.

Dickstein agarrou o marinheiro pelo casaco.

– Nathaniel? – gritou. – Ela falou Nathaniel?

– Isso mesmo, senhor. Lamento se...

Mas Dickstein já se afastara, correndo para a sala de rádio.

~

A voz de Nat Dickstein soou pelo rádio:

– Quem está chamando o *Coparelli*?

De repente, Suza ficou muda. Ouvira a voz dele, depois de tudo por que passara, e isso a fez sentir-se fraca e desamparada.

– Quem está chamando o *Coparelli*?

– Oh, Nat, finalmente!

– Suza? É você, Suza?

– Sou eu mesma!

– Onde você está?

Ordenou os pensamentos.

– Estou com David Rostov num navio russo chamado *Karla*. Tome nota.

Ela deu a posição, o curso e a velocidade, repetindo as informações que o imediato lhe transmitira.

– Isso foi às 4h10 desta madrugada, Nat. Este navio vai colidir com o seu às seis da manhã.

– Colidir? Mas por quê? Ora, é claro, já entendi...

– Eles podem me surpreender no rádio a qualquer instante, Nat. Diga depressa o que vamos fazer...

– Pode criar alguma espécie de distração exatamente às 5h30?

– Distração?

– Comece um incêndio, grite "homem ao mar!", faça qualquer coisa para mantê-los ocupados por alguns minutos.

– Eu vou tentar...

– Faça o melhor que puder. Quero que todos fiquem correndo de um lado para outro, sem saberem direito o que está acontecendo e o que devem fazer. São todos da KGB?

– São, sim.

– Certo. Agora...

A porta da sala de rádio se abriu e Suza prontamente levantou a alavanca de TRANSMITIR, silenciando a voz de Dickstein. David Rostov entrou.

– Onde está Aleksandr? – perguntou ele.

Suza tentou sorrir.

– Foi pegar um café. Eu fiquei tomando conta do rádio.

– Mas que idiota!

Rostov praguejava em russo ao deixar a sala de rádio. Suza puxou a alavanca para RECEBER.

– Ouvi tudo – disse Nat. – É melhor você sumir até as 5h30.

– Espere um instante! O que você vai fazer?

– O que vou fazer? Ora, é claro que vou buscá-la.

– Ah, Nat, obrigada.

– Eu te amo.

No mesmo instante em que ela desligou, uma transmissão em código Morse começou a sair de outro aparelho. Tyrin certamente ouvira a conversa e agora tentaria avisar Rostov. Ela esquecera de falar a Nat a respeito de Tyrin.

Podia tentar entrar em contato com Nat de novo, mas seria extremamente arriscado. Além do mais, Tyrin poderia transmitir sua mensagem para Rostov enquanto os homens de Nat vasculhavam o *Coparelli* à sua procura. E, quando a mensagem de Tyrin chegasse, Rostov saberia que Nat estava a caminho e se prepararia.

Suza precisava bloquear a mensagem.

E também precisava escapar.

Decidiu destruir o equipamento de rádio.

Como? Todos os fios deviam estar por trás dos painéis. Teria que remover um painel. E para isso precisava de uma chave de fenda. *Depressa, depressa, antes que Rostov desista de procurar Aleksandr!* Suza encontrou as ferramentas de Aleksandr num canto e escolheu uma chave de fenda pequena. Soltou os parafusos em dois cantos do painel. Impaciente, pôs a chave no bolso e puxou o painel com as mãos. Lá dentro, havia uma massa emaranhada de fios coloridos, como macarrão psicodélico. Pegou um punhado de fios e puxou. Nada aconteceu. Puxara fios de mais ao mesmo tempo. Escolheu um único fio e puxou, arrancando-o. Pôs-se a puxar outros fios com fúria, até que uns quinze ou vinte ficaram soltos. Mesmo assim, o código Morse continuava a soar pelo rádio. Suza derramou o que restava da vodca na parte interna do rádio. O código Morse cessou e todas as luzes do painel se apagaram.

Houve um barulho surdo no interior do armário. Aleksandr devia estar recuperando os sentidos. De qualquer forma, descobririam tudo assim que vissem como o rádio fora destruído.

Suza saiu da sala de rádio, fechando a porta.

Desceu a escada e pisou no convés, tentando imaginar onde poderia esconder-se e que tipo de distração criaria. Não adiantava agora gritar "homem ao mar!": depois do que fizera com o operador e o rádio do navio, não acreditariam nela. Poderia largar a âncora? Nem saberia por onde começar.

O que Rostov faria agora? Procuraria por Aleksandr na cozinha, no refeitório, no alojamento. Não o encontrando, voltaria à sala de rádio e depois ordenaria uma revista total do navio, à sua procura.

Era um homem metódico. Começaria pela proa e revistaria tudo no convés principal até a popa, depois mandaria um grupo vasculhar as estruturas superiores e outro, as partes inferiores, convés por convés, começando de cima e descendo.

Qual era a parte mais baixa do navio? A casa de máquinas. Esse teria que ser seu esconderijo. Suza entrou num corredor e encontrou uma escada que descia. Já estava com o pé no primeiro degrau quando avistou Rostov.

E ele também a viu.

Suza jamais soube de onde vieram as palavras que lhe saíram da boca:

– Aleksandr já está na sala de rádio. Volto daqui a pouco.

Rostov assentiu sombriamente e se afastou, seguindo na direção da sala de rádio.

Suza desceu direto por dois conveses e foi sair na casa de máquinas. O segundo maquinista fazia o plantão noturno. Fitou-a espantado quando se aproximou.

– Este é o único lugar quente do navio – disse Suza, com um sorriso. – Importa-se se lhe fizer companhia?

O homem ficou aturdido.

– Não sei... falar inglês... por favor... – falou, bem devagar.

– Não fala inglês?

Ele fez que não com a cabeça.

– Estou com frio – disse Suza, simulando uma tremedeira, e estendeu as mãos para a máquina como se fosse uma lareira. – Tudo bem?

O homem ficou mais do que feliz por ter aquela linda jovem como companhia na casa de máquinas.

– Tudo bem – repetiu ele, acenando com a cabeça vigorosamente.

Ele continuou a olhar para Suza com uma expressão satisfeita, até que lhe ocorreu que talvez devesse demonstrar alguma hospitalidade. Olhou ao redor, depois tirou um maço de cigarros do bolso e estendeu para Suza.

– Geralmente não fumo, mas acho que desta vez vou aceitar – afirmou ela, pegando um cigarro, que tinha um pequeno tubo de papelão como filtro.

O homem acendeu o cigarro. Suza olhou para cima, esperando deparar com Rostov. Olhou em seguida para o relógio. Mas já eram 5h25! Não tinha tempo para pensar. Precisava criar uma distração, qualquer uma. Gritar "homem ao mar!", largar a âncora, iniciar um incêndio...

Iniciar um incêndio.

Como?

Gasolina! Devia haver gasolina, óleo diesel ou alguma outra coisa por ali na casa de máquinas.

Suza olhou para o motor. Por onde o combustível entrava? A máquina era uma massa de tubos. Concentre-se, concentre-se! Desejou ter aprendido mais sobre o motor de seu carro. Será que os motores de navios eram iguais? Não, pois às vezes usavam combustível de caminhão. De que tipo era aquele motor? Aquele era um navio veloz, por isso talvez usasse gasolina. Suza recordou vagamente que os motores a gasolina eram mais caros de manter, embora desenvolvessem uma velocidade maior. Se fosse um motor a gasolina, seria parecido com o motor de seu carro. Onde estavam os cabos que levavam para as velas de ignição? Uma vez ela trocara uma vela.

Olhou com atenção. Isso mesmo, o motor era parecido com o de seu carro. Tinha seis velas, com fios saindo de uma tampa redonda, como um distribuidor. Em algum lugar tinha que haver um carburador. A gasolina passava pelo carburador. Era uma coisa pequena, que às vezes ficava entupida...

O tubo de comunicação emitiu um chamado em russo e o homem foi atender. Ficou de costas para Suza.

Suza tinha que aproveitar a oportunidade.

Havia algo com o tamanho aproximado de uma lata de sardinhas, com a tampa presa por uma porca no meio. Podia ser o carburador. Suza se inclinou por cima do motor e tentou soltar a porca com os dedos. Não conseguiu mexê-la. Um tubo de plástico grosso estava ligado à caixa. Ela o agarrou e puxou com força. Não conseguiu deslocá-lo. Lembrou-se da chave de fenda de Aleksandr que guardara no bolso da capa. Tirou-a e golpeou o tubo com a ponta fina. O plástico era grosso e duro. Suza golpeou de novo, com toda a força. Conseguiu abrir um pequeno corte no tubo. Meteu a ponta da chave no corte e começou a empurrá-la.

O homem chegou ao tubo de comunicação e falou em russo.

Suza sentiu que a chave de fenda rompia o plástico. Puxou-a imediatamente. Um esguicho de um líquido claro saiu pelo pequeno buraco, o ar ficou impregnado com o cheiro característico de gasolina. Suza largou a chave de fenda e correu para a escada.

Ouviu o homem dizer "sim" em russo e o viu fazer que sim com a cabeça. Seguiu-se uma ordem. A voz no outro lado do tubo soou furiosa. Chegando ao pé da escada, Suza olhou para trás. O rosto sorridente do homem se transformara numa máscara de maldade. Começou a subir os degraus. O homem corria atrás dela.

Suza se virou de novo ao chegar ao alto da escada. Avistou uma poça de gasolina espalhando-se pelo chão enquanto o homem pisava no primeiro degrau. Ela ainda segurava o cigarro que ganhara. Jogou-o na direção do motor, mirando o lugar de onde a gasolina esguichava do tubo.

Não esperou para ver onde o cigarro caía. Continuou a subir. A cabeça e os ombros emergiam no convés seguinte quando ouviu um silvo alto lá embaixo, seguido por um clarão vermelho e uma onda de calor intenso.

Suza gritou quando a calça pegou fogo e a pele das pernas queimou. Pulou a parte final da escada e rolou. Bateu com as mãos na calça em chamas, depois conseguiu tirar a capa e envolveu as pernas. O fogo foi abafado, mas a dor ficou ainda mais intensa.

Teve vontade de desistir de tudo. Sabia que, se ficasse deitada, acabaria perdendo os sentidos e a dor desapareceria. Mas precisava se afastar do fogo, colocar-se em algum lugar onde Nat pudesse encontrá-la. Esforçou-se para ficar de pé. Sentia como se as pernas ainda pegassem fogo. Olhou para baixo e viu fragmentos se desprendendo como papel queimado. Não soube se eram partes da calça ou da sua pele.

Deu um passo.

Conseguia andar.

Cambaleou pelo corredor. O alarme de incêndio começara a soar por todo o navio. Suza chegou à extremidade do corredor e se apoiou na escada.

Tinha que subir.

Levantou um pé e o colocou no primeiro degrau, iniciando a mais longa escalada de sua vida.

CAPÍTULO DEZOITO

PELA SEGUNDA VEZ em 24 horas, Nat Dickstein atravessava um mar turbulento numa pequena lancha a fim de abordar um navio ocupado pelo inimigo. Estava vestido como antes, com colete salva-vidas, capa impermeável e botas de marinheiro. Também ia armado como antes, com submetralhadora, pistola e granadas. Mas dessa vez faria tudo sozinho e estava apavorado.

Depois que receberam a mensagem de rádio de Suza, tinha havido uma discussão a bordo do *Coparelli* sobre o que fazer. A conversa com Dickstein fora ouvida pelo comandante, por Feinberg e Ish. Haviam percebido o júbilo no rosto de Nat e todos se acharam no direito de argumentar que seu julgamento estava sendo distorcido pelo envolvimento pessoal.

– É uma armadilha – dissera Feinberg. – Não podem nos alcançar, por isso querem que voltemos para lutar.

– Conheço Rostov – dissera Dickstein de forma veemente. – E sei bem como a cabeça dele funciona. Ele espera que o inimigo se retire e aproveita para atacar, sem piedade. Essa ideia de colisão é típica.

– Isso não é um jogo, Dickstein! – exclamara Feinberg, furioso.

– Vamos seguir em frente e nos preparar para o combate – falara Ish, mais controlado –, se e quando eles nos alcançarem, Nat. O que temos a ganhar mandando um grupo de abordagem ao encontro do navio inimigo?

– Não estou sugerindo um grupo de abordagem. Quero ir sozinho.

– Não seja idiota – dissera Ish. – Se você for, iremos também. Não pode tomar um navio sozinho.

– Se eu conseguir, o *Karla* jamais alcançará este navio – argumentara Nat, tentando acalmá-los. – Se eu não conseguir, vocês ainda poderão lutar quando o *Karla* chegar. E, caso o *Karla* realmente não possa nos alcançar e isso seja mesmo uma armadilha, então serei o único a cair. É melhor assim.

– Não creio que seja melhor – comentara Feinberg.

– Nem eu – acrescentara Ish.

Dickstein sorrira.

– Pois eu acho e a vida é minha. Além do mais, sou o oficial mais graduado aqui e posso tomar a decisão. Sendo assim, quero que todos vocês se danem.

Dickstein se vestira e se armara. O comandante lhe explicara como operar o rádio da lancha e como manter o curso para interceptar o *Karla*. Baixaram a lancha, ele embarcara e se afastara.

Apavorado.

Sabia que era impossível dominar sozinho um navio cheio de agentes da KGB. Contudo, não era isso que planejava. Não lutaria com ninguém, se pudesse evitar. Subiria a bordo e ficaria escondido até que a distração causada por Suza começasse, depois iria procurá-la. E, quando a encontrasse, sairia do *Karla* com ela e trataria de fugir. Levava uma pequena mina magnética, que fixaria no costado do *Karla* antes de subir a bordo. Depois, quer conseguisse ou não, quer fosse uma armadilha ou uma mensagem genuína, o *Karla* ficaria com um buraco no costado grande o bastante para impedi-lo de alcançar o *Coparelli*.

Dickstein tinha certeza de que não era uma armadilha. Sabia que Suza estava lá, sabia que de alguma forma ela fora capturada e obrigada a ajudá-los, sabia que arriscara sua vida para salvar a dele. E sabia que Suza o amava.

E era *isso* que o apavorava.

Subitamente, ele queria viver. A sede de sangue desaparecera, ele não estava mais interessado em matar os inimigos, derrotar Rostov, frustrar os planos dos *fedayin* ou enganar o serviço secreto egípcio. Queria apenas encontrar Suza, levá-la para casa e passar o resto da vida em sua companhia. Estava com medo de morrer.

Concentrou-se em manobrar a lancha. Encontrar o *Karla* durante a noite não seria fácil. Podia manter um curso estável, mas precisava avaliar e dar o devido desconto de quanto o vento e as ondas o desviavam para o lado. Depois de 15 minutos, teve certeza de que já deveria ter encontrado o *Karla*, mas não avistou nenhum sinal do navio. Começou a navegar em zigue-zague, tentando desesperadamente calcular quanto se desviara do curso.

Já pensava em entrar em contato pelo rádio com o *Coparelli*, para pedir orientação, quando, do nada, o *Karla* emergiu da noite ao seu lado. O navio avançava depressa, mais do que a lancha conseguiria seguir. Nat precisava alcançar a escada da proa antes que o navio passasse e, ao mesmo tempo, evitar uma colisão. Acelerou a lancha e foi lançado para longe quando o *Karla* deslizou em sua direção, depois virou a embarcação e voltou a ser jogado no sentido oposto.

Já estava com a corda amarrada na cintura, pronto para entrar em ação. A escada ficou ao seu alcance. Dickstein pôs o motor da lancha em ponto morto, subiu na amurada e pulou. O *Karla* começou a se inclinar para a frente no momento em que ele alcançou a escada. Ele a segurou firme enquanto a proa afundava nas ondas. O mar chegou à sua cintura, subiu para os ombros. Dickstein respirou fundo um momento antes de sua cabeça afundar também. Teve a sensação de ficar dentro da água uma eternidade. O *Karla* simplesmente continuou a afundar. Quando Dickstein sentiu que os seus pulmões iam estourar a qualquer segundo, o navio hesitou por um instante e, por fim, a proa começou a subir – o que pareceu demorar ainda mais. Quando ele conseguiu voltar à superfície, puxou o ar sofregamente. Subiu alguns degraus, desamarrou a corda da cintura e prendeu-a na escada, unindo a lancha ao *Karla* para poder escapar depois. A mina magnética fora presa numa corda em seus ombros. Nat a colou no casco do *Karla*.

O urânio estava garantido.

Dickstein tirou a capa impermeável e subiu a escada.

Em meio ao barulho do vento, do mar e das máquinas do *Karla*, era impossível captar o som do motor da lancha. Mas alguma coisa devia ter atraído a atenção do homem que olhou por cima da amurada no instante em que Dickstein chegou ao nível do convés. Por um instante, ele ficou imóvel, olhando para Dickstein com espanto. Logo em seguida, Nat estendeu a mão como se quisesse que o outro o puxasse, ao passar pela amurada. Com o instinto natural de ajudar alguém que tentava subir a bordo para escapar do mar furioso, o homem agarrou o braço estendido. Dickstein passou uma perna pela amurada e usou a outra mão para agarrar o homem e arremessá-lo ao mar. O grito se perdeu no vento. Dickstein passou a outra perna por cima da amurada e se agachou no convés.

Parecia que não fora visto.

O *Karla* era um navio pequeno, bem menor que o *Coparelli*. Tinha apenas uma superestrutura, localizada à meia-nau, com dois conveses de altura. Não possuía guindastes. No convés de proa ficava uma grande escotilha sobre um porão; não havia porão de popa. Chegou à conclusão de que os alojamentos dos tripulantes e a casa de máquinas deviam ocupar todo o espaço inferior do convés à ré. Olhou para o relógio. Eram 5h25. A distração de Suza deveria começar a qualquer instante, se ela conseguisse fazer alguma coisa.

Começou a avançar pelo convés. Havia alguma claridade das luzes do navio, mas um tripulante precisaria olhar duas vezes para Nat se quisesse se certificar de que não deparara com um deles. Dickstein tirou a faca da bainha que levava à cintura. Não usaria a metralhadora nem a pistola a menos que fosse indispensável, pois queria evitar chamar atenção.

Ao chegar perto da superestrutura, uma porta se abriu, lançando uma réstia de luz amarelada no convés molhado pela chuva. Dickstein se esquivou depressa para o lado, encostando-se na antepara anterior. Ouviu duas pessoas falando em russo. A porta bateu, as vozes se afastaram e os homens se encaminharam para a popa, sob a chuva.

Ao abrigo da superestrutura, Dickstein foi para bombordo e continuou a seguir para a ré. Parou no canto e observou os arredores com cautela. Avistou os dois homens atravessarem o convés posterior e falar com um terceiro na popa. Nat ficou tentado a liquidar os três com uma rajada de metralhadora. Afinal, três homens provavelmente constituíam um quinto dos adversários. Mas decidiu não fazê-lo. Ainda era cedo demais. A distração de Suza não começara e ele não tinha a menor ideia de onde encontrá-la.

Os dois homens voltaram pelo convés de estibordo e entraram na superestrutura. Dickstein seguiu na direção do homem que ficara na popa e que parecia estar de guarda. O homem falou-lhe em russo. Dickstein grunhiu algo ininteligível e o homem respondeu com uma pergunta. Dickstein já estava perto o bastante. Num salto para a frente, cortou a garganta do homem.

Jogou o corpo no mar e voltou para o lugar de onde partira. Dois mortos e ainda não sabiam de sua presença a bordo. Olhou para o relógio. Os ponteiros luminosos indicavam que já eram 5h30. Estava na hora de entrar na superestrutura.

Abriu uma porta e avistou um corredor vazio, com uma escada no fim – que levava, era de supor, para a cabine de comando. Dickstein entrou e começou a subir a escada.

Vozes altas soavam lá em cima. Ao emergir da escada, avistou três homens. Calculou que fossem o comandante, o imediato e seu subordinado. O imediato gritava pelo tubo de comunicação. Um estranho ruído saía pelo tubo em resposta. Enquanto Dickstein levantava a arma, o comandante puxou uma alavanca e um alarme começou a soar por todo o navio. Dickstein puxou o gatilho. O barulho alto da arma foi parcialmente abafado pela buzina estridente do alarme de incêndio. Os três homens foram mortos onde estavam. Dickstein desceu a escada correndo. O alarme devia significar que a distração de Suza começara. Agora, tudo o que tinha a fazer era permanecer vivo até encontrá-la.

A escada que descia da cabine de comando chegava ao convés na junção de dois corredores: um lateral secundário – que Dickstein usara – e um que se estendia por todo o comprimento da superestrutura. Em resposta ao alarme, portas se abriam e homens saíam pelos dois corredores. Nenhum deles parecia estar armado. Era um alarme de incêndio, não um chamado para que ocupassem seus postos de combate. Dickstein decidiu arriscar um blefe e só disparar se isso falhasse. Avançou às pressas pelo corredor principal, abrindo caminho entre os homens aturdidos, enquanto gritava em alemão:

– Saiam da frente!

Todos o fitaram, desconcertados, sem saberem quem ele era ou o que fazia, sentindo apenas que ali estava um homem de autoridade e que havia um incêndio a bordo. Um ou dois lhe dirigiram a palavra. Dickstein os ignorou. Alguém berrou dando uma ordem de forma ríspida, e os homens começaram a se mexer com mais determinação. Nat chegou ao fim do corredor e já ia descer a escada quando o oficial que dera a ordem apareceu e apontou para ele, gritando uma pergunta.

Dickstein desceu.

No convés inferior, as coisas estavam mais organizadas. Os homens corriam na mesma direção: para a popa. Orientado por um oficial, um grupo de três marinheiros pegava o equipamento de combate a incêndio. Ali, num ponto em que o corredor se alargava para a passagem das mangueiras, Dickstein avistou algo que o deixou momentaneamente desequilibrado, fazendo surgir uma névoa vermelha de ódio em seus olhos.

Suza caída no chão, encostada na antepara. As pernas estendidas à sua frente, a calça rasgada. Através dos farrapos, ele pôde ver a pele chamuscada e enegrecida. E ouviu a voz de Rostov, gritando-lhe, por cima do alarme:

– O que disse a Dickstein?

Nat Dickstein pulou da escada para o convés. Um dos homens se postou diante dele. Nat o derrubou com uma cotovelada no rosto e partiu para cima de Rostov.

Mesmo dominado pela raiva como estava, compreendeu que não podia usar a arma naquele espaço confinado, com Rostov tão perto de Suza. Além do mais, queria matar o homem com as próprias mãos.

Agarrou Rostov pelo ombro e o fez se virar.

– Você! – falou Rostov ao ver o rosto de quem o atacava.

Dickstein o acertou primeiro na barriga, um golpe devastador, que fez o russo se vergar, arquejante. E, enquanto a cabeça do russo descia, Nat ergueu o joelho com toda a força, jogando o queixo de Rostov para cima e fraturando-lhe o maxilar. Depois, no mesmo movimento, mirou no pescoço um chute que jogou Rostov para trás, contra a antepara.

Antes que Rostov chegasse ao chão, Dickstein já havia se virado, apoiando-se sobre um joelho ao mesmo tempo que tirava a metralhadora do ombro. E, com Suza atrás dele, abriu fogo contra os três homens que vinham no corredor.

Virou-se de novo e ergueu Suza como um bombeiro, tentando não tocar na carne queimada. Tinha agora um instante para pensar. O incêndio era na popa, para onde todos os homens corriam. Se ele seguisse para a proa, haveria menos probabilidade de ser visto.

Carregando Suza, saiu em disparada pelo corredor e subiu a escada. Pela posição do corpo dela em seu ombro, sabia que ainda estava consciente. Chegou ao alto da escada, no nível do convés principal, encontrou uma porta e saiu.

Havia alguma confusão no convés externo. Um homem passou por ele correndo, seguindo para a popa. Outro correu na direção oposta. Havia alguém na proa. Na popa, um homem caíra no convés e dois outros se inclinavam sobre ele. Ao que tudo indicava, o homem fora ferido no incêndio.

Dickstein correu para a escada que usara ao subir a bordo. Ajeitou a metralhadora num ombro, endireitou a posição de Suza no outro e passou por cima da amurada.

Ao correr os olhos pelo convés quando começava a descer, percebeu que tinha sido visto.

Uma coisa era deparar com um estranho a bordo, imaginar quem era e deixar as perguntas para depois porque havia um incêndio no navio; outra, muito diferente, era ver alguém deixando o navio com um corpo pendurado no ombro.

Dickstein ainda não chegara à metade da escada quando começaram a disparar em sua direção.

Uma bala ricocheteou no casco ao lado de seu rosto. Dickstein levantou a cabeça e avistou três homens inclinados sobre a amurada, dois deles armados com pistolas. Segurando-se na escada com a mão esquerda, ele levou a mão direita à metralhadora, apontou e disparou. Não tinha condições de mirar direito, mas conseguiu fazer com que os homens recuassem.

E perdeu o equilíbrio.

Enquanto a proa do navio levantava, Dickstein oscilou para a esquerda, largou a metralhadora no mar e segurou a escada com a mão direita. O pé direito escorregou da escada... e depois, para seu horror, Suza começou a deslizar de seu ombro esquerdo.

– Segure-se em mim! – gritou ele para Suza, sem saber se ela continuava consciente.

Sentiu as mãos de Suza agarrarem seu suéter. Mesmo assim, ela continuou a escorregar e seu peso empurrava Dickstein cada vez mais para a esquerda.

– Não! – gritou ele.

Suza escorregou de seu ombro e mergulhou no mar.

Dickstein se virou, avistou a lancha e pulou, aterrissando com uma pancada violenta.

Gritou o nome de Suza para o mar escuro ao seu redor, balançando de um lado para o outro da lancha, o desespero aumentando a cada segundo que ela deixava de aflorar à superfície. E depois ouviu um grito acima do barulho do vento. Virou-se na direção do grito e avistou Suza entre a lancha e o costado do *Karla*.

Fora do seu alcance.

E gritou de novo.

A lancha estava presa ao *Karla* pela corda, a maior parte da qual ficara empilhada no convés da lancha. Dickstein cortou a corda com a faca, largando a extremidade amarrada à escada do *Karla*, e jogou a outra ponta na direção de Suza.

No instante em que ela estendeu a mão para pegar a corda, o mar se ergueu e a engolfou.

Lá no alto, no convés do *Karla*, recomeçaram os disparos por cima da amurada.

Dickstein ignorou os tiros.

Esquadrinhou o mar. Com o navio e a lancha balançando em direções opostas, as chances de colisão eram mínimas.

Depois de uns poucos segundos, que pareceram horas, Suza tornou a surgir na superfície. Dickstein lançou a corda. Dessa vez, ela conseguiu pegá-la. Ele a puxou depressa, trazendo Suza cada vez para mais perto, até que conseguiu debruçar-se sobre a amurada da lancha, perigosamente, segurando-a pelos pulsos.

Estava com ela e nunca mais a deixaria partir.

Puxou-a para a embarcação. Lá em cima, uma metralhadora abriu fogo.

Dickstein acelerou a lancha para a frente e depois se jogou por cima de Suza, protegendo-a com seu corpo. A lancha se afastou do *Karla* sem rumo determinado, cavalgando a crista das ondas como uma prancha de surfe perdida.

Os tiros cessaram. Dickstein olhou para trás. Já não avistava o *Karla*.

Com toda a delicadeza, Nat virou Suza. Temia por sua vida. Os olhos estavam fechados.

Dickstein pegou o leme da lancha, verificou a bússola e fixou um curso aproximado. Ligou o rádio e chamou o *Coparelli*. Enquanto esperava que respondessem, puxou Suza para si e a aninhou em seus braços.

Um baque surdo atravessou as águas, como uma explosão distante: a mina magnética.

O *Coparelli* respondeu.

– O *Karla* está em chamas – relatou Nat. – Voltem para me recolher. Preparem a enfermaria para Suza, ela sofreu queimaduras graves.

Esperou que acusassem o recebimento da mensagem, depois desligou o rádio e contemplou o rosto inexpressivo da mulher em seus braços.

– Não morra – murmurou. – Por favor, não morra...

Suza abriu os olhos e o fitou. Abriu a boca, tentando falar. Dickstein inclinou a cabeça e ouviu-a balbuciar:

– É você mesmo?

– Sou eu mesmo.

Os cantos de sua boca se contraíram para formar um sorriso frágil.

– Vou viver...

O estrondo de uma explosão chegou até eles. O fogo na certa alcançara os tanques de combustível do *Karla*. O céu foi iluminado por uma cortina de fogo, o ar foi tomado por um rugido ensurdecedor e a chuva cessou. O barulho e a luz logo desapareceram, assim como o *Karla*.

– O navio afundou – murmurou Dickstein para Suza.

Ele a contemplou. Os olhos de Suza se fecharam e ela ficou inconsciente de novo. Mas continuou a sorrir.

EPÍLOGO

NATHANIEL DICKSTEIN PEDIU demissão do Mossad e seu nome se transformou numa lenda. Casou-se com Suza e a levou para o kibutz, onde cuidavam das videiras durante o dia e faziam amor pela metade da noite. Nos tempos vagos, ele organizou uma campanha política para mudar as leis, a fim de que seus filhos pudessem ser classificados como judeus; ou, o que seria ainda melhor, que não houvesse nenhum tipo de classificação.

Não tiveram filhos por algum tempo. Estavam preparados para esperar: Suza era jovem e ele não tinha pressa. As queimaduras nunca cicatrizaram por completo. Às vezes, na cama, ela murmurava: "Minhas pernas estão horríveis." Nat lhe beijava os joelhos e dizia: "Elas são lindas... e salvaram a minha vida."

Quando a guerra do Yom Kippur começou, as Forças Armadas israelenses foram apanhadas de surpresa. Pierre Borg foi acusado pela ausência de informações prévias e pediu demissão. A verdade era mais complicada. A culpa de tudo era de um oficial do serviço secreto russo chamado David Rostov, um homem de aparência envelhecida que precisava usar colar cervical em todos os momentos de sua vida. Ele fora para o Cairo e, começando com o interrogatório e a morte de um agente israelense chamado Towfik, no início de 1968, investigara todos os eventos daquele ano e chegara à conclusão de que Kawash era um agente duplo. Em vez de levar Kawash a julgamento e enforcá-lo por espionagem, explicara aos egípcios como lhe fornecer informações falsas, que Kawash, com toda a inocência, transmitira a Pierre Borg.

O resultado foi que Nat Dickstein saiu de seu refúgio no kibutz para ocupar o lugar de Pierre Borg durante a guerra. Na segunda-feira, 8 de outubro de 1973, compareceu a uma reunião de emergência do governo. Depois de três dias de guerra, os israelenses estavam em enormes dificuldades. Os egípcios haviam cruzado o canal de Suez e empurravam os israelenses pelo Sinai, com pesadas baixas. Na outra frente, as colinas de Golã, os sírios avançavam, também com baixas numerosas no lado israelense. A proposta apresentada ao governo era lançar bombas atômicas no Cairo e em Damasco. Nem mesmo os ministros mais agressivos apreciavam essa perspectiva. Mas a situação era desesperadora e os americanos hesitavam em iniciar a ponte aérea de armamentos que poderia inverter a tendência da guerra.

Os ministros já começavam a dar como inevitável a ideia de usar armas nucleares quando Nat Dickstein fez sua única contribuição à discussão: "Podemos *comunicar* aos americanos que planejamos lançar as bombas... na quarta-feira, por exemplo... a menos que eles iniciem a ponte aérea imediatamente..."

E foi o que os americanos fizeram.

~

A ponte aérea mudou o rumo da guerra. Posteriormente, uma reunião de emergência similar foi realizada no Cairo. Mais uma vez, ninguém era a favor de uma guerra nuclear; mais uma vez, os políticos sentados em torno da mesa começaram a se persuadir mutuamente de que não havia alternativa; e, mais uma vez, a proposta foi rejeitada por uma contribuição inesperada.

Dessa vez, foram os militares que intervieram. Sabendo da proposta que seria apresentada aos presidentes reunidos, resolveram verificar a força de ataque nuclear, deixando-a preparada para o caso de haver uma decisão positiva. Descobriram que todo o plutônio das bombas fora removido e substituído por aparas de ferro. Presumiu-se que os russos eram os responsáveis, da mesma forma como haviam misteriosamente inutilizado o reator nuclear em Qattara antes de serem expulsos do Egito, em 1972.

Naquela noite, um dos presidentes conversou com a esposa durante cinco minutos, antes de dormir na poltrona.

– Está tudo acabado – disse ele. – Israel ganhou... de uma vez por todas. Eles têm a bomba e nós, não. Esse único fato determinará o curso da história em nossa região pelo resto do século.

– E o que acontecerá com os refugiados palestinos? – indagou a esposa.

O presidente deu de ombros e começou a acender o último cachimbo que fumaria no dia.

– Lembro de uma reportagem que li no *Times* de Londres... provavelmente há cerca de cinco anos. Contava que o Exército de Libertação de Gales plantara uma bomba numa delegacia de polícia de Cardiff.

– Gales? Onde fica Gales? – perguntou a esposa.

– É uma parte da Inglaterra, mais ou menos.

– Estou lembrando agora... a região das minas de carvão e dos mineiros que cantam em corais.

– Isso mesmo. Tem alguma ideia de quanto tempo já se passou desde que os anglo-saxões conquistaram os galeses?

– Nenhuma.

– Nem eu. Mas deve ter sido há mil anos, porque os normandos franceses conquistaram os anglo-saxões há novecentos anos. Já se passaram mil anos e eles ainda estão lançando bombas em delegacias de polícia! Os palestinos serão iguais aos galeses... Podem jogar bombas em Israel, mas serão sempre os perdedores.

A esposa o fitou com atenção. Estavam juntos fazia muitos anos, mas ele continuava a surpreendê-la. Pensara que jamais ouviria o marido dizer algo daquele tipo.

– E vou lhe dizer mais uma coisa – continuou ele. – Terá que haver paz. Não podemos mais vencer, por isso teremos que promover a paz. Não agora, talvez não pelos próximos cinco ou dez anos. Mas o momento há de chegar. Irei para Jerusalém e direi: "Já chega de guerra." Posso até receber algum crédito por isso, quando a poeira assentar. Não é assim que eu planejava entrar para a história, mas não é um dos piores jeitos, diga-se de passagem. "O homem que trouxe a paz ao Oriente Médio." O que acha?

A esposa se levantou e atravessou a sala para segurar as mãos dele. E havia lágrimas em seus olhos quando disse:

– Acho que devemos dar graças a Deus.

~

Franz Albrecht Pedler faleceu em 1974. E morreu contente. Sua vida testemunhara alguns altos e baixos. Afinal, vivera no período mais vergonhoso da história de sua nação. Mas conseguira sobreviver e terminou seus dias na felicidade.

Imaginara o que acontecera com o urânio. Um dia, no início de 1969, sua empresa recebeu um cheque de 2 milhões de dólares assinado por A. Papagopolous, com uma declaração da Savile que dizia: "Para ressarcimento da carga perdida." No dia seguinte, um representante do Exército israelense o procurou trazendo o pagamento para a primeira remessa dos materiais de limpeza. Ao partir, o oficial israelense disse:

– Sobre a sua carga perdida, ficaríamos felizes se não se lançasse a investigações adicionais.

Foi nesse momento que Pedler começou a compreender.

– Mas o que devo fazer se a Euratom começar a me fazer perguntas?

– Diga a verdade. A carga foi perdida e, quando tentou descobrir o que tinha acontecido, verificou que a Savile tinha encerrado suas atividades.

– E encerrou mesmo?

– Sim.

E foi justamente o que Pedler comunicou à Euratom. Mandaram um investigador procurá-lo e ele repetiu a história, que era verídica, embora não fosse toda a verdade. E comentou com o investigador:

– Imagino que haverá bastante publicidade a respeito, muito em breve.

– Duvido muito. A repercussão disso nos seria muito desfavorável. Não creio que a história seja divulgada, a menos que consigamos obter mais informações.

É claro que não conseguiram obter mais informações, ou pelo menos não enquanto Pedler ainda estava vivo.

~

Suza Dickstein entrou em trabalho de parto no Yom Kippur de 1974.

De acordo com os costumes daquele kibutz em particular, o parto foi realizado pelo próprio pai, com uma parteira ao lado, para dar orientações e incentivo.

Era um bebê pequeno, como os pais. Assim que a cabeça surgiu, ele abriu a boca e desatou a chorar. Os olhos de Dickstein ficaram turvos de lágrimas. Ele segurou a cabeça do bebê, verificou se o cordão umbilical não envolvia o pescoço e depois disse para a mulher:

– Está quase acabando, Suza.

Ela fez mais um esforço e os ombros do bebê emergiram. Depois disso, foi bastante fácil. Dickstein amarrou dois pontos no cordão e o cortou. Depois, também de acordo com os costumes locais, pôs o bebê nos braços da mãe.

– Está tudo bem? – indagou ela.

– Perfeito – respondeu a parteira.

– E o que é?

– Ah, eu nem olhei... É um menino – disse Dickstein.

– Como vamos chamá-lo? – perguntou Suza, pouco depois. – Nathaniel?

– Eu gostaria de chamá-lo de Towfik.

– Towfik? Não é um nome árabe?

– É, sim.

– E por que Towfik?

– Bem, é uma longa história...

POSTSCRIPTUM

The Daily Telegraph, Londres, 7 de maio de 1977:

ISRAEL TERIA SEQUESTRADO NAVIO COM URÂNIO
Por Henry Miller, de Nova York

Acredita-se que Israel esteve por trás do desaparecimento em alto-mar, há nove anos, de um carregamento de urânio grande o suficiente para construir trinta armas nucleares, segundo foi revelado ontem.

As autoridades comentam que o incidente foi "um verdadeiro caso de James Bond". Embora as organizações de serviço secreto de quatro países tenham investigado o mistério, nunca ficou determinado o que realmente aconteceu às 200 toneladas de urânio que desapareceram...

– CITADO COM PERMISSÃO DE *THE DAILY TELEGRAPH*, LTD.

CONHEÇA OS LIVROS DE KEN FOLLETT

Um lugar chamado liberdade
As espiãs do Dia D
Noite sobre as águas
O homem de São Petersburgo
A chave de Rebecca
O voo da vespa
Contagem regressiva
O buraco da agulha
Tripla espionagem
Uma fortuna perigosa
Notre-Dame
O terceiro gêmeo
Nunca

O Século

Queda de gigantes
Inverno do mundo
Eternidade por um fio

Kingsbridge

O crepúsculo e a aurora
Os pilares da Terra (e-book)
Mundo sem fim
Coluna de fogo
A armadura da luz

editoraarqueiro.com.br